TAIWAN UKRAINE PLAN

台灣「烏克蘭計畫」

上官鼎——著

免責聲明

書中人物情節皆為虛構，如有雷同純屬巧合

目錄

上官鼎

目錄

前言

二〇一四年冬季奧運在黑海邊的索契舉行，主辦國俄羅斯以維安為由，派了許多便衣部隊到克里米亞監控恐怖組織的活動，奧運結束後，那些便衣部隊一夜之間換上了軍服，和克里米亞親俄的居民，裡應外合地占據了克里米亞。

有三個台灣人，李嶠之成長於窮鄉僻壤的農村，梁菊成長於溫飽邊緣的底層眷村，家境較好的是葉運隆，他成長於首批在科學園區創業的歸國學人的家庭；儘管出身各異，他們都樂觀進取，努力打拚，因為他們相信，迎向他們的是一個明天會更好的時代。

李嶠之和梁菊進入警官大學成了特勤組的狙擊手，葉運隆台大畢業出國深造，成了著名的材料科學家，葉博士。

不同的遭遇使三人分別從台灣走出去。梁菊嫁給了葉博士，定居於加拿大。深愛梁菊的李嶠之失戀而遠走歐洲，在烏克蘭基輔經營中國餐館。

葉博士在核能新材料方面有了世界級的突破發明，在他遠赴基輔參加學術會議時遭人綁架。包括警方，沒有人想到綁架者竟是在土耳其、伊拉克山區一帶活動的庫德族人。

這群庫德人「恐怖分子」有一個雄才大略的領袖，夏哈蘭・格巴第，他在美國拿到核工博士，他要建造世界第一座熔鹽式核反應器，為他建立「庫德斯坦國」的夢想打造全新的正面形象，因而他亟需要葉運隆博士的新發明。

這一件離奇的綁架案引起了美國、加拿大、俄羅斯、烏克蘭各方的關注，在各方間諜角力下，演變成為國際政治事件。

夏哈蘭・格巴第博士的左右手是個野心勃勃的神槍手，人稱「鷹眼」，在國際軍火生意圈中享有盛名。

葉運隆被庫德人的文化及建國夢想所感動，自願協助建造史上第一座熔鹽式核反應器，但在將要成功時遭到「鷹眼」的破壞，核反應器被炸毀，夏哈蘭・格巴第死於非命，「鷹眼」挾持了葉運隆和他的技術想在各國政府及軍火商中待價而沽，發一筆橫財。

梁菊和李嶠之，兩位昔時同門好友的狙擊手，追逐庫德神槍手的最終結局，一場驚心動魄的槍戰，「鷹眼」死在嶠之的設局、梁菊的神槍之下，他們聯手救出了科學家葉運隆。

這是上官鼎二〇一六年的小說《從台灣來》中的情節。

十年過去了，他們三人的故事並沒有結束，他們又因不同的遭遇分別回到了台灣。

十年滄桑，人事全非，新的故事譜成了上官鼎的新作：

《台灣「烏克蘭計畫」》

CHAPTER 01

返鄉

橡樹城楓葉街葉運隆博士的住宅，石基木造的兩層房座落在靠樹林的小山坡下。山坡上的楓樹林已是一片青綠，映著坡後的藍天白雲，正是春滿人間的時節。

梁菊坐在落地窗前，捧著一杯加拿大威士忌，神情有些恍惚地對著窗外的景色。

「好快啊，再過幾天就復活節了，看這一片青楓，誰還記得幾個月前感恩節時，落地窗外還是一片艷麗的紅葉呢。」

想到感恩節，梁菊的心悸動了一下。

「從去年感恩節到今年復活節，逝去的也不知能不能復活，我只知道自己忽然變成孤伶伶的一個人了……」

她一口將手上半杯威士忌乾了，伸手拿起桌上酒瓶，再倒了小半杯，酒瓶卻空了。

就從去年感恩節開始，梁菊開始迷上威士忌，丈夫珍藏的幾瓶陳年名酒被她喝個光，最近開始到酒店去買調酒用的加拿大威士忌來喝，覺得除了比較淡，也沒有什麼差別，反正喝到半醉能幫助她睡眠就好。

梁菊的目光從窗外收回，櫃台上放著兩個相片框，右邊相框中的照片，背景是黃土山坡前半人高的枯草坪，三個人並肩而立，梁菊站在中間，她的丈夫葉博士和台灣警校學長李嶠之分站左右，李嶠之的左肩胛包紮了厚厚的繃帶。照片下上面兩行字：

二〇一四年《克里米亞日報》頭版頭條：「加拿大科學家人質獲救」

副標題：「他們來自台灣」

梁菊回想她扣下板機的那一槍，子彈貼著被綁架的丈夫臉頰旁飛過，直接命中綁匪「鷹眼」的右腦，李嶠之說她這一槍，神出鬼沒，嘆為觀止。

梁菊微微覷起雙眼，腦海中依稀出現了那次萬里救夫的情景，耳邊似乎又聽到了李嶠之鼓勵她的聲音，低沉而堅定：

「只有一槍的機會！梁菊，妳的槍法比我好！」

她嘴角不自覺地飄過一絲笑容，那笑容裡有些複雜的情緒，有甜蜜也有苦澀。她睜開眼，目光落在另一張照片上。

照片中一個帶著笑容的男孩，看上去大約十三、四歲，一頭金髮，唇紅齒白。雖然帶著笑容，但一雙湛藍色的大眼睛卻透露出一抹莫名的冷漠，那冷漠在十三、四歲的孩子臉上極為罕見。

照片下方有一行字：「給親愛的乾爸媽。威廉。」

梁菊站起來走近牆邊，深深地看了相片中男孩一眼，又回坐在椅子上，吞了一口威士忌，嘴角帶著些微笑，眼中似乎又回到第一次見到威廉・休斯的那一刻。

那是加拿大皇家騎警舉辦的追思會，紀念麥可・休斯警司因救援人質葉運隆而犧牲，他死在庫德人興建的熔鹽式核子反應爐的基地外；一架「MQ-1 掠奪者」無人機傾倒汽油引火攻擊，麥可被燒成一具焦屍。

梁菊夫妻當了麥可的兒子威廉的義父母，膝下無子的兩夫妻悉心愛顧如同己出，報答麥可捨身搭救運隆的恩情。

「威廉，自從你當了軍人，見你面愈來愈不容易，最近好幾個月連電話都打不通，你也不打電話來，我通知你乾爸車禍過世，也沒有收到你的回信，昨天我寄了電郵，告訴你我就要去台灣，希望今天能收到你的回信。」

她望了望放在門口的兩個行李箱，將杯中威士忌喝完，檢查手提包中的護照、機票，抬頭看了看牆壁上電子鐘。再過五分鐘，約好的服務機場的出租車即將到達。

她的目光最後落在兩個旅行箱旁的黑色帆布袋上，臉上露出一絲悽容。

「阿隆，馬上我就帶你的骨灰回家了。」

梁菊坐在從多倫多飛往洛杉磯的加航班機上，商務艙沒有坐滿，她坐在靠窗的座位，鄰座無人。

登機前她到櫃檯出示事先報准的攜帶骨灰罈的文件，那個黑帆布袋也經過 X 光透視檢查，服務人員告訴她必須放置於座椅下方，直到飛機落地停妥後才可提拿。

飛行時間預定五小時二十分鐘。梁菊待飛機升空後，問空服員要了一杯冰鎮的香檳酒。從窗口望下去，多倫多市區漸漸消失在雲霧中，梁菊想到自己在這個城市的郊區住了二十五年。到目前為止一半的生命生活在這個城市中，這裡留下太多太多的記憶，有的隨歲月而模糊，有的想要忘記卻不可能。快樂的日子其實不太多，不過痛苦的日子也很少。

她打開手機的相片簿，滑了幾下，停在一張十年前的老相片，葉運隆帶點得意神情在記者會上介紹他發明的新材料。

梁菊凝視著十年前的丈夫，材料科技——尤其核工材料方面的權威科學家Eric・葉博士。那次他發明的最先進的高溫抗腐蝕的核工材料，有潛力克服建造熔鹽式核反應爐的終極困難，了不起的發明，也導致了庫德獨立運動領袖發動的綁架事件。

「匹夫無罪，懷璧其罪。那麼……」

她滑到另一張照片上，葉運隆穿著工作服站在他實驗室中複雜無比的儀器設備前，神情嚴肅。

「那麼這一次呢？他的致命車禍真是一次單純的交通意外事故嗎？」

她喝完杯中的伯蘭爵香檳，搖了搖空杯。

客艙中響起駕駛員的報告聲：

「各位旅客午安，歡迎各位搭乘加拿大航空公司AC788航班從多倫多到洛杉磯，我們的飛行時間為五小時十六分鐘，飛行高度為……」

兩年前。

雖然COVID-19疫情減緩，多倫多衛生局已經取消了公共場合戴口罩的規定，葉運隆仍然戴了口罩搭乘捷運到多倫多大學物理系。他看看腕錶，下午五點，包爾斯教授是個大忙人，約他的時間真不容易。

他上四樓到包爾斯教授的辦公室門前敲門。

「請進。」一個清脆的口音，他知道那是包爾斯教授的祕書黛安。

「嗨，葉博士！包爾斯教授已在等候您。」

包爾斯教授是美國人，畢業於史丹佛大學，受聘於多倫多大學物理系已經五年，是一位頗具名聲的核子物理學家。他的研究興趣之一是核融合，特別是除了主流的氘氚融合之外，是否有其他的核反應也具有核融合現象的可能性。葉運隆在包爾斯的一場學術演講中被他的理論推演觸動「神經」；他雖然是材料科學家，但是最近幾年主要興趣是核工材料，對核子物理一直感到高度興趣。

「嗨，葉博士，你急著約我今天談什麼？」包爾斯教授一面招呼，一面理了理一頭灰髮。

「包爾斯教授，今天來還是要請教上次談的『質子捕捉』反應……」

「那麼緊急？」

「不，是我發現了一個可能——某種巨量能量生成的現象可能存在於若干『質子捕捉』的核反應中，不知這種可能性有沒有理論根據？」

兩人握手寒暄畢就對坐在一張小電腦桌兩邊，身後有一個白板架在牆角，板上潦草地寫滿了公式、數字，還有潦草的簡圖。

辦公室外的祕書收拾好桌上什物，關上電腦，準備下班，她在等老闆的一句話。果然，辦公室內傳來教授的聲音：

「黛安，我們可能談得晚些，妳先回家吧。」
「晚安，包爾斯教授，晚安，葉博士。」
祕書面帶微笑，心中對體貼的老闆充滿感激。
包爾斯教授的辦公室門再次被打開時，已是七點鐘了。兩位科學家也不客套，互道一聲「謝謝，再見。」就各自回家。
葉運隆滿心興奮地走出物理系館。和包爾斯教授兩小時的討論，對自己的實驗工作忽然產生了全新的靈感和構想。七點鐘了他居然沒有回家，步行三十多分鐘直接走到他公司的實驗室，他要立刻開始工作。褲袋手機響了，是梁菊，他皺了皺眉，打開手機，只一句話：
「我在實驗室，今晚會搞到很晚，妳不要等我。」
手機那邊梁菊似乎還有話說，葉運隆已掛斷通話。匆匆地進入「世紀新系統公司」的研發大樓。整座大樓靜悄悄，他快步走到自己的專屬實驗室，經過兩道密碼認證及眼球虹膜辨識，他進入熟悉的實驗室。
幾台重要昂貴的儀器都處於正常狀態，葉運隆坐下來，仔細思考要做哪些改變及設定哪些新參數，才能對他的新想法進行測試；他一一記在一張A４白紙上。
他再次檢查了幾個儀器及設備，質子源、樣品標靶、真空度、雷射源、質譜儀、測溫儀……設定新參數，然後檢查高壓微樣品室和脈衝溫度記錄儀各種狀態……一切正常。
於是他開始了一個全新實驗。

梁菊一個人隨便吃了一些食物，算是打發了晚餐。她坐在長椅上默想丈夫葉運隆。庫德族綁架獲救回國，在媒體及各方熱烈讚揚、熱鬧一陣後，葉運隆變得愈來愈沉默寡言，起初她以為丈夫工作太投入，後來又覺得似乎不止於此。

運隆在實驗室中的時間確實愈來愈長，但她發現運隆常對著一幀照片發呆，麥可・休斯的相片，他拜託麥可的好友同事安德烈・布洛克從皇家騎警的檔案中借出放大，放置在他的書架上。

一個月後，梁菊終於找到打破沉默的機會。

「阿隆，我收到安德烈的電郵，下週末皇家騎警要在聖安德魯教堂為麥可・休斯舉行追思紀念會，邀請我們參加，我們……」

葉運隆抬起頭來雙眼發亮，接著激動萬分地說：

「啊！我們當然要參加！上次麥可的喪禮由警方辦理，沒有邀請我們，我對安德烈說我們十分遺憾，麥可為救我被燒成黑炭……我……」

梁菊忙接著說：

「安德烈告訴我麥可的遺體實在……太……慘不忍睹，怕你……怕我們看了過度傷心，所以決定沒有邀請我們，他說連麥可的妻子珍妮和小孩都沒讓他們看，直接封棺了。」

就在那一次追思會，運隆和梁菊成了威廉・休斯的義父母。

十三歲的威廉有一頭漂亮的金髮，眉清目秀，臉型像媽媽，五官神似父親，但缺少了麥可那一臉玩世不恭的神情，小小年紀卻多了幾分聰明穩重的氣質。

休斯夫人身材高瘦，戴著一副墨鏡，年紀不大、說話氣喘，不知健康上有什麼問題。

梁菊第一眼看到威廉就喜歡上這孩子，運隆輕擁麥可的遺孀珍妮慰問時，梁菊撫著威廉的頭髮，彎身輕聲說：

「嗨，親愛的，我是梁菊阿姨，你是……」

稚嫩的聲音：「我是威廉・休斯。我在電視上見過妳。」

和休斯太太相互致意後，他們就坐在安德烈身旁位置。紀念儀式進行中，梁菊的目光不時落在小威廉身上，毗鄰而坐的安德烈和葉運隆在輕聲交談。

牧師和騎警長官的致詞有些冗長。葉運隆忽然轉頭在梁菊耳邊低語：

「安德烈說麥可的撫卹金有限，休斯太太身體不好，我想，我想我們……認威廉為義子。」

他說得極輕聲，梁菊卻聽得很震動，她一時沒有反應過來，耳中傳入運隆溫情而堅定的聲音：

「梁菊，我們負擔威廉上大學的費用，好嗎？」

梁菊確定丈夫不是說說的，她滿心喜悅地回答：

「我第一眼就喜歡威廉這孩子，好啊，就這麼辦。」

這事在他們走出聖安德魯教堂時便定下了。

葉運隆、梁菊結婚多年膝下無子，認了威廉這個乾兒子，把他當親生兒子一般疼愛。威廉喜歡學語言，他在中學住宿，除了一般功課，修習了法文及中文，乾爸媽負擔所有費用，他每週都會到葉家來練習中文，梁菊每週用心做些好吃的中國菜給他打牙祭，教他唱中文歌，用毛筆寫中文字。

中學畢業時，威廉已具備相當流利的「三聲帶」，中文字也認識不少。畢業典禮時，他邀請乾爸媽和他母親一道參加觀禮。

運隆抱了抱威廉，他的身高早已超過六呎。

運隆對他宣布好消息：

「恭喜威廉，我們以你為榮。我和你乾媽這些年來已為你準備了大學四年的預備金，你可以選擇去任何喜歡的大學，我們都會支持……」

他發現威廉臉上並沒有預期的喜色，說話就緩了下來。梁菊在一旁問：

「怎麼了，威廉？」

威廉吸一口氣，緩緩呼出，然後說：

「這麼多年來，乾爸媽是我求學努力最大的支柱，我一輩子也感謝不完，但是，昨晚我跟我媽做了決定，我上大學不再用你們的錢……」

梁菊急著打斷：

「我們多年來就為你準備好了，你知道，華人家庭父母為子女付大學費用是很普遍的，威廉，我不要你上大學整天去打工賺學費，你……」

威廉一手握著運隆，一手拉著梁菊。

「乾爸媽，我知道，我懂，但我已決定要去CMRSJ讀軍校，謝謝你們。」

「CMRSJ？什麼是CMRSJ？」

「梁菊，威廉是說聖約翰皇家軍校，Collège Militaire Royal de Saint-Jean，加拿大最好的軍事學院，在魁北克。」

「乾爸媽，我的申請已得到校方接受，我的法文也高分通過，我去那邊，學雜費全免，每年還有兩萬八千元的薪金可領。乾爸媽，我爸是騎警，我要當軍人。」

威廉臉上流露出堅決的神情，一雙湛藍的眼中閃爍著動人的光彩。

梁菊想哭，但她忍著，只是不知說什麼。運隆緊握威廉的手，點頭道：

「我瞭解，威廉，這是你想走的路，我們會支持你走下去，記著，我們這筆預算還是為你準備著，你有需要時就告訴我們。」

梁菊一面連連點頭，一面暗中傷感。

「威廉，你去魁北克上軍校，以後見面就不容易了。」

她深深望著威廉，含著驕傲與不捨，像母親那種眼神。

梁菊在商務艙用過餐，舒服地品著飯後酒，她打開了機上的小螢幕，選點了一部電影，好像是最近剛上映票房不錯的新片，但五分鐘後，她完全沒有看進去，因為她的一顆心好像並未隨她登上這架飛機，仍然留在橡樹城楓葉街的家中。

兩年前感恩節後的一個工作日，葉運隆下班回家，一言不語，晚餐未吃便把自己關進了書房，梁菊從他的臉色猜測，似乎有極不尋常的事發生了。

葉運隆在書房中已經兩個小時，仍然沒有動靜，梁菊知道丈夫的個性，他是在深沉地思考什麼難題，這種時候她從來不去打擾，只默然地坐在餐廳等候。

果然，運隆開門走出時，臉上表情已恢復正常，他若無其事地說：

「有些餓了，我們吃飯吧。」時間已快九點。

梁菊其實已經草草吃過，她也若無其事地將晚餐重新熱過拿上餐桌，陪運隆禱告後開始用餐。

葉運隆吃完一碗飯，放下筷子，正色道：

「梁菊，猜我下午去了哪裡？」

梁菊雖有心理準備，但還真猜不出來到底發生了什麼大事，便故作輕鬆地反問：

「我怎猜得到？難道你不在公司上班？」

「我在CNSB的辦公室被詢問了整個下午……」

「什麼CNSB？」

「Canadian National Security Bureau，加拿大國家安全局，他們在多倫多的辦公室。」

「他們問什麼？」

「一個名叫莫里森的安全官中午時到公司來找我，我以為是一般性的造訪，妳知道，我們公司從事的研發工作有些是有敏感性的，平時安全情報局偶爾也會來訪問查詢一些資料，我便不以為意地見了他，沒想到，這個莫里森一見面就要求我去他們辦公室談話……他給了我這張名片。」

梁菊詳察那張名片，上面印著「CNSB特勤 大衛．莫里森」，她緊張地問：

「你去之前有沒有向公司報備？他們來找你談話為什麼沒有透過公司的安全部門？」

「我也覺得不對勁，便撥電話給公司的安全室主任，他要我放心跟CNSB安全官去問話，有關公司的機密一律不提供，就說沒有得到授權。哪曉得到了CNSB，莫里森一開口問的竟是有關上次綁架案的ＭＳＲ（熔鹽式核反應爐）的機密……」

梁菊插問：「奇怪，ＭＳＲ的事，媒體上報導的還不夠嗎？沒有完全公開的只是你的技術機密，那是公司和你的智慧財產，受法律保護的……」

「莫里森問的不是技術問題，而是綁架案中俄羅斯人為什麼要參與援救我？事後我有沒有繼續和俄羅斯方面接觸……又問喬治・李到底是什麼來歷？他們查出喬治李在維也納擔任台北代表處的安全官時，曾經和國際軍火商，一個韓國人發生毆鬥，喬治是不是烏克蘭的軍火商……一些匪夷所思的問題重三複四地問，我知道他是想從我重複的回答中找到破綻，可我的回答，他既不滿意又更加生氣。」

「你怎麼回答他？」

「他問俄羅斯為什麼要救我，我說我不知道，你該去問俄羅斯，還有，想救我的人還多的是，有個名叫大衛・麥坎錫的美國ＣＩＡ特情員，不但救我還丟了性命，你為什麼不去問ＣＩＡ？關於喬治李的問題，我說皇家騎警安德烈・布洛克和喬治李最要好，他們是三十年的老友，你為什麼不到皇家騎警去找安德烈來問話？」

「你這樣回答，那個莫里森肯定氣瘋……」

「不，他只是冷笑，又開始重複問過的問題，反而是我快被氣瘋……這樣耗了半個下午，訊問沒有任何進展，突然坐在屋角一個大鬍子壯漢站起身來……」

「訊問時還有別人在場？」

「呃，忘了告訴妳，房間裡一直有這個大鬍子，從頭到尾坐在角落一言不發，他一起身對我走過來，我嚇了一跳，以為這人要對我動粗刑求，但那人只是站起來伸展一下雙腿，又走了回去坐下，我猜是個暗號，果然莫里森趁我吃驚之際，口氣突然一轉，喝問我：『二〇一八、二〇一九兩年，你連續兩次去了中國，一次去北京，一次去甘肅，為了什麼事？』我呆了一下，莫里森嚴厲地繼續質問：『你是否將國安相關機密資訊提供中國政府？』」

梁菊嚇了一跳，她知道運隆去中國的事，那是因為公司想在中國開拓業務，全是商業旅行，怎會突然變成國安問題？

她腦海中立刻浮現的畫面竟是華為公司的「公主」孟晚舟被加拿大居留三年的事。這一下她真的緊張了。

「你怎麼不說……你去中國全是公司批准的商務旅行呀……」

葉運隆神色漸轉肅然。

「他居然花了那麼大的力氣旁敲側擊，我猜想他們一定早已從公司那邊掌握了我去中國大陸的資料，拿公司來擋恐怕保不了我，我就一五一十據實回答他所有的問題，我說我的發明雖然是世上最先進的高溫抗蝕材料，但是如果沒有人投資建造一座ＭＳＲ，我的材料就英雄無用武之地，十年來就只那個雄才大略的庫德族領袖格巴第博士，有心建造世上第一個熔鹽式核反應爐，可惜爐毀人亡，公司和我這些年來一直努力在找可能的投資者，然而全球的核能發電已經被一兩家超大公司所壟斷，他們滿足於賣現行的第三代反應爐，並不樂見有第四代技術的新產品出現，引起自我競爭；直到二〇一五年，中國大陸的核能專家找上了我……」

梁菊呵了一聲：「啊，是不是那個姓孫的女教授，你還帶她回來在我們家吃過一次便餐？」

「對，就是那個清華大學的孫霜教授，她告訴我中國大陸有一個ＭＳＲ計畫已經立項，希望我能幫忙，我問過公司的老闆，上面鼓勵我接受，順便推銷我的材料產品；我一一如實告訴莫里森，那兩次去中國，頭一次去北京和中國大陸的團隊研商和辯證技術問題，第二次去甘肅戈壁沙漠考察他們建廠的預定地；莫里森問啥我就答啥，毫不猶豫，可是那個莫里森腦子有毛病，居然還要用繞圈子重三複四詢問那一套，連坐在角落的大鬍子都有點受不了，他再次站起身來，仍然一言不發。莫里森回首望了他一眼，他點了點頭，莫里森就將桌上筆記簿收起，對我說：『葉博士，今天就到這裡了，謝謝你的配合。』」

「阿隆，我覺得那個大鬍子是美國方面的情報人員，這事基本上是美國特務在調查你，你是加拿大公民，所以要透過ＣＮＳＢ來詢問。」

「我也這樣懷疑。不管怎樣，我要趁記憶猶新把下午的問答儘可能照實記錄下來，剛才在書房裡已經整理完畢了。」

梁菊放下空杯，空服員收走了。

「阿隆記性好，從小就是這樣，該做的事立刻就做，絕不拖延一分鐘。他那天憑記憶做下的紀錄真是鉅細靡遺，他堅信連問題的順序都正確無誤，天生的工程師啊。」

梁菊有一些疲倦，似乎睡著了一會又覺得睡不著，座前螢光幕上的一部電影已進尾聲，古裝的男主角緊抱死去的女主角嚎啕大哭，不知怎麼，雲霧散去後，男主角穿著流行的時裝大步向著藍天白雲的前程走去，四方櫻花怒放，不遠處可見到華盛頓紀念碑。

螢幕上浮現出「劇終」，梁菊暗忖：「啊，這是什麼劇？」耳邊聽到機場的廣播：

「各位旅客，我們正飛越猶他州的鹽湖，靠窗的旅客今天可以看到科羅拉多河和拱門國家公園的獨特地形，再過一小時三十分鐘，我們即將到達目的地洛杉磯。」

中華航空CI 5，當地時間下午四時三十分從洛杉磯國際機場起飛前往台北的班機，旅客開始登機。

梁菊捧著那隻黑帆布袋登上飛機，還是靠窗的座位，坐在走道座位的男士十分禮貌地起身讓過，空中服務員想要接過帆布袋，幫忙置放在頭頂上的置物箱中，梁菊對她說：

「謝謝不用，我就放在座椅下面……」

這時座艙長走過來，一面核對梁菊的機票上的座次，一面輕聲對空服員小姐耳語：

「梁女士的隨身行李是骨灰罈，就放在座椅下吧。」

那位男旅客很有耐心地等待梁菊坐定，放置帆布袋，一切妥貼後才重回他的座位。

梁菊有些不好意思地道謝：

「先生，謝謝，麻煩您了。」

「沒事沒事，一點也不麻煩。」

梁菊不禁多看了他一眼。那人身材高大，大約四十幾歲，長得很斯文，臉上掛著友善的微笑，一雙大眼睛正在目不轉睛地看著自己。

梁菊從小就長得好看，在長輩們誇讚中長大，長大後經常被男人用帶著驚豔的目光注視，年過五十，這種場面早已習以為常了，這時不知怎地竟被這個男人瞧得有一絲心慌，她連忙再次點頭道謝，便藉調整坐姿避開那人的目光，然後側頭看向窗外，機場工作人員在對這架波音７７７做起飛前最後的例行檢查。

空服員送來一杯香檳，鄰座那男人獻殷勤幫忙遞給梁菊，順便問道：

「回台灣？您住ＬＡ？」

梁菊明知他在找話說，還是微笑回答：

「不，我從多倫多來，轉機去台北。」

她不想多說，那男人熱切地自我介紹：

「啊，您今天已經飛了好幾千哩了，辛苦啊。我姓楊，楊瑞科，《洛杉磯論壇報》駐台北的通訊記者……」

他一面掏出一張名片遞給梁菊，梁菊瞥見的是名片英文的一面「Eric Yang Los Angels Tribune Correspondent at Taipei」

她接過名片，禮貌地道謝：

「謝謝，楊先生，我是梁菊，菊花的菊。」

心中暗忖：「啊，他也叫艾瑞克。」

楊瑞科卻不休止，他啜了一口香檳，一本正經地說：

「梁女士，很高興認識您，能您同機是我的榮幸，方才您登機走過來時，我真吃了一驚，您猜我以為您是誰？」

梁菊明知他在搭訕，也知道這句問話的答案，她瞅了楊瑞科一眼，看到一張熱切的臉，主要是並不討厭，便隨口回道：

「誰？」

「我以為看到了楊紫瓊；我猜我不會是第一個這樣看錯的人，對吧？」

果然不出所料，梁菊莞爾一笑，不置可否。

楊瑞科見梁菊笑而不答，一時也接不下去。梁菊不想多談，轉頭再看窗外，停機坪上穿著工作服的技工都已撤離，飛機緩緩倒出機坪，要起飛了。

梁菊用只有自己聽得見的聲音說：

「阿隆，咱們終於要回家了。」

她的眼前忽然濛上一層霧水，在霧濛濛裡她看到多倫多刑事警局的副局長站在她橡樹城楓葉街道的家門口，對著應門的梁菊一鞠躬，然後哀戚的聲音從他口中飄出，顯得那麼不真實：

「夫人，我萬分遺憾通知您，艾瑞克・葉博士出了車禍，我們趕到時，他已沒了生命跡象……」

葉運隆被加拿大國安局的安全官莫里森調查傳訊其實不止一次。梁菊知道上一次的細節，但她並不知道運隆第二次遭訊問的情形。

自從上次詢問不了了之以後，CNSB他們便沒有再來騷擾，運隆也全力投入了他的新研究工作。他直覺相信世上的核融合反應絕不只限於氘和氚的融合，多倫多大學物理系的包爾斯教授也認為應該能找到另類的核融合反應。

那天和包爾斯教授深談後，他興奮地返回研究室作了通宵的實驗。他重新設定了實驗參數，高溫雷射脈衝下的質子捕捉反應機率大增，使輕金屬原子在高密度電子的環境下產生了類似核融合的反應，他記錄到最高的能量產出竟然達到輸入能量的兩倍。這是所有從事核融合研究者夢寐以求的突破！

他長壓抑住胸中澎湃的狂喜。再三複查關鍵數據及實驗參數，終於確信他的實驗已證明了他和包爾斯教授的猜想。

這是石破天驚的發現，他看了看時間，天還沒有亮，這個時間大家都還在睡眠中，他不想驚動任何人。於是勉力控制住自己的激動，開始仔細地作好「善後」工作。

所謂「善後」，乃是將這幾次實驗所有的細節用筆記錄在十頁A4紙上，將實驗的設備、儀器、數據，一項一項歸零，並在儀器的電腦裡輸入亂碼，然後按下消除，確定不留下任何有意義的資訊。

於是實驗室的整夜活動就全部歸零，今夜什麼事都沒有發生。他文書夾裡藏了那十頁實驗紀錄，摸了摸口袋中的一個迷你數位照相機，起身走到隔壁一間封閉的物料準備室，過了十幾分鐘才回到實驗室。

做完所有「善後」，葉運隆終於感覺到極端的疲勞，他靠在電腦桌邊的椅子上打了一個盹。

天亮了，運隆醒過來，他伸了一個懶腰，再次進入隔壁的物料準備室，這回只五分鐘就回到實驗室，他用自己都聽不到的聲音喃喃道：

「十頁紀錄都銷毀，沖入水槽了，我的資料都拍攝在梁菊的數位相機中。我若用高科技資訊設備就會留下紀錄，我用『低』科技，你奈我何？」

運隆回到家，進門就對梁菊說：「今夜的實驗結果嚇死人了。」梁菊想多問，他衝進臥室，沒吃早飯倒床就睡，醒來時已是中午，梁菊煎了兩個蛋、一塊厚厚的加拿大鹹肉放在烤得恰到好處的土司上，給他備了早餐，運隆一面吃，梁菊坐在桌旁告訴他早上發生的事。

「阿隆你回來睡大覺，十點不到，公司裡打了兩次電話來找你，一次是你研發部的老闆，還有一次是安全室主任，我都說你工作了一整夜，現在睡著了，中午時會回他們電話……阿隆，你昨晚怎麼了？整夜在實驗室？」

運隆正要回答，前門傳來幾聲十分響亮的敲門聲，梁菊去應門，運隆聽到一個耳熟的聲音傳過來。

「葉夫人，我是CNSB的安全官莫里森，葉博士在家嗎？」

「啊！請……請稍等，我去叫他……」

莫里森身後還有一個年輕人，見到梁菊，鞠躬自我介紹：

「葉夫人好，我是莫里森先生的司機。」

梁菊匆匆回到餐廳，一臉的驚愕，運隆不等她開口就對她低聲耳語：

「妳那個數位相機要千萬收好，不讓任何人得到……」

他一面快步走入客廳，用一種鎮定、甚至略帶點揶揄的口氣道：

「莫里森先生，又是你！就不能給我歇一歇？」

「葉博士，對不起，又要麻煩你跑一趟，車在外面等著呢。」

「我自己開車，你跟在後面就好，我認得路。」

莫里森道：「不，我坐你的車，司機跟在後面。」

CNSB多倫多辦公室在市區西邊的密西沙加，距離橡樹城只二十分鐘的車程。兩輛車一前一後到了目的地。同樣的詢問室。

葉運隆撥了電話給公司的安全室主任，得到的回答跟上次一模一樣，制式的，保護公司利益優先，其他配合CNSB，葉運隆感受不到一絲對他個人關切的溫度。

不出所料，上次偵訊室中的大鬍子壯漢又出現在一角，仍是坐在那裡不發一言。

莫里森開門見山的一句話便讓葉運隆徹底震驚：

「我們知道你正在做核融合的研究，而且有了驚人的成果，恭喜你葉博士，能不能簡單說說你的研究——用門外漢聽得懂的英文講一講？」

運隆暗忖：

「他怎知道這些？公司主管都不見得清楚我在做什麼實驗，這人莫非捕風捉影想唬弄我？」

葉運隆是公司研究部門的超級巨星，這幾年來，他做什麼研究課題幾乎有百分百的自主權，主管有興趣的是他的研究成果。

莫里森眼光嚴厲，不容拖延，但運隆十年前被庫德人綁架時已練就了應詢時處變不驚的本事，他笑了笑然後回答：

「莫里森先生，你們真厲害，居然知道我在做的研究工作，連我公司老闆都不清楚哩，好吧，我講，但我需要一個黑板——至少需要紙筆才能說得清楚讓你明白；我實話實說，沒有不尊敬的意思。」

莫里森不動聲色，默然地拿給運隆一疊白紙，運隆便一面講一面寫，寫了五張半紙，用半小時給莫里森上了一節核融合的科普課，他暗忖這半堂課該把莫里森搞昏頭了，而他的實驗仍然隻字未提。

出乎意料的，莫里森聽完一把將桌上幾張紙推開，雙目炯炯，顯得依然頭腦清楚，耐性一流。

「葉博士，你不要東拉西扯了，直接告訴我，昨天夜裡你實驗室中發生的大事吧。」

葉運隆暗忖「終於來了」，他冷靜地回答：

「我作了大半夜的實驗。」

「什麼實驗？」

「核融合實驗。」

「是和包爾斯教授討論的有關嗎？」

運隆又吃了一驚，心想你們大概什麼都知道了，我也不隱瞞。

「很有關聯，不過我和包爾斯教授討論是原理，不是實驗。」

「你作了整夜的實驗，結果是什麼？」

「沒有結果，我甚為失望，身心俱疲，就在實驗室睡著了。」

莫里森雙目透出令人很不舒服的眼光，冷冷地問：

「是嗎？我再問你一次！」

葉運隆應對這種威懾經驗豐富，他一口就回道：

「是啊，完全沒有預期的結果，整夜做白工了。」

就這時，坐在角落的大鬍子將左手的手機從耳邊放下，右手做了一個ＯＫ的手勢，莫里森點頭，自言自語：「ＯＫ，資料到位。」

大鬍子從口袋中掏出遙控器，一揮手，壁上螢幕出現了影像，葉運隆只瞄了一眼就差點昏倒。

耳中聽到莫里森得意的聲音：

「好吧，就讓我們來好好看看你昨夜幹了些什麼。」

葉運隆雖然震驚，腦子可沒糊塗，他看那影像裡顯示的實驗室物品設備的擺置方位，已經猜到拍攝的針眼鏡頭是藏在他座位正對面的冷氣孔道裡。這表示自己在電腦顯示器後面的桌面是一個死角；自己在桌上寫的東西拍攝不到。他哈哈笑了一聲。

「你們真沒事幹啊，跑到我實驗室裡裝置鏡頭偷拍，公司的安全部門全淪陷了，還好我的實驗室裡沒鈔票、沒毒品、也沒美女，除了儀器設備啥都沒有……」

葉運隆正在強顏說笑，影片已經開始，他進入鏡頭開始忙著準備實驗的情況，一分一秒，還原了昨天夜裡實驗室所進行一切的實況。

實錄實驗過程，十分冗長，葉運隆沒興趣重溫一遍自己做過的事，索性閉目養神。莫里森卻是全神貫注，不敢放過任何細節；顯然這份錄影剛才才送到。

「他是第一次看到這影像。」運隆暗忖。繼續閉目沉思。

但想故作輕鬆也不容易，莫里森不時打斷他的思考，問各種細節，運隆隨口回答解釋，鉅細靡遺，於是一場偵訊答覆變得像是教授和學生一對一在上物理實驗課，運隆覺得好氣又好笑，只是此刻實在笑不出來。

突然莫里森暫停了影像，問道：

「這是什麼？你在那個長長的管端置入的小圓片是什麼？」

「標靶樣品。」

「什麼樣品？」

「鋁鎂合金，鋁八十九％，鎂占十一％。」

莫里森讓影像繼續跑，過了一會他又急著發問。

「你用X光照射樣品，溫度多少？」

運隆暗忖「這廝倒也不是什麼都不懂的糊塗偵探」，口中回答：「衝脈瞬間溫度可達一萬攝氏度。」

莫里森第三次停下發問時，影像中正顯示運隆驚喜張大口久久不能合攏的鏡頭。

「這裡是怎麼一回事？你發現了什麼？紀錄器上顯示了什麼？」莫里森一面將畫面聚焦於紀錄器放大十五倍，仍然無法辨讀紀錄器，再放大，解析度沒了。

運隆雖然感到緊張，其實胸有成竹，他不慌不忙地說：

「根據我和包爾斯教授討論的重點，我做了十分大膽的推算，仔細重設了所有實驗參數，滿以為這一次實驗會有進展……」

「什麼叫進展？你是說能量產出大過能量輸入？」

「不錯，你說的沒有錯。但是我看紀錄器上的數據竟然比之前實驗的平均值還要差，不禁感到既失望又不敢相信……就是那時我極度失望張開大口吸氣的畫面……」

「胡說，你分明是驚喜翻了天！告訴我紀錄器上顯示的數據是什麼？」

運隆搖了搖頭嘆一口氣。

「那結果實在令人洩氣，計畫好幾天，整夜苦工全廢了，詳細數字已忘了，只記得大約是預期值的五分之一。不知哪一個環節搞砸了。」

「整夜工作的數據你竟然沒有記錄下來？你騙鬼啊，還有，你在桌上低頭一直寫什麼？是不是數據全用紙筆記下，你不用電腦留下資訊是不是另有圖謀？」

運隆確知針眼沒有拍到他在桌上的動作，便毫不猶豫地回答：

「笑話，這年頭誰還用筆記錄實驗數據？我當然是用鍵盤將實驗數據詳實記載……」

這時坐在角落從未開口的大鬍子忽然開口了。

「這不對，你實驗室中的電腦已被清查過了，昨夜一片空白，沒有任何紀錄。」

葉運隆並不驚慌，一本正經地坦然回答：

「各種儀器的參數及結果數據全在電腦顯示器上，我還再三複查過，確實找不出哪裡有錯，愈查愈火大，一指敲在『刪除』上，沒輸入就刪去了！」

他瞟了莫里森一眼，只見他氣得一張臉通紅，卻想不出下一句話怎麼駁斥這個「狡詐」的台灣人。這時那大鬍子又開口了。

「葉博士，你這兩天有沒有和中國清華大學來的女教授孫霜見過面？」他突然換了完全不同的題目。

這回葉運隆聽出這個大鬍子說話帶著濃厚的美國南方口音，他曾在田納西橡樹嶺國家實驗室工作過好幾年，對美國南方佬的口音有深刻的印象，加上他天生對各種口音差異的辨識比較敏銳，這時他幾乎可以斷定這個大鬍子是美國人了。

聽到這個問題，葉運隆終於猜到這一次問訊的重點了，他心中飛快地盤算了一下：

「昨天接到孫霜教授的微信，她在芝加哥開會，今天會到多倫多來，希望能參觀我的公司，跟我見一面……請我保密。」他暗忖：「他們既然已經掌握了孫霜的行蹤，我也不隱瞞，反正我和孫霜尚未見面。」便坦然回答：

「我昨天才接到孫教授的消息，我回她到達後再聯絡。今天還沒有她的消息。」

大鬍子有點發怒地駁斥：

「不，你沒說實話，孫霜教授沒有去芝加哥開會，前天就到多倫多了，你說謊，一定已經見過她，今天你必須交代，什麼時候見她的？談了些什麼？有沒有交給她什麼東西？」

他一激動，南方口音就更明顯了。運隆遇事一向善斷，很少猶豫，他掏出手機來，找到孫霜昨天寄出的微信遞給莫里森和大鬍子看，兩人看了對望一眼，大鬍子顯出一些不敢置信的表情，運隆一時不能確定是真還是演戲。

孫霜教授的微信發於昨天下午三時七分，內容是：

「葉博士，我在芝加哥開會，明天中午會到達多倫多，希望能參觀一下世紀新系統公司及您的實驗室，請安排，謝謝。孫霜。」

莫里森搖頭，對大鬍子道：

「這微信昨天發出，但未必是從芝加哥發的，是不是？」

這種時候葉運隆從不放過插口的機會：

「你們很厲害，可以去查呀。」

他知道就算是美國、加拿大的國安單位「無所不能」，要摸「微信」的底也不是一時三刻就辦得到。

大鬍子冷冷地道：

「當然要查。但我們有確實情資，孫霜教授前天就已到了多倫多，葉博士你這一則微信不能證明你們還沒有見過面，我肯定這條微信是孫教授故意發出以達誤導的目的。葉博士，我還是請你交代清楚，你今天上午有沒有見到孫霜？」

「沒有，我說沒有就是沒有……」

大鬍子打斷他說下去。

「那你上午去多倫多大學物理系做什麼？」

「我去找包爾斯教授討論我的實驗為何失敗。」

「你見到包爾斯教授了嗎？」

「可惜沒見到，他去了京斯頓（Kingston）皇后大學，整日在那邊物理系開會，我事先沒有約好，結果跑了一個空……」

大鬍子再次打斷運隆：

「那麼為什麼我的情報是孫教授九點半鐘也到了多倫多大學物理系，在那裡停了約十五分鐘？」

運隆開始感到不對勁，他確信孫霜教授的微信內容應該是真的，那麼大鬍子用這些謊話來逼問，是要強行入自己於罪嗎？

想到這裡，他心中產生一陣寒意，奇怪的是這種感覺竟比當年他被綁架在庫德人手中還要令他心生恐懼；此時他無暇去分析其中代表的意義，難道陷入國安局的陰謀比落入「恐怖分子」的手裡更可怕？

他只能再強調一次：

「我不知道你的情報，只知道我昨天收到孫教授這封微信，其他的我一概都不知道！」

莫里森瞪著葉運隆，嚴厲地警告：

「葉博士，我們認為你已惹上最嚴重的麻煩，既然我們已懷疑你的忠誠，你的實驗結果到底是什麼，你電腦中輸入的每一筆資料、你跟所有人通訊紀錄的內容，我們都有辦法查得一清二楚，到這個地步你完全不可能隱瞞任何東西，你唯一應該做的就是與我們合作，戴罪立功……」

葉運隆愈聽愈火，自己這項發明將能改變全球的能源結構，如果科學正確，發展順利，它對人類的貢獻將遠大於十年前高溫抗蝕材料的發明，有了上一次的經驗，他算是刻骨銘心地瞭解了匹夫無罪懷璧其罪的道理，這一回他原想暫時不讓任何人知道技術祕密，連公司也不能拿到數據。

這項發明有用到公司的實驗設備，公司自然有權宣稱智慧財產權，不過整個研究工作卻不是公司的研發項目，自然也沒有申請公司的研發經費，完全是他利用下班後時間進行的實驗，所以只要實驗數據掌握在自己手中，他就可以找律師好好和公司談判智慧財產權的分配。在他心深處，這回藏了一個私心，他想要借數據在手作為槓桿，向公司爭取和台灣各方面談技術轉移或是在台灣設廠的權利。台灣是他出生成長的地方，他在國外這麼多年，雖然在科技研發的事業做得有聲有色，但他心中總是存著一份回饋的心。從小在台灣長大，他深知自己的發明如果建造成小型的核融合機組，最適合台灣的社經發展型式。

「這些國安人員的腦袋已經僵化，居然懷疑我要將技術機密賣給中國大陸，真是錯得離譜，可是目前我的處境確會被認定涉嫌重大，一不小心就弄得跳進黃河也洗不清……」想到這裡，他覺得至少該澄清他和中國大陸的關係。

「老實告訴你們，我去中國大陸兩次，雖然和他們談了合作的可能，嘗試將我發明的MSR技術應用在他們即將興建的小型核反應堆上，他們也確曾深感興趣，甚至和『世紀新系統公司』的老闆和法律部門都有過接觸，但我的實驗室始終沒有讓中方人員參觀過，更重要的，到了最後他們的項目拍板定案時，採用的核工材料是他們自己開發的材料，並沒有採用我們的產品。我和中國大陸之間的關係便止於如此。」

他說到這裡，莫里森的表情似乎有些鬆動，看來有些同意這個說法，但那大鬍子卻搖頭道：

「我們問的是你昨夜實驗的數據，你扯一大堆十年前的發明，能證明什麼？啥也不能證明！再說……」

他將已經跑完的影像倒回到其中一段，然後停下問道：

「葉博士，昨夜在影像上這個時間點，你去了隔間房間一陣子，你到隔間去做了什麼事？」

葉運隆見大鬍子又用「突襲」這套伎倆，他壓抑住心中不爽，平靜地回答：

「隔間是我實驗室的準備室，我做完實驗一定一切復原，該放回去的就放回去，平時是我的助理們做這些事，我工作到深夜時便自己做，又怎麼了？」

雖然力持冷靜，最後還是忍不住反問了一句，並睜圓了雙眼瞪著大鬍子。

莫里森見狀，接過對話：「這個我們也會細查，葉博士，我最後問你一句，你的實驗數據究竟藏在哪裡？」

「我歷年所有的實驗數據全存在這電腦中，你只要得到公司的許可，儘量查吧，如果各位沒有其他的問題，我……」

此時莫里森的手機「叮」地響了一聲，他一面打手勢要運隆暫停說下去，一面低頭細讀進來的訊息，十秒鐘後他瞟了大鬍子一眼，然後對葉運隆道：

「暫時沒有問題了，你可以自由離開，葉博士，謝謝你的配合。」

他的口氣忽然變得平和有禮貌，遙控打開了偵詢室的厚門，運隆不禁一愣，轉眼看那大鬍子，也有些疑惑的樣子，運隆也禮貌地詢問：

「還沒有請教您的大名？」

「卡當，約翰・卡當。」

他站起身來，大踏步走出偵詢室，走到門口，停下身來。

葉運隆雖然聰明絕頂，其實自小就是個實心眼，他被抓了問了老半天，臨離開時還是忍不住回馬一槍：

「可是ＣＮＳＢ擅自在我實驗室的空調通風口私裝偷窺針眼，算不算犯法？」

莫里森微笑答道：

「算，當然算。可是假如是公司安全部門裝的，我們犯什麼法？」

運隆倒抽一口涼氣，心中一寒，快步走出。
偵訊室厚重的門自動關上，莫里森把手機上最新的簡訊秀給大鬍子卡當看。是包爾斯教授從京斯頓皇后大學發來的。
「根據昨夜錄下的影像研判，我有相當的信心告訴你，那人的實驗已得到成功。」
大鬍子約翰・卡當凝視那條簡訊，雙眼閃過一道凶光。
「這個台灣博士還沒有見到中國來的教授，阻止還來得及！」

華航的CI 5班機降落在桃園國際機場，一路平穩，機場空域的天氣是風和日麗，飛機輕輕觸地，旅客幾乎沒有感覺。
梁菊抱著黑色帆布袋，鄰座的楊瑞科禮貌地站在通道讓過，梁菊輕聲道謝，她一路上睡睡醒醒，和楊瑞科沒有多少交談。
提取行李時，楊瑞科十分殷勤地幫忙，他自己只有一件小行李箱，幫梁菊兩隻大行李箱放上推車。
梁菊抬頭道謝：
「真謝謝您，楊先生。」
她發現楊瑞科身材真的很高，怕不有一八五公分以上，嘴角掛著微笑。
梁菊小心翼翼將手中的黑色帆布袋放在行李箱上面，切實放置穩妥，這時聽到楊瑞科輕聲問：
「親人的？」

梁菊明白，肯定是上飛機時那個座艙長對空服員的耳語被他聽見了，只因楊瑞科關切的聲音十分誠懇，讓她不覺唐突，便不自覺地回答了。

「我先生的。」

「噢，很抱歉……總算，算是落葉歸根吧……」

梁菊點頭，再道了聲謝，推車走向海關。

梁菊的計程車按照輸入GPS地址，停在新竹市東區金城一路的「世紀新城」前，已經超過晚上十一點鐘了。

梁菊記憶中，這裡原是一大片中高階軍官的眷區房舍，每家都是獨門獨戶，院子種植了許多花木，幾十年下來木已成蔭。除了易維護的原生樟樹、苦楝等，軍眷們都很實際，既然植樹，就多種些果樹，有芒果、荔枝、蓮霧、龍眼，既有綠蔭又有收成；種花就種香的，玉蘭花就十步一種。

這些眷舍都不見了，高樓大廈矗立起來，「將軍村」成了歷史記憶，梁菊心中懷著昔時的情景，手上捧著兒時的玩伴、半生的牽手，可惜人逝物非，一切顯得那麼的陌生。

她按照門牌號碼找到運隆父親——她的公公的住所，好心的司機幫她拉行李，才到樓前看見一個白髮蒼蒼的老人在燈光下對著她猛揮手：

「阿菊，我在這邊……」

老人快步迎上來，看來行動還行，他接過兩件行李，引梁菊進入前廳。

「爸，您慢慢來，我可以自己拉一件行李。」

老人不由分說，拉著兩件行李帶梁菊上了電梯。

「我住六樓，右邊那間六之一。」

梁菊多年不見公公葉國麟，第一個印象是公公怎麼老成這樣，進了家門，公公幫她安置行李，行動利索，她才感覺到公公身體還行，只是聽覺退化，說話聲音超響。

葉國麟低頭面帶哀戚，梁菊知道他老人家看到了放在圓桌上的黑色帆布袋。

「爸，對不起，這次沒能救回阿隆。」

葉爸抬頭望了望梁菊一眼：

「梁菊，妳說什麼？」

梁菊大聲重複一遍，葉爸輕搖搖頭道：

「車禍意外，怎能怪到妳？梁菊。」

梁菊聽到「車禍意外」四字，心中緊了一下，想到車禍發生後，警方以調查這場車禍是否牽涉到其他因素為由而登門，將家中運隆的電腦、iPad都拿走，說是檢查完畢後便會還回，結果大半年過了也不見歸還。梁菊在事故發生第一時間曾向警方索取運隆隨身攜帶的手機，得到的答案是車禍時發生燃燒，手機完全燒毀了。

然後梁菊想到那個數位相機，運隆臨離家前特別叮囑，一定要藏好，那是運隆對她說的最後一句話。

她在相機中找到十張最新拍攝的相片，十張充滿各種數字、符號、英文字母縮寫，外加一些中文的簡述文字；拍攝時間是阿隆出車禍那天的凌晨五點鐘。

她知道這是阿隆生前最後的實驗數據，肯定有極大的價值，她想到十年前他被綁架的事。這次回台前便悄悄將那張ＳＤ卡取出，隨身藏妥。留著那隻空的數位相機，想到萬一引人起疑而追究記憶卡的下落，反而不妙，但是梁菊很喜歡這隻相機，袖珍而性能好，當年用它拍了許多珍愛的照片，有些捨不得拋棄，便留在家中了。

葉爸見梁菊陷入沉默，以為她在哀思，便也不言默默相對。直到梁菊回過神來，輕聲問自己：

「真是車禍意外嗎？阿隆，你告訴我……」

葉爸耳背，沒有聽見。

葉國麟是一九八〇年代第一批從美國回國在新竹科學園區創業的「海外學人」，他和朋友合力創立了一家通訊方面的科技公司，屬於那年代的高科技產品，波灣戰爭時曾經紅極一時，後來這行業進入網路、衛星……等更前端的領域，日新月異的新科技層出不窮，在新竹的研究發展能量畢竟有限，逐漸跟不上最先進的浪潮，公司雖然仍然盈利，但發展受到限制，很難更上層樓了。

兩年前葉國麟從公司退休，在新竹和台北都購置了房產，他大部分時間住在新竹，有一位女傭每日來負責打掃、清洗及做晚餐，每次四個工時，他除了耳朵重聽，身體其他方面還算健朗，這樣的退休安排過日子，在別人看來也蠻舒服的。

然而葉爸最大的痛心便是老伴因癌症早逝及半年前獨子的意外逝世。白天的時間還好打發，他可以看書、看電視劇、瀏覽網路上各種感興趣的資訊，甚至也學著玩玩線上遊戲，只是午夜夢迴時，他清楚地意識到自己是個獨居老人了。

梁菊帶著運隆的骨灰回家，這是葉爸提出的要求，他心深處存著一個想法：梁菊這次回來，也許可以說服她留下，在台灣長住。

梁菊這個媳婦，他是從小看著她長大的。梁菊出生於窮苦的低階眷村，梁媽媽曾是葉家的女傭兼阿隆的保母，阿隆小時候最喜歡的玩伴便是梁菊。葉家夫妻倆都很疼愛這個媳婦，待她一直有如親生女兒，梁菊以前一直叫「葉爸」和「葉媽」，直到嫁給運隆後才改口，去掉「葉」字。

梁菊將她的行李放好，從客房出來，對葉爸大聲說：

「爸，您這公寓真大啊，連客房都不止十坪，您一個人住會不會覺得不方便？」

「我這個公寓號稱坪數有五十八坪，在台北我有兩套小公寓，都只有三十坪，但每一套的價值都起碼是這棟公寓的三、四倍。」

「哇，爸您是小富翁欸，您台北的房子在哪裡？」

「一套在台北大安公園附近的巷子內，我去台北時便住那兒，另一套在大直的黃金地段，租給外商……不過目前是空著的……」

說到這裡，他忽然轉對梁菊道：

「阿菊妳這回會在台灣長住吧？我大直那套房子空著，正好給妳住。」

其實梁菊心中也在考慮要不要搬回來長住，自己父母都不在了，在加拿大除了乾兒子威廉・休斯，也沒有其他的親人，不如回台灣來照顧公公，替運隆盡幾年孝道。只是這是個重大決定，她還沒有想清楚。

葉爸沒聽見她回答，他自顧自說下去：

「大直那套房子地點其實正好，鬧中取靜，生活機能特別好，那一帶的房價比台北大安區蛋黃區還要高，住那裡，無論是進市區辦事還是去郊外健行都特別方便……哈，妳看我，倒像是房屋仲介商了，哈哈哈……」

「爸，謝謝您，讓我考慮考慮再回答您。」

葉爸好像忽然想起，拍了拍前額：

「妳看我真糊塗了，阿市為妳準備了宵夜，紅燒牛肉麵，妳該餓了吧……麵條現下，幾分鐘就好。」

梁菊見他老人家說話和行動有點顛三倒四，知道是平日寂寞的日子過久了，好不容易有個親人回家，老人家情緒有點嗨。便扶持他坐下，一面走向廚房。

「我來煮，哇，這麼一大鍋牛肉湯，爸爸，我陪您吃一碗宵夜。」梁菊其實一點也不餓。

葉爸看到自小就疼愛的媳婦在廚房忙著弄宵夜，一種說不出的幸福感湧上心頭，這位生活看似優裕的獨居老人幾乎落淚。

葉運隆的骨灰安放在新竹「懷恩生命紀念館」，一個建築、設備和管理現代化的新式納骨塔，由科學園區管理局及新竹市政府共同核發執照。葉爸在科學園區創業、工作了四十年，運隆在園區的學人宿舍長大，他的骨灰安放於此，沒有更佳的選擇了，梁菊十分感激葉爸的考慮和安排的周到。

儀式很簡單，參加的除了葉國麟和未亡人梁菊，就只有葉爸在園區公司的合創人和幾位資深老同事，很意外的是一位特別來賓，清華大學核工系退休的王銘教授，他和葉家一直維持聯繫。梁菊記起來，王銘教授是運隆中學同學，對MSR核反應器特別感興趣，二〇一五年特地趕到多倫多來看運隆，兩人長談了整晚。梁菊記得他，他的煙癮不小，每聊幾十分鐘便要告罪出門，到山坡下樹林中吸一支煙，然後回來繼續聊。

安放了運隆的骨灰，梁菊完成了這次回國的要務，心中似乎放下了一塊石頭，但心頭卻又像被壓上了新的無形的沉重，她一時也搞不清楚那份沉重具體是什麼。午後回到葉爸家裡只覺得好累，倒床便睡，這回真睡熟了，醒來時窗外夕陽正緩緩落在遠方樓房之後，她一時不知身在何處，感到一陣莫名的、似幻的恐慌，但待她清醒了，她確然感到那恐慌是真的，只是不知道是什麼。

她連忙起來到客廳，只見葉爸在看書，一個年約六十的婦人正打掃完畢要去廚房做晚飯。葉爸放下書，介紹梁菊和女傭認識。

「梁菊，這是幫我們打掃做飯的阿市；梁菊是我媳婦。」

阿市連忙停下，笑著打招呼：

「您好，葉太太，我在老先生房間桌上看過妳和妳先生的照片，妳和照片上一樣年輕漂亮。」

「阿市妳好，麻煩妳每天來幫忙，家裡打掃得乾淨整齊，我爸和我都很感謝妳的辛苦。」

梁菊小時她媽媽便在葉家幫傭，此刻她對阿市不但感謝，且有一份親切之意，阿市倒是沒料到初見的少奶奶是那麼和藹可親，多看了梁菊一眼，才鞠躬轉身進廚房。

「妳回來後我看妳都有時差，幾天都沒睡好，這一覺睡得好，可以補一補了。」

「是啊，都睡到天黑了，補是補，晚上恐怕又睡不著了。爸，我考慮了許多，決定暫時留在台灣了……」

葉爸不等她說完便開心地大聲道：

「妳留下了？太好了，妳要是喜歡住台北，或是去台北辦事，就住在我們在大直的房子，那間房子之前租給外商，最近因為局勢關係，好多外商都離開台灣，仲介商說一時不容易租出去，除非降價租給內需，妳回來正好住那裡，房子的格局、設備、裝潢都是美國規格，妳一定喜歡。」

梁菊心中感激葉爸為了想她留下，設想得無微不至。她點頭：

「以後我在台北、新竹兩邊住，高鐵半小時就到，太方便了。」

「是啊，咱們公公媳婦兩人都可以新竹、台北兩頭跑，在台北咱們各住各的，回新竹家住一起互相有個照顧……」

老人笑咪咪，對自己的設想似乎極是滿意。

「妳說呢？」

「當然好，但也要爸爸有狡兔三窟才行啊。」

葉爸對這回答很滿意。兩人聊了一會兒，手腳俐索的阿市已經在餐廳喊「吃飯了」。

吃過晚飯後，阿市洗好碗盤下班走了，梁菊沏了一壺茶，是新竹峨眉鄉的「東方美人」，和葉爸相對坐著品茗說話。

「爸，有一樁事，我一直還沒跟你說……」

「什麼大事？」

「阿隆在美國有一棟房子，在田納西州的納許維爾（Nashville），樓上可以看到坎伯蘭河景，風景很不錯，他生前把這幢房屋給了您……」

葉爸打斷：「我耳背，有沒有聽清楚啊？妳說阿隆要把房子給我？他的遺產當然全是妳的，我要一幢美國的房子幹什麼？」

梁菊聽他這麼說，顯然聽得十分清楚，便笑著解釋：

「那是阿隆在橡樹嶺國家實驗室工作時付頭款買下的，是他第一筆置產，他跟我提過不止一次，那時他一心想送給爸媽作為感恩的紀念物，這次他出事後律師把他簽名的遺產分配影本給我看，爸，我知道你不需要這幢房屋，田納西的房地產也值不了多少錢，但是這是阿隆的孝心，而且有紀念價值，你一定要接受……」

她本來說得溫柔，但為了讓葉爸聽得清楚，只好說得大聲，倒像是在爭辯，自己聽著也覺得有點好笑。

「阿菊，阿隆走得突然，妳又沒有工作，他的財產都該你繼承，妳不要管……」

梁菊打斷葉爸：

「爸，阿隆很會投資，更加上他公司裡幾個專利給他帶來不少收入，我的積蓄夠我生活綽綽有餘，您放一百個心，再說，我真沒錢用了，便伸手向爸要。」

最後這句話很管用，葉爸聽了，笑了起來便不再堅持。

梁菊接著說：

「但是要過戶這幢房屋，您必須去美國在台協會接受面詢，辦一個公證的手續……」

「就是美國官方證明我是葉運隆的父親，對吧？」

「不錯，我已經在線上和ＡＩＴ預約了下星期二上午，我陪您去辦妥這個公證，然後我們就可以辦過戶了。」

「既這樣，我就跑一趟吧，反正我整天沒事，又有妳陪著我去。」語氣透著開心。

梁菊暗忖：

「葉爸在美國留學，英文交談完全不成問題，但因聽力減退，使他失去與人應對的自信，有我陪著去ＡＩＴ辦事就高興得像個孩子，唉……」她為能說服葉爸感到欣慰，又覺得有些傷感。

梁菊陪著葉爸，正準備去竹北高鐵站，電話鈴響了。

葉爸是老派，雖然也用手機，家中一直維持固定電話，在他老人家的各種個人資料中填寫的電話號碼，還是這個用了幾十年的號碼。

梁菊想去接聽，葉爸已經拿起話機。很奇怪，重聽的人往往聽電話中傳來的聲音比較清楚，葉爸聽了一會，按住話筒，對梁菊道：

「一個姓楊的人找妳。」

「姓楊的？」梁菊心犯了疑，接過電話聽筒喂了一聲，聽到一個似曾相識的聲音：

「對不起打擾了，梁女士，我是楊瑞科，還記得嗎？我們在飛機上座位相鄰……對，就是我……」

「你怎麼知道這個電話號碼？」梁菊有些驚訝，也提高了提防心，說話的聲音便不那麼友善。

「啊，那天在機場拿行李時，我看見您行李上的名牌上寫有這個電話號碼，我猜您是為了萬一行李有失誤，航空公司或拿錯行李的人可以用這個號碼與您聯絡……」

「OK，你打這電話有什麼事？」

「啊，我有重要的發現，我發現妳就是十年前在克里米亞救出人質的神槍手，對不對？」

對方的聲音愈來愈興奮，像個小孩發現了大祕密，忍不住急著說叫出來。

梁菊覺得有些好笑，繃緊的情緒便鬆懈下來，聲音也溫和了一些。

「是這樣啊，你真觀察入微啊，請問你找我有何貴幹？」

「我發現了這個祕密——我是用不同的搜尋引擎查您的名字，你猜我找到什麼？我找到二〇一四年《克里米亞日報》的頭版新聞，您的照片和二戰蘇聯女英雄狙擊手柳德米拉・帕夫……帕夫……」

「帕夫里琴科。」

「對，對，帕夫里琴科的照片和您並列，哇塞，那時您真年輕漂亮，不，您現在還是年輕漂亮……」

梁菊忍不住噗哧笑了，她打斷對方熱切讚美的話，問道：

「楊先生，那天謝謝您幫我提行李，您今天打電話給我還有什麼事？難道就是發現我是梁菊，在飛機上不就告訴你我是梁菊了嗎？」

楊瑞科還是滿心的興奮：

「我想要和您見面，也許……也許略微採訪您幾個問題，您知道，我是《洛杉磯論壇報》的通訊記者。」

梁菊用力回想飛機上的情景，她記得楊瑞科個頭很高，長得也很不錯，但面貌五官卻有些模糊了，只記得整個人很不討厭，甚至還有點可愛。

「你知道的，這個電話是新竹的號碼；我和我公公要去台北，什麼時候回來不確定，你過幾天再……」

對方殷切地打斷：

「我住台北，我們能不能約在台北見面？譬如說，喝個咖啡什麼的……」

梁菊暗中考慮：

「在飛機上雖然對我很禮貌很殷勤，我們並未多做交談，但這人居然能追到新竹來也是厲害，記者追人的本事真不是蓋的，也許……」

想到這裡，她便同意了。

「好的，後天星期三下午我有空，你說個時間地點。」

「謝謝，後天下午三點鐘，在仁愛路福華飯店中庭的自助餐廳，可好？他們有很好的下午茶……」

「好的，我會準時到。」

「謝謝，梁女士，太感謝您了，我會先到恭候。」

梁菊想到後天中午，她和葉爸一道午餐，從葉爸大安區的公寓走路到福華飯店最多十幾分鐘。

「真會選地方。他是個記者，記者都是包打聽，我也正好打探一下最近台灣各方面情形，我雖然從台灣出去，好一段時間沒有回來，太多事物都變了。」同意和楊瑞科見面，這就給了自己一個好理由。

美國在台協會ＡＩＴ的新地址是內湖區金湖路一〇〇號。

梁菊和葉爸到台北，先在大直的公寓憩了一腳。那公寓的裝潢、設備和家具的確高級，比起梁菊在加拿大的住所，可算豪華了。

他們從大直叫了一輛計程車，司機聽客人要去美國在台協會，話匣子就打開了。

「我小時候就住在那一帶，那時人很少，就是野外郊區啦，市政府曾經把那塊地用作大卡車駕照的考試場地。」

梁菊隨口搭了一句：

「後來怎麼成了美國在台協會的辦公地？」

司機一聽可來勁了。

「我看你們恐怕是從中、南部上來的吧？ＡＩＴ之前的辦公室一直在信義路，後來有個姓楊的主任，他覺得信義路那邊房子太小，四周也不夠安靜，便向我們政府要求搬遷……」

「姓楊的？是華裔的美國人？」

「不不，是白人。他中文名字姓楊，好像叫什麼楊書豪……」

梁菊聽這個愛亂蓋的司機又把林書豪的名字攪和進來，不禁暗笑。

「總之這個主任有野心，他看中內湖這塊地好，便將四周坡地全要了，圈起來和外面完全隔絕，好大塊地，搞得像是情報機關，妳知道，就像國安局、調查局那種。」

「你說ＡＩＴ是為了做情報工作？」

「對呀，所有國家的駐外單位都在做情報，美國尤其厲害，你們懂不懂台灣這麼小，他們要搞那麼多情報人員來幹什麼……」

「恐怕是就近做中國大陸的情報吧？」梁菊隨口答一句。

「答對！我聽說上回反送中，香港ＡＩＴ基地搞砸後，就撤到台灣來，最近他們還嫌地方不夠大，要市政府把旁邊一塊學校用地撥給他們用，幹，市政府居然說台北少子化，不用興辦學校，就答應了。是不是有點過分？」

梁菊暗笑：

「這人以為ＡＩＴ是情報組織的縮寫，居然說什麼『香港的ＡＩＴ』，真可笑。」

司機先生見梁菊這回沒回答，有點失望，便補一句：

「反正我們政府碰到老美便軟趴趴……」

見梁菊仍未答腔，他便自作結論：

「靠倚別人保護，沒法度。」

梁菊不想跟這位司機多談，仍然沒說話，司機便打開收音機聽名嘴政論開罵了。

還好，車子轉過，ＡＩＴ已經到了。

辦理公證等事務是在ＡＩＴ辦公室的二樓，正式面試以前要先做一般資料的確認，梁菊陪葉爸排隊等了二十分鐘，終於輪到葉爸。

一位台灣人僱員檢查了葉爸的資料，一一登入電腦，用台腔英文簡單問了幾個問題，梁菊回答了，那人忽然問道：

「你們究竟是哪一位要辦公證？」

梁菊連忙說明：「是我公公葉國麟要辦，我是陪他來的——他有些重聽，我怕他聽不清楚問話才……」

「等會面試時你也要陪他？」

梁菊點頭稱是。

「那妳的資料我們也要登記一下，麻煩妳的身分證件給我看看，還有，你和葉先生的關係證件。」

梁菊有備而來，她拿出身分證及中英文戶籍謄本，前者載有她和葉運隆的夫妻關係，後者載有運隆和葉爸的父子關係。

那人看了資料，又看了梁菊一眼，面色有些嚴肅，忽然道聲：「請等我一下。」便走向後面另一間房。

葉爸和梁菊互望一眼，不知這個辦事員在搞什麼，過了五分鐘他仍未回來，梁菊不禁有些起疑。

「難道我們的資料有問題？他不當面質疑，反而跑到另一間房間去？」

還好，那人回來了。坐到座位上，面無表情地道：

「可以了，請到左邊找個位子坐下，稍後會呼叫你們進去面談。」

梁菊陪著葉爸又等了十幾分鐘，終於聽到廣播葉國麟，他們進入二樓辦公室。面試葉爸的是一個中年官員，一頭灰髮很濃密，五官長得端正而斯文，梁菊看了他一眼，覺得這個洋人年齡大約五十左右。桌上放了一個不鏽鋼製的名牌，上面刻著「尤金・李斯特」，沒有單位、職稱。

李斯特友善地向葉爸打招呼，請梁菊坐在身旁。

「葉先生是為不動產來公證身分的，資料上說您有聽覺困難，要請您的媳婦梁女士協助？」

梁菊在葉爸耳邊簡要提了一兩句，葉爸就用英文回答：

「是的，不動產是我兒子艾瑞克・葉贈與我的遺產，是座落在納許維爾的一棟兩層樓房子。」

「啊，您的英文說得很流利呀。」

「我從一九七六年到一九七九年在美國伊利諾大學唸研究所，一九七七到八一年在貝爾公司工作兩年……然後我回台灣在新竹科學園區創業……」

「是的，您的資料上寫得很詳細。這麼說，我只要大聲說話，我們就可以直接用英語交談了？」

「恐怕還不行，您說的我其實有些聽不清楚，我是用猜的。但今天的面談不是聊天，不容有言語誤解，所以我還是請我的媳婦梁菊來轉述，以防萬一……」

「好的，梁女士請轉告葉老先生，我想問他在新竹科學園區的事業是哪一方面的？技術來源是何？主要產品是什麼？主要買主是誰？」

葉爸弄清了他的問題，一口氣回答：「我們創業公司主要是無線電通訊方面，產品以智慧天線為主，技術來源九十％是自主研發。我們的客戶美國占了四十％，商用軍用都有，歐盟占二十五％——主要是銷西班牙。」

「沒有銷到中國大陸？」

「有的，約占十五％。其他，東南亞也占十％左右吧。」

「中國客戶主要是誰？」

「都是代理商，終端客戶是誰便不知了。」

「產品中用到美國技術的百分比是多少？」

「什麼？百分比？」

梁菊在葉爸耳邊重複一遍問題。葉爸忽然笑起來。

「你問美國技術的占比？零！哈哈，零！」

李斯特有些吃驚的睜大眼睛看著葉爸，梁菊發現他臉上並無不悅之色，反而是一種感到有興趣的表情，不禁多看了他一眼。她覺得這個尤金・李斯特不像公務員，倒有一種文化人的氣質。

「真的？」

「那年美國的雷霆公司控告我們侵權，打了兩年官司，結果判決我方勝訴，雷霆公司沒有立場向本公司提出任何智慧財產權的宣示；李斯特先生，您說敝公司產品中美方技術占比是不是零？」

李斯特居然也笑了起來。

「不錯，是零。其實……這些我都知道，確認一下而已。再說，葉先生您已從公司退休了是不？」

梁菊和葉爸都有些愕然，李斯特在桌上電腦上查看了兩頁資料，接著道：

「回到葉先生公證身分的事，幕僚已作業完成，沒有進一步的問題了，您需要的證件會用電郵傳給您，紙本文件一週後可到ＡＩＴ來領取——如果不方便，也可以註明要用郵寄。請你們按規定繳費即可。」說著將一張面談通過的證明遞給葉爸。

梁菊輕聲在葉爸耳邊轉述了，兩人對望一眼，梁菊道：

「方便，方便，沒問題，一週後我來領取，老人家不必來了吧？」

「不用，憑身分證領取。」

梁菊和葉爸站起來告辭，李斯特和梁菊握手時低聲道：

「梁女士，艾瑞克・葉博士是個了不起的科學家，那個意外太令人遺憾，請接受我的慰問。」

「謝謝您。」

梁菊帶著一些莫名的疑問，異樣的不解，和葉爸一道離開了ＡＩＴ。

仁愛路上台北福華大飯店是一間很有品味的老牌五星飯店，雖然已有四十年歷史，但仍然維持它精緻細膩的特色，曾是台北高級飯店的前驅者。

飯店大樓中央是一個與大樓齊高的挑高「天井」，原始設計便就將這個空間作為午後的咖啡、便餐座，客人坐在其中，仰望十多層樓高的穹窿頂，便有一種豪華感的享受。

梁菊準時到達，她才走到入口處，便看到楊瑞科從裡面快步迎來。

「梁女士，真謝謝您準時赴約……」

梁菊微笑。兩人坐下後，梁菊說：「你就叫我梁菊，女士女士的我不習慣。」

「您長住加拿大，初次見面，男士不是都會稱呼『夫人』嗎？我還以為您一定習慣的。」

梁菊莞爾：

「用英文聽起來就還好，用中文叫起來就覺得有點煩。」

楊瑞科機不可失，接道：

「那好，您也不要叫我楊先生了，就叫……」

梁菊緊接道：

「好，我就叫您楊瑞科。」

兩人相視而笑。這回梁菊總算看清楚了楊瑞科的長相。

「這人看上去很年輕，恐怕四十才出頭……長得竟然有些像……像阿隆。」

「梁菊，妳有多少年沒回台灣了？」

「上次回台灣是我婆婆過世，我們回來奔喪，算算十多年了。」

「十多年！台灣的變化之大，恐怕不是妳所能想像，政治上的、社會上的、還有年輕人的想法……包括他們的時尚、崇拜的事物，對人際關係、愛情婚姻的看法等等，都和我們那一代有相當大的落差……」

「我們那一代？你是哪一代的？」

「哈哈，我算是七年級生吧，在零零後世代人眼中已經是ＬＫＫ了。」

「七年級生？我可是六年級，我們不同世代。」

「是嗎？妳看起來真年輕，完全不像六年級生，我覺得妳比我還年輕。」

「不談年齡了。楊瑞科你約我出來喝咖啡，除了發現我是梁菊，還有什麼大事？」

楊瑞科盯著梁菊看，然後搖了搖頭：

「妳絕對沒五十，我……啊，我發現妳是那個有名的梁菊之後，又發掘出一些有關妳的零星報導——大都是烏克蘭、加拿大及美國的媒體，對妳十分地心儀，便想再跟妳見面，多瞭解妳一些，妳知道，對我這個媒體人來說，像您這樣一位奇女子，如果放過進一步瞭解的機會，那是叫做失職……」

梁菊見他說著說著臉上竟出現崇敬的神色，稱呼也從「妳」又改回「您」，忍不住笑了。

「楊瑞科，你想知道什麼，問吧。」

楊瑞科凝神想了一會，似乎在思考第一句問話問什麼。

「我查到葉博士半年前在多倫多因車禍去世，您覺得那真是一次意外事件嗎？」

梁菊心中嚇了一跳，怎麼一上來會問這個，這人是不是有毛病？

她凝視對方，想要從他的眼中讀出一些訊息，然後她看到的是一雙明亮坦誠的目光，不帶一絲陰影。

「楊瑞科你問這個很奇怪，我倒要先問你，為什麼問這個問題？」

「我查到葉博士在COVID-19之前曾到過中國，和北京清華大學的ＭＳＲ團隊討論技術轉移……說實話，葉博士之前因為他的發明遭到庫德恐怖分子綁架，這次所謂意外車禍，我直覺感到有些不對……」

葉運隆真是死於車禍意外嗎？這也是壓在梁菊心頭上的一個陰影，但是被這個姓楊的記者單刀直入地一問，心中忽然七上八下，竟不知如何回答。

「他為什麼會問這個？難道……啊，他是一個美國媒體的記者……」

她抬眼盯著對方，反問：

「你問這個，是不是你早知此事，而且還知道些什麼內幕？」

「不，我只是覺得葉博士被恐怖分子集團綁架，乃是因為『匹夫無罪，懷璧其罪』，這個車禍意外讓我起疑……對不起，我這人常常用直覺思考，記者當久了又養成疑心病特重，所以問得冒昧……」

「不用解釋，我也是個好奇的人，請問，對這場意外車禍你的懷疑是什麼？」

「會不會……我是說，會不會有人，有power的人，懷疑葉博士幫助中國，會將技術機密給中國，於是，於是就殺了他？」

「為什麼這樣想？」

「葉博士的技術似乎可以解決熔鹽式核反應爐ＭＳＲ材料上的難題，而熔鹽式核反應爐有可能成為未來主流能源，中國是世界上唯一立項要建造ＭＳＲ的國家，葉博士為了使他的發明真正應用於下一代的核能發電上，確有可能與中國合作，甚至他所屬的公司為了做生意也會有意願，但美國和中國開打了貿易戰、科技戰……美國國安單位一定會盡力阻止葉博士和中國合作……」

「你想多了吧。葉運隆是在加拿大一個民營的新材料系統企業做事，公司既不做軍火，也不做能源，和美國國安更扯不上什麼關係……」

「不，美國國安單位既能讓加拿大警方拘捕孟晚舟，就能教加方製造葉博士的車禍意外死亡……對不起，我只是瞎猜……」

梁菊其實對這個陌生人說的每一句話都有感，但她對此人的交淺言深心存顧忌，她想了一想，只是淡淡的反問：

「你想多了，你們記者平時挖新聞都這樣海闊天空嗎？」

「我們當然要有敏銳的嗅覺，但更重要的是要做好基本功，不能漫無章法地亂挖。」

「這事不是你想的那樣……」

「但還有另一種可能！」

「另一種可能？什麼可能？」

「就是中國用暴力方式從葉博士處得到了祕密，然後殺人滅口……我擔心……」

「你有完沒完？我們初次見面，你儘胡說一些有的沒的，告訴你楊先生，我的事不勞你費心，如果沒有別的事，我還有事要辦……我先走啦，謝謝你的咖啡。」

梁菊起身，但她臉上並無怒容，只流露出一種被攪亂一池春水的不安，看在楊瑞科眼中，更增加他的愧疚，連聲道：

「對不起，是我魯莽了，是我冒昧……」

梁菊已經轉身離去。

天剛亮，朝陽雲層中微透霞光，大直沿基隆河的河濱步道上，梁菊一身黑色的運動服在晨跑，不是閒散的慢跑，是高強度的跑步。

晨跑原是葉運隆的每日必修的課程，梁菊以前不常跑，自從十年前綁架案之後，她便加入了阿隆的晨跑，每天八公里，跑完淋浴後一同吃早餐，是一日間兩人唯一共同做的事情。運隆走後，梁菊偷懶了一個星期，又重新拾起這個鍛鍊，雖然只有她一個人跑，在規律的腳步聲中，她會幻想阿隆，總覺得阿隆仍然同在，亦步亦趨。

然而此時梁菊心中默想的卻不是阿隆，而是他們的乾兒子威廉。

「威廉仍然沒有音信，電話也聯絡不上，他在軍校時從未有這種情形，真不知發生了什麼事情……」

她沿著河濱跑步伐速度介於快跑與慢跑之間，這種pace是陪運隆練出來的，速度適中而能持久。

這個時辰河濱行人稀少，再過二十分鐘，晨起慢跑的人就會多起來，梁菊就跑不快了。對面有人跑過來，居然速度也還不弱，來人穿著深綠色的套頭夾克，跑得近了，梁菊發現似乎是個洋人，擦肩而過時覺得好像有些面熟，正在想這人是誰，那人已停下在她身後招呼：

「嗨，梁女士，是妳！」

梁菊停下轉看，這下認出來了。

「嗨，李斯特先生，這麼巧！您也起這麼早跑步？」

尤金・李斯特滿臉笑容地打量梁菊，黑色緊身的運動服使她的好身材展現無遺，也襯得她皮膚白皙，黛眉朱唇，運動使她雙頰泛紅，顯得健康而美麗。

李斯特有點喘氣，他深吸一口早晨清涼的空氣。

「真巧。我平時在大湖那邊跑，偶爾會來這邊，正好碰上您。您每天跑步？瞧您跑得又快又穩，我一看就知道您訓練有素。」

梁菊對他禮貌地答道：

「是的，我每天都跑，十年沒有間斷。很高興碰到您李斯特先生，您請便……」她轉身繼續往前跑，卻聽到身後李斯特的聲音：

「慢點，梁女士，妳公公的公證文件已辦好，妳今天就可以去辦公室領取……我沒事，陪妳跑一程。」

河濱有點微風，正是北台灣初夏的好季節，梁菊一面跑，一面和李斯特閒聊幾句。李斯特顯然也是鍛鍊有素，梁菊並未放慢多少，他儘能跟得上，步伐穩健，呼吸也是規則勻稱。

梁菊口頭上偶爾閒聊幾句，心中卻浮起和運隆並肩快跑時的感覺，不同的是，那時他們用中文交談。

她忽然想到，和阿隆一起在加拿大住了那麼多年，他們之間交談大多用國語，雖然偶爾也會用英語。

隨著腳下規律的步伐聲，她忽然問自己：

「什麼時候我們會用英語交談？」

她臉上漸漸露出一絲微笑，因為她已經想到了答案。

「要說比較肉麻的話、或是有些尷尬的話的時候，我們就會用英語……好像那些話用英文講出來，隔了一層就還好。」

東方旭日已升起，河濱散步的人漸漸多了起來，氣溫也升高了一些，梁菊說：

「我要往回跑了，很高興和您一同跑了一程，謝謝……」

李斯特停下身來，見梁菊呼吸如常，不禁佩服地說：

「您跑得真漂亮，還有，人也漂亮。我初次見到您時，你猜我以為見著誰了？」

梁菊暗忖：

「噢，不，這老哏又來了。」

「Michelle Yeoh！妳真像楊紫瓊。」

梁菊衝口而出：

「你覺得這是恭維我嗎？」

「啊……妳更年輕。」

梁菊忍著笑意，望著他不答，李斯特又加一句：

「也更漂亮。」

李斯特一面說，一面揮手道別，他跨越一段慢車彎道走到對面步道。這時有一個趕公車的國中女學生也快步跨越慢車彎道，忽然，一聲驚叫聲劃破寧靜。

只見一輛保時捷跑車在慢車道上以七、八十公里時速轉彎駛來，雖然正對著跨越的女生，駕駛人似乎完全沒有減速的意思，女學生驚嚇得竟然不知退回人行道，眼看就要被來車撞到。

李斯特驚罵「Shit」聲中，梁菊一個箭步竄出，抱住撲倒女學生，在馬路上飛快地滾過，堪堪避過車輪，那輛保時捷跑車竟然沒有煞車，只左右搖擺著衝上快車道，呼嘯而去。

那受驚嚇的國中女生到這時才「哇」的一聲哭出來，梁菊扶著她兩人一同站起來。

「妳有沒有傷著？」

「沒有……沒有，嚇死我了！」

「那就好，快把書包收好上學校去吧。」

「妳……阿姨，妳手臂受傷了！流好多血，我們去醫院！」

「沒事的，一點外傷，妳快去學校，不然要遲到了。」

「是，是，謝謝阿姨，剛才妳救我一命，那輛車好恐怖。」

李斯特拉起梁菊的手臂察看。

「擦傷得厲害，還是要包紮處理一下，我陪妳去三軍總醫院掛急診……剛才那輛車上肯定是酒醉駕駛，我看到了是個年輕人，他車子衝過來好像完全沒有看見前面有人，太瘋狂，Shit！」

有一輛計程車駛近，李斯特也不徵求梁菊同意，逕自招手叫車，計程車煞車停下。

李斯特用夾生結巴的中文對計程車司機說：

「Go……醫院，Tri-Service General Hospital, 怎麼說呢？……」

梁菊隔著車窗替他說了。

「三軍總醫院，急診部。」

車動了梁菊才感覺頸部和背部劇痛，而且愈來愈痛，短短車程十分鐘，她已痛到面色發青。她拚命忍住呻吟，還是被身旁的李斯特察覺了。

「怎麼了？妳手臂痛的厲害？」

「不，不是，手臂只是皮肉之傷，我的頸子拉傷了，頸……背部疼得厲害。」

「妳剛才救那女學生的動作太猛烈……超出身體的極限！」

「到了。」司機停車。

「糟了，我身上沒錢……」

「還好，我出門帶了買早餐的錢。」

梁菊從全身麻醉中醒過來，她努力回想之前發生的事，才意識到自己是在醫院的病床上。

「醒了？」

竟然是葉爸的聲音。

「這……這是怎麼一回事，爸，你怎麼會來了？」

「那個ＡＩＴ的李斯特打電話通知我，告訴我妳早上跑步時發生的事情。一位醫師為妳做了一個微創手術，妳現在感覺怎樣？」

梁菊回想起她讓李斯特扶著到三總急診室，初步檢查認為她背上肌肉嚴重拉傷，照了磁共振顯影ＭＲＩ後，醫生驚訝地發現她頸椎第三、第四節有位移現象，雖然未到滑脫的地步，但是決定立刻動手術，梁菊強忍受著劇痛簽字同意。李斯特也簽字做了證人。

後來的事，她就沒有了記憶，直到此刻醒過來。

「爸，像奇蹟一般，頸背一點也不痛了。」

「傷口呢？」

「也不痛……啊，有一點。」梁菊大聲回答。

「醫師說手術很成功，由於受傷後即時救治，沒有任何耽誤，所以復原後應該沒有後遺毛病，阿菊妳運氣好，跑步正好碰上熱心的李斯特先生，他守著妳手術動完才離去。」

「李斯特有沒有說什麼？」

「他告訴我妳救那女孩一命，說下班後會來醫院看妳。那輛車在慢車道上開七、八十公里時速，像是要蓄意肇事……」

「蓄意肇事？」四個字忽然讓梁菊悚然而驚，忘了手術後麻醉才醒，便想要坐起身來，葉爸連忙阻止。

「妳還不能動，醫師說雖然微創傷口只三公分，失血也極少，但是……」

梁菊已聽不到葉爸在說什麼，她腦海中塞滿了「蓄意肇事」這四個字。她禁不住喃喃自語：

「難道那輛瘋狂跑車的目標是我？難道這事情跟阿隆的意外車禍有關聯？」

葉爸見她嘴在動，卻聽不見她的聲音。便大聲說：

「妳說什麼？聲音大一些！」

梁菊恢復鎮靜，也大聲回答：

「我什麼也沒說……那些花是誰送的？」

牆邊放了兩個大花籃，看上去像是一對。梁菊看見籃子上卡片寫著「早日康復」，卻看不清楚送花人的名字。

葉爸呵了一聲。

「是妳救的女學生的父母送的。他們不久前才離去，緊接著花籃就送來了……」

「怎麼可能？他們怎麼知道我在這裡？」梁菊大聲叫。

「聽女孩父母說，女學生一到學校就通知父親，說救她的阿姨受了傷，一個外國人送她去醫院，她說她聽到是去三軍總醫院，他們就趕過來了。很機伶的女孩啊。」

梁菊雖然覺得這一切湊巧得不可思議，但又不得不承認這一切發生得合情合理，耳邊聽葉爸接著說：

「李斯特說他匆忙中對那輛瘋狂的車子拍了一張照片，雖然拍得不清楚，仍然拿給警方報案，也不知道是不是因為ＡＩＴ的洋大人報了案，警方十萬火急地調查出沿路所有的監視器，很快就將那輛車衝向妳們以及妳撲救女學生的影片Po上了新聞，正在追查那輛車及駕駛人……驚人的效率。」

梁菊腦中正為一大堆謎團所苦惱，聽到葉爸爸叫ＡＩＴ的官員為「洋大人」，不禁莞爾失笑。這時醫師帶了一個護士進來。梁菊仔細打量，那醫師本就年輕，長相更年輕，看上去有點像陸劇中的小鮮肉，不禁對自己以貌取人的觀念起了一些修正。

「那麼高明的手術竟出自於這小鮮肉之手，厲害，人不可貌相。」

醫師讓護士幫忙檢視了梁菊的傷口，笑著道：

「梁小姐，手術非常成功，您的頸椎已經固定，傷口情況也很理想，住院兩日就可以回家，但是仍要做一段時間的復健，明日會有復健科的醫師來會診。」

「謝謝醫師……」

那護士插口：

「根據您填的資料，您是加拿大人，不知有沒有什麼保險，我們需要妳的健保資料……」

葉爸這回倒是聽得清楚，他替梁菊回答：

「梁菊在加拿大有健保，這邊費用我們自付，只要有英文收據就行……」

護士小姐帶著笑容換個話題。

「剛才我看到電視新聞已經報導了這則新聞，梁小姐奮不顧身救女學生的鏡頭都出現在電視上，很快您就要成為全民英雄了。」

梁菊萬萬沒有料到自己這回將阿隆的骨灰帶回台灣來安放，卻搞出這種登上媒體的事情。她只覺得心中一團亂，好希望一個人靜下來梳理一下。

這時一個護佐捧著一個花籃進來。

「又一個花籃，花店剛送到的。」

護佐將花籃拿近給葉爸和梁菊看，梁菊看了一眼就呆了。卡片上寫著「見義勇為的女英雄早日康復重現英姿」，署名是楊瑞科。

李斯特下班後到醫院來看梁菊，梁菊雖然躺在床上，氣色和精神都已經恢復。李斯特也帶了一束花，護士小姐幫忙把花插在一個很不搭配的瓶子中，放在梁菊床邊。

「梁菊，妳早上的舉動完全展現了一位女英雄的勇氣和義行。」

梁菊笑著回答：

「女英雄談不上，今天身體裡加了一些海洛因倒是真的。」

李斯特哈哈大笑，因為英文的「女英雄」和「海洛因」的發音一樣。

「妳真幽默，看來傷口已經不痛了。」

「我有吃止痛藥，醫師說傷口只有三公分，情況很理想。」

「我雖回辦公室上班，眼中全是早上妳捨命撲出去的英姿，一直在思考，在那一剎那間是什麼樣的心理狀態給妳那樣超人的勇敢……」

「哈，我可沒那麼複雜的心理狀態，想來就是見危伸援的養成訓練，已成了我這個『人民保母』的DNA，李斯特先生，我曾是一個警察。」

「叫我尤金：『人民保母』，這個厲害！」

「我們的媒體都這樣稱呼警察的。不過有時候會帶些嘲諷的味道。」

李斯特含笑看著梁菊，眼中全是欣賞的意味，梁菊被他看得有些不自在，便直接說：

「我不喜歡這樣眼光看我……」

李斯特忽然拿出他的iPad，點開，遞給梁菊。

「妳看這個。」

他的iPad螢幕上是一張畫，畫的正是梁菊勇救小女孩的彩色速寫，寥寥數筆有抓到那一剎那的動感。雖是速寫，彩色卻有層次；畫中的梁菊主要是背面，但她矯健的身材被畫得極美。

梁菊有些不敢相信。

「這是您畫的？」

尤金・李斯特微笑點頭。

「畫人像是我從小的hobby，畫人物，速寫功夫不可少。」

梁菊讚嘆：

「你畫得真好，那一瞬間的印象居然被抓得那麼……那麼精準生動，尤金你很厲害啊，我不懂畫，但這張速寫太精彩。」

「妳剛才說『精準』，這個形容詞深得我心，妳那一撲固然勇敢無比，但我注意到勇氣之外，妳的動作十分專業，因此那個小女孩絲毫無損，傷的是妳自己，我一直想要把那種專業的精準畫出來……很高興妳看出來了。」

李斯特說到這裡忽然冒出一句：

「等妳恢復了，也許我可以幫妳畫一張肖像。」

梁菊笑而不答，空氣便有些尷尬，這時護士小姐推了一個小車進來，笑著開口逐客。

「傷口換藥，訪客迴避。」

李斯特從公事夾中掏出一個信封，放在梁菊枕邊。

「特別快遞，這是葉老先生的公證文書。」

他起身離開，把握最後一刻時間對梁菊道：

「從這醫院後面，有一條跑步道直到大湖，沿途風景很不錯，等妳好了，我陪妳慢跑一趟。」

梁菊沒有多想就回答：

「好的，謝謝你尤金。」

梁菊在三軍總醫院住了三天兩夜，葉爸每天來看她，每次都帶來她喜歡的小吃，鼎泰豐的小籠包、高記的生煎包，今天他帶來朱記餡餅。

葉父看梁菊吃完一碗小米粥、一個花素餡餅，很滿意地回家。約好下午睡過午覺來辦出院手續。

「爸，您每天給我帶好吃的，我都不想出院了。」

「阿菊，難得有機會寵妳一回，爸每天兩頭走動，覺得自己還能照顧人，心情很好。」

葉爸走後不久，那個不速之客楊瑞科出現在梁菊的病房。這回他帶了一個水果禮盒。

楊瑞科穿著一身米黃色系的休閒服從病房門口走進來時，梁菊有一些緊張。

「這人像個幽靈，跟著我不放。」

楊瑞科向梁菊行鞠躬禮，大個子一本正經的模樣有點可笑。

「梁菊，我是來探望妳的傷好沒有，也是來向妳道歉，上回我的失禮……」

「楊瑞科，你有完沒完？我沒事，你送花還要送水果，我可不敢收，而且我今天就出院了，水果請你留下自己用……」

「啊，今天就出院！太好了，我打聽了一下說妳為救人自己傷得不輕……對了，妳的消息這幾天各大媒體都有報導，不過只報妳在某醫院療傷，妳在三軍總醫院的消息是我自己打聽出來的。」

梁菊看這人又有點得意洋洋的模樣，不禁覺得又好氣又好笑，但還是問了：

「你怎麼打聽出來的？」

「我是從出事的地點來猜想，附近最大的醫院就是三總，然後我就趕到醫院急診室找妳，我說妳是……不好意思……妳是我姐，有一個年輕護士見我問得急切，也沒要確認我的身分便告訴我妳的病房。」

梁菊雖覺這人打聽消息的本事不小，仍忍不住嗤之以鼻道：

「又是靠胡說八道，說了半天還不是靠冒充是我弟才騙到消息。」

「另外我還打聽到一些訊息，也許妳有興趣聽聽……」

「我查出妳是當年第一批從警校挑選到陸戰隊特訓的女生，還有，妳的射擊成績得到『特優』獎章，難怪在克里米亞救出被綁架的葉博士時，是由妳開槍，妳一槍擊斃庫德族的狙擊第一高手，那人外號叫『鷹眼』。」

「你從哪裡查到這些陳年舊事？」

「我有一個記者朋友專跑警方刑事案件的新聞，他幫我調到警官學校的資料，妳在屏東車城受射擊特訓，結訓後得到『特優』的獎章，沒有錯吧？那枚獎章能不能借我拍張照片？」

「那枚獎章恐怕放在我多倫多的家裡，你拍它照片想要作什麼？」

「我要為《洛杉磯論壇報》寫一篇專訪，標題都擬好了，『女英雄在，她一直都在』，梁菊，妳說這標題下得好不好？當然，還有副標題：專訪十年前克里米亞搶救人質的神槍手梁菊。」

梁菊聽得呆住了，這個記者不但緊迫盯人，而且有點大膽妄為。

「你不要胡搞，我不會接受你的專訪。」

楊瑞科好像料到她會這麼說，微笑道：

「妳不接受專訪，我就只好自己悶頭寫一篇報導專文了，可是標題不變——妳若願意接受，對妳自己、對讀者都比較公平，有專訪的問答，這篇報導更有溫度，也更增加真實性。妳知道，妳的故事太精彩，精彩得像虛構的，讀者一定會覺得我添鹽加醋……」

「你威脅我？」

「怎麼會？我就是崇拜妳都來不及，哪敢威脅妳……」

梁菊有點拿他沒輒，心想：

「這人花樣不少，一定會在文章裡加鹽加醬，我反正沒法阻止他……」

「好，我搞不過你，楊瑞科，就接受你專訪！你用英文還是中文？」

「訪問用中文，專訪報導我用中、英文寫，英文稿先一天發表在《洛杉磯論壇報》，我已徵得報方同意，次日英、中文稿分別在《Taipei Times》及《自由時報》刊出，這樣才配得上梁菊妳這篇專訪的規格。」

梁菊目瞪口呆。

梁菊的傷勢恢復得很快，她每週三次作復健，作滿一個月後，復健科醫師覺得她可以開始恢復慢跑，但特別交代：是慢跑，不能太快。

這段時間裡，梁菊這名字在媒體上火紅了一陣子，楊瑞科的中、英文專訪在洛杉磯和台灣都引起不小的關注，台北的其他媒體紛紛想要採訪，幸好梁菊有先見之明，她要求楊瑞科答應，專文不准刊登照片，否則便沒有專訪；結果文章刊出時，楊瑞科只好勉強配上一張十年前《克里米亞日報》上梁菊手持改造的M–14步槍的老照片，為此他還花好大的力氣取得克里米亞日報允許轉載用。

梁菊自我安慰。

「十年來我的變化不小，人老了，髮型也變了，從那張照片也不容易認出現在的我。」

一個多月來她躲在新竹葉爸家，那個厲害的記者楊瑞科只有葉家的電話，卻不知道地址，只能三不五時打電話來問梁菊何時到台北談談，不然他到新竹來約個地方見面也行，梁菊推說不方便，楊瑞科本事再大，一時也沒對策。

兩個多月在平靜中過去了，梁菊勇救女學生的故事已漸無流量，梁菊準備好所需文件，晚飯時對葉爸說她要去台北住幾天。

「爸，您那房產的過戶該去辦一辦了，因我受傷耽擱了兩個多月。我想明天去台北辦這事。」

「阿菊妳要特別小心，這事又不急……要不要我陪妳去。」

「爸，拖太久也不好，我的傷全好了，我每天在清大操場慢跑，復原的情形自己有把握，您大直那間公寓住得又舒服又方便，您不必操心了，我自己去就好。」

葉爸點了點頭。過了一會兒，忽然問道：

「那個楊瑞科記者究竟是怎麼回事？怎麼老纏著妳？」

梁菊微吃一驚。

「他怎麼了？又打電話來？」

「嗯，今天妳出去時他又打電話來，問他有什麼事，又不肯講，只說有些事想要和妳面談，我覺得有些奇怪，也不便多問……」

「沒什麼，這人和我在飛機上因鄰座而認識，後來從行李牌上看到我們這個電話號碼，便約我在台北喝了一次咖啡，然後他不知怎麼查出我十年前克里米亞救阿隆的事，便說我是女英雄，一定要寫那篇專訪，弄得風風雨雨，煩死了……」

葉爸說話很直白，他打斷梁菊的話。

「妳應該拒絕他呀，現在覺得煩已經來不及了。」

梁菊有些不好意思，只能附和著說：

「是啊，後悔來不及了。」

葉爸卻笑了一下道：

「不過他那篇專訪確實寫得不錯，中、英文的，我都看了，這記者的中、英文底子都不錯，而且文字中有一種……一種熱情，敘事令人動容，是一個報導文學的好手。」

梁菊沒想到葉爸對楊瑞科的文章如此有感，心中有一絲高興，口中卻問道：

「有那麼好嗎？我覺得很誇張。」

「那是妳自己感覺，第三者──譬如說一個原先不知情的讀者，讀了他的專訪是會被感動的，尤其那個標題，『女英雄在，她一直都在』，英文的標題『Once a heroine Always a heroine』也不錯，有才……」

梁菊沒說話，葉爸也停止說下去，客廳中就靜了下來。

葉爸爸遙控打開電視，幾個政論名嘴正在談論總統大選的一些熱門話題，有一個偏向執政黨的前任立法委員，在為最近衛福部出包的事情辯護，把一件官商勾結且有害食安的案子硬生生地政治化，變為一件政治鬥爭的陰謀，原本貪腐的主題便被政治口水淹沒了。

然後那位前立委便開始痛罵在野黨，一樁樁一件件列舉當年在野黨執政時犯下的滔天大罪，一路追殺到一九四七年。

最後他作結論，當今執政黨縱然有一些做得未能盡如民意，但比起萬惡的在野黨當年執政，好了不知多少倍，執政黨確實有改善的空間，但絕不能讓在野黨借屍還魂，重返執政。

輪到一位在野黨的政壇老將發言，他一上來便引用許多數字一一駁倒前一位發言人的指控，他掌握數字十分熟悉，用數字把執政黨的政績倒退說得頭頭是道，最後結論，「數字會說話，你們賴不掉」。

梁菊聽得一頭霧水，喃喃道：

「數字有說話，可惜我聽不懂。」

一個年輕的女議員作了補充：

「之前我百思不得其解，為什麼一個新興政黨得到政權後腐敗得如此之快，今天我總算搞懂了，原來執政以後無時無刻不在和前朝比爛，不知不覺之間就已經比前朝更為腐敗了，卻還沾沾自喜，『我再爛也比前朝好』，噢耶，原來如此！」

梁菊看這個年輕女議員口齒清晰，言辭犀利，說的邏輯條理分明，不禁嘆道：

「年紀輕就是不同……」

她轉看葉爸，垂目而坐似乎在打盹了，便大聲道：

「爸，醒醒，電視沒什麼好看，您去洗澡睡覺吧。」

不料葉爸並未睡著，只是在閉目養神，他伸手關了電視機，卻忽然冒出一句話：

「阿菊，我看那個姓楊的記者好像在追妳啊？」

這回梁菊真的大吃一驚，暗想這個葉爸耳聰目明喔。

「哪有這回事，他就是個千方百計挖新聞的記者罷了；他再打電話來，您就說我不在就好。」

這一夜梁菊躺在床上久久沒有入眠。連葉爸都看出來了，她當然能感受到楊瑞科在追求她，她回想從第一眼看到這個人，一幕幕的情境浮上心頭；他的五官長得不錯，就是有點過分端正，方方正正有點像阿隆，行事風格更像，想做的事鍥而不捨，百折不撓，沒法阻止他。

「他比我年輕少說也有五、六歲，難道要跟我搞姐弟戀？」

想到「姐弟戀」三個字，她在黑暗中也覺臉上一熱，自己從一開始就沒有拒絕這個人的意思，難道只因為他有點像阿隆？

細細探索自己心海深處的祕思，她慢慢體會到，在那裡藏有著一份感激的情意，只是自己一直沒察覺。年過五十的女人，竟然能吸引比自己年輕、有才氣的男人熱烈追求，當然，這裡面還有一份得意。

這些複雜的情愫縈繞心頭，正是剪不斷理還亂，梁菊在枕頭上搖了搖頭，對自己說：

「阿隆走了還不滿一年，這個楊瑞科比我年輕那麼多，不可能的。」

她努力不再胡思亂想，在睏乏中昏昏入睡。

梁菊回到台北三軍總醫院復健科複診，醫生對她傷勢的進步很滿意，告訴她只要繼續復健，同時可以做一些比較強力的運動，以免肌肉流失。於是梁菊又開始了晨跑。

恢復晨跑的第一天就碰到了尤金・李斯特。

這回是梁菊先看到李斯特的背影。她跑著追上去招呼。

「哈囉，李斯特先生！真高興再見到您。」

李斯特一臉驚喜地回答：

「嗨，梁菊！看妳恢復得真不錯，又能快跑了，真好。這一陣子妳好像沒在台北？」

「對，我回新竹去住了一段時間。你，怎麼改跑這一段步道了？記得你告訴我之前常常跑大湖那邊的步道……」

「啊……我最近兩邊都有跑，希望有機會能碰到妳。」

「其實我已在網上登記，明天就要去ＡＩＴ辦事。」

「再去我們的辦公室？為了什麼事？」

「還是我公公的房產過戶的事，我把公證資料寄到納許維爾的市政府，那邊承辦單位回信說這事不能隔洋線上處理，得要ＡＩＴ用公務通信把公證文件正式直接寄給他們……」

「啊，我們有些州的地方政府辦事還真不便民，沒問題，我們就直接寄給納許維爾市政府。」

「那我明天的預約就可以取消了？」

「那不行，公事公辦，妳明天還得來一趟。」

梁菊笑了。

「我是開玩笑的，當然知道公家辦事，每件事都得按程序走。」

「我在報上看到一篇專訪妳的文章，標題『Once a Heroine, Always a Heroine』，寫得真好。記者是Eric Yang，他好像對妳知道得很詳細。」

「我原不認識他，是在回台灣的飛機上碰到的，不知為什麼他花那麼大工夫研究有關我的資料，怪可怕的。」

「不過他的文章寫得非常好，難得一個台灣人記者英文文筆那麼好……」

「是啊，不然《洛杉磯論壇報》也不會聘他做通訊記者了。」

既然看過那篇文章，梁菊以為李斯特會問一些葉運隆或十年前庫德族綁架的事，但他並沒有問。

他們跑到頭，李斯特停下身來。

「今天跑到這，妳剛恢復，不要跑太多。下回我們跑到大湖去。」

「好的，我們明天見。」

第二天上午十點鐘，梁菊準時到達ＡＩＴ辦事處，才坐下來就有一位小姐過來請她到李斯特的辦公室。尤金已準備好表單，梁菊只要簽名就好。

梁菊讀了一下那張表格，是申請ＡＩＴ直接發公文給美國國內相關政府的表格。梁菊坐下就簽了。

「這樣就好了？李斯特先生！」

「這樣就好了。記住，我的名字叫尤金。」

「太棒了，謝謝您，尤金。」梁菊起身，待與李斯特握手道別。

「等一下，我給妳看一樣東西。」

李斯特掏出手機，在檔案找出一張照片，遞給梁菊看，梁菊又驚又喜。

照片顯示一張未完成的肖像畫，畫中人竟是梁菊。畫裡梁菊向左半側面，光線從左邊照射過來，梁菊的五官充滿了立體感，顯得格外生氣蓬勃，不過整張畫像只薄薄一層淡彩，背景有些地方仍然留白。

「尤金，我被嚇到了，你畫人像真有一手。是油畫吧？」

「對，油畫。」

梁菊心想，他沒有我側面的照片，這畫怎麼能畫得這麼像？

李斯特好像讀懂了她的疑問，笑著說：

「我憑之前觀察妳的視覺記憶，還有妳的大頭照，就只能畫成這樣了——有妳的相貌，缺少妳的神韻……」他接著說。

「難。所以我有一個不情之請，我想請妳到我畫室來充當兩個鐘頭的模特兒，妳的神韻特別出色，面對面看著妳畫，也許可以畫成功。請妳做個模特兒，一次就好。」

「你的畫室在哪裡？」

「在我內湖的家中，很寬敞，窗子朝北，光線最適合寫生。」

梁菊一聽到要去他家，不禁有些遲疑，李斯特知道她疑慮，便微笑道：

「妳若覺得需要有人陪伴，妳可以帶一位朋友一起來，我家裡別的沒有，有上好的cheese和法國紅酒，我們畫完後，好好享受一下。」

聽他這麼說，梁菊都有一點不好意思了，她想了想又問道：

「這幅畫完成後，您要如何處理……」

李斯特搶著道：

「兩個辦法，畫完成後，如果妳喜歡就送給你，如果妳不喜歡，它就留給我自己。」

梁菊聽了，不禁開心起來。

「那好，我就去你那兒當個模特兒。」

結果梁菊一個人去了李斯特家做模特兒。

李斯特家中的畫室光線明亮，空間寬敞，梁菊終於在畫架上看到了那幅未完成肖像的真跡。

「這是十號人像畫布，我已完成了六、七成，梁菊妳就以自覺舒適的姿勢，坐在那兒就好，不需要特別做什麼，就做妳自己。我會從妳身上抓我要的東西。」

梁菊覺得很有趣，喜孜孜地坐下，那張椅子很舒服，放置的方向正是李斯特設計的，人一坐下，就對上畫布上向左半側的模樣，連光影都相符。這個李斯特還真有職業水準。

等到李斯特停筆時，天色已經漸漸暗了下來。李斯特放下畫筆。

「我寫生畫人像喜歡用自然光，天暗了就停筆，好在妳的面部已經處理完，剩下的我自能完工，不需要現場模特兒了。梁菊，妳來看看。」

梁菊坐了兩個多小時，正想叫暫停，聞言起身走到李斯特身旁一同觀看她的肖像。畫中的梁菊臉上色彩濃郁了許多，尤其她的眼睛部分做了重點處理，使得原來強調立體的面容增加了一種柔和的神情，而雙眸卻閃射出自信的目光。

梁菊驚嘆，退後幾步再看，更覺得畫布上的梁菊似乎比她的自我認識更具勇者的形象。

梁菊輕聲對李斯特說：

「尤金，你畫得真棒，但我覺得你把我的自信和勇敢擴大描寫了，我其實……其實比你想像的平凡得多。」

「畫人像要表現的本來就是繪畫者眼中主角的氣質，形貌像不如神韻像。梁菊，這幅畫已經完成八十五%，畫完後妳想要不？」

梁菊被逗笑了。

「我當然想要，只不好意思白拿你的作品。」

「怎麼是『白拿』？第一，畫中主人公是妳，第二，是妳做了模特兒我這幅畫才得完成……」

梁菊反問：

「尤金，你自覺這畫滿意不？」

尤金回得很幽默。

「這幅畫已經答應送妳了，我便說自己再滿意，也不好把它留下自己收藏吧。來，到餐廳來喝點酒，吃點起司。」他一面用一塊布用力揩拭手上的油彩，那塊擦手布上五顏六色沒有一吋是乾淨的，李斯特擦了半天，手上好像愈擦油彩愈多。

「你那塊擦手布也該換一換了。」

兩人都愛起司和紅酒，李斯特似乎是行家，招待梁菊的都是好貨，他們聊了一個小時，喝掉大半瓶紅酒，吃掉一塊英國起司，一塊瑞士起司。

梁菊覺得李斯特溫文有禮貌，而且帶有幾分文化人的浪漫，在他家中感到十分親切舒適，難得一個單身漢住偌大一間公寓，弄得乾淨而有品味。看看腕錶，已經六點半鐘，便起身告辭。

「哇，都六點半了，要不要我們出去吃，我請妳吃晚餐？」

「今天不了。走之前讓我再看一眼『我』。」她說著走向畫室，再看一眼那幅畫。

幾天後，梁菊正在準備簡單的晚餐，接到電話。

「嗨，我是尤金，妳的畫像已經ＯＫ，妳在大直的家嗎？」

「對，我在大直我公公家。」

「妳的肖像畫已經完成，我現在就送過來，地址我知道。好，待會見。」

梁菊還來不及回話，他已經掛了手機。梁菊有點詫異，李斯特一向溫文有禮，不會這樣「緊迫盯人」，這行止倒像新認識的另一個人。

「糟，這時候來，要不要留他便飯，我這裡只剩幾包泡麵，怎麼辦？」

還好，冰箱裡有兩顆蕃茄、一把青菜和半打雞蛋。梁菊趕忙做了一盤番茄炒蛋，另外炒個青菜，主食是「蔥燒牛肉麵」和「維力炸醬麵」，任君選擇。

門開處，尤金・李斯特捧了配好畫框的肖像畫進來。

「哇，尤金，還要你配框親自送來，真不好意思。」

那幅畫嵌在一個具現代感的灰色木框裡，製作十分精緻。

「好畫須得好框配，我這畫稱不上好，畫框定須選上好的。」

梁菊見配了框的肖像畫，看上去更是高級，她滿心歡喜。

「棒極了，尤金。我可不可以請你留下來晚餐……咦，你在找什麼？」

只見尤金將畫放下，正在梁菊的公寓中四處打量。

「我在找適當的地方掛這幅畫……掛這裡不錯！」他指向書房空白的牆壁。

「尤金，我菜都炒好了，你先來吃飯吧。」

李斯特也不客氣，走回餐廚間來，指著桌上兩包泡麵。

「我最愛台灣的牛肉麵，給我這個。」

簡單的晚餐後，梁菊沏一壺烏龍茶，遞給李斯特一杯。

「這茶非常好，你要不怕晚上睡不著，可以多喝幾杯。」

李斯特啜了一口，讚聲好茶，他問到葉運隆的事。

「梁菊，葉博士十年前的發明引發了那樁綁架案，聽說中國對他的技術很感興趣，而且他們已經在戈壁沙漠邊緣建造全球第一座商轉的MSR核反應器，可惜葉博士出了車禍意外，不知道會不會影響中國的計畫？」

梁菊聽他問這個，一瞬間便警惕到，李斯特雖是個好人，但他也是AIT的官員。她小心地回答：

「據我所知，中國大陸的團隊雖然對艾瑞克的發明有興趣，但最後他們的研發人員自己有了突破，並未用到艾瑞克的專利。」

李斯特點了點頭。

「葉博士在田納西大學得到博士後第一個工作就是在田州的橡樹嶺國家實驗室，那個實驗室其實是熔鹽式核反應器MSR的發源地，後來因為技術瓶頸、商業及其他的考量，橡樹嶺國家實驗室停止了那個計畫，想不到葉博士搬到多倫多參加了『世紀新系統公司』，他所發明的新材料仍然成為MSR的成敗關鍵。過戶給葉老先生的這棟房地產恐怕也是艾瑞克購置的吧？世上許多事情的發展常暗藏一些巧合……」

「不錯，我們在多倫多郊外住了十多年的小鎮也叫做『橡樹城』，照中國人的說法，便是和橡樹有緣分。」

「那麼優秀的科學家竟然發生這種事，這些日子對妳而言，一定十分艱難……」

梁菊沒有回答，只是輕輕嘆了一口氣。

「對不起，我不該提這些。」

梁菊搖了搖頭道：

「沒事，Eric走了以後，我反而比以前更堅強了，現在我只想多陪陪Eric的老爸，過平靜的日子。大家說他的發明多偉大，卻不知道這發明為他、為我們的生活帶來的不幸，我真情願他不曾發明那些東西。」

「美國和加拿大在情資領域廣泛地合作，據我們所知，加國國安機構有人對葉博士最新發明機密的下落感到憂心，他們擔憂高度機密的資料，落入敵對國家之手，至今仍在追查中……不知道妳有沒有因此受到打擾？」

「打擾？他們到我家把Eric的電腦、iPad全部拿走，至今沒有歸還，我問他們要Eric隨身的手機，他們說在車禍中燒毀了，我就不相信。」

「怎麼說？」

「從Eric遺體的法醫報告，他的致命傷主要是巨大撞擊，並不是火燒傷，蘋果手機外殼用的是鈦合金複合纖維材料，不是宣稱能防摔防火嗎？」

「妳懷疑得有理，我猜加拿大的國安人員仍想在葉博士的公司及個人資訊設備中找到他最後發明的資料，想來那個發明比之十年前的發明更厲害。」

「我真的不知道Eric生前有什麼更偉大的發明，他從來沒有談過，事實上他出事前有一段時間心情不是很愉快，我正在規劃一個加拿大落磯山的旅遊，想讓他散散心，卻想不到竟然發生這場意外。」

「梁菊，我們雖然相識不久，我對妳的勇敢和善良十分欽佩，反正我是妳的粉絲，妳若有什麼困難，或……或受到什麼打擾之類的事，我是妳忠實的僕人。」

「尤金，你真是個體貼的紳士，我真幸運認識你……」

梁菊有些感動，說到這裡忽然有一個衝動，那一直壓在心頭的陰影需要向一個人宣洩，一個善解人意的朋友。

「尤金，你認為Eric之死，真的是一場意外車禍嗎？」

李斯特的臉色變得嚴肅起來，沒有立刻答話。

「尤金，你剛說美加兩國有情資合作，對這場意外車禍，你有聽到任何其他消息嗎？」

李斯特很認真地回答：「沒有，梁菊，我真的不知道，如果真有任何其他的訊息，在我的工作立場我也不能告訴妳，但我確實不知道。」

李斯特告辭，梁菊再次感謝他畫的肖像，配上精美的畫框還親自送來。

李斯特走到書房，將放在地上的畫拿起放在桌上。

「本來想順便幫妳掛好，看妳這牆壁這麼漂亮，可不敢在上面釘掛勾，妳還是找個工匠來安裝吊掛的設備，要小心畫上較厚的油彩可能還沒有乾透。」

書桌上放著一幀照片，就是十年前《克里米亞日報》頭版刊出的那一張，梁菊站在中間，葉運隆和李嶠之分站左右，李嶠之的左肩脅還包紮了厚繃帶。李斯特湊近細看。

「啊，就是《洛杉磯論壇報》專訪刊登的那一張老照片；右邊那位綁著繃帶的先生是誰？」

「他是喬治．李，是我當警察時的老大哥。」

「他受了傷？」

「那時艾瑞克落在庫德恐怖分子狙擊手鷹眼的手中，是喬治先開槍誘敵，鷹眼還擊時暴露在我的望遠鏡頭裡，我一槍結束了那一件綁架案，但是喬治為了誘敵肩膀上中了一槍。」

李斯特面露欽佩之色。

「好槍法！梁菊，妳還有在練習射擊嗎？」

「在多倫多時，我參加了一個奧林匹克射擊俱樂部，常常去練習，回台灣來就沒有摸過槍了。」

「我知道台北有個好地方，可以練習射擊，哪天我帶妳去練練。」

梁菊笑而不答。李斯特便道別了。

「好，我回去了，謝謝妳的晚餐。」

他走到門口，轉身握住梁菊的手，聲音中帶著些許激動。

「我的直覺告訴我，只要葉博士生前確有什麼突破的發明，恐怕加拿大方面國安人員不會放過任何線索追下去，梁菊，妳要是有任何……任何麻煩，請記得AIT裡妳有一個好朋友……」

梁菊回到新竹，阿隆在納許維爾的房地產已經順利過戶到葉爸名下。葉爸拿著那棟房屋的照片，是一棟坐落河邊的兩層獨立院房，想到兒子唸完書第一個工作時就為雙親在美國置產，真是一片孝心，如今老伴和兒子雙雙辭世，心中的感受真是五味雜陳。

「爸，那棟房子目前租給一個大陸來的教授，過些時間，我們可以到納許維爾去看看，如果您不想在美國有個住處，也可以把房子賣給那個教授，或是委託經紀人一直出租下去……」

「我這輩子是不會搬離台灣了，這棟房子是阿隆第一次置的產，就維持現狀讓那個教授租下去吧。」

梁菊念著乾兒子威廉・休斯一直沒有音訊，有些想回加拿大去了解一下究竟發生了什麼事，只是看到葉爸對自己的依賴，一直沒有開口。

「阿菊，妳還記得阿隆的中學同學王教授嗎？」

「王銘？當然記得，安放阿隆骨灰那天，他也來了。」

「我約了他等會兒來家裡，他說他整理出一些阿隆中學時的照片要送給妳。」

「這人很熱血，就是煙抽得厲害，不知戒了沒有。」

王銘教授來訪，來的卻不只他一個人。

與他同來的人讓梁菊大吃一驚，竟然是楊瑞科。

「梁菊，沒想到我終於找到妳的住處吧！」他一臉的得意笑容。

梁菊見到他確實嚇了一跳，她看了王教授一眼，王銘連忙解釋：

「楊瑞科他長年熱心關切能源和環境議題，是這方面少數能做深度報導的好記者，他曾訪問我多次，我們可以說是老朋友了。前天我們聊台灣的核能政策，談到了熔鹽式核反應爐MSR就談到運隆，他說專訪過妳和妳很熟，只是不知道妳在新竹的住處，我就帶他過來了。」

梁菊聽得心頭火起，這傢伙竟然說「和我很熟」來騙王銘，王銘這個老實頭竟然帶他來這裡，可惡之極。但當著王教授不好發作，只能瞪了楊瑞科一眼。

「你真是……真是個包打聽欸！」

屋裡葉爸聞聲走出來，一面問：

「王銘你帶了哪位朋友來？……啊，您是……」

「葉老先生，我是楊瑞科，我們在電話中說過話。」

「啊，你就是那個《洛杉磯論壇報》的記者，我看了你寫的專訪……兩位請進，請進。」

梁菊看葉爸對楊瑞科很表歡迎，知道主要是因為那篇專訪很對老人家的胃口，想到那篇專訪，她也氣消了些，暗忖：

「為了那篇專訪，被他磨了那麼多時間，他說和我很熟好像也還說得過去。」

王銘帶了一個大信封，拿出一疊舊照片，有好幾張同班同學郊遊的照片，運隆和王銘在新竹青草湖划小船的一張拍得尤其好，看上去青草湖那時蓄水還不少，運隆臉上掛著陽光的笑容，王銘那時雖然瘦但十分結實，一副運槳如飛的模樣。

還有一張葉運隆參加校際科學比賽得到優勝的照片，由市長頒獎，照片是王銘從側面拍的，葉運隆笑容燦爛，市長只留下背影。

這些老照片運隆自己居然一張都沒留，因此梁菊是第一次看到，王銘顯然保存十分仔細，畫面品質仍然十分良好，梁菊看到一幀幀年輕的阿隆，心中很是感動。

「王教授，這些您都送給我？」

「是的，運隆一走天人永隔，我覺得這些老照片應該給妳做個紀念，而且，我都翻拍存檔了。」

楊瑞科插入道：「可惜晚了一步，否則我專訪葉運隆博士，登載在《洛杉磯論壇報》

上，可以為葉博士及MSR再增一些國際知名度——依我們之前談的，王教授認為MSR實應成為台灣下一代核電的主流。」

王銘點頭。

楊瑞科接著說：

「熔鹽式核反應爐是第四代核電，尤其適合台灣的未來能源發展策略。台灣首先研發的MSR應該不僅是以釷為燃料，最好還能以之前興建的核電廢料作為燃料，有點像利用垃圾焚化爐發電一樣，如此新舊核電廠聯手建立核燃料的供應鏈關係，不僅發電成本再降低，核廢料問題也得以解決，第二步才發展小型MSR，分散式的核電機組蓋在各個適當地點，其效率及安全性不僅勝過現有的核電機組，更遠勝火力發電機組，由於地區發電用於地區，殘餘的極少量廢料也就地處理，興建核電的政治和社會阻力都將化為可處理的問題，台灣的能源和空氣汙染才能得到真正的改善。」

葉爸和梁菊萬萬沒料到這個記者對核電能源問題能夠如此侃侃而談，而且言之成理，不禁對楊瑞科刮目相看。

梁菊第一個忍不住發言。

「看不出啊，楊瑞科，看不出你學問真有夠大……」

「我哪有那麼多大學問，都是從王教授那兒學來的，幹記者的一點學問全鑲在嘴皮上，不過科普的書我還是讀了一些。」

葉爸也稱讚：「楊先生說得很好啊，關於熔鹽式核反應爐，之前阿隆也曾跟我談了一些，那時他的高溫防蝕材料尚未成功發展出來，他告訴我一旦這種材料成功，MSR便將從紙上設計變成為現實，他覺得未來走小型分散的策略，最符合台灣的國情……」

王教授笑著接過：

「從我們認識開始，瑞科多年來便關心這些議題，最難得是他勤讀資料，又不恥下問，寫報導之前必把問題弄懂才肯動筆，哪怕是科技的東西，老實說對他這個哲學系畢業生有時候是艱難了一些，但他對新聞報導的原則和態度使我很欽佩，台灣的記者如果都像他，我就要為國家社會慶幸了。」

「你是學哲學的？」梁菊有點意外，原以為他的專業是外文或大眾傳播。

「是，王教授這樣講，我很不敢當，我在台大哲學系唸了五年，所學何事？只學到『理性』兩個字，可惜台灣的政治、社會好像最缺這兩個字。」

王銘有點楞直，聽梁菊問，便對梁菊說道：

「瑞科說你們很熟，看來也不怎麼熟。這個人對社會上許多不盡理想的事有極高的關切熱情，除了我們剛才談的，譬如說社區的革新營造、環保議題、貧富差距……他都寫過相當深入的報導，因為他有有深入實地的經驗和資訊，我一輩子生長在台灣，瑞科告訴我許多台灣基層社會的事我聞所未聞……」

「其實這幾年台灣社會風氣變壞的固然不少，改進向上的地方也很多，梁菊住在加拿大多年，如果有興趣，我可以陪妳到各地走走，讓妳看看這些年台灣的變化，好的壞的都有，親身體驗為真。」

梁菊對這個建議感到興趣。

「這次回來我是很想趁機到鄉鎮社區走走看看，有你這個識途老馬帶路最好不過。」

楊瑞科聞言大感興奮，連聲道：

「榮幸之至，妳要有什麼特別想看的可以告訴我，我可以先去規劃一下，能讓妳看到最真實的一面，也能介紹一些有趣的地方人士和妳認識，譬如說，地方文史工作者、社區營造者、民間藝術家等等，有些新發展出來的好東西，你會驚訝。」

「那好，我們從一日遊當天往返的地方開始。」

王銘笑著拍了拍楊瑞科的肩膀。

「楊瑞科其實是個十分本土的記者，偏偏他英文好，能在有名的國際媒體工作真不容易，很能把原汁原味的台灣意識和狀況介紹給外國人看，不過以我的政治座標來量度，他有點台獨的傾向，哈哈，我說的對不對？」

能言善道的楊瑞科竟然有些尷尬，他勉強招架：

「我是您的學生，教授的話我哪敢說『不對』。」

「哈，我哪能當你的老師，只有在能源問題上你才聽我的。」

「《洛杉磯論壇報》的主要論述基本上是偏向反中抗共的，但我在能源政策上卻覺得中國比我們強。」

「那是因為中國大陸的能源政策是經濟的一環，台灣的能源政策已經變成政治的一環了。」

台北外郊有一個民營的射擊練習場，除了一般的定靶射擊，還有些項目是練習打飛靶，有定向的，也有不定向的。由於設備一流，安全管理良好，再加上備有一批水準頗高的射擊教練，帶動了射擊這項在台灣新興的運動和休閒活動，幾年之間漸漸做出口碑。

尤金・李斯特約梁菊去試試槍法，梁菊才發現尤金也是一個業餘的射擊愛好者。

「尤金，你是畫家，又愛射擊，真是文武雙全啊。」

「都是嗜好罷了，論射擊。你才是職業水準。」

「我有半年沒有練習了，身邊也沒槍，只能去玩玩。」

「練習場有槍出租，我試過一次，品質很不錯，當然沒有自己慣用的槍來得稱手。」

他們到了練習場，管理員帶他們去選槍，有一個教練走過來詢問：

「以前練習過嗎？有沒有來過這裡？」簡單的英文也還流利。

「啊，我之前隨朋友來過一次，這位女士第一次來這裡，但她是真正的高手。」

「哈，好久不練習，恐怕已經降為低手了。」

他們各自選了一隻雙管長槍，領了三十發子彈練習飛靶。通常一個練程是打六十發，他們先試試手感，打個半程。

「梁菊，妳先開始，讓我見識見識高手風範。」

「尤金你在使壞，製造我的心理壓力……」她一面端起槍來對空瞄準了一會，用呼吸調節心神，數十年的職業訓練，很快她就進入狀況。

她給了教練一個「開始」的眼神，教練負責對樓上的控制台打了一個「開始」的手勢。

「嗖」的一聲，第一個飛碟從左邊彈射而出，梁菊舉槍瞄準，「砰」的一響，飛碟在正前方的上空被一槍擊碎。

「好啊……」

叫好來了第二個飛碟從反方向彈射而來，梁菊轉身一槍，又是當場命中。

連發三槍，三個飛靶都被擊中。教練員揮手，控制台暫停發射空靶。通常新手會要求每三槍就暫停一會，聽取教練的點評意見。

教練是個矮小精壯的中年人，他一臉驚詫地對梁菊說道：

「小姐，妳槍法神準，姿勢標準，完全職業水平，為什麼以前沒見過妳？之前我是奧運國家隊隊員時，女國手隊員裡也沒見過妳……」

梁菊暗忖：「十年前加拿大奧運國家隊也曾經找過我，我只答應做個訓練顧問。」她笑著回答：

「我不曾參加奧運國手訓練，我是在中華民國陸戰隊受訓練的。」

這教練員有點賣，聽了「啪」的一聲立正行了個軍禮。

「長官，您好。」

尤金見了，哈一聲笑道：

「說實話，你們中國人說百聞不如一見，這話有道理，梁菊妳真神準！」

梁菊笑著搖了搖頭。

「尤金，你不知道，我們在部隊裡練槍法時有一個流行的說法，就是練習休息一段時間重新開打時，頭三槍常常會特別準，這叫做『放進補假』，但三槍後就不靈了。」

重新開打，果然「進補假」放完了，一段時間未練習的影響應聲而出，梁菊一連兩槍落空，打中了一槍。

但她畢竟是數十年的頂級好手，利用第二次暫停時調整了情緒和氣息，漸漸重新抓到那種感覺，雖然偶有落空，但最後總成績得了二十五分，而且結束前的最後三槍全都命中。

訓練員伸出大拇指。

「梁女士射擊時的氣定神閒是我見過最棒的，妳真能做到泰山崩於前而色不變，麋鹿興於左而目不瞬。」

「哈哈，教練，你這兩句經典名言背得真熟。」

「我們在國家隊受訓時，總教練每天至少都要說一次，我們怎能背不熟？」

李斯特湊過來大大稱讚，梁菊回答：

「你還沒有見過我認得的一個人，他打飛靶的分數和打定靶沒有差別，當年教官說他是個怪胎。」

「啊？有這種射擊手？你的朋友？」

「照片上你有看過他！」

「啊，妳說過的，那個喬治李？」

教練喃喃道：「竟有這麼厲害，真希望有機會能親眼見到他的身手。」

這回梁菊卻沒有回答，她轉身雙目盯著一個金髮的年輕帥哥進入射擊場，她臉上神情大變，李斯特沒有注意到。

那年輕人也看到了梁菊，臉上露出一瞬間的驚色，但立刻就恢復常態。李斯特看見年輕人叫道：

「嗨，羅賓！你也來練習射擊……」

年輕人爽朗地回答：

「尤金，很高興在這裡碰到你，你們一道來練槍法？」

「羅賓，我來介紹，這位女士是梁菊；羅賓在加拿大駐台辦事處工作。」

羅賓向梁菊微微鞠躬致意。

「我是羅賓・韋伯，夫人幸會。」

梁菊臉上震驚的神色雖然已經恢復，但雙眼中仍有疑惑的目光，她勉強微笑點頭，沒有說話。

其實她心中正如驚濤駭浪般洶湧，默默中她有太多的疑問。

「威廉！威廉，明明是你，怎麼就變成了羅賓・韋伯？這是怎麼一回事？」

「威廉你為什麼不敢認我？出了什麼大事？」

「威廉，你一直不回我的信，怎麼突然出現在台灣了？」

「李斯特為什麼叫你羅賓・韋伯，看起來你們之間很熟悉，到底是什麼關係？」

一連串的問題在梁菊心中翻騰，威廉自我介紹後便躲避她的目光，趨前和李斯特說話。說些什麼梁菊全沒入耳，因為她忽然想到一件事，似乎能夠解釋一部分心中的疑惑。

「難道威廉在執行什麼祕密任務，必須改名換姓，又必須假裝不認識我，那……那祕密任務會是什麼？」

她一時無法細思，但就這一點想法已經使她心海中的巨浪平息了一些。

這時李斯特已經開始射擊，第一槍就落空。

羅賓慢慢移近梁菊。

「乾媽，羅賓是我的化名……」他十分輕聲地說。

聽他叫乾媽，梁菊反而不激動了，她壓低了聲音：

「我知道，你要我們假裝不認識？你來台灣有特殊任務在身？」

李斯特的第二槍也沒打中，只傳來「砰」的一聲空響。

「對，我們不認識，我的任務不能說。」

他說著就離開梁菊，梁菊卻發覺手中多了一張名片。

梁菊到底是經過大風大浪的人，在這種情況下，她的問話及簡短切要，威廉的回答也極為簡單，只是一個照面，他們傳遞了當下最切要的訊息。梁菊飛快地瞥了手上名片一眼，上面寫著羅賓．韋伯的名字，聯絡電話和電郵地址。

「砰」一聲炸開，夾著叫好聲，李斯特的第三槍總算命中，教練叫暫停，上前來點評李斯特的槍法，他的英語詞彙雖然不夠用，但夾雜了許多射擊的技術用語，便足以達意了。

輪到羅賓練習時，梁菊瞧了一會，不經意地品頭論足。

「這年輕人長得帥，槍法也不錯呀。」

尤金笑道：「在妳眼中，我的槍法大概不入流吧。」

「你的槍法比羅賓略遜，不過羅賓顯然受過正式的射擊訓練，你大概是因嗜好，自己練習的。對了，你們好像很熟，認識很久了嗎？」

「哈，我們認識才幾個月。羅賓任職於加拿大在台辦事處——他有軍事背景，而我，妳知道的，我是文職官員，本來我們是不會有什麼交集的，但是因為特殊的原因，羅賓有些業務和我們辦公室的另一部門有關係，所以他在我們的辦事處裡也有一張辦公桌，這樣雙方聯繫就方便得多，因此我們常見面，有時一道吃午餐，就混熟了。」

梁菊不斷點頭表示了解，其實他說的許多地方不清不楚，雙方辦公室都在台北市，有手機、有網路要聯絡還不容易，一定要在一起辦公嗎？但她沒有細問下去。

「羅賓，恭喜你打了二十分，很不錯呀，要不要請我們喝杯啤酒？」李斯特轉對梁菊道：

「這練習場裡有一間很棒的簡餐廳，我們一道去吃個午餐如何？我請客，羅賓請喝啤酒，慶祝……慶祝什麼呀……」

他一時想不出慶祝的名目，羅賓接口：「慶祝梁女士頭一回來這裡就打了二十五分的好成績。」

這家射擊場中附設的餐廳十分美國化，進門的裝潢就一個馬背上持槍西部牛仔的背影。菜單很簡單，但廚師推薦的美式小牛排很有水準，炸雞塊也不錯。啤酒卻是台灣啤酒。

梁菊試探著問：「羅賓，我看你好年輕，恐怕才二十出頭吧？這麼年輕的外交官，真了不起呀。」

羅賓深深看了梁菊一眼，微笑說：

「對蒐集情資的官員來說，二十幾歲並不年輕。」

「收集情資？」

「哈哈，當然是工商情資，夫人，您以為我是情報人員呀？我的工作在工商組。」

「嚇了我一跳，叫我梁菊就好。」

梁菊的神經外科醫生告訴她一切復原良好，器械協助的復健可以停止，以後自己在家常鍛鍊一下核心肌群就可以了。

今天她去復健科做這個療程的最後一次。醫院特別擠，近年來社會型態變化，民眾的飲食、勞動習慣均有改變，中老年人為身體上疼痛所苦的人數增加，各醫院的復健科總是門庭若市，市區裡私立的復健診所也漸漸多起來。

距離預約的時段尚有一刻鐘時間，梁菊不願擠在各種行動不便的病人裡面，便走向長廊的另一端；那一端走廊兩邊是儀器設備室，比診療室這邊人少了許多。她走到一排空椅子前，正想要坐下來休息一會兒，一個穿白色工作服的男護佐推著一個輪椅走過，輪椅上坐著一個體型魁梧的男人。

那護佐將輪椅推到前方無人的地方，扶持那個高大的病患站立起來，梁菊聽到護佐說：

「你試走幾步路，放心，我就跟在你後面。」

那病人說了一聲「謝謝」，固定好輪椅，靠自己的力量站了起來，緩緩一步一步向前行，護佐緊跟在後面。

聽那口音，看那背影，梁菊突然一手捂住嘴，一面站起，快速追了幾步，再看一眼，終於確定了，她張口叫了一聲：

「喬治，是你嗎？」

他停下，轉過身來看到梁菊就踉蹌欲跌，幸好護佐一把扶住了他，這時，梁菊看見他的一雙義肢。

兩人同時叫出來：

「梁菊，妳怎麼在這裡……」
「喬治，你的腿……」
梁菊衝上前去，一把抱住李嶠之，淚流滿臉，泣不成聲。

CHAPTER 04

烏克蘭戰場

聶伯河靜靜地從烏克蘭首都基輔流向南方，進入黑海。在基輔附近的河道十分複雜，德森卡河幾乎平行地匯進來，支河道錯綜之間有許多小島和灘地，「希德羅水上公園」就設在聶伯河和德森卡河相夾的島上。

李嶠之的「寶島餐廳」開在這島上，因為靠近希德羅遊樂區，夏天旅遊旺季時，這裡的遊樂設施及水上運動總是吸引相當多的遊客，冬天遊客較少，但這幾年公園管理局外包廠商不斷建設，滑冰、冰上釣魚等活動逐年興起，耶誕節到新年是另一個遊客造訪的小高潮。

旅客遊玩之餘，許多人都會到李嶠之的寶島餐廳來品嚐道地的台灣美食餐飲；一道自行研發的「三杯鯷魚」，有三杯雞的濃郁，卻能保存鯷魚肉質的鮮嫩，是遊客必點的招牌菜，飯後一杯珍珠奶茶也是旅客的最愛。

李嶠之在克里米亞的雅爾達也開了一間「寶島餐廳」，交給一個極能幹的韃靼人伊凡

・薩芬全權經營，生意有一陣子比基輔的本店還要好。但是好景不常，二〇一四年黑海邊的索契冬季奧運之後，俄羅斯以奧運維安名義進駐克里米亞的便衣人員，一夜之間變成正式軍人，裡應外合之下幾乎兵不血刃就占領了克里米亞，並且發動公投讓克里米亞回歸俄羅斯。

自從那個事件之後，這個深入地中海的半島就呈現政治動盪的現象，旅遊事業大受影響，眾多靠旅遊帶動的下游產業立刻面臨經營困難；餐飲業也首當其衝。

苦撐到二〇一八年，俄烏之間緊張升高，美國和北約的介入更深，烏東和克里米亞成為戰爭危地，接著COVID-19爆發，在雅爾達的寶島餐廳撐不下去了，嶠之做了停損的決定，將餐廳關閉，把薩芬調到基輔來擔任希德羅水上公園的本店經理。

二〇二二年二月，俄羅斯軍隊跨過烏克蘭東部邊境，掀起了二次世界大戰後最嚴重的歐戰，李嶠之度衡局勢，不得已想把這邊的餐廳也結束。這個決定需要先和薩芬商量一下。

在寶島餐廳的樓上，兩人面對面坐在圓桌的兩邊。左邊牆上掛了一台大電視機，正在報新聞。

「看這情形，這場戰爭還有得打的，薩芬你有什麼消息？」

薩芬是個商場上的包打聽，他精通數國語言，又廣交三教九流各路的朋友，無論發生那一類的大事，問薩芬，他總有地下傳出的幕後消息。

「老闆你問這事，是不是想要收手了？」

薩芬八面玲瓏，聽話只聽個頭便心中雪亮，李嶠之早就習慣他這種機靈，便也不繞圈子，直接說：「是有這個意思。」

接著指著正在報新聞的電視道：

「這場戰爭打得大出我意料，原以為俄國大軍一旦侵入頓巴斯，有這區域中的俄裔居民接應，俄軍會像當年在克里米亞一樣，勢如破竹地占領烏東，然後和基輔政府談和，哪曉得戰場局勢完全不是那麼一回事……」

心中對俄羅斯有世代仇恨的韃靼人薩芬忍不住打斷插嘴：

「老闆我早就說，蘇聯解體以後，俄國佬已經外強中乾不行了，他媽的就像一個屌軟腎虧的肌肉男，塊頭再大也上不了真刀真槍的場面，普丁這個王八蛋就是這個屌樣，這回會死很慘……」

李嶠之止住他罵下去，不然他會沒完沒了。

「好了，我們談正經的，你有什麼相關的幕後消息？」

「旁的不說，我先說為什麼俄國佬這次死很慘，我有消息說老美逼著北約諸國把最先進的武器源源不斷地供應烏克蘭，烏克蘭那個什麼司機的總統絕不會談和，老美最愛的便是打仗，哪裡有仗打他就去哪裡，都沒有了他就設法搞他媽一場……」

「你言歸正傳，不要扯那麼遠。」

「好，不過我的朋友告訴我老美這回要打『代理人』戰爭，坐在家裡送武器給司機就好，讓司機帶領烏克蘭人和俄國佬打到死。都說俄羅斯人是戰鬥民族，可烏克蘭是同一個祖先，也是他媽的戰鬥民族，兩個戰鬥民族往死裡打，最好兩邊都死絕，戰爭就停了，有和平才能做生意，可我那朋友不這麼想……」

「你那個什麼朋友啊？他的話你都信？」

「他是我生死之交，他本人就是一個俄國佬。」

「你恨死俄國佬，怎麼又冒出一個生死之交？」

「我是說俄國佬……偶爾也有一兩個夠義氣的，他救過我一命，他說什麼話我都相信，因為他對我會說實話，譬如說，他認為和平時只能做做小生意，要打仗才能做大買賣，這場仗打下去，老美和北約會有無數武器送到烏克蘭，以烏克蘭政府的貪腐，又有多少武器流出去，他老兄正等著海賺一票！」

「你們這些人難道沒有一點是非、正義邪惡之分？」

「老闆，你講的東西是非、正邪，好是好，可我們這些都玩不起；太貴重的東西，沒有人玩得起。」

李嶠之每次和薩芬談到金錢以外的其他價值觀的時候，便會談不下去，但他並不蔑視薩芬，薩芬的思維代表最底層最現實的價值觀，而且這人智商絕不低，只是他的道理說得十分赤裸裸，常常令李嶠之接不下去。

「所以，薩芬你也說這場戰爭一時打不完？」

「對，想打下去的人是背後的老大，既不是那個司機，甚至也不是普丁，老大不肯放手，誰也停不了。除了老大，還有多方人士也不想停，等著發他媽的戰爭財呢，好比我那個生死之交。總而言之，這場仗還得打，烏克蘭人和俄羅斯人還沒死完。」

「所以我看我們這點小買賣還是撤了吧，你還去找你的生死之交趁戰火做兩筆大買賣，我還是等太平了再作點小買賣吧。」

「話是不錯，可是老闆你不能說關就關，寶島餐廳還有老劉、小張、妮娜、蘇拉他們幾個人……」

「你放心，我會給他們優厚的遣散費，絕對比政府規定的好很多──包括你的也一樣……」說到這裡，他忽然想到一事，便笑著說：

「薩芬我知道你是個重情義的人，想要照顧老劉他們，你的大買賣如果需要人手，也可以讓他們作個幫手……」

薩芬聽到這裡，臉色已經大變，他連忙搖手。

「老闆，這主意想都不能想，老劉那幾塊料，大買賣沾都不能讓他們沾，除非您想害薩芬被砍頭。」

李嶠之笑道：

「我豈有不知，開你玩笑的啦。」

「OK，我們散了後，老闆你做什麼？回台灣去？」

李嶠之沒有回答，電視上正在播放出烏東戰場上的影像，遠處炮聲隆隆是背景音響，尖銳的機槍榴彈火花是近景，難民迤邐而行在荒村外，士兵在掩體裡奮力抵抗，看不出是哪一方的士兵，三三兩兩倒斃在戰場上……

然後螢光幕上出現澤倫斯基，他用激勵的聲調要求全國的成年男子踴躍參加軍隊，為捍衛祖國盡一份力量！

那晚伊凡・薩芬離開時，他以為老闆肯定是在盤算收山回台灣的計畫，但這個從來不玩「高貴遊戲」的聰明人這回猜錯，李嶠之報名加入了烏克蘭軍隊中的國際兵團。

他的年齡雖然比較大，但尚未超過烏軍徵兵的上限，所以他順利地獲准參軍。

他們這些國際志願軍中有美、英、法、德、波蘭和瑞典人，還有少數日本、南韓人，訓練教官原來都是北約的美軍。嶠之分發到的一個訓練基地，在烏東靠近亞述海的一片山坡地。

畢竟五十八歲了，雖然嶠之從沒缺少鍛鍊，一身結實的肌肉仍在，但對嚴格的美式操練還是有些力不從心了。不過幾天後一開始射擊訓練，教官全驚倒了。

「停！」

教官喊停，因為他講解完了以後規定每人試射五發子彈，嶠之抓起一支發給他的M16步槍，劈哩啪啦就將半匣子十五發子彈打完。

「叫你只准打五發，你沒有聽見嗎？」

「我只扣了一次扳機！不信你看靶紙。」他指著山腳下的靶座，教官拿起望遠鏡一瞧，嶠之的靶紙上紅心著彈，而且只有一個大大的著彈點，就落在靶心的正中央。

「你打了十五發？全部落在靶心！你……之前幹什麼的？」

「開中國餐館的。」

教官被逗笑了，然後努力扳起臉來訓斥。

「混帳！長官問你話，不准開玩笑！」

「報告長官，真的是開餐館的！不信可以去查！」

「你叫什麼名字？」

這時一個士官遞來一張士兵名單，上面註有兵員的職業，教官看了一下，將名單交還給士官。

「喬治李，從明天起，你不用上基本訓練，到狙擊連向馬丁連長報到。」

「是，長官！」

就這樣，喬治李重操了狙擊手的舊業。馬丁連長曾是美軍退伍的軍官，很專業，脾氣有些粗暴，他帶領的連直屬國際兵團的團部，全連將近一半是狙擊高手，所以在烏軍中被戲稱為「狙擊連」。喬治李在連部受訓也只兩天，馬丁連長就叫他停止訓練，當天晚上就把他直接送上前線了。

那是二〇二二年九月的事。烏東前線戰事極為激烈。俄軍想要儘快結束這場戰爭，將占領地從烏東推到亞述海，然後和克里米亞串連起來，大軍就可以劍指烏東鄰近黑海的第一大港奧德薩。

喬治上前線，長官給他配置了一個偵察兵，是個六呎五寸的大塊頭，名叫尤里・諾曼可夫。

尤里英語不太靈光，喬治的烏克蘭語只會一些日常用語，但兩人一面說簡單英文，一面比手劃腳，倒也能溝通無礙。喬治是個有謀略又有經驗的狙擊手，他從第一天開始就將能夠想到的、行動中可能需要溝通的用語，全部寫在兩張紙上，一句一句和尤里預習對口，確保未來行動中用到時不會有誤。

「尤里，你的體重我看起碼有三百磅以上吧，這麼胖他們怎麼找你來當狙擊偵察兵？體積大移動慢，容易被敵人發現啊。」

「沒辦法，政府找不到更適合的人呀，就好比他們怎麼會找你那麼老的人來當狙擊手？喬治，你快六十歲了吧？」

「五十八。尤里，你原來幹什麼工作的？」

「你是問我的職業？我是個屠夫，但我也是個獵人，使用獵槍還是有兩下子的。」

「你都獵到些什麼野生動物？」

「基本上是野鳥，其他地上跑的野獸在歐洲，要不已經絕滅，就是瀕臨絕滅，獵隻兔子都難。」

「哈哈，那你是打飛靶好手，好極了，我也特愛打會動的東西，我們先找個坐車的俄國佬來當靶子試試。」

「喬治，你有見識，坐車的肯定是軍官，聽他們說打死一個尉級軍官抵三個士兵，校級軍官殺一個抵得上六個士兵，咱們要是運氣好，打死一個將官，就抵十二個……可以得十二分。」

「啊，他們對我們的考核是記點的，尤里，記點怎麼換成獎勵？」

「他們訂了一套辦法，詳細我不記得，因為實質獎勵要戰後才兌現，我他媽能不能活到戰後也不知道，管那麼多幹什麼？倒是我老婆搞得很清楚。」

「那是，關係到她的利益嘛。我沒老婆，就更要靠自己努力活到戰後才划算。」

「喬治，你是咱們二人小組的頭兒，你說咱們頭一次出任務去那裡？」

「長官命令我們潛到公路旁的高地，偵察敵人車輛調動情形回報，沒有必要不得開槍。」

「公路旁的高地？有沒有定點的指定？」

「沒有。我覺得這個命令有點莫名其妙，不過也好，咱們可以自行決定埋伏地點，隨機應變。」

「你是頭兒，你說了算。」

「不，這趟任務主要是偵察，不是去殺人，這裡地形你比較熟悉，由你選地點。」

尤里想了想，點頭道：

「我知道一個好地點，隱蔽，俯瞰山坡下面公路的彎道，車輛轉彎就會慢下來，你要是開槍的話有比較充裕的時間。」

「今天雖然不開槍，跟你勘查附近地形也是好的。」

兩人整天在山坡叢林中潛伏移動，摸遍了整片面對公路的坡帶，喬治默記各個可以隱身狙擊的地點，還有每個地點襲擊後的退路。

天將黑時，喬治的耳機中傳來命令。

「今天到此為止，立即回隊報告。」

「是，長官。」

正要招呼尤里準備回營，尤里爬到他身邊，輕聲道：

「下面！你看下面，喬治！」

喬治從一叢枯木中探頭下望，只見到一個車隊，共五輛中型裝甲車護著中間一輛吉普車由北向南，正要通過彎道。

「尤里，你說呢？」

「要是問我，我猜中間那輛吉普車上有大獵物。」
「我是問要不要幹一場？長官剛才呼叫回營呢。」
「違抗長官命令，回去怎麼說？要先講好……」
喬治一面說一面用紅外線望遠鏡看到吉普車上坐了四個軍人，分不出誰的階級最高。耳邊尤里輕聲說：
「我們就說，被敵方巡邏士兵發現，不得不開槍……」
喬治已經默默動手將狙擊的各種參數設定好，同時在腦中規劃了狙擊計畫。
第一槍打駕駛兵，第二槍打油箱。
第三槍，打跳車逃命行動最慢的一人；他相信官愈大的動作愈遲緩。
「砰」、「砰」、「砰」三槍響起，喬治低喝一聲「快走人」，抓起槍械匍匐脫離現場，尤里又驚恐又興奮，緊跟著撤退，路線早已在喬治規劃之中，轉了幾個彎，就消失在遍是枯枝枯草的山坡後。
他們來不及看到公路上的戰果：駕駛兵當場斃命，吉普車起火燃燒，幾秒鐘後發生爆炸，跳車最慢的一人也死於槍下，吉普車上另外兩人身手矯捷，在爆炸聲中逃出烈火。
營房裡馬丁連長對著喬治和尤里怒吼：
「要你們去偵察，可沒有叫你們開槍，你們打得痛快，可壞了上面的作戰計畫，混帳，誰叫你們開槍的？」
喬治立正恭敬地回答：
「報告，我收到長官呼叫回營的命令，正要撤離，公路彎道處一個車隊突然停了下來，兩個巡邏士兵下車從山坡往上搜索，其中有一個似乎發現我們，朝我們這邊開槍，我不能不還擊！」

「胡說！你還擊巡邏士兵，怎麼會打到車隊？」

「從上向下開槍，巡邏兵和車隊的方向是一致的，不小心就打中車隊中的吉普車。」

「狡辯！不小心？你還不小心打中油箱？」

馬丁連長見喬治被他罵得不敢回話，便怒目掃向尤里，尤里趕快立正站好。

「你自己是偵察兵，怎麼就反被敵人偵察到了？」

尤里搖搖頭。

「不曉得。那時情形很亂，喬治都報告了，他說的都是真的，長官你再問我，我也是這麼說。」

馬丁連長再也忍不住，笑罵道：

「你這是報告我，你們的說法是串好的？他媽的，你為什麼不說因為個兒太大、動作太慢，才被敵人發現？」

喬治知道沒事了，他熟悉這一套，之前在台灣的警、軍方也一個樣，想來不分中外，只要是部隊就是一個樣子，便厚起臉皮發問：

「列兵請求發問。」

「准，你問！」

「遭遇戰中敵人被我們打死了幾個？死人裡官階最高的是什麼？」

連長嘴角隱隱藏著笑意。

「敵方野戰醫院那邊的線民報告，你打死了一個駕駛士官、一個中尉副官，另一個士兵二級燒傷，那個指揮官第一個跳車，逃命動作比誰都快，連灼傷都沒有。」

喬治聽得目瞪口呆，忍不住輕聲喊「怪了！」。

尤里喃喃道：

「不怪，逃命快才能當指揮官。」

「你說什麼，尤里。」

「報告，什麼都沒說！」

喬治鼓起勇氣再問：

「請問長官，這場戰果狙擊手得到幾分？」

「你不必問，少不了你的，都會記下！」

尤里插口：「記功還是記過？」

「都記，功過都記下了。」馬丁橫目瞪了尤里一眼。

兩人退出連長的營房，喬治搖了搖頭。

「忙了一整天，頭一回出擊只得三分。」

「四分！忘了告訴你，士官算兩分。」

就這樣，喬治李和他的搭檔尤里・諾曼可夫配合的默契愈來愈好，半年下來，他們在烏東和烏南戰場上狙殺了兩個少將軍官、三個校級軍官、兩個尉級軍官。積分在狙擊排名名列第二。

好景不常，俄軍南下攻勢發動後，喬治所屬的國際兵團在頓巴斯的外圍一個小鎮與俄軍進行了猛烈的遭遇戰，戰況空前血腥慘烈，最後雙方進入巷戰，一樓一戶的殊死戰使雙方死傷慘重，喬治、尤里和連上弟兄都已經被打散，與部隊失去聯絡的兩人潛伏登上一個老教堂的鐘塔，尤里再試著聯絡連部，試了幾次都失敗。

從塔頂層看下去，街道上躺著的全是死傷的士兵，分不出屬於哪一方。有一支烏軍的救護兵衝進來搶救街上的傷兵，喬治才知道原來街心的死傷大半是烏克蘭軍人。

忽然街道對面的廢墟中傳出機關槍聲，子彈如驟雨一般落下，街心正在搶救傷兵的救護兵立刻成為目標，一時之間，這些身帶急救箱手無武器的救護人員全數陣亡。

尤里雙眼通紅，吐口水罵道：

「天殺的，俄國佬竟然射殺我方醫療人員，打死我方一個醫療兵抵得打死五個普通兵，該死的機槍手埋伏在對街廢墟中，喬治，我們要設法把他們幹掉。」

喬治不言，只是小心翼翼地用望遠鏡偵察對街，他一樓一樓地細看過去，他猜測俄軍機槍埋伏點主要有兩個，一個在正對街一幢被燒成黑色的建築中，機槍手應該是躲在四樓的窗內，另一個機槍位置一時找不出來，只知道就在附近。

「尤里，你聽仔細！你朝對街那燒黑的建築四樓窗口打一槍，打完立刻快跑到下一層樓，一秒鐘也不能耽擱，快！」

他調整好狙擊槍，瞄準，低喝一聲：

「開槍！」

尤里隱身朝對街四樓窗口開了一槍，打完就跑，他這一槍立刻引來對面一排機槍子彈，但對方因突然被襲擊，致使還擊打得匆忙，這一輪子彈全打在鐘塔的石磚上。這時喬治打了一槍，機關槍戛然而止。對街四樓機關槍手眉心中彈從窗口跌落下來。

可是這也引起了一串機關槍射進鐘樓窗口，原來是另一個機槍手動手了，這回對方有充分時間確定、瞄準鐘塔頂層的窗口，但是喬治已捧起狙擊槍飛快地沿梯奔下一層，起身的一瞬間他眼睛的餘光看到子彈來自黑樓鄰屋二樓的窗口。

他對尤里叫道：

「戴上耳機！」

喬治一面喝叫，一面飛快地從螺旋樓梯再下兩層，他要讓對方摸不清他從第幾樓開槍。喬治架好狙擊槍，透過和尤里二人的專用頻道，對藏在兩層樓上的尤里發出指令。

「聽到我叫開槍，你就朝黑樓右邊矮屋的二樓窗口開一槍，千萬藏好身體，不要露面。」

「開槍！」

尤里一槍引來一串子彈。對方顯然已猜到喬治的戰術，因此掃射完尤里的窗口，槍火立刻下移一層，掃射完接著再下一層……

但是喬治已經從望遠鏡中鎖定目標，一槍讓對方安息了。

耳機中傳來尤里的聲音：

「喬治，好戰術！」

過了兩秒鐘，聲音再傳來：

「好槍法，喬治！」

街道兩邊靜了下來，看來雙方部隊都已撤離了這條街。

尤里從樓梯下來，一臉的興奮。

「他媽的，你把那兩個機槍殺手都幹掉了！呸！」他吐了一把口水。「屠殺醫療人員的殺手，戰爭罪犯！」

喬治搖頭：

「殺紅了眼，還管他是什麼人員，他媽的全是戰爭罪犯……」

他忽然停下來，側耳傾聽。

「尤里，這裡安靜得不對勁……」

尤里忽然大叫：

「不好！無人機來了！」

獵人的耳朵特別敏銳，這時喬治也聽到了，引擎聲音從遠而近，而且似乎不只一架。

「快跑，俄軍要轟炸……」

他倆跑出教堂，沒命地逃離這條街道，不遠處看到兩架無人機沿著小鎮這條主街道飛來，接著便是由天而降的機槍子彈、炸彈、燃燒彈，兩架無人機便像是兩個飛天瘟神，掠過之處便是一片火海。

喬治望著整條街，瞬間就成一條火龍，人畜無一倖免，一種憤怒充滿胸腔，不吐不快。

突然之間，兩架無人機又返向飛回來，其中一架似乎偵測到喬治和尤里的藏身地點，忽地降低高度，對準兩人藏身之處飛來。

「糟了，它有格洛納斯定位！」

喬治知道格洛納斯定位系統是俄羅斯的ＧＰＳ，他吼叫一聲：

「尤里，我要擊落它！」
喬治說幹就幹，舉起槍來瞄準。那架無人機果然是衝著兩人而來，它愈飛愈低，尤里從望遠鏡看見無人機左側彈艙已開，一個火箭彈的掛架露了出來。
「火箭彈！快閃！」
喬治已經搶先開槍，一連五發都命中機身，但顯然沒有擊中要害，那架無人機發射火箭遲了一秒鐘，火箭彈射到喬治和尤里身後建築毀棄物中，發出的爆破聲極為震撼。
遠端控制室中的人員顯然被喬治那五槍全部命中他所操控的無人機嚇了一跳，無人機繞了一圈，爬升拔高了近百公尺，似乎想從步槍打不到的高度發射火箭彈。
喬治見那無人機的高度，不禁猶豫，尤里忽然遞給他三顆子彈。
「美製的增程高爆子彈！」
喬治無暇多問，立即換填增程高爆彈，那無人機迅速飛近，已經打開了右邊的彈艙。
喬治腦中靈光一閃，瞄準無人機上那一顆火箭彈一連三槍射出，其中第三槍直接命中火箭彈，那火箭彈還來不及發射就被打炸了，機體立即支解，碎片殘骸滿天飛，有一大片就落在他們藏身處不遠的地方，高熱將地上的草木引燃，轟然起火。
「媽的，還有一架無人機，你還有那種子彈嗎，尤里？」
「有，我還有三發。」他從衣袋中摸出來遞給喬治。
另一架在高處掩護的無人機打了一個盤旋，向北飛去了。
「尤里，你這六顆子彈從哪裡來的？」
「馬丁連長那裡拿來的。」

「馬丁？你『拿』來的？」

「喬治，你記不記得我們分發部隊之前，馬丁兼任我們教官，他老是罵我笨重動作慢，我他媽被罵煩了，就想要搞他一下。有一次他叫我去他的營房，又狠狠罵了我一頓，後來有電話找他，我猜是上級的，他跑到室外去接電話，我就在他抽屜裡拿走這六顆子彈……」

「他沒有發現？」

「也許發現了，也許他不記得一共收藏了多少顆寶貝子彈。總之事後他也沒問。」

喬治覺得不太合理，便隨口問了一句：

「你有順手牽羊的毛病，肯定還『拿』過馬丁什麼其他東西。」

沒料到還真問對了，尤里點頭：

「告訴你也沒有關係，我還拿了他兩顆鎢彈。除了這個，我還發現他私藏了一顆貧鈾彈。」

「貧鈾彈頭？馬丁竟敢私藏貧鈾彈！怪不得你偷他的鎢彈，他不敢聲張。」

「貧鈾彈」具化學及放射毒性，全球有一百多國簽署不施用於戰場，烏克蘭這些貧鈾彈是英、美所供應，烏克蘭竟用於本國的土地上，真是破釜沉舟了。

兩人繞過身後的熊熊火堆往鎮南潛行，尤里忽然回到街道上，找到一個醫護兵的屍體，他把屍體身上的急救包取下，掛在自己肩上。

喬治讚道：「對，這個有用。」

尤里傻笑：「你被打傷時我好用它救你。」

喬治覺得一點也不好笑。

「尤里，你再試試聯絡部隊。」

尤里又試了兩次，仍然無法與連部聯絡上，實在忍不住罵：

「烏克蘭曾經是軍火工業大國，現在連個通信系統都搞不好，給我們這種破爛配備要我們去賣命，真他媽可惡……」

「你罵破喉嚨也沒有用，我看我們還是自謀出路吧。我記得小鎮南邊還有一個村落，我們先去那裡歇腳，順便找點吃的。」

「你以為村裡還會有人？早跑光了，來不及跑的也都死光了。」

小村落距鎮南五、六公里，兩人進入村內，真是空無一人，路上連一隻狗都看不到，幾家店舖都大門深鎖，店主早就逃離，喬治走到一個住戶前，對尤里說：

「這戶人家大門沒鎖，你去問問有沒有人。」

尤里問了兩聲，無人回答，他回頭看向喬治，喬治點頭，同時手中長槍端好，輕輕將大門推開。

門一推開就觸動門鈴，兩人立即往左右閃開，尤里再次用烏克蘭語問：

「有人嗎？我們是烏克蘭軍人，你們不用怕！」

仍然沒有回答，兩人小心翼翼地走進院子，小院子裡花草似乎不久前還有人修剪整理過，可想見這一戶主人應該還在。

房門是半開著的，尤里持槍就掩護位置，喬治閃身入內，尤里立即跟進，兩人環目四掃，各自轉了半個身，然後背靠背停下，仔細觀察屋內狀況。這時兩人才聞到室內有淡淡的惡臭味。

只見屋內沙發上坐著一個老婦人，頭垂在胸前一動也不動，從臉色判斷可能已經死了。有一個年輕軍人靠牆坐在地板上，抱著一支AK-47步槍，無力舉槍，卻聽見他呼嚕呼嚕的聲音隨著微弱的呼吸從喉嚨發出來。

「是烏軍士兵！」喬治認出士兵的臂章是烏軍的二等步兵，看不出那裡受傷，他退開一步由尤里上前發問：

「我們是烏克蘭的狙擊兵，你傷在那裡？」

那士兵想要回答，但已虛弱得說不出話來，這時喬治從地板上大量的血推測他傷在背上。

「尤里，他背上中彈了，我們要立刻給他處理傷口……」他一面把水壺對準士兵的嘴，勉強灌了一口水。

兩人小心翼翼將士兵翻轉，果然看到他背上槍傷，鮮血還在往外流，再不處理，他很快就會失血過多而死。

尤里打開急救包，很流利地用消毒水清洗了傷口，上面塗了止血藥膏，看到急救包中還有幾劑強心針和消炎針，便給士兵扎了一針腎上腺素的強心針。

喬治又灌了士兵兩口水，士兵的呼吸又略微增強，終於發出了一聲輕微的呻吟。

「尤里，你有一套欸。看起來這士兵這會兒死不了啦。」

「在烏克蘭，幹屠夫的因講究刀法，都懂一點外科手術。」

喬治想笑，但忍住了。他轉向察看那個老婦人，婦人已是一具屍體，而且死了至少有48小時以上。

「尤里，你試問問這個士兵為什麼落單，他的部隊去了那裡？」

尤里在那士兵耳旁大聲問了一遍，那士兵居然睜開眼來，極為困難地說了幾個字。

「亞歷山大……第二團……死了……」

「啊，亞歷山大，你屬第二團……難道第二團全軍覆滅？」

「不，是我……家……」

尤里望向死在沙發上的老婦人。

「沙發上的老太太是什麼人？」

「是……是我媽，死了。」他神智逐漸清醒，說話也比較明白。

「你媽怎麼死的？我看她沒有受傷。」

「你……請你們扶我起來，我告訴你們。」

尤里小心翼翼地扶他坐好，餵他喝水，順便問：

「你家有沒有什麼食物？」

「冰箱……可能有。」

喬治已經從廚房走來，手中拿一大塊起司，兩根臘腸，更厲害的是還有一瓶酒。

尤里先切一小塊起司塞入亞歷山大口中，自己搶過一根臘腸，一口咬掉三分之一。

亞歷山大年紀很輕，最多二十出頭，他從小就在這裡長大，半年前被徵召參軍，把妻子和幼兒留在此地陪伴獨居的老母。戰火漸漸燒到這一帶，鄰居的老人婦幼都離家逃走，許多流浪異地成了難民，亞歷山大身在百里外與俄軍作戰，心繫家鄉的安危，每天打電話給妻子要她帶著老小向西逃，最好逃到基輔去投靠親戚，但是還沒有成行，通訊就中斷了。

亞歷山大心急如焚，每天撥電話都打不通，很明顯他的家鄉村落已經陷入戰火，他雖然憂慮但部隊也進入實戰，俄軍長程炮及火箭炮的襲擊十分猛烈，第二團的反擊很是英勇，但戰至第三日，俄羅斯空軍出動攻擊，一陣輪番猛炸之後，地面軍隊發起逆襲，第二團期盼的炮兵和空中支援遲遲不到，戰爭陷入劣勢。但烏克蘭軍隊仍然拚命抵抗，亞歷山大背部中了一槍，還好沒有傷及要害，經過止血包紮後繼續作戰。

夜色來臨時，第二團防線終於被突破，烏克蘭軍隊被衝散潰不成軍，這時候傳出團長率護衛向西突圍，亞歷山大所屬的班長和士官長雙雙陣亡，士兵們被打得群龍無首，亞歷山大見戰場亂成一團，俄軍已經打算清理戰場，不少烏軍拒絕棄械投降，仍然負隅抵抗，因而更是死傷累累。

一個念頭閃過亞歷山大的心頭。

「開溜。」此念一起，再也擋不住回家的誘惑，他自我安慰：

「對，我趁亂逃離戰場，回家去看看，然後再回部隊。」

於是亞歷山大趁亂趁黑悄悄逃離遍地屍體的戰場。他歷經千辛萬苦，一路討水乞食，背上的槍傷迸裂，流血不止，強忍著終於回到老家。

家園宛如空無人煙的荒村。他快到家門時卻遇到村中為村民看管祖墳的老約翰。老約翰揹了一個旅行袋正要離村，遠遠認出亞歷山大，便在他家門前等候。

「亞歷山大，你回來幹嘛？所有村民都逃離了。」

「我媽，我家人呢？」

「一個星期前，你老婆帶著小孩走了，你媽腿不好走不動，堅持留下來，你老婆拜託我照顧一下，可是……可是我也要離開了……我幾天前送去一些起司、臘腸和一瓶酒，她一人還在院子裡整理花草，應該還好。」

「媽，我回來了！」

亞歷山大衝進家門，卻發現在客廳沙發上，老母親已經死了。老母怎麼死的？他無從知道，大哭一場之後他精疲力竭地倒下，那時他已猜到，老母是服藥自殺，她一直有吃安眠藥才能入睡的毛病，經常藏有相當多的安眠藥。

他不吃不喝，坐倒在壁爐邊自暴自棄，想到國家遭侵略，抵抗戰敗，同袍戰死，妻兒下落不明，自己背著逃兵的罪名，好不容易回到家，老母已自盡，他再沒有活下去的力氣和意願。

背上的槍傷還在不斷滲血，他就這樣坐著昏死過去。

「雖然我不想再活下去，還是謝謝你們救活我，你們是第二團的士兵嗎？」

尤里解釋：

「我們兩人是第一團狙擊連的狙擊手，第一團在這附近有幾場遭遇戰，被打得慘兮兮，我們和部隊走散了，被陷在北邊小鎮裡，結果小鎮被戰火毀了，我們聯絡不上狙擊排，就在鎮上殺了兩個專殺我方救護兵的俄軍機槍手，然後又擊毀了一架無人機，他媽的真解氣……」

尤里好不容易碰到一個可以用烏克蘭語暢快吹噓的對象，立時嗨起來，拿起那瓶酒，咕嚕咕嚕喝了一口。

亞歷山大原來了無生趣，但是聽尤里猛吹殺死敵人、打毀敵機，雙眼射出光芒，畢竟是戰鬥民族，聽著聽著，居然也熱血沸騰起來。

「我有一個消息，可能對你們有用！我逃回來時，在西北方離這五十公里的山區中，看到一支烏軍，看上去像是從戰場上退下來，正在等待整補，我因是逃兵避著他們，不敢上前向他們討食物，現在想起來，他們有些人交談用英語，我聽不太懂，但好像聽到他們提到第一團，說不定是你們的部隊。」

喬治也聽不全懂，只聽到他提到第一團，連忙問尤里，尤里解說了。

亞歷山大心情轉好，便伸手搶桌上剩下的半根臘腸吃了，吃完又吃起司，喬治什麼都沒吃到，就伸手從尤里手上將酒瓶搶過，對著瓶口猛喝了兩口。

「我可以帶你們到那個山谷裡去找部隊，但我不能現身……」

尤里喝了一口酒打斷他。

「為什麼不能現身？我們就說我們都是被打敗走散的士兵，碰到一起就結伴胡亂走，到了這個小鎮靠你這個地頭蛇指引，我們一起立了戰功，這樣子誰會追究你什麼逃兵？」

「我有戰功？怎麼證明？我若被問起來，可是一問三不知。」

「放心，一歸隊喬治就會寫報告，要求上級確認戰果，這是例行公事，有關係到咱們狙擊手的記功點數，一分也不能馬虎。」

亞歷山大有些狐疑，便望向喬治，喬治雖不能全懂，但他和尤里有默契，猜到他在誇口些什麼，便很嚴肅地點頭。

「當然，我們三人都有功。」

他們三人趕到亞歷山大所說的山谷時，部隊已經不在原地，山谷中只剩下大量士兵留下的垃圾，包括香煙盒、煙蒂、啤酒罐、染血的繃帶、臨時的糞坑……

喬治四處巡察了一圈，心中有了譜。

「尤里，這裡並沒有戰鬥的跡象，看來那支部隊退到這裡休息了一陣就開拔，我猜是向北去了。」

「為什麼向北，向北要越過高山。」

「如果我猜得不錯，他們在這裡得到補給，北上高地，要居高臨下攻擊之前打敗他們的俄軍……」

「哇，你是說他們要復仇？」

「我是說我們要復仇。他們的確是第一團的弟兄。」他說著把一個臂章拿給尤里看。

「我剛才在林子裡撿到的，是第一團沒錯，但沒有看到狙擊手的痕跡。」

尤里知道他說的「狙擊手的痕跡」是什麼意思。通常在這種山地作戰都會穿戴偽裝衣帽，例如就地取材的枯草樹枝，臨時編成簡單的衣帽，躲在草叢中造成保護色效果，讓敵人不易發現。休歇時有些不仔細的士兵便會將之抖落，隨手拋棄，以為拋在草叢中混為一體不會引人注意。但是逃不過喬治這雙仔細的眼睛。

夜已降臨，山谷中一片漆黑，天空的星光特別清晰；一片寂靜，山風吹過聽得格外刺耳。

「亞歷山大吃不消了，我們睡一會吧。」

今夜山谷，無戰事。

喬治倚靠著一棵大樹根，躺在草叢中似乎很快就入眠，其實他清醒得很，他在想自己為什麼在將近花甲之年還會參軍打這一場慘烈的戰爭。

是俄羅斯入侵烏克蘭？喬治住在烏克蘭數十年，對這個國家這塊土地有一定的感情，加上他愛打抱不平的個性，就促使他毅然參軍了。

這是表面的原因，崇高而正大，但是在夜深人靜他一個人失眠的時候；就像此時此地，他理智的防線悄悄退隱，情感的浪花漸漸激揚。

他曾經有妻有小，月娥與他在士林地方法院辦完離婚手續，牽著小琳的小手，頭也不回地離他而去的情景，曾在夢中不知出現過多少次，然後是他畢生的摯愛——梁菊，琵琶別抱。在異國的生活中除了寂寞還是寂寞，他從台灣來，但是從來不想回台灣去，是因為台灣是他傷心地？還是自覺大事無成羞見江東父老？好像都是。

有時他又覺得都不是，他浪跡天涯，台灣如是傷心地，何處不是？再說羞見江東父老，他在江東早就沒有父老了。活下去難道就是為了兩間寶島餐廳？還是為了一年兩季的野鳥狩獵？

二〇一四年，為搭救葉運隆被綁架，他放下一切事務全力以赴，最後和梁菊攜手合作之下，射殺了綁匪的狙擊高手鷹眼。那是他在烏克蘭生活中的高潮。那段時間使他重新感到年輕、激情，當他緊緊握住梁菊微微顫動的手，讚美她「幹得好」時，他像是回到屏東車城的陸戰隊特訓基地，轟隆隆隆，什麼都不怕。

但是當梁菊輕輕將手從他的掌中抽出，回去挽著葉運隆一聲說道「喬治，謝謝你！」終究離他而去，他在滿腹的五味雜陳中，從高潮跌回現實。

二〇一四年之後，喬治自覺心如枯槁，他每天晚上喝伏特加、服安眠藥入眠，他發現以這種方式入眠，他就沒有夢了，也就沒了夢醒時分的難過。

二〇一五年的冬天，他到烏西喀爾巴阡山脈去練習滑雪，結果一跤摔傷了脛骨，住進了醫院。萬萬想不到的，他竟然就有了一個女人。

娜妲是醫院中的護士，是她照顧喬治復原。

娜妲大約三十歲，面容白皙精緻、身材婀娜卻尚未成家，對烏克蘭女人來說十分的晚婚了。由於她能說相當流利的英語，喬治和她聊得很投緣，娜妲什麼都跟喬治說，包括她的家庭、好朋友、從前的男朋友、死去的牧羊犬，喬治話說得很少。娜妲只知道他從台灣來，在烏克蘭有產業，沒有結婚。

待到喬治的腿傷痊癒，娜妲就辭去了護士工作，跟著喬治回到基輔。

娜妲個性活潑，相對年輕的活力為喬治一潭死水的居家生活帶來了歡笑。有一段時間喬治過得很快樂，也很疼愛娜妲，由於年齡相差了將近二十歲，他分不清楚自己對娜妲的疼愛中，幾分是父愛、幾分是男情女愛。慢慢他瞭解了，也許在開始時是後者居多，時間久了，不知不覺就漸漸地轉成前者為主了。

娜妲三番兩次提出要結婚，喬治始終沒有動作。一年半後，娜妲對喬治說：

「喬治，我知道你對我好，但是我感覺到那是父親對女兒的愛，喬治，我已經有一個父親了，不需要兩個爸爸。」

就這樣娜妲離他而去了。

之後他聽娜妲的朋友說，娜妲在中學時有一個情人尼古拉，畢業後尼古拉娶了娜妲的好友，這回鬧離婚，離了婚就想起娜妲的好，便重新展開追求，最終娜妲跟他結婚了。

「這麼快！」喬治還是有情感上的震動。再一次聽到娜妲的消息，她婚後一年就生了一個男孩，和尼古拉過著幸福的日子。這回喬治就沒有震動的感覺了。只覺娜妲的決定是正確的，跟青梅竹馬的情人結婚比跟著自己好多了。

「祝她一生幸福。」

既無伏特加，也無安眠藥，卻有層層湧出的往事，寂靜的山谷難得一夜無炮聲，喬治卻一夜無眠。

天亮之後三人乾糧已盡，只好以水充飢，喝飽了往北坡攀去，沒想到上了坡頂，尤里的無線電話居然和連部聯繫上了。訊號雖弱，斷斷續續，但勉強可以聽得出，竟然是馬丁連長的聲音。

「尤里，你們死哪裡去了？……喬治死了沒有？」

「報告，我們就在你頭上，喬治活得還好，但亞歷山大快死了……」

「什麼？什麼亞歷山大？怎麼多出一個人來……我都不知道？」

「報告，我們在路上撿到他的，是第二團的……跟著我和喬治立了大功。」

「胡說什麼！你叫喬治……來來聽……聽電話……」

「報告，我是喬治，我們……糧……糧斷……斷了。」

「立刻回來報告，不得……有誤……」

「報告……請給連部座標……」

他把無線電交給尤里，由他來接收連部的座標，凡有關重要數字、代號，還是用母語傳達溝通最不出錯。

尤里掛上電話，一面計算一面喃喃自語。

「離此地還有四十多公里，這種山區，恐怕要走到明天天亮，他媽的，肚子餓死了，恐怕撐不到就要餓斃在路上。」

忽見喬治指了指自己背上的背包，尤里以為他背包中有食物，大喜上前拉開背包的拉鏈，哪有什麼食物，只有兩個彈匣、一個滅音器。

「獵人，你瞧右下方……」

尤里向右望下去，看到四隻野雁在樹下覓食，他見獵心喜，舉槍就要打，耳邊喬治壓低了聲音：

「慢點，裝滅音器！」

尤里從喬治背包中拿出滅音器裝妥，瞄準，「噗」的一聲，三隻野雁驚飛而起。

喬治對亞歷山大做個手勢，要他掩護，自己匍匐向坡下連爬帶滾而去，直到那幾棵大樹前，然後看見他抓著一隻大野雁舉過頭秀給尤里看，對他伸出大拇指。

尤里自覺回到了野地獵人的身分，施展身手把一道大野雁整治得勉強可以入口，沒有鹽，更加為防煙大而致火候不足，三個餓佬仍然吃得津津有味。

尤里吃完一隻雁腿，嘆一口氣。

「這時要是有一瓶伏特加酒就好了。」

喬治把水壺遞給他。

「廢話少說。」

亞歷山大仍然虛弱，三人走得很慢，天黑時仍未走出山區。奇怪的是從昨晚開始，整個山區沒有聽到槍炮聲。俄軍去哪裡了？尤里也感到奇怪。

「對，俄國軍隊去哪裡了？」

亞歷山大回道：

「什麼俄國軍隊？在這一區域和我們作戰的俄軍幾乎全是外籍軍團，有白俄羅斯的、有車臣的，我們之前俘虜的士兵中居然還有一個土耳其人。」

「唉，俄國佬也打代理人戰爭，台灣人有句話，『別人家的孩子死不完』，烏克蘭的人民就是別人家的孩子，我操，這些發動戰爭的王八蛋真沒良心。」

天全黑了，喬治估計離部隊還有十六、七公里的山路，看了看四周，是個紮營休歇的好處所，便道：

「這裡憩一下吧，我背包裡還有早上吃剩的野雁。」

小半隻雁吃得一絲皮肉不剩，三人只是塞牙縫，只好喝水填滿胃，正要休息，亞歷山大忽然爬到喬治身邊，努力用英文悄聲說了兩個字。

「喬治，下面……」

尤里也發現不對，他悄聲道：

「我聽到車輛的聲音，就在山坡下面……」

「噓！」

喬治要大家噤聲，就在三人藏身之處的下方不遠處，原來看上去是一片半個人高的草叢，這時居然有一輛貨車緩緩地駛過來，看那情形，草叢底下原有路基。

貨車前座坐了兩個人，一人駕駛，另一個不停指點，似在指路，黑暗中看不出是烏俄那一邊的人，甚至看不出是軍人還是平民。

三人正感疑惑，忽然槍聲響起，打破這山區一日一夜的安靜。那輛貨車停了一下，然後加快前衝。

槍聲漸近，喬治和尤里不用打招呼，就各自占了一個便於狙擊的據點。

那輛貨車慌不擇路，「碰」的一聲撞上了一塊大石頭，駕駛猛掛倒檔，「轟」的一聲後輪又陷入一個凹坑，當下進退兩難，引擎聲怒吼，車子仍然被卡住，動彈不得。

駕駛座旁的漢子跳下車來，黑暗中摸索著想脫困的辦法，這時槍聲更近了。

亞歷山大年輕目力好，他第一個看到兩個士兵手持自動步槍，一面開槍一面奔向貨車而來。

貨車仍在掙扎，馬達怒吼，來人大聲喝道：

「停車！停車檢查！」

亞歷山大低聲道：

「是俄語！這兩人是俄軍！」

尤里壓低嗓子，用英文對喬治說：

「幹掉他們，喬治，幹掉俄國佬！」

那從貨車上跳下的男子身材瘦小，動作靈活，檢查車輪後伏在車尾，兩個軍人見貨車已停，暫停射擊，可就在這時，那瘦小男子趁此空檔掏搶臥射，五槍連發，但只有一槍擊傷左邊較近的俄國士兵的大腿，其他四槍都落空，看出瘦子的槍法很一般。

兩個俄國士兵暴怒，尤其那個被打傷的更是用斯拉夫語中最髒的話，連珠炮般罵出，手上也沒閒著，一排排子彈射向那瘦子，瘦子槍法不行，逃命倒是異常敏捷，一溜煙鑽到貨車的另一面，俄國佬的子彈都落空。

這時，俄國士兵兩支自動步槍火力全開，貨車駕駛也跳下來躲在車後避彈。

喬治卻在這邊看傻了眼，他喃喃低呼：

「天哪，不會吧，怎麼會是他！」

原來瘦子的身形和動作引起他的懷疑，等到看到瘦子的槍法，他終於可以肯定了。

「是薩芬！伊凡‧薩芬，不錯，就是你！」

在強大火力壓制下，貨車背面兩人只能零星還擊，俄國士兵一面掃射一面進逼，眼看薩芬和他的駕駛就要命喪俄國士兵的槍下。

「喬治，你怎麼發呆？快把俄國佬幹掉呀！」尤里低聲疾呼，同時舉槍準備自己動手。

喬治不慌不忙，端起搶來，「砰」、「砰」兩聲響起，那兩個俄國士兵完全沒有想到有伏兵居高臨下狙擊他們，當場斃命。

薩芬和他的夥伴突然遇救，死裡逃生驚嚇得全身衣衫盡濕，對望交換了驚疑的一眼，都搞不清楚是怎麼回事。

喬治回頭對亞歷山大悄聲道：

「你留在這不要動。」

他和尤里端著狙擊槍從坡頂走下來，看在薩芬眼中有如天神下凡，正要上前道謝，一句話忽然噎住了。

「你……老闆，是你嗎？」

喬治停在十步之外，尤里停在他右後方大約五步，正是一個互為犄角的形勢。

「薩芬，你貨車裡裝的是什麼？」喬治不和他囉嗦，一句話直搗核心。

「軍火，不瞞老闆，全是貧鈾彈及鎢彈，要運去俄羅斯。」薩芬也毫不隱瞞。

「貧鈾彈，傷天害理的軍火你也敢搞？你從哪裡偷到這些軍火？」

「偷？我才不偷！基輔自然有人主動出售，尤其是國際兵團，我這一批就是第一團裡流出的，等我賣給俄國，團長、連長、你的長官們都分得到好處。」

CHAPTER 05

地雷陣

喬治聽到這一番話，心立刻往下一沉，暗忖：「難道馬丁連長也涉入其中？他曾私藏了貧鈾彈及鎢彈……烏克蘭政府竟貪腐如此，這仗怎麼打下去？」

薩芬見喬治不語，便加上一句：

「老闆，所有的殺人武器都喪天害理！」

「混帳！你這壞胚子，還強詞奪理……你知不知道這東西落到俄軍手上會殺死多少我們烏克蘭人民？王八蛋！」尤里恨恨地開罵。

薩芬一生最恨人罵他「壞胚」，聽到這兩個字便要抓狂。

「他媽的，你們就好到哪裡去？你們每天躲在暗處謀殺人，不說別人，就喬治你，你的槍下殺了多少人？」

喬治知道這個克里米亞韃靼人的偏執個性，一輩子最愛與人抬槓罵架，一旦沾上爭議性的話題就更不得了，他會以驚人的快速反應和無比的持久性和你歪纏胡扯，永無休止。

於是他不再多說，速戰速決，厲聲道：

「薩芬，你偷竊國家軍火，走私販賣，犯了烏克蘭戰地軍法，我要送你上軍事法庭！」

每個人都懂得喬治這話的嚴重性，這事交給軍事法庭，就只有判處死刑一途。薩芬被嚇到了，一分鐘前還在趾高氣揚地罵人，這一刻立刻就軟了。

「老闆，你不會這樣狠心對我吧……」

喬治不禁有些猶豫，這個桀驁不馴的韃靼人是他這些年來經營餐廳的得力助手，也曾在營救葉運隆時和自己並肩作戰，生死與共，喬治的性子一向視戰友如親兄弟，薩芬雖然很多壞毛病，但是對喬治這個老闆還是忠心的，若是真把他送軍法，便是送他上刑場，真要這樣做嗎？

一線善念興起，理智就和感情妥協了。喬治揮揮手中長槍。

「你快滾，滾得愈遠愈好，最好永遠不要再看到你！」

「是，是！謝謝老闆放我一馬……」

「你老闆發善心，我可沒有那麼好說話，還要問問我尤里・諾曼可夫！」

「尤里，你？」

「兩個王八蛋把貨車給我推出來，放了你們人，貨可不能不交回去！」

於是那個駕駛上了駕駛座，其他二人合力將貨車「跳」出土坑，駕駛從車上跳下來。

「把鑰匙留在車上！」

喬治手中的長槍對準薩芬和那個駕駛，尤里從貨車裡找出兩條塑膠繩，喝道：

「過來，讓老子將你們兩個笨蛋捆一捆。」

薩芬見尤里目露凶光，不敢不從，尤里將他反綁，薩芬叫道：

「好疼，你他媽綁啥呀？那麼用力！」

「綁豬！老子殺豬時便是這樣綁！」然後他對那駕駛怒喝：

「還有你，混帳！」

那個貨車駕駛是蓄了鬍子的東方人，他一直一言不發，這時卻不爽的抗議。

「你們說過放我們一馬，為什麼要上綁？是不是綁好了就翻臉殺死我們？」

「綁定你們我們好放心開車走人，要殺你們不綁也可以殺！」

「你們開車走人，那我們倆被綁著怎麼走人？」

「說你是笨豬沒說錯，你們若是人難道不會互相解繩……」

尤里難得有機會這般處處占定上風，正待再多奚落幾句，沒想到忽然之間，局勢就逆轉了！

那個駕駛突然從薩芬背後一手卡住薩芬脖子，一手持槍抵住薩芬的太陽穴，厲聲大喝：

「你們放下武器，不然薩芬就地處決！」

薩芬雙手被綁，毫無抵抗實力，只能怒吼：

「金正丸，你要幹嗎？快放開我！」

「啊！原來是你，金正丸！」喬治暗罵自己粗心，竟沒認出這個曾經照過面交過手的韓國軍火販子。

那是他在維也納台北辦事處擔任安全官時的舊事了。薩芬和韓國軍火商金正丸之間發生衝突，幾個韓國打手在酒吧中差一點把薩芬活活打死，是他喬治李路見不平出手相救，不但和金正丸照過面，還把金正丸手下打得滿臉開花，嘴鼻噴血。

時隔太久，也難怪喬治第一時間認不出金正丸。他既悔恨自己一時失誤造成如今形勢逆轉，更痛恨薩芬竟然和之前的仇人聯手偷運軍火。他暗罵：

「真是狗改不了吃屎的壞胚子！」

金正丸倒沒忘記喬治，他得意洋洋地對喬治吐槽：

「喬治大俠，再來一次仗義救你的手下吧？快放下武器！」

尤里不依，冷笑喝道：

「你手上這個人質對我尤里來說，不值一條豬，我可不會顧及他的性命，你再不放下武器，我兩槍轟掉你們兩顆豬頭！」

「我數到三，你們不投降，這個瘦鬼的腦袋就開花了……一、二……」金正丸開始數數。

情況完全超出喬治的控制，他只知道金正丸和尤里兩人都是毫無顧忌真會下手的人；但是他完全無法預料下一秒鐘的結果會如何……於是他緩緩放下了手中的狙擊槍，可尤里的槍仍指著金正丸。

這正是千鈞懸於一髮的瞬間！然後，槍聲響了，一個完全出乎意料的結果出現了。

一顆子彈從金正丸側背後打中他的左後腦，他被打得腦漿四濺，叫都沒有叫，便軟軟癱倒在草叢上。

亞歷山大從山坡上走了下來，手中的長槍口還冒著一縷青煙。

尤里大叫一聲，「亞歷山大，好樣的！」

亞歷山大一面喘氣，一面走到喬治身旁，三個人手上都端著長槍，尤里的槍仍瞄準薩芬的腦袋。

薩芬再次死裡逃生，心中五味雜陳，走到喬治面前道：

「老闆，你真放我走？」

喬治點頭，冷冷地說：

「帶著你的槍快滾吧。」

薩芬遲疑了一下，俯身撿起草叢中的手槍，轉身走了。但是他走出幾步後就停下身來，也不回頭，大聲說：

「你們快往反方向走，這條路走下去會碰上俄國人帶領來接應的人馬！」

說完快步離去，消失在黑暗中。

三人上了貨車，尤里當司機，貨車掉頭向北方駛去。

車上三人沉默無言，只聽到貨車引擎的聲響，他們剛歷經了生死一線的緊張關頭，每個人的心中都無法平靜下來。

還是尤里先開口，他只是找個話題打破車內的沉默。

「亞歷山大，看不出你槍法很不錯，那個韓國人被你打爆了。」

「還行吧。」他原來就不多話，家破人亡後話更少。

喬治忽然笑了笑。

「那金正丸作夢也想不到你從他後面幹掉他，不但金正丸想不到，連我都忘了我們有三個人。」

這話把尤里和亞歷山大都逗笑了。話多的尤里忽然轉向喬治。

「喬治，剛才你是怎麼想的？我看到你放下了武器……你想投降？」

「對，我在想，那情況下他們肯定會繳了我們的槍就急著上車離開，待他們開動了，我就用手槍把兩個車輪給打爆，反正他們走得了人，走不了軍火。」

「啊，酷！你身上還有手槍，藏在那裡？」

「不跟你說。」

他們終於和部隊會合了。想到薩芬所說的鎢彈和貧鈾彈的來源，喬治的心更加沉重了。

馬丁連長對他們能截回這一批軍火，讚許有加。

「喬治、尤里，你們奪回失去的國家財產，立下大功，我會另外專案報請獎勵。」

喬治和尤里想到薩芬的話，還有他私藏的軍火，心中著實充滿疑心，這個連長的忠誠大有問題，但表面上還是稱謝。

馬丁連長瞪著亞歷山大，有些不解地問道：

「這個第二團的士兵怎麼跟你們到了這裡？」

「報告，亞歷山大在山區作戰時走散，與他的部隊失去聯絡——就像我們這次一樣；我們碰到一起便一同行動。在地圖上S區的小鎮裡，我們合力消滅了俄軍兩個機槍陣地，並擊毀一架敵軍無人機，亞歷山大都有參與，這次奪回軍火，他的功勞尤其顯著，列兵喬治和尤里請求上級確認以上戰果，並將列兵亞歷山大的戰功列入戰報，送請第二團參處敘獎。」

喬治一口氣報告完畢，尤里在一旁不斷點頭表示贊同，亞歷山大雖然聽不全懂，但他猜出喬治在為他請功，如果記了功，他的逃兵罪名便不存在了。

果然看到馬丁連長點了點頭，立刻吩咐文書士官，將喬治所述列調紀錄，再請喬治、尤里及亞歷山大三人簽名，具結所載屬實。亞歷山大吊在空中的一顆心放下來了。

「喬治，謝謝你，還有尤里，謝謝。」

軍隊在山北打了勝仗，勝利部隊的主力竟然是重組後的第二團，第一團奉命北上增援，並與第二團換防。馬丁連長因奪回「失竊」的子彈，晉升少校，他意氣風發穿上換了新肩章的軍裝，接受大家的恭賀，人人皆知軍中上尉晉升少校是最重要且不容易的一關。

不過他為喬治和尤里專案呈報請獎的承諾卻石沉大海，直到部隊北移仍未有下落。

亞歷山大不覺得什麼，他只等與第二團會師，他就立刻可以歸建。

尤里開始不滿，在隊中開罵。

「這傢伙靠我們賣命升了官，答應我們請獎的事就只說說而已，並不當回事來辦。我操，這傢伙是否有涉入盜賣軍火的疑雲未消，我們還幫他瞞著，他要真的過河拆橋，我尤里・諾曼可夫，絕不甘休。」

喬治警告他不要多說，這種罪名坐實了就會被就地槍斃，控訴馬丁，要嘛就拿出證據一刀斃命，要嘛就閉嘴。這種說東說西的最易招禍。

果然，不知是不是馬丁聽到什麼風聲，部隊才開動，他忽然下令喬治和尤里這組狙擊手先行走山脊掩護部隊北移，他們的任務是作開路先鋒，遇敵軍斷後的狙擊手時予以擊殺；大部隊遇阻力時，則居高策應，刺殺敵軍指揮官。

從這任務指示看，確實重要無比，但奇怪的是馬丁只派了他們這一組執行任務，沒有派出其他支援的狙擊組，不能不讓喬治和尤里起疑心，莫非馬丁只是要把他倆調離部隊，省得尤里的大嘴巴說東說西。

兩人補給裝備後出發，臨行馬丁連長還特別交代：

「喬治、尤里，你們為本團先行，執行斥候兼狙擊，代號夜鷹，團長十分重視，相信以你們的經驗和戰力必能順利完成，祝好運。」

「是，長官！」喬治立正回答，兩人行禮，轉身走出營房。

「我呸，長官！」尤里吐了一把口水。

「尤里，天色不早了，快出發吧。」

喬治再次讀了一遍地圖，默記幾個重點，催促上路。

又是月黑風高之夜，烏軍第一團寅夜行軍，山脊上喬治和尤里在叢林中疾行，兩人不時停下來隱身，用紅外線望遠鏡四方察視。

山風有些淒厲，將山脊上的枯樹枝颳得沙沙作響，除此之外，四方寂靜，連夜梟啼聲都無，更別說人聲了。

這樣在山脊上疾行，五十八歲的喬治固然感到吃力，體重三〇〇磅的尤里就更是吃不消了。每次停下來觀察斥候時，他便藉機半躺下，遲遲不肯起身。喬治想要催促他，但想想這樣搞法，如果遭遇狀況，尤里的執行力恐怕大打折扣，便讓他多休息幾分鐘。

再說，這幾分鐘對老喬治也很補。

喬治心中暗笑，烏軍第一團派出這個組合執行先鋒任務，一個過重一個過老，恐怕也是氣數將盡。他聽到身旁的胖子呼吸漸漸恢復均勻，便爬起身來。他用迷你手電筒照了一下地圖，確定沒有走錯方向，悄聲道：

「尤里，還有十六公里才到預定地點，時間上我們稍微落後了三分鐘。」

尤里爬起來：「OK，我們趕一程。」

就在這時，前方火光一閃，「砰」的一聲，一發子彈掠過尤里的頭，打在身旁的樹幹上。兩人同時臥倒。

「你停在這裡偵查前方，我繞到左邊。」喬治匍匐爬到左邊，伏在一個前方和右邊都有天然屏障的地點，然後打開夜視鏡，瞄準剛才開槍發射火光的地方，左右掃描搜索。

耳機裡傳來尤里的聲音。

「喬治，你右方二三一公尺處有動靜。」

「我這裡有掩護物，我開槍引對方反擊，這回由你開槍射殺，你見火光就發射！」

尤里想不到這回由自己主殺，體內腎上腺素立刻爆表，他再次確定各項設定無誤，便回答：

「準備完畢，你開槍！」

「對方也有兩人，你射殺後要儘量躺平！」

喬治不鼓勵他射殺後移換位置，怕胖子動作遲緩，一動之下反而成了對方絕佳目標。

「砰！」喬治朝尤里估計的地點，右邊二三一公尺處開了一槍，果然立即引來對方一槍射在喬治前面一顆大石頭上，火石四濺，他看到對方開槍處的火光，和他的射點相差約兩三公尺……

第三聲槍響幾乎是同時響起，那是從尤里的槍口發射，直射對面閃光處。

緊接著是第四聲槍響，發自距對方左邊目標點十公尺左右，這一彈的火光才閃，喬治的第五槍應聲而發，然後山脊上就恢復了寂靜。

喬治呼叫：「尤里，你ＯＫ？」

「還好，臉頰掛彩……」

「暫時不要動，掃描對方……」

一分鐘後沒有動靜，喬治朝著方才設定的目標點再發一槍，對面仍是一片沉寂，沒有回應。

「對方掛了，我們各幹掉一個！你傷勢如何？」

「王八蛋，臉上這條疤恐怕夠嚇人的。」

「你傷口還沒有結疤，怎知會嚇人？」喬治爬行到尤里身旁，黑暗中依稀可以看到他的右臉頰上一道很深的傷口，血流不止。

喬治掏出一條止血凝膏，擠了半條在尤里臉上。尤里哼了一聲。

「忍住點，這藥膏能止血消炎，就是刺激傷口，有一點疼。」

「他媽的，你說只有一點疼？你割道口子塗它試試。」

「尤里，你今夜不再是打野雁的獵人，是個合格的狙擊手了！恭喜！」

「喬治，二對二，咱們完勝。真有你的。」

「關鍵在於我隨時注意附近哪裡可以埋伏，哪裡可以設定攻擊點，攻擊完後哪裡可以設防、第二次攻擊……若不能隨時警覺，隨時保持下一秒就要戰鬥的意識，真正開打時哪裡還能顧到這些？怎麼可能執行狙殺戰術？」

尤里經過剛才的實戰，對喬治完全服了。

「嘿，長知識了。謝謝你喬治。」

他們休息了一會，喬治趁機和長官聯絡上。

「夜鷹報告，距預定地十六點五公里處遇埋伏，對方為斷後留守的狙擊組，已被我方消滅。夜鷹二號受輕傷。」

「收到。夜鷹你已比預定時間遲了十六分鐘，請加速前行，有狀況隨時回報。」

「收到，瞭解。」

「喬治，我們幹了那麼大事，馬丁一句好話都沒有，只嫌我們耽擱了時間，比預定慢了十六分鐘，我操。」

兩人繼續前進，尤里心有不甘，繼續罵道：

「這個王八蛋，剛靠我們升了官就得意忘形，等這邊任務完了，我要到團長那裡去告狀。」

「薩芬已走人，何況他的話也難當作證詞，我們苦無證據……」

「笑話，他私藏的鎢彈還在我手上！」

「尤里，不是我澆你冷水，你說那幾顆鎢彈是從馬丁的辦公室偷出來的，馬丁只要把其餘的鎢彈藏好，就可以咬定鎢彈不是他的，甚至反質疑你從哪裡得到的？他是長官，可以下令啟動調查你，你既無法證明你所說的，那就是誣陷長官，送你上軍事法庭，罪名可不輕啊。」

尤利聽得驚呆了，不禁緩下了腳步。
「媽的，天下竟有這種事！」
「你遇到事情再不多用腦子，就會有這種事。」
「那我們怎麼辦……」
「先忍著不動聲色，把你那幾顆鎢子彈收好，不要再拿馬丁的事說東說西，只要他不再對我們有提防心，我自有辦法讓他現出原形。」
尤里側頭想了想，點頭，顯得心會神領的樣子，喬治看到了想笑，忍住了。
尤里開始四面觀察，很認真地說：
「喬治你說得對，今後我要多觀察少說話。我發現我們現在已經進入了原先俄軍的占領區。」
「兩公里之前就已經越過交戰前的俄軍防線。」
「你是說，前面我們還會遭遇更多的俄軍斷後留守的狙擊手？」
「當然有可能，不用擔心，遇上我們倆算他們倒楣！」
尤里聞言，底氣壯起來。
「沒錯，遇上我們就打爆他們！」
然而，他們前行了七公里並未碰到狙擊，卻誤入俄軍撤退前布下的地雷陣。
尤里踩上一個埋藏在枯葉中的反步兵地雷，他三〇〇多磅的體重立即引爆，可憐才「長了知識」的尤里，當場被炸得血肉模糊。
喬治心中閃過「不妙」二字，正拚命向外撲倒，腳旁已「轟」地一聲炸開，他頓時被炸藥力道摔出十幾公尺，倒在草叢中，他下半身完全失去知覺，雙腿褲管上斑斑破洞，鮮血湧流，他知道這種情形如不能立刻止血，很快就會失血過多而死亡，他對著夾在衣領上的無線電麥克風嘶啞地喊叫：

「夜鷹踏入地雷陣，一號重傷，二號生死不明……」

他連喊兩遍，第二遍喊了一半便暈死過去。

喬治醒過來時，已經在一個大棚統艙式的野戰醫院中，他睜開眼睛，眼中看到模糊的情境令他感到極端迷惑，他暗忖：「這是哪裡？我發生了什麼……」

接著他感到一陣陣的劇痛，竟分不出到底是哪裡痛。不過他已經意識到之前被地雷轟炸失去知覺的事……

接著，他看到了一張熟悉的臉龐，帶著憂色的溫柔的臉，喬治驚豔，多麼美麗的一張臉。

「娜妲，是妳！」

他的聲音微弱，有如耳語。

娜妲卻聽見，她穿戴著護士的衣帽，彎身靠近喬治。

「是我，喬治你終於醒了！」

「妳……妳怎麼會在這裡？我受傷後是誰救了我？」

「你的部隊弟兄從山上把你揹下來，你因失血過多昏了過去，送到這裡軍醫立刻動了手術……你昏睡了三天，感謝神，你終於醒過來了……」

「尤里……我的搭檔偵察兵，他……」

一個年輕醫官走過來，接過喬治的問話。

「偵察兵尤里當場陣亡了，抱歉。」

喬治頭腦已經從昏睡醒來時的混亂逐漸清晰，他想到尤里在步上死亡之前對他說的話，眼睛就濕了。

「喬治你說得對，今後我要多觀察少說話……」

這話在喬治耳邊響起，尤里說這話時的認真表情閃過他眼前。

年輕的醫官微笑對喬治說：

「我是瓦西里醫官，聽他們說，俄羅斯軍隊布的是子母雷，你的夥伴踩了主雷，你雖然沒有踩到，可是被連鎖引爆的副雷正好在你腳邊，爆炸的時候你奮力一跳保住了性命。」

喬治狐疑，忍不住問：

「他們怎麼知道我奮力一跳？」

「他們說你若完全被動挨炸，身體飛不了那麼遠；你被發現的地方距離引爆點有十多公尺，所以他們猜你有跳。」

「是啊？」喬治將信將疑，這時才發現自己下半身的情況。

他驚呼：

「我的雙腿！我的雙腿怎麼了？」

娜妲的回話中帶著哭聲。

「你傷得太厲害，為了保住你性命，不得已只能截肢了……」

喬治有如五雷轟頂，他一時說不出話來，臉上的肌肉痛苦的扭曲著。但是過了一會，他居然就平靜下來，他一字一字、努力鎮定地問道：

「醫生長官，是您為我動的手術嗎？謝謝您。」

年輕醫官和娜妲對望一眼，都是充滿了驚震的眼光。

「是我動的手術，當你被送到這裡時，你的雙腿不但全是碎片，脛骨腓骨都被炸斷，更加上失血過多，如果不立即截肢，可能很難保全性命，我們……我和另一位資深外科醫師商量後當機立斷，做了截肢手術……」

「啊，真謝謝您，您拯救了我性命。」

年輕醫官瓦西里終於藏不住心中的話。

「喬治，我從來沒有見過任何剛被截肢的病人，像你這樣鎮靜地接受！你是怎麼做到、想開的？」

喬治忍著麻醉甦醒後的疼痛，淡淡地回答：

「同一個地雷爆炸中，和我生死與共的夥伴當場陣亡，我卻還能在這裡和你說話，醫生長官，我能有什麼想不開的？」

瓦西里醫官深深看了喬治一眼，轉向娜妲說：

「娜妲小姐，你的朋友是好漢子，真英雄！」

他對喬治豎起大拇指。

「喬治你失血過多，我們這裡存血不夠，如果不是娜妲輸給你五百CC的血，等後方醫院送血過來，你的手術就會被耽誤，後果……不堪設想。」

說完，他搖搖頭便離開去巡視其他傷兵了。

醫官走後，喬治和娜妲對望著。喬治的堅強一點一點地消失。

「娜妲，謝謝妳……妳怎麼會來這裡？」他有些哽咽。

娜妲已經在流淚，她擦拭去臉上的淚水；勉強擠給了喬治一個微笑。

「喬治，你剛醒過來需要多休息，我的故事……等你好一些時再講給你聽。」

喬治並不追問，只是點了點頭，就閉上了眼睛。

他開始努力回憶那一剎那所發生的一切。像放映慢動作影片那樣，他仔細重新檢視每一個定格的影像，每一定格裡的音響。他記起尤里踩上地雷時好像用盡全身之力大吼了一聲，但他吼叫的是什麼，卻不敢確定。好像是一個數字，可這沒什麼道理。

他臨死前吼叫一個數字？沒道理。

喬治一遍一遍努力回想，終於他確定尤里吼叫的是「四十五」這個數字，但，什麼意思？

十天後，瓦西里醫官帶了一個技師來替喬治量身訂做義肢。那技師是個五十多歲的光頭大漢，在喬治身上測量記錄了一連串的數字，最後問喬治：

「我推測你原來的身高是一八〇公分，對不對？」

「不錯，你估測得真準。」

光頭技師留下一句就匆匆走了：

「最近實在太忙，要裝義肢的人比平常多了三成。」

一個風和日麗的早上，喬治終於裝上了義肢，娜妲扶持他在院子裡走了十幾公尺，喬治覺得很不舒服，便要求回到輪椅。

「很不舒服啊，每走一步都會痛呢，娜妲。」

「大概需要一段時間來適應，喬治，你需要一些耐性。」

「好吧，我再試試。」

「你會痛就休息一會再試吧。」

早晨的陽光曬在娜妲的身上，護士的白衣白帽，襯著她白皙的肌膚發光。喬治深呼吸。

「娜妲，今天我要聽妳的故事了。」

娜妲的微笑中含著哀傷，極為深邃的哀痛，使喬治吃驚。

「尼古拉去年初被徵召入伍了，三個月後他被分發到作戰部隊，出發去東頓巴斯的前一天晚上，他打電話給我，叫我帶著孩子逃到羅馬尼亞去，我不想離開老家，他說他好多朋友的家人都已經逃離烏克蘭，作國際難民總比留在烏克蘭等死好，我說我要考慮；其實我並不打算走……」

她說到這裡停下來，似乎在回憶，也似乎在強抑激動。喬治問她：「妳兒子幾歲了？」

「滿五歲了。」

「結果妳沒有離開？」

娜妲嘆了一口氣，接著說下去。

「午夜時，尼古拉又打電話來，堅持要我帶兒子逃離，他聽上級說俄羅斯立刻就會對我們住的地區施行空襲，我和孩子若是不走，他在前線一分鐘也放不下心。他又說在臥室的抽屜底層，藏有五千美元，是他多年工作攢下來的私房錢，要我帶著路上用，還有一個銀打造的狼，是他小時候最喜愛的玩物，也要我幫他帶著，他說過了邊境先住進難民營，國際輿論一片都要援助烏克蘭，絕不會置難民於不顧，要我等他打完仗來找我們重聚……」

娜妲說到這裡，有一些哽咽，她再次深呼吸，低聲說：

「然後我們便離開家，加入難民潮了。」

喬治呵了一聲。

「那妳怎麼又回來了呢？」

娜妲不答，喬治抬眼看她，不知何時她已淚流滿面。

「娜妲，怎麼了？妳說到妳和孩子離家去了……」

「我和小尼古拉，同行的還有一對老夫婦帶著他們的小孫女卡崔安娜，我們走到邊境，突然遭遇俄羅斯火箭炮攻擊，我們躲避不及，五個人裡只有我……我……一個人倖免……小尼古拉和卡崔安娜，兩個孩子死了還手牽著手……」

娜妲泣不成聲，喬治除了輕拍安慰之外，無言以對。過了片刻，娜妲止住哭泣，喬治問她：

「於是妳就……」

「我就決定不去羅馬尼亞了，我要回烏克蘭來，用我能做的、能出力的方式保衛祖國，我是護士，參加醫護志願軍，就被分配到此地，萬萬料不到在這裡遇到了你，喬治……」

「不，遇到了半個我。」喬治想逗笑，但娜妲笑不出來。

「妳先生知道了……這事？」

娜妲低下頭啜泣。

「尼古拉在頓巴斯外圍戰中陣亡了。」

其實這一個月來，兩人相處，娜妲從來沒有提起過丈夫尼古拉，喬治心中已經有些不祥的疑慮，這時證實了噩耗，倍感唏噓。他緊握著娜妲的手。

「娜妲，堅強起來！戰爭中烏克蘭女人個個是女英雄，像二戰時的帕夫利琴科，為捍衛祖國流血流汗，我以妳的勇敢為榮！」

她低頭看喬治雙膝以下的義肢，好一會兒無言，然後抬起濕潤的雙眼對著喬治說：

「烏克蘭不是你的祖國，你為它流血流汗，喬治，你是大俠客。」

喬治苦笑。心中在想「沒有腿的俠客」。

「我四海為家，立足之地何處不是故鄉？何國不是祖國？」

娜妲輕抱住喬治，在他耳邊輕聲說：

「可是喬治，我只剩下你了。」

喬治李的截肢傷口完全癒合了，疼痛也已經消退，他已停止服用止痛藥，並在醫生的指導下，開始做些簡單但有效的運動，以免肌肉流失。事實上，經過努力的鍛鍊，喬治的上肢竟然比之前更為健壯有力。

只有一件事仍然困擾著喬治，就是他的義肢始終不能適應，無論如何調整，戴上那副義肢行走不了多少步便感到十分的疼痛。

軍方支付喬治的復健津貼即將到期，換言之，再過一個星期他必須出院，如果仍需繼續醫療，就必須重新申請進入私人醫院，醫療費也得自付。

就此同時，自願軍護士娜妲接到了調職通知，三天後她必須到一百多公里外的另一個野戰醫院報到。

娜妲偷偷帶了一瓶酒來看喬治，醫院雖然規定禁酒，娜妲想到在這醫院服務的最後一夜，明日一別後不知何日再見喬治，心想便稍微犯點規，還蠻心安理得的。

「喬治，我一到新工作處就立刻把聯絡方式告知你。」

娜妲喝了一口酒，和坐在輪椅上的喬治碰了杯。

「我也是後天出院，出院手續都已辦妥，有預約車子來送我回基輔，妳可以放心去做妳的新工作，一切都會ＯＫ的。」

「我還是擔心你的義肢，你不再試試別的產品嗎？你不一定非得用政府免費提供的呀。」

「妳說得對，請看這個……封面故事。」

他隨手拿起一本雜誌遞給娜妲，那是一本歐洲義肢協會的出版品，娜妲翻到那篇文章，題目是「我跑起來像是一次奇蹟」，副標題是「台灣製造，讓義肢變成藝術品」。

文章介紹了台灣的全球最大義肢公司——德林公司，文中附了一封感謝函，來自一位法國的年輕女子瑞琴。她信中說感謝德林奇蹟般的技術，讓她跑起來像個奇蹟。她貼了一張照片，短裙下是一雙碳纖維外骨骼型的義肢，她坐在草地上，笑容滿面地展示她「美麗」的義肢。

娜妲看完露出開心的笑容。

「你要換這種台灣產品？看起來很漂亮。」

喬治看著她，微微搖了搖頭：

「不是，我要回台灣去換裝義肢，娜妲，我有幾十年沒有回去了。」

娜妲聽了沒有說話，臉上笑容消失了，只低頭把酒杯裡的酒乾了，抓起酒瓶重新倒滿，又把喬治手上半滿的酒杯也倒滿了。

她再次和喬治四目相對時，笑容已重回臉上，只是聲音有些淒苦。

「喬治恭喜你復康，也恭喜你回家換裝世界最好的義肢，我會在烏克蘭為你祈福，天主保佑你。」

兩人碰杯，一口喝了，娜妲喝得太急，嗆得猛咳，喬治輕拍她的背，她便倒在喬治懷中。

「喬治，你還會回烏克蘭嗎？」

喬治沒有回答，只輕撫娜妲的頭髮。

「娜妲，我要送妳一件東西。」

娜妲抬起頭看喬治，喬治淡淡地說：

「我在基輔那間『寶島餐廳』的房地產送給妳，在動身回台灣之前我會辦好過戶手續。」

娜妲癡癡地望著他，說不出話，但是她的一顆心向下猛沉。

「喬治，你不會回來了。」

喬治在軍部人事處簽下了榮譽退伍證書，人事官最後拿出一張狙擊手喬治・李的任務紀錄，對喬治說：「這邊也請簽一個名，戰爭勝利後憑證領取獎金。」

原來是喬治參軍以來獵殺俄軍軍官的紀錄表，表單上記載「點數：八十一分」。

人事官稱讚道：「喬治・李，你是我經手積分最高的狙擊手！」

喬治出神地注視「八十一分」，突然間，腦海中出現「四十五」這個數字，那是尤里死前大吼的數字……

尤里死前腦中唯一的心念，這個「四十五」原來是他妻子戰後該領取的獎金點數！他死前心中想的只有這個！

喬治的眼淚流了下來。

「人事官，我的狙擊搭檔尤里・諾曼可夫，他有四十五點積分，請確認，戰後請將獎金發給他的遺孀。」

「沒問題，我記下了。」

黎塞留河（Richelieu River）緩緩北流，匯入聖勞倫斯河後流入北大西洋。

魁北克省第一大城蒙特婁的東南約四十公里有一個美麗的小鎮——聖・讓（St. Jean），座落在黎塞留河畔，這裡不但是一個旅遊景點，蒙特婁市民的後花園，更因為有一所加拿大全國有名的軍校「聖約翰皇家軍事學校」而出名。

威廉・休斯加入這所軍校就讀已經是四年級了。三年前他拒絕了乾爸媽提供的四年大學教育基金，執意要到這所公費軍校就讀，曾經讓他的乾爸媽感到既驕傲卻也失望。他們原本希望威廉能入多倫多大學，如果喜歡魁北克，也可以選擇蒙特婁的麥吉爾大學，威廉告訴他們的理由是：英年早逝的生父麥可・休斯是皇家騎警，威廉・休斯要做皇家軍官。乾爸媽雖然期望他進文學院發揮他的語文才華，但無法阻止他的愛國心。

威廉在軍校中學習的表現亮眼，不僅學科、術科樣樣出色，在課外活動中更表現傑出的領導才能，過去三年內他有兩年擔任學術班長，三、四年級更被選為軍事編組的連隊長。師長和同學都喜歡他的個性，聰明而善良，樂於幫助人，更加上天生的語言才華，無論用英語或是法語，他都能用優美的話語把道理說得邏輯清晰、條理分明。他們還不知道威廉的華語也說得字正腔圓。

還有一樣讓許多同學羨慕，甚至嫉妒的，便是他的外貌顏值，一頭金色捲髮、唇紅齒白，挺拔的運動員身材讓他走到哪裡都是女孩子目光的焦點。每月例行的全校舞會，規定大家參加，他雖從不邀請特別舞伴，總有美女爭相和他共舞，據說還有幾個女孩每個月從蒙特婁特別趕到聖・讓來參加舞會，從不缺席，目的就是能和威廉一舞。

其實威廉本人過著極為單純的學生生活，除非必須，他很少主動參加熱鬧的聚會，獨處的時間相對較多，因為他喜歡一人獨自思考。每當他獨處思考的時候，那份與人相處時廣受歡迎的熱情便從他臉上褪去，他的雙眼中散發一種特別的、帶一點冷冷的漠然神色，那種眼神自幼時便讓乾媽梁菊又愛又憐。

星期天的下午，他獨自坐在黎塞留河邊的草地上閱讀發生於一七七五年底至翌年五月的魁北克之戰的戰史。那場戰爭是由以喬治・華盛頓名義率領的「大陸軍」圍攻英國魁北克市的圍城戰，結果英軍堅守至海上援軍趕到而大獲全勝。這場戰爭死傷不大，但對一年後一七七六年的美國獨立戰爭及爾後魁北克的獨立意識都有一定的影響。

威廉對這場戰爭中英國和北美新英格蘭的「大陸軍」的領導將領饒感興趣，幾位將領都不是什麼名將，但威廉一面閱讀一面暗將幾位將軍的出身、性格與領導風格作了比較，也和戰場上的得失做了一些關聯度的分析，覺得頗有心得。

「嗨，威廉！週日你還在用功？」

「啊，杜瓦爾教授日安。我在看閒書，沒在用功。您來河邊散步？」

「我一眼就瞧見你手上的書是圖書館館藏的戰史書，怎麼會是閒書……」

「杜瓦爾教授，您好厲害的觀察力，這本書 Bataille de Québec 雖屬戰史，我卻當小說讀哩。」

皮耶・杜瓦爾教授是皇家軍事學院的客座教授，據說是從美國普林斯頓大學延聘過來的，教授三、四年級的「戰爭史與地緣政治」，他熟悉戰爭史，口齒清晰，邏輯周延，所以複雜的戰爭史和地緣政治在他的講授下，論述精闢而有說服力，他的課是威廉選課中最喜愛的，沒有之一。

杜瓦爾教授索性停下來和威廉說話。

「威廉，就要畢業了，有什麼打算？」

「啊，畢業了還不是由校方和軍方分發吧，當然，同學中也有幾位選擇退還四年的公費，放棄軍旅事業另謀出路。」

「你打算等候分發？」

「報告教授，我是立志要做一個保家衛國的好軍官，但是分發的事情我料不準，也不會去打聽、表態，就等候分發吧，只希望不要派我去坐辦公桌，任何下部隊的工作都好，再辛苦也不怕。」

「我聽說軍方現在缺少有分析、管理能力的戰略參謀人員，部隊裡各級指揮官倒是比較不缺。你各方面的成績如此優秀，可能會被搞戰略方面的單位搶人，我覺得你……必要時你還是可以向上級表達一下你的意願，也不算是活動位置，軍方用人總也要考慮考慮當事人的意願吧……」

威廉沒有料到杜瓦爾教授會私下對他說這些話，他暗忖：「那是一種親切的表示，把我當作自己人看待了。」

這不禁引他想起昨天還接到乾爸媽的電話，乾爸艾瑞克葉要他仔細想一下，畢業後是否決定走軍人生涯的道路，乾媽梁菊說四年前為他準備的教育金分文未動，如果他決定不走軍旅的路，這筆錢就拿去償還軍校的公費。

他確實仔細考慮了一夜，清晨給了乾爸媽簡訊，說自己當時決定讀軍校，就是要當軍人，謝謝乾爸媽無微不至地為他考量。

於是他便向杜瓦爾教授交心了。

「教授，我知道有些同學在為分發工作而活動，我們班主任也暗示我，如果我願意成為他的『門生』，他可以幫我忙，老實說我對這些是有些反感。我當年決定來這裡，最大的目的就是成為一個能為加拿大國防貢獻一己之力的軍人……要是畢業後去坐在辦公桌後面做計畫、編預算、寫報告，我還不如去做律師或幹公務員……」

教授微笑著聽他說，聽到這裡就打斷他。

「威廉，加拿大是一個國際上公認和平自持的國家，它的形象近乎是個中立國，國防上其實沒有什麼特別的問題，即便你下了部隊，幹上排長、連長、團長……升將軍，這一路幹的活，也就是以訓練、演習為主的業務吧，恐怕幹到退役也未必會需要帶兵上戰場，頂多參加聯合國的維和部隊，那也是派到有麻煩的地方去維持秩序，保護、分發救濟品之類的工作，未必是如你想像中的軍事行動，其實，除了下部隊或坐辦公室，還有第三條路我覺得很適合你。」

威廉聽了，有些驚訝。

「還有第三條路？」

「不錯……今天沒事，碰巧遇到你，我就跟你談談，來，我們去河邊坐坐。」

河邊每隔一段距離便設有幾張長椅可供遊人休息。威廉和杜瓦爾在一張有樹蔭的椅子上坐下，黎塞留河的微波輕撫河岸，天上白雲悠悠，四周一片安靜。

杜瓦爾教授撿起一顆扁平石子，側身拋向水面，石子跳動激起了一串水花。然後他娓娓道來：

「剛才我說加拿大在國防上並無重大威脅或危機，但是如果談到地緣政治，加拿大的地位便不同了，威廉，除了北大西洋公約組織，有一個『五眼聯盟』你聽過嗎？」

「聽過，美國、英國、澳洲、紐西蘭和加拿大，五國分享情報的組織。」

「不錯，這個組織下屬一共約有二十個情報單位，這裡面幾乎每天都有高強度的情報活動在全球各地進行，在今天的世界裡，情報活動密切關係到國安活動，靠著這些國安活動的正常、有效運行，確保了這個地球上的地緣政治能夠和平、有秩序、按照規則地進行，加拿大在這一個環節上是重要的成員，也能作重要的貢獻。」

威廉點了點頭，表示明白他說的道理，教授繼續說：

「所以，我說的第三條路便是畢業後直接加入這個龐大的、充滿活力的國安工作，而這個全球安全網中最需要的便是像威廉你這樣資質佳、學養好、有愛國熱忱的年輕人，你如能參加到這裡面工作，一定會發現無限寬廣的發展空間，最重要的是，你的工作可以為全球的國安網絡提供重要的貢獻，威廉，你怎麼說？」

威廉與生俱來的愛國心被教授這一番話燃起了火焰，但他不是一個憑一時的感情衝動便做決定的人，他側頭想了想。

「教授，您說的『全球的國安』，我覺得好像只是『五眼聯盟』國家的國安吧？」

「你說得好，五眼聯盟源自於二次大戰後西方為了阻止蘇聯的擴張而形成的結盟，我們都是和英國有密切關係的國家，美國源自英國，澳、紐、加拿大原是大英國協成員，這個結盟有共同的歷史血緣，相近的文化價值和商業利益，是全球最緊密的政治夥伴，百年來主導了這個世界的秩序，維持了世界的和平，只有以我們建立的規則為基礎的秩序得到維繫，世界的運作才得以順暢，我們的國安，就是全球的國安，我們不挑起這個責任，難道要把它交到俄羅斯、中國這些獨裁國家的手中？」

「當然不行！但是……」

威廉還是覺得教授的論述有什麼地方令他不安，只是一時也想不清楚究竟是哪一點。

教授見他欲言又止，便笑著替他說：

「你是在想，畢業分發主動權在學校和軍方，你即使願意走這條路，怎麼能如願以償？難道要主動去活動——這是有違你的原則？」

威廉聽他這麼說，雖然沒有觸及令他感到不安的原由，但的確也是他心中的疑問之一，便點了點頭。

「你如果願意，我可以幫忙。我和國安單位有交情，我可以把你的資料和意願提供給他們參考，相信他們看了之後一定會積極向校方爭取你，如何？要不你考慮一下，決定了就告訴我。」

威廉對杜瓦爾教授的熱心提供意見和提供機會十分感謝。

「謝謝教授，你對我真好。」

「很高興跟你談了這許多。我繼續散步一會兒再回學校，再見。」

「再見，日安！」

教授沿河漫步而去，威廉站起來望著他的背影，挺拔而瀟灑。他雖然提供了威廉一個新機會，但是威廉先前心中的一點不安並未消失，於是他坐下來重新梳理杜瓦爾教授的論述。

慢慢地，他明白了自己的不安所在。

「以五眼聯盟國的綜合國力，我們也許可以維持全球的安全，但是說到價值觀，五眼聯盟的成員文化上全部出於一爐，我們的價值只代表盎格魯—撒克遜的價值，還有其他人呢？中國人、拉丁人、阿拉伯人、非洲人……他們的價值觀呢？如果和我們的不一樣，我們能代表他們決定什麼是對、什麼是錯嗎？」

「這麼簡單的道理，我剛才竟沒有想清楚，我被他嚴謹的邏輯帶著走了。不然應該好好請教杜瓦爾教授的；沒關係，還有機會。」

他又想到不久前讀二次大戰歐戰史的報導中有這樣的紀載：在紐倫堡大審判中，當那位滔滔雄辯、邏輯嚴謹的律師，為幾個納粹罪犯作了漂亮的結辯後，法官仍然裁決了他們全部有罪，各處應得之刑罰。退庭後法官對那位律師說：

「你是一位了不起的好律師，但完美的邏輯不等於真理。」

幾個月後威廉從軍校畢業直接進了加拿大國安單位，重新接受國安特勤人員應該具備的各種訓練，也研習更多、更現實的國際地緣政治，除此之外，每個月的愛國精神教育的內容，較之他在皇家軍事學院所學更是倍增。有些內容頗能加強他原有的愛國信念，也有些內容令他產生迷惑，授課的長官沒有給學員足夠的討論空間，於是他想向軍校中的杜瓦爾教授請教，但是經過聯繫，得到的答案是皮耶・杜瓦爾教授已經回美國去了。

在聖約翰皇家軍事學院領到第一名的畢業證書，當天晚上就有專車將他送到這個訓練基地，接著在報名登記時，就被要求將手機及社保卡、駕駛執照等個人資料證件繳存一個特別的保險箱中，到結訓時才予以發還。

「威廉，除了手機要繳付保管，你的行李中還有其他……等一下，那個長形帆布袋中是什麼？」

「槍，我私人練習射擊用的長槍。」

在軍校時，威廉各項術科成績優異，只有射擊的成績一般，他想到乾媽是狙擊手，自己不能太漏氣，便立意私下多加練習；為此他特別跑到蒙特婁買了一支美國製斯太爾Scout狙擊槍，長僅一米，重量只有三公斤，威力強大攜帶方便。

特訓管理員抬頭看了威廉一眼。

「對不起，這槍也不能帶進去，一併替你保管了。」

「可是特訓的內容一定也會有射擊吧？我慣用這支槍枝練習，比較得心應手。」

「我們的訓練設計還是以短槍為主，再說特訓的目的是要你們隨便哪種槍械，抓起來就能上手，可不像訓練射擊競賽的體育選手，每個人都得用自己的槍才打得高分。」

這位特訓管理員說話很溫和，很有耐心地對威廉說明，一面把他的愛槍給暫時沒收了。

來到這個特訓基地，唯一令威廉感到不便的就是對外的聯絡暫時被全面封鎖，學員在受訓期間內只能和基地內的長官、教官、同學溝通。他只好自我安慰，就這十個月吧，再過幾個月後就自由了。

他無從知道外面世界在這十個月內發生了什麼大事，當然他也不知道，愛他如同己出的乾爸，艾瑞克．葉因意外的車禍喪生了。

十個月的特訓終於結束，威廉自覺收穫良多，他對全球的地緣政治的瞭解提升到另一個層次，尤其三個主題他特別感興趣，一是有關俄羅斯、烏克蘭開戰後歐洲的形勢，二是中國促和了伊朗和沙烏地阿拉伯之後中東局勢的改變，另外則是美國要求其盟國加入共同實施的印太大戰略。

十個月中他閱讀了大量的地緣資料，政治的、經濟的，甚至是歷史文化的，當然作者都是西方的學者及政治人物。聽過多場專家的演講，也參加了許多次的討論會和辯論會，這些課程的設計一層層加強他在意識形態上對主流思想和戰略的認同，一些原有的疑問都不再是困擾，為了確保大局的利益得到維持，大局的正義得以伸張，國安特勤員必須敢作敢為，為達成任務，排除任何的阻礙。

他特別注意有關加拿大和台灣的資料，原因很明顯，除了他是加拿大人，還有就是他乾爸媽來自台灣。葉運隆和梁菊認他這個乾兒子，既無宗教儀式亦無法律認證，就憑一句話，他們從此就把他當親生孩兒一般地付出，這種關係和恩情全是中國式的，在加拿大的家庭中不容易見到。

他讀到一份資料來自加國通信安全相關機構的權威專家，強烈主張中國通訊公司的產品都具有威脅國安的設計，透過使用者，可以竊取各種個資和系統資料，匯集成為中國掌控外國的大數據，必須予以遏制。

因此威廉對加拿大國安人員配合美國川普政府，在加境拘捕中國華為公司的重要高層人員並加以起訴，並不感覺有什麼不對，為遏止國安危機而做出重要貢獻甚至感到光榮和驕傲。

另一份來自國防情報局方面的資料揭露了加拿大皇家海軍應美國駐太平洋第七艦隊之邀請，參與在中國南海的聯合軍事演習，資料中詳細分析了美、英、加、澳海軍聯手的軍事和地緣政治意義，包括每一艘參與演習的軍艦的武力特色、聯合演習項目中設計了不同情境的戰略規劃，如何能使綜合戰力達到極大。

資料中也分析了南海及台海附近敵我雙方的軍力布置及危險度評估。當然，演習成果的檢討更是重中之重。

整份資料十分簡要，是屬於給指揮官階層看的執行摘要，但是看在威廉的眼中不但倍感振奮，更覺得特別安慰。他在心中暗忖，親愛的乾爸媽，你們雖然暫時得不到我的消息，但是我所參與的國安工作正在協同理念相同的盟國，保護你們母國台灣的安全。

十個月的特訓終於結業，雖然極為辛苦，尤其是近距格鬥的訓練把他體內的潛能全部淬煉出來，威廉覺得無論是身體或是精神面，都像是脫胎換骨，重新成長了一遍。

本以為結業後會有一些時間可以自由活動，他打算立即打電話給梁菊，並到多倫多去看她和乾爸。

但大大出乎意料的是，上午九點鐘辦理結業之前，他就被叫到特訓中心長官辦公室。國安特訓基地的主任是加拿大陸軍少將，奧斯丁・庫柏，一個相貌英俊的年輕將領，對學員十分愛護，儘管中心的訓練及管教都極為嚴格，大家對部隊長官及教官或敬畏或有抱怨，但對這位基地的大家長庫柏將軍都十分的尊敬、愛戴。

「長官，威廉・休斯報到。」

「威廉，十個月來你表現優異，我有特別注意你在訓練中的進步，學科和術科成績分別是隊上第一和第二名，今天結訓了，說說你有什麼感想？」

「報告，特訓的內容紮實而有趣，我收穫良多，自覺可以做一個合格的國安特勤人員！」

他的回答十分言簡意賅，卻很對庫柏將軍的胃口，他點頭微笑，讚道：

「好！很高興聽到你有這樣的自信。我找你來是我們立即就有一個任務，要派你執行，你一結訓就立即出任務，這是難得的機會，也是一種殊榮……」

「長官，立即？」

「對，我們要派你立刻去台灣。」

威廉心中猛地一跳。

「台灣？長官您是說派我去台灣執行任務？」

「對，派你這個任務是基於你在受訓期間的優良表現，加上你的語言能力，我們認為你最適合。這是一項特別任務，你必須徹底改變你的身分，所有的舊身分、個人資料以及用這些個資登記的證件及聯絡人，如手機、電腦等都不能用於對外聯絡，你的新身分是『加拿大駐台北貿易辦事處』的職員，你的名字是羅賓・韋伯；其他新身分的個資都在這裡面。」

庫柏將軍說著將一個USB交給威廉。

「走出這個辦公室，你就不是威廉・休斯了。」

「報告，羅賓・韋伯的任務提要、聯絡方式……還有，任務何時開始？」

「你到台北後，向加拿大駐台北辦事處報到，你會得到指令與此項任務的主持人搭線，其他的不要問，今天下午搭加航到溫哥華轉飛台北的班機。任務已經開始！」

長官從桌上拿起一本護照遞給威廉，又加了一句：

「這是羅賓・韋伯的護照，任務主持人的姓名，會在你安全抵達台北後通知你。還有其他問題嗎？」

威廉腦中有太多的疑問。但是知道此時提問不會得到答案，這十個月的國安特訓讓他益發沉得住氣，知道何時何地問什麼話，不問什麼話。

「報告長官，沒有了。」

「祝好運，羅賓！」

威廉舉手敬禮，他接觸到主任的目光，感覺得出那目光中充滿欣賞和期許。

CHAPTER 06

台灣任務

羅賓・韋伯坐在蒙特婁「艾略特・杜魯道國際機場」的候機室，等候下午四點五十分的航班飛往溫哥華，他已經取得一大早從溫哥華飛台北的長榮航空班機的機票。

他在舊手機上瀏覽舊簡訊，這些簡訊都是過去十個月這支手機在關機狀態下所接收到的。他一面讀一面傷心。

他讀到好幾封乾媽梁菊的簡訊，其中最震撼的一封是梁菊通知他乾爸因車禍去世」。乾爸對他有十分特殊的意義，他自幼失去親生父親，生父麥可・休斯究竟是怎樣一個人，在他心中十分模糊，其實他是透過乾爸對他的愛，在心中塑造親生父親的愛，現在就那麼一行字，告訴他乾爸已逝，他沒有見到最後一面，甚至大半年後才接到消息，心中又悲又悔，不能自已。

乾媽給他的最後一則訊息，說她就要回台灣了，她將帶著乾爸的骨灰回老家；讀到這封訊息，他的眼淚流下來。

漸漸他努力收起悲傷，開始想未來可能的發展，他該怎麼做。

「真巧啊，乾媽也回到台灣，算時間，她應該已經在台灣兩個多月了……」

他恨不得立刻撥電話給梁菊，好想再聽到她的聲音。自己的母親體弱多病，已在多年前去世，當他望著母親的遺體蓋棺時，他在心中安慰自己道：

「威廉，你不會是孤兒，你還有乾媽呢。」

但是理智告訴他，此時必須忍一忍，應該等到台北後新的任務、新的生活都搞定了，再設法和乾媽聯絡。都已經這麼多個月了，不差這幾天。

他看了看手上的機票，上面顯示的姓名是「羅賓・韋伯」。他的行李 check in 時還擔心那枝狙擊槍是否能過關，但是檢查行李的加航職員只在電腦上打了幾個字便順利過關。他知道，一定是國安單位給了特別交代，航空公司就照辦放行。

不過到了溫哥華需轉乘長榮班機，這枝狙擊槍能否上得了飛機，就要看台灣當局會不會買加拿大國安的帳了。

下午四點五十分，加航這班飛機準時起飛。羅賓・韋伯第一次搭乘商務艙，覺得艙內寬敞豪華，服務殷切周到，他竟有些「受寵若驚」的感覺。

從窗口向外看，停機坪稀稀落落停了幾架飛機，雖然不是週末，空中交通也不該這樣蕭條，看來 COVID-19、烏俄戰爭和中美貿易戰的確影響旅遊和商務匪淺，一時不易恢復昔日盛況。

飛機起飛了，羅賓一手輕搖著一杯加冰塊威士忌，一面想著自己初扮雙重身分應該注意的細節。自己必須儘快適應新的身分，然後將自己分成兩個人，舊的威廉和舊的手機、舊的ＩＰ和舊的ＩＤ；新的羅賓，用新的ＩＰ和新的ＩＤ，這兩個「自己」要涇渭分明，不能有任何混淆。

從最簡單的事做起，譬如在公共場合聽到有人叫「威廉」或「比爾」（威廉的暱稱），千萬不能回應，只有在一人獨處時，才可以回到威廉。

他的班機飛行時間是四小時四十五分，加上蒙特婁和溫哥華三小時的時差，落地時應是晚上七點鐘左右。長榮飛台北的班機起飛時間是午夜前五分鐘，在溫哥華機場的候機室略事休息就要忙著辦理轉行李、重新辦登機了；行程銜接得十分緊湊，就希望那支槍不要惹麻煩。

運行李時，他把長槍的帆布袋放在輸送帶上，經過Ｘ光檢查時，輸送帶停止，退了回來。這時一個長榮的地勤職員走上前來問道：

「是羅賓・韋伯先生嗎？」

羅賓把手中機票和一本嶄新的護照遞給地勤人員看，那人用中文對櫃檯的女服務員說：

「代表處交代，這一件是特別外交包裹，免檢。」

然後將那支長槍背在自己肩上，轉身對羅賓道：

「韋伯先生，請隨我去辦安檢，待會您先登機，這件行李我親自送上飛機，您下機時取拿。」

「謝謝您，王先生！麻煩您真不好意思。」他從地勤人員胸前名牌上看到他的名字。

「哇，您的中文說得真好！嚇了我一跳。」

十三個小時後，長榮班機降落在桃園國際機場，一位座艙人員親手將那個長袋交給羅賓，微笑著說：

「韋伯先生，您的行李袋。」然後又加了一句：

「您這行李袋好特別的造型。」對羅賓眨了眨眼，顯然他知道袋子裡裝的行李是什麼。見羅賓笑而不答，他低聲道：

「艙門外有一位航警，他會帶您走免檢的外交禮遇通道，再見。」

羅賓走出海關，看見一個年輕女子舉著一塊紙板，上面寫著「羅賓・韋伯」的名字，是駐台辦事處來接他的人。

「韋伯先生，我是蘇珊・黃，加拿大駐台北辦事處。」

「謝謝你蘇珊，這麼早麻煩妳來接我，其實我可以叫出租車去旅館的，我有地址……」

蘇珊聽他能說中文就不用英語了。

「我們為您在君悅飯店訂好了房間，您休息半天，下午三點半鐘，布朗處長在她辦公室等您，會有車子來接您。」

「啊，不用來接我，我可以走過去，我看了Google Map，從君悅飯店出來，松智路轉個彎便是辦事處了，幾分鐘的路程，我順便看看台北東區的街景。」

「您好像來過台北？」

「不，我第一次到台北，但是台北……是……我喜歡台北。」

他的語調帶著情感，蘇珊黃也察覺到了，不禁偷看了他一眼。「這個加拿大帥哥有些中國人的氣質，中文又講得那麼流利，搞不好是中加混血。」

這時羅賓才仔細看了蘇珊一眼，很溫柔的中國女孩，年約二十五、六，身材很修長，有一雙靈活的鳳眼，皮膚有點黑。

蘇珊黃自我介紹，她是台灣大學政治系畢業後赴加拿大留學；在多倫多約克大學拿到碩士後從事貿易方面的工作，為了工作方便，她的雇主公司為她辦了加國國籍，之後被吸收到外交國貿部工作，一年前被派回台灣來，在辦事處中負責貿易及留學生的業務。由於辦事處編制員額有限，她又熟悉台灣，有時也兼管一些公關的事務。

加拿大駐台北辦事處的珍・布朗處長是一個高瘦的女士，年紀不大卻有些老態，她十分熱忱，親切地抓住頭一回見面的羅賓，有如見到老朋友。

「哈囉，羅賓，我就知道他們應該送個體面一點的新人來了，不然會讓台灣人以為加拿大的外交官都長得像我這般老氣，哈哈哈。」

「不，他們會以為加拿大的外交官都這麼風趣而平易近人。」

羅賓在公眾場合總是談吐機智而得宜，兩人給對方的第一印象都很不錯。蘇珊湊趣地插入：

「羅賓的中文說得像母語，我還以為他是中加混血兒。」

「啊不是，我只是從小喜歡學外國語言。我成長在多倫多，不缺少練習說中文的機會。」

蘇珊退出，布朗處長和羅賓坐下，布朗的臉色變嚴肅了。

「羅賓，我們辦事處主要的工作，原來是協進加台雙邊貿易，兼辦商業、旅遊、留學生的簽證業務，情報方面主要是蒐集商業情資，由貿易組兼理，但這一回派你來此是因為台灣的地緣政治情況有了變化，五眼聯盟的成員均有擔負國安情資蒐集的責任，另一方面，海峽對岸的軍力成長令我們驚恐，西方——尤其是美國方面布下的遏止圈，盟國積極參與，我們亟需一個像你這樣有軍事和國安訓練背景的人來負責這一項新增的工作。」

羅賓心中有數，來台之前長官要他到台北後向「任務主持人」報到，他就猜到自己此次的任務，與美方的聯絡恐怕比加拿大辦事處本身的業務還要重要。

「任務主持人」是誰，這時該問了吧。

於是他正襟危坐，十分嚴肅地問：

「長官，我必須和什麼人聯繫？」

「你明天上午十點鐘就向一位尤金・李斯特先生報到，他負責一家國安相關的私人顧問公司，不過他個人有一間office設在美國在台協會AIT裡，雖然他並不屬於AIT。他的私人公司名稱比較長，全名是『西方企業戰略顧問公司』，縮寫為WESCC，真受不了，連縮寫都那麼難唸。」

「OK，尤金・李斯特，WESCC，記下了，長官。」

「不要一句一個長官，你現在是文職人員了，需要放鬆些——我是指工作和生活方式都要放鬆一些。」

「是，長……」總算及時刹住車。

尤金・李斯特在「西方企業戰略顧問公司」WESCC有自己的CEO辦公室，他借用AIT的地下室，因為這裡有頂級的安全通訊設備。他每天約有一半時間待在這個借用的辦公室裡工作。
上午十點鐘，羅賓一步入李斯特的辦公室，整個人就呆住了。
「杜瓦爾教授！怎麼是您？您……您就是李斯特先生？」
「威廉，我是尤金・李斯特，就如同你是羅賓・韋伯！」
「我被派到台北，是您的主意？」
「不錯，是我要求的。」
「推薦我去國安特訓時就計畫好了？」
「不錯，羅賓，我們在全球發掘並招募最優秀的人才加入，維護我們共同的利益和價值、規範和秩序，需要各盟國共舉大旗，總不能只靠美國人單兵作戰吧？」
羅賓雖然覺得他說得有理，但是想到他們布局之早，謀劃之深，不管說得多麼善意，仍然讓他覺得有一絲不安，似乎只要被他們看上了，就得一步一步照著設定路線走下去，再無別的出路，這種感覺讓羅賓有點不舒服。
「李斯特先生，你好手段啊……」
「叫我尤金。羅賓，你不能怪我，儘管美國和加拿大是最緊密的盟國，但是我畢竟是一個美國人，跑到加拿大去吸收頂尖的人才加入機密工作，總不能大剌剌地在大街上公開招搖吧。再說，羅賓你仍然是加拿大的優秀國安人員，你仍然忠於你的國家，不是嗎？今天我們的關係是參與同一個任務，它反映我們國家的緊密關係，是合作的盟友，而且這個任務完成後，仍然是。」
不會錯，李斯特就是杜爾瓦教授，他的魅力和說服力不因為換了名字、換了職稱而減少絲毫。他看了李斯特一眼，問道：

「我聽布朗處長說，您在這裡的公司叫『西方企業戰略顧問公司』，簡稱WESCC，很特別的名字……」

尚未說完，李斯特顯然已經知道他要問什麼，便笑著指了指牆上掛著的一幅黑白照片問道：

「認識這飛機嗎？」

羅賓抬頭看那照片，解析度很棒的一幅黑白照片，一架造型特異的飛機正在衝場降落，那飛機全身黑色，翅膀又長又大，有點滑翔機的味道；飛機已經快要觸地，卻只看到瘦窄的機身下前後單排機輪放下，似乎要像直排輪滑板那樣降落在跑道上。

羅賓在國安中心受訓時上過一堂課，介紹敵我陣營各種偵察飛航器，他是個認真的學生，這時一眼就認出，興奮地叫道：

「我知道，這是洛克希德U-2超高空偵察機！」

李斯特連連點頭，臉上一副孺子可教的表情。

「真不錯！你能叫出它的名字和來歷。現今知道這種超級棒的老飛機的人不多了。這種飛機服役已經七十多年，到今天它的某些特殊優勢仍然獨步全球……」

羅賓搶著說：「對！它能飛到七萬呎以上同溫層的邊緣，滯空時間可達數十小時……前些時候不是有個中國的高空氣球飛入美國領空嗎？神祕兮兮的搞得全美媒體雞飛狗跳，由於氣球飛得太高，美軍的F-16、F-22最高只能飛到五萬多呎，最後還是得請出U-2爺爺才能飛得夠高，拍了幾張近距離的照片，轟動一時……」

李斯特點頭道：「上世紀五〇年代韓戰結束後，美國為了進入中國領空獲取鐵幕後面的珍貴情報，於是便和台灣的蔣介石打商量，與中華民國的空軍偵察部隊聯手成立了一個公司，由我們提供最先進的偵察機——包括U-2，中華民國空軍提供最優秀的飛行員，成立了兩個特情中隊，就是有名的『黑貓中隊』和『黑蝙蝠中隊』，我們飛遍了中國大陸沿海、內陸、新疆、內蒙、東北……獲得絕頂珍貴的情報，例如，美國第一時間掌握了中國在新疆羅布泊首次試爆原子彈的情資，就是黑貓中隊的U-2任務所拍得，真可謂成果空前啊……」

李斯特看著那幅照片，眼中盡是懷舊的情緒。羅賓好像猜到一些什麼，他問道：「這些事和您……和您的顧問公司有關係？」

李斯特點頭微笑道：「真聰明啊，羅賓！那個功蹟彪炳的公司名稱是『西方企業公司』，簡稱WEI，我的先父是創公司的元老之一。這張照片是先父用他最珍愛的老萊卡Leica M3相機在空軍桃園基地拍下的。」

羅賓終於明白，李斯特選擇跑到台灣來成立一個「西方企業公司」的2.0版，他內心是否也存著雄心，要幹出一番比當年父親和「西方企業公司」更偉大的事業？

羅賓微微點頭，自以為讀懂了這個尤金・李斯特。

李斯特看出羅賓在想什麼，微笑道：「我會在這裡為你準備一個辦公桌，把門卡密碼傳給你，歡迎你隨時來這裡商議事情，記住，我大多時候上午在此，下午就回WESCC公司了。」

「OK，讓我忘掉教我地緣政治的皮耶・杜瓦爾教授，接受任務主持人尤金・李斯特先生的領導。李斯特先生，我們的任務是什麼？」

梁菊說她很久以來就聽說台灣原住民布農族有古老的音樂「帕西布布」，以「八部合音」的美譽在世界民族音樂的圈內很受到重視。

「我想去體驗一下，楊瑞科。」

「我知道，上次妳就提過，我稍微規劃了一下，我們可以到南投縣信義鄉去拜訪，順便去日月潭一帶觀光，我可以介紹妳看看這些年來台灣鄉村的社區規劃和營建，本土而有特色。」

「好極了，上次去日月潭是幾十年前的事了。」

「可是……有一個問題。」

「什麼問題？」

「這趟旅行至少要三天兩夜，妳就得在外過夜，違背妳定的當日往返的規矩。」

梁菊一怔，隨後笑了起來。

「那是我們還不熟時的規定，現在和你比較熟，規矩是人定的，也能改一改。」

「妳單獨出遊三天兩夜，不怕妳家裡老人家反對？」

「拜託，我已五十一歲了，阿爸不會管我，說不定……反正他也不會管，再說，如果有人敢對我怎樣，我還沒放在眼裡哩。」說著，她比了一個漂亮而有力的跆拳道姿勢。

「好，就這樣，妳準備一下衣物什物，我明天一早來接妳。」

「行，我們三天兩夜行，白天活動聽你的，晚上的節目要聽我的。」

「是，夫人！」

他們的第一站就到日月潭，日月潭風光綺麗一如往昔。

楊瑞科建議梁菊騎自行車，試試被外國媒體選為全球十大最美單車路線之一的「日月潭自行車道」。他租了車，笑對梁菊道：

「這裡曾經是大陸客遊台必打卡的熱門景點，如今兩岸關係變壞，少了大量的陸客，各種店家的生意受到影響，但是對遊客來說，反而覺得人少些風景似乎更好。人們常說在台灣，人是最美的風景，我看也不見得如此。」

梁菊沒有察覺到他語言中暗藏的意識形態，只被他逗笑。

「當記者久了，就特會胡扯。我常聽說許多觀光設施的興建破壞自然景觀的美麗，我倒覺得日月潭的觀光建設能兼顧旅遊的需求和自然景觀的維持，反而是湖外的一些高樓旅館興建得不好，有幾棟特別難看。」

她騎上自行車，欣賞迎面而來的滿目湖光山色。楊瑞科騎在梁菊身後，梁菊挺拔娉婷的身姿令他心蕩神馳，也引來三兩遊客的注目。

環湖行結束，楊瑞科帶梁菊到附近小農家，農家小店熱情力薦招牌紅玉紅茶，老板娘說：「這是茶農手摘的一心二葉的茶葉所製成，入口甘潤醇蜜。」梁菊卻覺得尾味餘韻似肉桂辛甜。倒是農家自製的紅玉紅茶茶葉蛋及紅茶滷豆乾，很有創意，梁菊連聲稱好。

「下午我們去走原生態森林步道，妳會喜歡的。」

在明暗相間的藍天白雲和綠水青山之間走進穿出，沿途坡壁的蕨葉及巨竹林等豐富的植物生態彷彿史前森林風光，滿山蓊鬱令人心曠神怡，梁菊滿心舒暢地過了一天。

「要是能在這個校園中上四年學，也是一種福氣吧。」

第二日楊瑞科帶梁菊來到埔里鎮的暨南大學校園。那一天正好是國定假日，校園比平時清靜，被周圍群山環抱的校園，縈繞著似有若無的雲霧，彷彿世外桃源。梁菊印象中台灣的大學多在大城市中，看到這個校園的自然之美，不禁大有好感。

暨南大學校園面積大學生少，學校曾在九二一大地震受損毀嚴重，重建時刻意保留建築物的損傷外觀，紅瓦大樓以特殊的藍綠色鋼筋外加補強，用對立色調突顯歷史的傷痕。

他們從大草坪沿主環道走入一群漂亮的樟樹林，在一棵特別青綠的大樹下坐了下來。楊瑞科拿出準備好的野餐墊及咖啡點心，指著校園的建築道：

「暨南大學特別重視維持自然及永續發展，校方引進太陽能發電設備，全面在建築物屋頂裝設太陽能光電板，在國內算是做得較為徹底的大學。」

「我一路南下看到許多地方都鋪設了太陽能電池板，也看到不少風能發電的設施，看來這些年政府著實在推動綠色能源，成效不錯吧？」

「你問對人了。我對台灣的能源問題特感關切，曾經以筆名發表過一系列的文章討論台灣的能源政策。我對我們的政府和推動的政策，不管是兩岸、社福……基本上我都支持；譬如說，不久前我還在《洛杉磯論壇報》上發表一篇專文介紹台灣本土意識的高漲及社區營造的成果、年輕人對中國的看法與老一輩的認知有極大的差異、他們很多人不認為自己是中國人等等；但是對這個政府我最不能贊成的便是能源政策……」

梁菊很認真得聽，忍不住打斷他：

「對不起，我先問一句，你說台灣年輕人很多不認為自己是中國人，他們認為自己是什麼人？」

「台灣人呀，所以這些台灣少年郎才會被稱為『天然獨』！」

「是啊？如果真如此，台灣是否會走上獨立建國之路？」

「是這些台灣人的夢，但不表示現實中這個夢想能夠成真……」

「我曉得，這個問題牽涉太廣，不是一兩句話能講清楚……好，你再接著講你的能源問題。」

「對，我說我反對新型的能源政策的理由有三點，第一，當前能源的配比的規劃是天然氣發電占百分之五十、燃煤發電占百分之三十，綠能——太陽能和風能占百分之二十，核電歸零。這個配比絕對是紙上談兵。台灣地狹人稠，根本不具備廣布綠能所需的空間，你看，現在全島能用的、不能用的空間，硬拿來布設太陽能板和建設風機，連屋頂和海岸都用上了，妳猜綠能現在占比達到多少？」

「總有百分之十五以上了吧？」

「還不到百分之十！此外，核能也沒歸零。」

「哇，我看到不少農地都改為光電場地了，發電量還不達百分之十；綠電百分之二十的目標若達不到，非核家園恐怕一時也難實現，而且破壞生態景觀的代價也太大了吧？」

「妳說的完全對，我反對的第二個理由是百分之五十的電要靠天然氣，先不說天然氣成本貴，而且燃燒天然氣照樣排放二氧化碳，也就是說，我們的發電百分之八十用石化燃料，這是什麼綠色能源政策？更不行的是它不安全，不僅是儲存的安全問題，最切要的是台灣要從海上運送液態天然氣進口，一旦被封鎖，立刻就要全面缺電，成了國安問題。」

「你說得對，對岸只要封鎖運輸天然氣的船隻，我們就要投降了，百分之五十的能源依存度太高了。這兩個理由已經夠了，你還有第三個啊？」

「我反對的第三個理由是『非核家園』的觀念已經過時了。西方進步國家已經把核能納入綠色能源之列，它便宜、安全、發電時零排放……中國陸續核定三十多個核電機組，他們第四代的核電和更新的技術都在突破中。不但中國，美國和俄羅斯也都在推動新型核電機組，只有我們，為了反核而反核，反科學而行……更何況新一代的核電更加進步，就以熔鹽式反應爐為例吧，不但絕不會產生車諾比、東電的外洩危險，而且核廢料的問題也同時解決。」

梁菊打斷問道：「MSR的好處你上次已說過，你說還有更進步的技術，是些什麼技術呀？」

楊瑞科道：「例如高溫氣冷反應堆，中國大陸的原型發電系統已併聯電網，今後主要是小型模組化的機組，可以因地制宜、靈活運用，與各種不同社經背景的社區相結合，未來核電在國際上勢必成為主流能源。台灣自身能源奇缺，百分之九十幾的能源全靠從國外進口，不應該因為意識形態而排除任何一種重要能源的選項。」

「你覺得什麼是比較適合台灣永續發展的能源政策？」

「如果我們維持百分之二十五的核能，綠能達到百分之十五，天然氣和燃煤就能降到百分之二、三十，台灣的空氣汙染可以大大改善，工、商界缺電的憂慮可以緩減，電價也可以更低廉……」

「你說得有道理，你應該多報導這方面的論述……」

「我是全心支持這個政府的，愈是如此愈不能忍受它在能源政策上犯錯，導致台灣踏步不前。」

梁菊聽了這話為之動容。

「楊瑞科，你真是執政黨的死忠！」

梁菊接著補了一句：

「但願你付出的熱誠，執政的人有令你安慰的回報。」

「南投縣是台灣唯一的『內陸縣』，縣內眾多高山，有賽德克、泰雅、布農、邵族及鄒族等原住民分布在廣大的山區。信義鄉的面積有五個台北市大……」楊瑞科在車上給梁菊介紹信義鄉的基本資料。

「好了楊瑞科，我昨晚已經google過了，資料跟你說的一模一樣呢。」

「不好意思，我只是做一個概略的簡介。信義鄉地大人稀，九二一大地震後，配合災後重建，建立『地方創生』；原來的小農經濟添上一些文創價值，既能彰顯在地文化，也能增加人民收益……」

話音未落，楊瑞科的車已駛入一個村落，產業道路兩旁都是相當規模的有機蔬菜農地，遠處山坡上開闢了一層層的茶園，環境清潔，風景優美。

梁菊深深吸了一口氣，讚道：

「清涼新鮮的田園空氣真好。楊瑞科，我有沒有告訴你，我在加拿大的房子建在滿滿楓樹的山坡下，距離安大略湖只十幾分鐘路程，一年四季不冷不熱，空氣超好，天天天藍。

秋高氣爽時楓紅遍山尤其漂亮。」

「冬天也不冷嗎？」

「會下雪，但因有大湖的調節，冬天比一些更南邊的美國城市的氣溫還高一些，是宜居之地。回到台灣，頭一個星期，喉嚨總是有點不舒服，想來是空氣品質的問題，不過一個禮拜後就不感覺什麼不適了，看來新竹長大的我，抗汙基因記憶猶在。」

「我們今天去的山地村是明德部落，是布農族部落，他們就是最早以『八部音合唱』聞名的原住民後裔。」

「我久仰大名。小時候我隨媽媽在教堂裡玩耍，有一次和其他小朋友一同合唱，被牧師看中選入唱詩班，學了一些合唱的技巧。長大後就沒唱過歌了。今天我們能聽到八部合唱嗎？」

「不一定，至少我們可以去教堂那看看，有時候他們會在那邊練唱，尤其是小米收成季節，在布農部落都可聽到合唱『祈禱小米豐收歌』，他們用歌聲娛悅天神，回報天神的眷顧，和基督教讚美上帝的詩歌有文化上的區別。」

梁菊指著前方出現的教堂尖頂道：

「教堂到了。」

楊瑞科停好車，教堂前有一塊空地，修整成一個迷你「廣場」，梁菊見場中只有十幾個孩子在戲耍，便向一個坐在樹蔭下吸煙斗的老人問好，她用閩南語問：

「阿公，恁好，我看庄內真平靜，大人跑去叨位？」

老人吐了一口煙，在石凳邊敲了敲煙斗。

「假日呀，大人們去台北啦。」他用國語回答，說得相當標準，讓梁菊有些訝異。
「大家都去台北，有什麼集會嗎？」
「三輛大遊覽車，鄉長請客啦。會回來，恐怕要半夜了。」
梁菊不解，楊瑞科呵了一聲，悄聲對梁菊道：
「選舉到了，候選人用這種方式收買人心……」
「你是說買票？」
「可以躲避違反選罷法的遠期買票……」
「有效嗎？」
「在大城市未必，在這裡……多半還是有效的。」
老人重新點了煙，忽然插嘴：
「也不一定，對我就無效。村裡像我這樣的老一輩人還是有的。」
梁菊大感興趣。
「您是說，買票對年輕一代的反而有效？」
「今年的情形特別，鄉長想選縣議員，村長想選鄉長，兩人聯手活動，有些年輕人有好處照拿，投票就不一定，不像我當村長時，我們說話算話。」
「原來是老村長，失禮失禮。」
午後天氣有些熱，太陽展現了威力。梁菊對台灣地方的政治發展有興趣，躲進大樹蔭下還想和這位原住民的老村長多聊聊，這時教堂裡走出一個中年牧師，對空地上戲耍的孩子叫到：

「你們家大人去台北了，你們也別整天玩耍，來來，我們練一練『八音合唱』，下個月就要唱 Pasibutbut, 你們要多練練。」

梁菊問：「什麼是 Pasibutbut?」

「帕西布布就是布農族的祈禱小米豐收歌。」楊瑞科和老村長同時回答，老村長接著說：

「布農族人傳統上在小米播種祭典時演唱，社區營建的老師們怕這種唱法失傳，我們在小孩中挑選聲音好的讓他們從小就練習。黃牧師最熱心，親自帶著孩子們練唱。」

孩子們都很聽話，看到牧師紛紛叫「牧師好」，一陣嘰嘰喳喳之後便安靜下來。其中八個年紀稍長的男孩子出列走到空地中間，其他的孩子站在外面圍成一圈。出列的八名他們背手相牽，聚成一個親密的小圈。

牧師站在台階上揮手，孩子們就開始發音。

起初聲音很小。這八個男孩雖然仍是童音，但合起來卻有一種低沉的感覺，梁菊覺得驚訝。仔細聽就發覺原來他們都是直發喉音。

沒有歌詞，只有單音，發音漸漸提高，合聲漸趨複雜，一種與聽者之腦共鳴的頻率忽隱忽現，向上提升、提升，直像是天籟之音漸漸進入天上，獻給神靈。

隨著牧師右臂揮下，合聲戛然而止。外圍的其他孩童，男孩女孩都有，這時一齊圍了上來，大夥加入，齊聲唱起祈禱小米豐收之歌，族人的祈求隨著 Pasibutbut 直達天庭。

梁菊聽得痴了，再也想不到在這個原住民的小村落，能聽到這種非屬世俗的歌聲，比任何樂器的協奏都來得更直接美妙，看到那一張張無邪的小臉，她十分感動。

「楊瑞科，謝謝你帶我到這裡來……太美妙了！」

「梁菊，布農族耆老的原聲，在國際研究合聲的學術界大大的有名，被認為是真正的世界遺產。今天我原以為村里大人都不在場，大概是聽不到他們的合唱了，沒想到這群孩子唱得這樣棒，我們大飽耳福。」

這一晚，楊瑞科訂的民宿，兩間房的窗都面向青山，日落到山脊時，霞光四射，照射在山林上，向陽的呈金色閃閃，背光處紫影幢幢，天空更被染得有如水彩畫的調色盤，等到一輪紅日落到山後，天色全面闇了下來。

窗台外長了一大片野薑花，晚風送香。梁菊捨不得關窗。

晚餐時，楊瑞科興致勃勃地拿出一瓶酒遞給梁菊。

「要不要試試台灣的噶瑪蘭威士忌？國際競賽得獎的喔。」

梁菊高興地接過：

「早就聽說過這款酒有水準，我還沒嘗試過呢。」

噶瑪蘭威士忌品質確不錯，又是台灣出產，梁菊多喝了一杯，瑞科想不到梁菊酒量如此好。

「這樣酒量才配得上妳的英雄氣概。」

「黑白講，我當刑警時，滴酒不沾，是這半年多以來才開始喝一點，助我入眠而已。」

入夜後，山地的氣溫就涼了下來，村民仍未歸來，村中顯得特別安靜，星空也少光害，草叢中螢火蟲綠光點點，梁菊好久沒有心情欣賞這樣的夜景，只覺得如此良夜，多希望有親人相伴共享。

阿隆突然走後，梁菊經歷了許多孤單的時光，此時她再次感到前所未有的寂寞。

楊瑞科敲門，他端著一壺剛沏好的烏龍茶送進來。

梁菊的房間較大，有一張圓桌和四張木椅，他們並肩坐著品茶，梁菊感到這時有人陪著聊天也挺好。

「梁菊，我發現妳台語說得蠻輪轉的，定是從小就說才會完全沒有外省腔。」

「我是標準的『番薯芋頭』，爸爸是軍人，媽媽是新竹人，從小跟著媽說台語。你呢？楊瑞科，我看你好像也是一顆番芋頭，對不對？」

「不，我是土生土長的南投人，母親有一半原住民血統。可惜我從小學時就去了台北，小時候學的一點布農語早都忘了。」

「啊，你是南投人，怪不得對這邊和鄉土人情那麼熟悉，你父母還在南投？」

楊瑞科停了一會，似乎在考慮要不要說。

「他們都走了。」他還是說了。

「你父母都走了……你還有什麼家人嗎？」她直覺感到楊瑞科應是單身，但她還是問了。

「唉，就是那場大地震，民國八十八年九月二十一日，我家在草屯鎮的祖厝被完全震毀，那時我在金門服役，我試了各種方式都無法聯絡到家人，只從新聞媒體得知南投災情極為慘重，那時我已即將役滿退伍，我想請假趕回老家救災，救助家人，但是上級不准，經過層層上訴，終於獲准返家，到了南投才知父母和未婚妻都埋在自家坍塌的土石瓦礫中，挖出時已經死亡。」

他敘述得很平淡，眼中卻含著淚光，梁菊不知怎樣安慰他。

「對不起，我不該問你這個……」

「沒事，都二十多年的事了。」

她雖說不該問，其實還有半句想要問，只是不便開口。

楊瑞科卻自己說出來了。

「我和我未婚妻是大學同學，又是南投同鄉，她高我兩屆，我們相交三年，極為知心，準備等我退伍就結婚，一場震災改變了一切。從那之後，我不再遇到令我心動的女人，直到……」

他停在這裡沒說下去，梁菊覺得有些窘迫。五十歲的人竟然覺得面紅心跳，她站起身來走到窗邊。

「我覺得有些氣悶……」她試著開窗，不知怎地一時竟推不開來，身後伸來一隻手，輕輕就把窗推開了。

楊瑞科對著窗外深吸一口空氣，繼續道：「第二天，我就去災區的國軍救災服務處找到一個十軍團的連輔導長，說明自己身分，想要留下來參加救災。輔導長很高興：『我們正缺人手，你來參加我們真好。』我說：『金門上級准假，只有一週，我想多留幾天多為家鄉服務。』輔導長說沒有問題，救災總指揮有命令，所有在災區的休假軍人都到救災服務處報到，接受服務處的指令行事。於是我留了下來。那時災區最緊急的工作就是處理遺體，由於死者多死於那種『土角厝』的坍塌，必須一具一具挖掘出來處理，人力不足，葬儀社更是不夠，九月底的天氣仍然炎熱，上千遺體怎麼處理，救災部隊實在傷透腦筋，我就想出一個法子，說起來有點噁……妳要不要聽？」

「我要聽，你說。」

「我建議政府找食品公司或航運公司想辦法。」

「食品公司？航運公司？你頭腦壞去？」

「我的上級也是這樣反應，但他們聽到我解釋以後就啞口無言，立即照辦了。」

「什麼？你怎麼解釋？」

「我說請他們調用這些公司的冷凍貨櫃車，開來災區作為臨時殯儀館，屍體放裡面用運送生鮮的溫度保存，保證不會腐臭。」

梁菊聽呆了，過了一會兒忍不住問了一句：「那些冷凍貨櫃以後還能用嗎？」

「怎麼不能？洗一洗照樣運送生鮮。我覺得就像漢人祭祖的食物，祭拜過後大家分食之，原住民更是如此，家人的屍體和食物之間是有一種特殊的民俗連接點。」

「你……你哲學家的思想與眾不同，我只能這樣講。」

「後來上級又派我一個新工作，為死者寫輓額……」楊瑞科隨即解釋：

「雖然大多數的遺體只能草草火化，但是死者家人仍然希望能有一個簡單的儀式，於是就需要找人寫輓額……其實是隨體就火化了。」

「怎麼會找到你？」

「我的毛筆字寫得還可以，從小練過書法。」

看到梁菊對他刮目相看的表情，瑞科道：「那幾天我起碼寫了上百幅『哲人其萎』，我是哲學系畢業的，『哲』字寫得特別有味道。如果死者是女性，我就寫『母儀後世』，後來有些原住民看我寫得好看，也來要，我想該寫什麼呢？」

梁菊啊了一聲。「原住民的葬禮也有輓額這些？」

楊瑞科點頭：「我們原住民許多風俗都已漢化……我想了很久就為他們寫個『祖靈不遠』，大受原住民歡喜，這我也寫了二十多張。」

梁菊聽到這裡，忍不住笑了起來。楊瑞科卻一本正經地道：

「因為每天接觸太多屍體，晚上不免心神不寧，我就喝一瓶小米酒，跳一會驅鬼舞，倒頭睡到日上三竿。連部隊開晨間工作會報時，我常常是睡眼惺忪，酒氣未散，被長官K了幾次。」

「你還會跳驅鬼舞？」

「我小時家貧，廟公看我體格長得高大，叫我去跳八家將……所以……」

「你後來怎麼上了台大？英文那麼棒？」梁菊對這個有點神祕的男人愈感興趣了。

「我遇上一個蘇格蘭來台灣的長老會牧師，我和他有緣，他對我特別好，不但教我英文，還拿許多英文的報章雜誌給我看，我在他的鼓勵下用功了兩年就考上了大學。」

「你那時就想念哲學？」

「不，我第一志願是外文，但分數不夠，哲學系也蠻好的。後來唸完一年級我休學了一年，因為那位牧師回英國，他希望我跟他一起到倫敦都會遊民圈中去傳福音，我很想看看外面的世界，就跟著去了。」

「你也受洗了？」

「是的，我虔誠地讀聖經，跟著牧師為苦難人祈福傳道，立志成為一個好基督徒，但是回到台灣，哲學系讀到四年級，我離宗教漸行漸遠，因為我發現我愈來愈服膺理性主義。」

梁菊輕嘆，萬想不到楊瑞科有那麼特殊的另一面，她仍有不解，這樣一個山地出生的孩子如何變成國際有名的媒體的記者。

她試著問：「你的英文好，但是英文的文筆怎麼練出來的？」

楊瑞科抓了抓頭，有些靦腆地說：「我猜大概是天生的，不能說我一直靠運氣吧？」

梁菊點頭，不再問話，室內又靜了下來，晚風吹進來帶著些野花香，也帶了些涼意。

楊瑞科講到這裡就停下了。梁菊原想再問他一些什麼，到這時又不想問了，室內瞬間靜了下來。楊瑞科深深地望著梁菊，梁菊低頭假裝沒看見。

「梁菊，你好美。」

她聽在耳裡，沒有說話也沒動。

「梁菊，從第一眼見到妳，我就知道我又有那種感覺了；心動的感覺，妳知道嗎？」

梁菊不知如何開口，想到初次見面的那一幕，忍不住笑了起來。

「楊瑞科，你是對楊紫瓊心動吧？」

梁菊自覺這句幽默話沖淡了尷尬，但是卻引起更熱切的聲音。

「不，楊紫瓊是螢幕上的造型，而妳是活生生的女英雄，妳美麗勇敢，有俠義心；成熟善良，有同理心，我認識妳愈多，愛妳愈深，梁菊……請妳接受我對妳的感情……」

這時他們坐得很近，梁菊幾乎可以感覺到他的氣息和熱度，楊瑞科輕聲呼喚她的名字，輕撫她的肩膀，梁菊無言也無動，他拉近梁菊對她說：「我想要吻妳。」

梁菊低喚了一聲：「Eric……我……」她試著避開，楊瑞科仍然吻上了她的面頰。

梁菊沒有再閃躲，低頭不動，楊瑞科想要伸手抱住她。

窗外傳來一陣嘈雜的人聲，村民從台北回來了。

梁菊低聲道：

「我說過，晚上的節目要聽我的……」

「可妳也說過，規矩是人定的，可以改一改。」

「今夜不能改。」梁菊起身推開門。

羅賓・韋伯在「西方企業戰略顧問公司」和李斯特聊了半個下午，他們就最近的印太局勢交換意見，李斯特見解深入，羅賓受益不淺，他們談性甚濃，羅賓六點多才辭出。蘇珊黃約他七點鐘在捷運紅線大安森林公園站前見面。

看了看腕錶，七點半了，時間已過了半小時不見人影，他用台灣的手機Line她也不見回答，這情況有些不尋常，不禁暗忖：「蘇珊平時都很守時，不要是出什麼事了吧？」

他撥電話也沒有人接，正焦急時，忽然看見蘇珊緩緩從建國南路那邊走過來。走得很慢，一點也沒有因為遲到而趕緊走的動作。等到看清楚了一些，羅賓更是暗暗吃驚，只見蘇珊臉上有些魂不守舍的憂慮表情。

「嗨，蘇珊，你怎麼了？」

「啊……對不起，我遲到了。本來可以早下班的，想不到下班前二十分鐘，處長突然召集臨時會議，一開……開到六點半，所以遲到……抱歉，你等了好久吧？」

一開始講場面話，蘇珊黃立刻就流利起來，但是羅賓相信事情恐怕沒有那麼簡單。蘇珊說要帶他去吃台北有名的點心店，從剛才她的表情上看來，蘇珊有事情瞞著。

他們在鼎泰豐吃了小籠包、紹興醉雞、紅油抄手和原盅雞湯。羅賓吃著每一樣都讚不絕口，但點心吃完仍覺沒有吃飽，放下筷子對蘇珊道：「就這樣？」

蘇珊笑道：「我就知道你吃不飽，我最後點了湖州肉粽和酸辣湯，包你吃得過癮。你若不夠，我就再點一份炸排骨炒飯。」

「好極了……這裡有沒有紅燒牛肉麵？」

「有是有，這家牛肉麵一般，下回我帶你專吃台北市最佳的牛肉麵，讓你吃個痛快。」

「好極了，我吃過兩種牛肉麵的泡麵，都很好吃，就想試試現做出來的，一定更精彩。」

他們吃完飯已經九點半，蘇珊帶羅賓到東區一家很別緻的咖啡店，找個安靜的角落坐下。

「蘇珊，下午辦事處發生了什麼事？我需要知道嗎？」

蘇珊沉吟了一會，終於還是說了：

「布朗處長召集我們說，渥太華的外交國貿部亞太司長，也是處長的上司，來了緊急電話，責怪我們辦事處蒐集的國際貿易和國安情報完全沒有自主性，全面抄襲美國的報告中對盟國透露的部分，看不到從加拿大利益出發的情報和分析，要求我們立刻針對如何改進寫報告。」

羅賓初聽吃了一驚，但他學會了沉得住氣，一直等蘇珊說完了才緩緩地道：

「這樣的事？那珍・布朗恐怕要有麻煩了……」

台灣「烏克蘭計畫」

「她提到了你的部分。」

「她明知我今天在李斯特辦公室，一個電話我就可以趕回去參加會議，當面問我的意見……」

「我覺得，她……處長是故意不叫你參加。」蘇珊有些囁嚅，但還是說出來了。

「她故意不叫我參加？難道她要趁我不在場把責任推給我？」

「她……她是有那麼一點意思……當然，她說得比較委婉，一直表示可以諒解你年輕剛到差，辦事處又只有你一個人獨立承擔國安和軍事方面的事務，說怪不得你，說了兩遍……」

「哈，說怪不得我，就是全怪我一個人嘛。她想得太容易，我看她麻煩大了，明天我要提醒她一下。」

蘇珊盯著羅賓看了一眼，她有些驚訝羅賓的反應平靜而沉著，既不生氣也不在意，倒像是真心為珍．布朗處長擔憂。

羅賓知道她在想什麼，便問道：

「我們辦公室設立的主要任務是什麼？是國貿還是國安？」

「當然是國貿，國安是最近台海危機出現才有的事，也才會讓我們加拿大這種國家也捲入……」

「不錯，上面責怪我們沒有自主的情蒐，主要也是指國貿這一塊，至於軍事和國安，台海危機干加拿大何事？講得不好聽一點，我的工作本來就是配合美國的政策和行動，在上面的眼中我就是個聯絡官罷了。妳說上頭打官腔要我們寫報告，是珍．布朗的麻煩還是我的麻煩？……嗨，服務小姐，你們的咖啡真不錯，我再續一杯，蘇珊，妳？」

「我夠了，再喝要睡不著了。羅賓，你真聰明，處長不該背著你說那些話，她應該找你談談如何處理這事的。」

「其實我很篤定的原因是，我雖然是美加兩個辦事處之間軍事國安的聯絡官，我每份報告除了美國的觀點，還真有我們自己的觀點和符合我們最大利益的建議，有些和美國的想法不完全一樣哩，上面只要有讀過我們報告中我的部分，絕對不會怪我照抄美國的資料……明天我會和處長討論這一塊……放心，我不會讓她知道妳告訴我的事。」

蘇珊比羅賓大三歲，她見羅賓年紀輕輕一個人來台工作，原來就有一種照顧他的長姐情懷，但是認識一陣子後發現羅賓處事老成，學識淵博，檯面上說話風趣得體，私底下卻給她一種深不可測的神祕感，使她對這個帥哥更感興趣了。

「羅賓，你明天和處長談時不要發生言語上的衝突，我知道你是真正盡忠職守，但是處長已經完全……完全美國化了，你知道，她先生是美國人，現在華府智庫工作，她的兩個小孩也都在美國讀書……總之，她的想法……總之，她是Boss。」

羅賓送蘇珊回到她的單身公寓，蘇珊很大方也很主動地試探：

「羅賓，要不要上來坐一會兒，我有很好的法國紅酒。」

「不了，今天已經很晚了，妳早些休息吧。晚安蘇珊。」

他看著蘇珊安全進入公寓後才叫車返家。才上車，手機就響了。

「我是羅賓，是，處長……」

「你現在能講電話嗎？」

「可以處長，這麼晚了，您什麼急事？」

「羅賓，今天中午我收到渥太華來的訓令，上面對我們辦事處的工作很有意見，你下午在李斯特那裡，本可明天和你談談，但經過仔細解讀上司的意見，竟似主要的不滿是針對你的工作，所以我不浪費時間，今天晚上就先跟你說……」

下面她所說的，大部分羅賓都已知曉，他不插嘴也不打斷，只靜靜坐著聽處長說完。

「……因為上面要求我們即刻寫改進報告，我第一時間告訴你，你要仔細思考如何改變目前唯美國是從的情形……」

「但是處長，我的報告從來都不只是參考美方與我方共享的情資，許多資訊是我自己蒐集，甚至於向美方 counterpart 去打探或共商而得，絕不是照抄美方，我提的所有的報告都存有拷貝，上級如果有意見，我可以一一答辯……」

「羅賓，我通知你不是要你辯答，而是商量如何寫改進的報告……」

「但是我原來的報告就是符合上級的要求，要我怎麼改進？」

「好吧，我給你說，你的報告只是全處報告的一部分，它必須融入我們整體報告中，為求……一致，我也會把你的部分作一些剪裁……」

羅賓瞭然於胸，自己的報告定然被這個「唯美」處長刪改成與美方資料完全吻合，想到蘇珊的叮囑，他無意在這件事上與她起衝突，便點頭道：

「好，我就來照上級的意思寫份報告，明天下班前就可以給妳。」

珍・布朗處長很滿意他的態度，如果羅賓此時能看見，會發現她的瘦臉上也露出笑容。

羅賓在台北無論是工作或生活都上了軌道，和乾媽梁菊好好聊一聊的想法在他心中愈來愈強烈，這時他暗忖：「我要設法聯絡到乾媽，愈快愈好。」

他們雖然見過面，但彼此都有默契，將二人的關係隱藏得很好。此刻要如何聯絡梁菊？羅賓盤算著：「還是從李斯特那邊下手。」

這段時間，從李斯特口中，羅賓聽到梁菊的名字至少出現過兩次。一次是讚揚她的見義勇為，救了女學生的性命而不張揚，不給媒體機會渲染報導。另一次是李斯特無意中提起第九十五屆奧斯卡影后楊紫瓊，他極為欣賞那部特殊的電影《媽的多重宇宙》，順便說到頭一次看見梁菊，便忍不住對她說「妳以為我見到了誰？Michelle Yeoh，妳真像楊紫瓊。」她就反問「你認為這是恭維嗎？」談吐優雅而健談的李斯特，只好勉強招架「不，你更年輕，也更漂亮」，全面敗落。羅賓當時大笑，暗罵「活該」。

想到這裡，他不禁心生疑竇。

「從諸多蛛絲馬跡看來，李斯特說不定看上我乾媽了；對，他們一定有聯繫，明日我去套套李斯特的口風。」

他直覺地覺得，和梁菊的關係不曝光對兩人都好，只是有必要建立一個祕密聯絡的管道。

羅賓按下李斯特給他的密碼進入辦公室，還沒有開口，只見李斯特正盯著一張地圖仔細地查看，頭也不回。

「羅賓，快關上門。我正要找你……」

「找我何事？口氣有點神祕欸。」

「我們有新任務了。你看這地圖，我畫了一個紅色『X』的地方，便是上回加拿大巡防艦『蒙特婁號』與中國海軍軍艦發生過接觸的地方……」

羅賓湊近看，這是一張詳細的台灣海峽軍事地圖，海峽兩岸每個小島小礁都標得清清楚楚。紅色的「X」劃在東經一百二十點四度、北緯二十五點五度。

「上回皇家海軍『蒙特婁號』就在這裡遭到中國〇五二護衛艦『溫州號』阻攔，近距離接觸，蒙特婁號被迫更改航道，向東航行百浬後才北上日本橫須賀軍港做任務後補給。」

「聽你這樣說，『蒙特婁號』就是逃走了。為什麼要逃？最多就對峙上吧，蒙特婁號可不是單獨執行任務呀！」

「羅賓，首先你要知道，中國的『溫州號』飛彈護衛艦是零零後下水的新船，擁有相位陣列雷達和垂直發射器，最大速度可達三十節，戰鬥力比較於九〇年代下水的『蒙特婁號』巡防艦只有更強。你是在問美國海軍的軍艦在哪裡？美國海軍一艘神盾伯克級驅逐艦『鍾雲號』就跟在後面通過海峽，航空母艦『雷根號』正在發生接觸點東北方，當事件發生時，雷根號上的F-35戰機已經起飛，防止中方有進一步行動……」

「尤金，你還是沒有告訴我『蒙特婁號』為何不能與中方對峙而選擇逃走……」

李斯特側頭想了想，對羅賓微微一笑道：

「羅賓，我想你已經知道我們為什麼不停地派軍艦通過台灣海峽，甚至不斷邀請我們的盟國也做同樣的事……」

「難道不是為了維持我們的海上自由航行權？」羅賓一本正經地問。

「羅賓小子，你也會裝蒜了。從南海到台海，什麼地方沒有自由航行權？成千上萬的船舶行駛在這些海域，商船就不說了，便是軍艦也不例外，什麼時候不能自由航行了？台海最窄的地方是新竹南寮到福建平潭……」他用鉛筆尖在圖上點出這兩點。

「這裡只有七十浬的距離，國際海洋法規定領土之外的十二浬是領海，再十二浬是毗連區，所以就算台灣屬於中國，兩岸加起來中間仍有二十二浬的公海，更不必說其他更寬的地方，國際船舶當然有權從海峽中線自由通過，中國外交部說整個海峽的水域都屬中國主權的管轄顯然是錯誤的，真正的問題——我不信你不知道，問題是我們的軍艦及偵測船經常性如此靠近中國大陸，難道他們不會想，中國的船艦可從來沒有到紐約港外二十四浬溜達啊，而我們從萬里之外趕來做這件事，當然是故意的！」

「所以，我們的目的是，要逼中國先動手？」

「你是裝傻還是真不懂？我開始要懷疑我的眼光是否有錯了，羅賓，我教了你那麼多地緣政治，地緣政治的遊戲，真正玩家的玩法就是這樣……」

「照這麼說，『蒙特婁號』更不該改向逃離，應該和『溫州號』對峙，最好幹起來，『雷根號』和『鍾雲號』就可以名正言順地參戰，不是嗎？」

「不錯，可是到了最後關頭，『蒙特婁號』以沒有得到渥太華的命令為由而退縮了。」

「那是雙方高層沒有就與中方接觸時的行動ＳＯＰ取得共識，那怎麼行？對了，尤金，你剛才說我們有新任務了，新任務是什麼？」

李斯特換了一支紅筆，在地圖上原來那個紅「Ｘ」的西北方劃了一個「Ｔ」。

「我們再搞一次？」

「不錯，我們的策略就是不停的折騰，這個策略看起來並不聰明，但是中國人說智者千慮必有一失，愚者千慮必有一得，一直折騰下去，總有一天對方忍不住了，先動手開打……」

「就像普丁忍不住北約不斷東進而動手開打。」

「不錯，我們不出一兵一卒，就讓俄羅斯陷入長期消耗的代理人戰爭之中，我們該做的就是不斷提供武器給烏克蘭，不停在國際輿論上製造反俄言論，尤其針對普丁獨裁、凶殘、貪汙……發動全面攻擊，然後就是在國際組織中制裁俄國人和俄國企業……」

「不僅如此，你們把原已走向比較鬆散的歐盟重新綁緊，叫他們一道提供武器給烏克蘭，還有，被禁運後俄國產品在歐洲的市場便由美國來填補，各國提供的武器都向美軍火商購買的，教授，這是誰想出來的？」

「當然是集體創作。羅賓，在軍校我曾教你們地緣政治，這玩意兒就是盎格魯—撒克遜人發明的遊戲，是我們的專長。只要讓這個世界繼續玩這個遊戲，就沒有人能玩得過我們了。我搞這門學問數十年，我認為這次俄羅斯烏克蘭戰爭的計畫和操作，真是最精彩的經典之作。」

「不少媒體報導美國有些智庫及鷹派人士想在台灣製造第二個烏克蘭？我研讀了不少資料，包括本地知識分子圈的論述，大家都認為台灣和烏克蘭是截然不同的兩種情況……」

「截然不同？當然，我同意兩者不盡相同，但不可否認本質上還是有許多類似之處。俄、烏在歷史上算是同文同種，二次大戰時同屬紅軍抵抗德軍，戰後蘇聯把許多重要的軍事工業放在烏克蘭，在分成兩個獨立國之前各方面關係是十分緊密的……台海兩岸的人民絕大多數屬同種同文，比俄烏的關係更近，一九四九年前兩岸是一國，它的分裂不是因為獨立，而是內戰的結果。從地緣政治的觀點看，只要不讓『內戰』結束，也不讓『獨立』發生，再製造一個類烏克蘭計畫並非全無可能。」

「教授，您這是理論……」

「哈哈羅賓，搞理論的是皮耶・杜瓦爾教授，尤金・李斯特不只搞理論。」

「可是您講了半天，還是沒講清楚你的新行動到底是什麼？」

「對，第一，新的『T』，這回跨過台海中線的是皇家海軍『安大略號』，裝備了相位陣列雷達的新飛彈巡防艦。第二，遇中方阻攔，不但堅持不改向，且有美方神盾驅逐艦上前聲援。第三，『安大略號』上電子偵測直升機升空，監測並近距離收集對方戰情資料，第四，航母『雷根號』F/A—18E/F超級大黃蜂及F-35C戰鬥機飛近釣魚台東面上空待命，羅賓，我希望這一次是玩真的。」

「麻煩您把剛才說的作戰計畫中，各狀況的詳細座標回傳給我，還有，您對這個行動的評估要點也請一併給我一份拷貝。我猜渥太華隨時就有指令下來。」

「已經送到你辦公室電腦的雙重加密信箱，你回去看便ＯＫ。」

「還有一個問題，尤金……」

「請講。」

「為什麼是加拿大軍艦？美軍第七艦隊那麼多各式軍艦……」

李斯特雙手一攤：

「雙方高層商量好的就這樣，別以為我顧問的身分及層級什麼事都知道。」

「可剛才您分析得十分有道理啊，以您的學識經驗，猜猜決策層面怎麼想的？」

「羅賓你那麼聰明，怎麼會猜不到？愛好和平的加拿大的軍艦在公海遭無理攔阻要求改道，加拿大艦艇認為無害通過是施行國際海上自由航行權，中國如因此開火，國際輿論會站在哪一邊？如果在同一地點發生的是中共人民解放軍與美國第七艦隊艦艇在台海相持不下，結果中方開火引起美方還擊，哪一種情境會讓國際輿論更傾向譴責中國？」

羅賓當然瞭解這一番道理，他只是要聽李斯特親口說出來。

李斯特補一句：「中國可能以『安大略號』航行越過海峽中線為由而動武，但是就不久前，中共軍機飛越中線騷擾台灣空域時，北京曾經大剌剌地宣稱，台灣海峽中線從來就是台美雙方自說自劃，中國從未承認過有此中線，這回怎能自食其言？」

羅賓點頭伸出大拇指。

「高明，論述細節都考慮到了。」

李斯特聳聳肩，一派輕鬆。羅賓想到來此的原意，便繞著圈兒問道：

「最近好久沒有練習射擊了，教授你的射擊記分有沒有進步？」

「我也有一陣沒練習了，之前陪那位女神槍手去練過兩次，經她糾正我的姿勢並教了一些訣竅，我的記分大有進步，後來公事忙沒練習，想來又荒廢了。」

「說實話，梁菊女士真是一位了不起的女性，我和她雖是初見，便感受到她的英雄氣概……」羅賓把話題轉到梁菊。

「是chivalrous and bravery，我從未見過這樣的女人。」李斯特立即回應。

「對，俠義加上勇敢，再加上神奇的射擊術，真希望下次能請她也指教一下我的射擊，向她學兩手。」

「好極，找一天我們約好一同再去練槍法……」

「您和她常見面？」

「倒……倒也沒有。不過有時會在晨跑時碰上，兩人一同跑一程。」

「好棒。你們在哪裡晨跑？」

「在大直河邊步道，我們住的地方相隔不遠……」到這裡，李斯特突然止住，似乎不想多談，羅賓已機警地換了話題。

「我這就回我那邊的辦公室去檢查您寄給我的資料，如果上級有什麼不同的交待，我會立刻通知您。」

「放心，不會有什麼，我剛才說過，雙方上面都談好了的。我們就保持密切聯絡就好。」

羅賓離開時，在門口看見一個台灣人和一個美國人並肩走進來，很禮貌地停步側身讓羅賓先行，羅賓見那兩人的髮型、身型、姿態，心中暗忖：

「這兩人都是軍人，錯不了。」

CHAPTER 07

懷璧其罪

羅賓坐在加拿大台北辦事處的辦公室中，仔細看完電腦螢幕上李斯特送過來的軍事地圖及新「T」行動專案重點。他將下一封加密信打開，送寄者為「SN」，加國國安單位的代號。

機密訊息十分簡潔：「新『T』任務核准，密切配合。嚴密監控『L』方及『O』方動作，並詳細記錄回報計畫執行後果。」

羅賓暗忖：「全是官樣文章，我是一人部隊，如何做這許多任務？難道『SN』真以為此地整個辦事處都在聽他的命令辦國安大事？可笑的官僚體系。」

他雖這樣想，心中其實有譜。

「監控『L』，其實就是緊盯住李斯特，監控『O』，其實就是注意『安大略號』發給我的通訊副本——如果真有的話；至於新『T』任務執行後果，嘿，就等事後找李斯特要資料來『參考』一番吧。就這麼回事，被寫得那麼神祕！」

他把自己的代號打入，表示羅賓・休斯已讀。接著就把密檔關了。他開始重新一步步細思這個新「T」任務。

「李斯特的說法有一點矛盾，新『T』任務就算真能引得中共人民解放軍海軍動手，最多也只製造一個美軍參戰的切入點，但他同時又提到要在台海複製另一個烏克蘭的構想，這和新『T』任務搭不上邊呀！」

他再想：「何況美軍是否真已準備與中國解放軍決戰台灣海峽？我很懷疑。李斯特是個深思熟慮的戰略家，雖然他推說他的身分不能涉及這個計畫的上層思維，可我認為他不會說出如此矛盾的話來。除非……除非他對我有所隱瞞，對，他沒有把所謂的新『T』任務的全部告訴我。」想到這裡，他心中一震。

「我不知道完整計畫也就罷了，更嚴重的是，渥太華是否知悉完整的新『T』任務？」他開始有了一些更深層的懷疑。

午餐後，羅賓端著一杯咖啡正要回辦公室，有人從背後叫他。

「嗨，羅賓，我正要找你。」是蘇珊黃。

他回頭看見蘇珊手上也有一杯星巴客，顯然也是從外午餐回來。

「妳找我有事？OK，我們到閱覽室坐一會兒。」

蘇珊今天穿了一件白色的套裝，頭髮垂了下來，顯得優雅而成熟。羅賓不禁多看了一眼，然後飛快地上下掃描了一下。

蘇珊對他微笑。

「看什麼？不認識我了？」
「哈，只是看妳一眼，妳今天特別漂亮，蘇珊。」
「笑話，我每天都如此，只是你假裝沒看見。」
他們一面說笑一面走入二樓的閱覽室，這個時間空無其他人。
「找我何事？」
「我發現一個小祕密……」她四面張望再次確認閱覽室並無他人。
「我看到處長回覆渥太華上級的檢討報告，你的部分放在首頁。」
「啊，真榮幸。」羅賓心中暗忖：「難道珍・布朗真要把上級的不滿甩鍋給我？」
蘇珊見羅賓一副不在意的模樣，不禁為他擔心。
「你不想知道她在結論裡怎麼說？」
羅賓並不想知道布朗處長怎麼寫，但當他看到蘇珊為他擔心的眼神，反而覺得不想傷她的熱心，遲疑了一下還是表示：「想啊，她怎麼結論？」
「她結論了各項業務的改進措施後，竟然特別指出你的業務部分表現不佳，可能因為年資經驗不足，但因你的任務並非她所能直接指揮，對此，她歉難協助改進。她竟這樣卸責甩鍋給你！」
羅賓聽了仍然絲毫不動氣，嘴角反而帶著一絲微笑，蘇珊不禁傻了。
「你不生氣？」語氣中帶著不可思議的訝異和一些「不滿」。
羅賓是真的不在乎，因為他直接報告的上級是渥太華的軍方和國安單位，的確不是外交和國貿這一體系。但他不願多談，只淡淡地回道：

「布朗處長說得沒錯啊。我的任務她的確管不到，但她藉寫這份檢討書的時機意圖避重就輕地把責任甩給我，是用了心機，不過這樣對我也好，她自己明說不能指揮我，以後我就少一個人指揮豈不是好？」

蘇珊瞪目看著他。他笑著說：

「蘇珊，謝謝妳冒險為我偷看這份報告，不管妳是怎麼看到的，以後千萬別為我冒這種險了，我……我在這裡一切都很好，但我是個過客。」

蘇珊聽了，面上露出的神情很是複雜，似有些高興，也有些莫名的難過。

羅賓回到辦公室，還沒坐下就先看到電腦螢幕上三個紅色亮點齊閃，這是收到加密訊息的訊號，而且是「極緊急」。

他連忙鎖上辦公室門，打開電腦加密信箱……

是軍方來的訓令。

「新『T』任務原則上不可行，已告知DC，請依此原則，其他繼續配合美方。」

羅賓楞了一下，既然高層已經通知了華府，還要自己這個層次配合什麼？但他立刻就瞭解，渥太華軍方不願執行新『T』計畫，卻並未提出對應計畫，後續還是由美方call the shots。

羅賓關閉了加密信箱，暗自點了點頭。

「畢竟軍方還是有頭腦清楚的高層領導，不會個個都像外交及國貿部門派出的那些人，跟屁蟲做久了，弄不清自己國家的利益。」

想到「跟屁蟲」，他不禁莞爾笑了。這是最近在台灣媒體上學到的新詞，fellow-fartbug，和copycat差不多的意思，但更有趣些，因為有氣味可供追隨，亦步亦趨。

他撥了一個電話給李斯特，請他下班後保留三十分鐘，他會前來面談。

三個小時後，羅賓見到李斯特。

「尤金，新『T』任務有變了，料想你已知道。」

「什麼有變？」

「你竟不知道？華府那邊沒有通知你？不可能吧！」

「羅賓，如果你是說加拿大軍方不同意執行新『T』任務的事，這事已搞定不會改了，仍舊照原計畫進行，『安大略號』飛彈防護艦已在待命中……」

李斯特平靜地告訴羅賓，一面在腦螢幕上輸入兩串密碼，螢幕上現出他華府總公司轉來的國務院的訓令。

「新『T』任務業經雙方最高層敲定，有關單位一律照原案執行。」

「羅賓，同樣這份訓令此刻應該已送到你辦公室。加拿大軍方的反對意見被最高層否決了。最高層，你知道是指誰。」

羅賓覺得真是計畫趕不上變化，他可以想像，肯定是首相召集軍方和國安的首長商議，結果國安的意見說服了首相。

一波三折，李斯特的即時情資總是先他一步，他心中有些無奈，也有一絲失落感，便早早告辭了。

他走到一樓前廳，立刻瞅見早上碰見的那兩個人，雖然兩人穿著便衣，但羅賓就認定兩人都是軍人。那兩人並肩而行，腳步不自覺地趨於一致，他們低聲交談，羅賓低著頭等兩人走到側邊去搭電梯，那兩人好像沒有注意到羅賓。

羅賓心中不禁起了疑竇。

「這兩個軍人早上才來過，怎麼下班時又來？」

尤其令他上心的是，剛才兩人走過時，他隱約聽到「新『T』任務」這個詞出自那個台灣軍人之口。但是聲音極低，又有相當重的台灣口音，一時他不敢確定有沒有聽錯。

皇天不負苦心人，羅賓在大直慢跑道守候了兩天，第三天一大早，他終於等到了梁菊。

「我是羅賓！」他從後面追上前去，在梁菊背後低聲說。

梁菊吃了一驚停下身來，轉過身來，滿臉的驚喜。

「啊！威……羅賓，你怎麼找到這裡的？」

「說來話長，那邊有一家7-ELEVEN，咖啡還不錯，我能和妳去那邊談一下嗎？只半小時就好……」

梁菊深深看了他一眼，覺得這個乾兒子成熟了許多，已經是個給人安全感的男人，看在乾媽眼中，覺得他更英俊了。

「好，當然好！我們現在就跑過去。」

兩人跑到街角的統一超商，點了咖啡和三明治，坐下環顧，早餐座只有他們兩人，並排坐著梁菊有特別的親切感，然後耳邊聽到那久違的一聲：

「乾媽。」

「威廉……」

「不，我們要改變稱呼，以後保持原本不認識，我是羅賓・韋伯，妳是梁菊女士。梁女士，我參加了極機密的國安工作，我們倆裝作不認識對兩人都安全，但我們需要一個機密的聯絡方式。」

梁菊幹過刑事警察，當然懂得這種事，她側頭想了想，立刻說：

「第一，我們交換台灣的手機號碼，但平常不要用，必要時才能用一次，你懂的。第二，你只在慢跑道上找到我。第三，我的地址給你，但要我同意才能來；OK？」

這三點中的邏輯，羅賓一聽就懂了，不禁對這個乾媽佩服之極。

「服了妳，就用這個方式……」

他們各自在手機上用代號登錄了對方的手機號碼及地址，羅賓道：「我們用『Line』也相對安全，辦事處的朋友Susan黃教我set up『Line』的聯絡。」

他們互加「Line」。

羅賓的主要任務就這樣辦好了，他望著梁菊。

李嶠之裝上made in Taiwan的義肢後，經過短時間的訓練，適應得比一般人來得快。基本上在他的生活範圍內，已經相當程度地脫離對那台全電動高級輪椅的依賴，這讓曾經一度感到十分沮喪的喬治很快地恢復他的理性和樂觀，他開始重新關心周邊的事務，特別是台灣的政治、國安、外交和兩岸關係。

他在天母租了一間生活機能很好的小公寓，平時在輪椅上儘量不用電動，用雙臂操作，鍛練自己上肢肌肉和力道，最近他買了一輛有特別協助裝備的進口車，經過一段時間的訓練，他已取得身障人特殊駕照，他的活動範圍就更增加了。

他很慶幸回到台灣，在烏克蘭時試過多種義肢，每一種都給他帶來難以忍受的疼痛和不適，回來後這些問題迎刃而解，而且台灣的法規比較進步，對身障人權益的保護比較適宜。喬治在經過烏克蘭戰場的折磨之後，雖然失去了雙腿，總算在故鄉土地上找回了自己，實是大不幸中的幸運。

他開始對外聯絡，在台灣的舊友中他第一個想到的就是潘全；當年在陸戰隊受訓時的教官，後來在駐維也納辦事處的安全組長；是潘全把在加拿大失戀又失業的李嶠之召到維也納擔任辦事處的安全官，李嶠之也因此才留在歐洲落戶創業。

從某種角度來看，潘全是嶠之的貴人，他的及時出現，成了李嶠之這半生的轉捩點。他們之間一直保持聯絡，直到烏俄戰爭爆發，李嶠之決定從軍，他們失去了聯絡。最後一次的通話中，潘全顯得很消極，對台灣的局勢感到憂心，掛電話前他對李嶠之說：

「喬治，我想提前退休回家了，維也納的環境雖然好，非我久留之地……」談話的氣氛有些淒涼，語氣顯得低落。

喬治想改變一些氛圍，就故意損損他的老長官：

「長官，你退就退吧，別他媽說什麼提前退休，你的退休年齡本來就該到了吧？」

回到台灣，幾經打聽，嶠之在台北聯絡上了潘全。潘全收到嶠之的簡訊，知道嶠之也已回台，感到萬分興奮，立刻約了時間見面。

他們約在天母東路的「方家小館」，號稱是正宗的上海菜。潘全趕到時，嶠之已經坐在餐廳裡等他。

兩人談完別來經歷過的那些事，已將潘全帶來的金門高粱喝掉半瓶。

「喬治，真想不到你白髮從軍，還真去幫洋人打了一仗……對了，忘了問你，你的簡訊上為什麼署名『剩下的喬治』，是什麼意思？」

喬治這才撈起褲管。

潘全看到他的義肢，驚得說不出話來。

喬治苦笑道：

「坐在你對面的是剩下的喬治，你懂了吧？至於失去的喬治，不止是他的身體，也是他的靈魂，老長官，今天的喬治，生理和心理都殘缺了。」

潘全不禁為之唏噓，但也想不出說什麼來安慰；他既不會說安慰話，也知道喬治不需要聽安慰話，便只能不停地搖頭嘆息。

「長官，你別搖頭嘆息了，我這『剩下的喬治』雖不完整了，但我對很多事情的看法卻比之前更完全；去打了這一仗，也不全是壞處。」

「譬如說？」

「譬如說，什麼叫戰爭，什麼叫戰場！教官，我們雖然玩了一輩子的槍，其實不算是上過戰場，在特勤行動中，我們把自己藏得好好的，一槍一個，暗殺我們的目標，嚴格說起來，我們更像是殺手。這回在烏克蘭戰場上，我才真正了解戰爭的殘酷，遠遠超出我所能想像的極致，什麼血肉橫飛、屍橫遍野不再是形容詞，是你眼前、耳邊、鼻端的真實東西，你就被包裹在血、肉、殘體、死屍之中無從閃避。你能思想的問題只有一個：『我還活著？』……」

潘全當了半輩子的軍人，這番話仍然讓他聞之動容。

「喬治，你……你是何苦呢？你參戰前也不跟我聊聊，也許，也許咱們老弟兄聊一聊你就能想開些，何至於丟了一雙腿……」

喬治乾了杯中酒，伸手止住說下去，嘆口氣道：

「我沒妻沒小，事業全毀，遶樹三匝無枝可棲啊，那時沒有一槍結束自己算是想得開了，再說，歐洲的局勢，俄羅斯的侵烏，讓我覺得唯有上戰場，唯有求一戰方能紓解我滿腔鬱悶和怒氣，俄國佬你狠，欺侮人，老子就和你對著幹幹！」

「喬治你還那熊脾氣，一絲也沒改。世界變了，國際秩序要重寫了，你還老樣兒不變，就要讓你變成不合時宜，你想得很了不起的事，在年輕的世界就變過時而廉價了。」

「長官，不是我反駁你，你離職回台前和我通話，我那時覺得你才是疲態畢露，一副未老先衰的模樣，我他媽起碼扛起槍桿還打了一仗，雖殘猶榮吧……」

「沒死就好，但殘得不值，不值！」

喬治閉目沒有再說下去。

「喬治，老哥我剛說的世道變了，變得讓我心灰意冷，才提前告老還鄉，你知道烏俄戰爭真正的起因？你真以為是普丁揮軍入侵烏克蘭？那只是引爆的導火線而已。真正的原因要從你們援救梁菊的老公葉博士那一年談起。」

嶠之當然知道烏俄戰爭的因素不會只是普丁的領土野心；俄羅斯就一億四千萬人口而言，其領土有一點八個中國大，還要為侵占土地而打仗？這裡面歷史上的糾結和地緣政治的背信所累積的憤怒，在烏克蘭要加入北約的一瞬間爆發了，只是嶠之並不十分瞭解那些歷史上的糾結和政客的背信，他看到的只是俄國揮軍侵入了烏東，飛彈襲擊了基輔，而多少年來，基輔已經是嶠之的第二故鄉了。

「我在維也納時，蒐集各國對這場戰爭的資訊。從奧地利、德國朋友和我們分享的情資裡研究推敲，從二〇一四年俄羅斯『收回』克里米亞開始，一群美國戰略專家規劃策反烏克蘭，用許諾加入北約來踩普丁的紅線，然後引爆代理人戰爭，這樣一個長時遠距的大戰略，從紙上談兵一步一步操作成現實，我對老美戰略謀士的水準，著實佩服！」

喬治一面聽潘全的敘述，一面回想起自己在烏克蘭戰場上親身的經歷，心理感受極為複雜，不禁喟然而嘆。潘全喝乾了，把酒杯加滿，又替喬治斟滿，道一聲：

「乾杯！」他自顧乾了，喬治隨意。

然後他繼續說：「從老美的立場看，他們地緣戰略計畫雖然成功，智者千慮必有一失，而且是個極大的損失，就是從此這個世界第一強國的道德制高點漸漸崩落了……」

喬治是個心思細密的人，但是他在烏克蘭的時間只是單純地過好自己的日子，對許多遠方發生的世事是相對冷漠以對的，他在基輔經營『寶島餐廳』的生活環境中也少有朋友可以作知性的談論探討，這時聽到潘全的一番話，很多地方都有茅塞為之一開的感覺。他停下筷子，一本正經地望著潘全，等他說下去，潘全卻停下了。

「教官，你說得正好，怎麼停了？」

潘全雖然是軍人出身，但是三十歲後就脫離部隊指揮系統而成為教官，先是術科（射擊為主）教官，之後由於個人的喜好，申請調到位於大直的三軍大學戰爭學院，畢業後並留校任教官，他的教研專業為全球戰爭史料及對地緣政治的影響。之後才因專業優異而被國安單位徵召、外放。

他是軍人，但也有教授的文人素養，談戰史論古今，常令學子如沐春風。但對喬治而言，印象深刻的是他射擊場上精闢的講評，對他人文的一面並不熟悉。

潘全見喬治催他講下去，便將酒乾了，用一種感慨十足的聲調說：

「其實在COVID-19疫情時，美國已經扯下了道德制高點的面具，就如他們全民扯下了口罩，但是口罩可以因需要戴回去，面具一旦扯下就戴不回去了，因為世人已經看清了真面目。」

「但是美國仍是世界第一強國……」

「沒有錯，第一強國的『道德制高點』逐漸不見了，沒有了它，第一強國想要別國一呼百應愈來愈困難，今日你已經可以看到這種情形在發酵……這一切就從二〇二一年阿拉斯加中美會談開始。」

「你是說阿拉斯加安克拉治的中美會談？」

「是的，就在美國的領土上，當著美國國務卿布林肯和白宮安全顧問蘇利文，中方首席代表楊潔篪脫稿對他們說『中國不吃你這一套』，從那以後，愈來愈多的國家，尤其第三世界開始對美國說『NO』了。」

「這些局勢的變化跟你提前退休回國有直接關係？」

「喬治，我知道的太多，讓我感到極度的憂心與無奈，我的憂心中，最核心部分還是關於我們自己的國家；在這個變化迅速、原有的國際秩序面臨崩解重組的時分，台灣的政府和人民在想什麼？有沒有人在認真地思考我們如何建構新思維的國政藍圖，如果有，它要帶領國家走向何方……雖然我不敢斷言，答案似乎是否定的。我其實很悲觀。我感到留在維也納辦事處什麼也不能做，每天寫寫俄烏戰爭的分析報告，國內來的長官、立法委員……迎來送往，我雖然已內定升為副代表，卻實在沒有心情再做下去。」

喬治和這位老長官一席話，拾起了許多原來不曾深思的論點，覺得獲益匪淺，便舉杯相敬：

「長官，久違您的教誨，嶠之愈活愈迷糊，這些年來真該多向老長官請益……」

「喬治，你的思維嚴密，看事常能直搗核心，這些年來我覺得你有些自我……自我放逐，把自己隔離在一個小圈圈裡，讓你失去許多原有的敏感度，我想你能劫後餘生，回到台灣來重新出發也是上天的眷顧，很快你又是一條好漢！來，敬好漢，乾杯！」

這些日子以來，喬治心中其實頗有同感，只是沒有像潘全說得那麼明白，他由衷地感謝老長官。

「教官說得好，今後我們得常聚聚，以後我還有一些什麼事情想不明白便找教官開示。」

菜餚已盡，人只微醺，兩個重逢的老戰友意猶未盡，各加點了一份「方家小館」的招牌菜——紅燒魚下巴，酒杯再滿上。

李嶠之在台北的新生活慢慢步上軌道，他終於鼓起勇氣去拜訪梁菊了。

梁菊住的公寓，葉爸買下時也買了一個車位，這個車位現在的價錢可真驚人了。梁菊自己未開車，這一天迎來一輛有特別身障設備的銀色小車，梁菊親自指引來車停入車位，車門開處，看到李嶠之一臉笑容地從車上走下，然後一步一步穩健地走向梁菊。

梁菊噙著淚水，看著嶠之不用拐杖，一步一腳印地走到她面前，他從身後拿出一個小蛋糕盒。

「梁菊，生日快樂。」

「噢，謝謝你喬治，真感動，連我自己都忘了今天是我生日，來，我們去搭電梯。」

梁菊沏了從日月潭帶回的阿薩姆紅茶，配上嶠之帶來天母「甜典16號」的蛋糕，相得益彰。

「喬治，你能走了，靠自己走了，真好。」

「還行，就走不太遠。」

「還能開車，真了不起。我就知道，只要你下定決心，世界上沒有什麼能難倒你。」

喬治呵了一聲沒有回答，他在心裡暗暗嘀咕：

「說什麼啊？這世界我最想要的東西就得不到。」

梁菊好像有所警覺，停了一下道：

「喬治，阿隆出車禍走了。我這次回來把他的骨灰帶回，放在新竹他老爸買下的靈骨塔，他老人家也命苦，唯一的兒子……」

「我聽說了，安德烈告訴我的，他說車禍的發生有些環節他想要調查一下。」

「調查？安德烈覺得這件意外事故有什麼不對嗎？他什麼時候跟你說的？」

「事故發生半年後我才接到安德烈的電話。他說得不很清楚。只說他要調查，『調查』，對，他當時就是用的這個詞。」

梁菊側頭想了一會。

「喬治，這事是透著些疑點，車禍發生之前，加國國安單位正在查詢阿隆的新發明……」

「阿隆又有新發明？哪一方面的？」

「好像是核融合方面的，國安單位對阿隆和中國大陸前幾年一些往來很在意……阿隆出事那天就是被國安人員請去詢問，在回程時遇上車禍，一輛大貨車和他相撞……」

喬治愈聽臉色愈嚴肅，他聽到這便插口道：

「加拿大什麼國安單位？知不知道詢問阿隆的官員叫什麼名字？」

梁菊想了想。

「是一個叫莫里森的國安人員，自稱是『加拿大國家安全局』的幹員，從阿隆對他配合的態度看來，應該不是冒牌的。」

「OK，Morrison，CNSB，我記下了。」

「你要把這些告知安德烈？我猜安德烈應該已經知道這些……」

「未必，情治單位之間互相防得厲害，安德烈現在國際刑警總部雖然已是十三個執行委員之一，但他要調查此事，只能透過皇家騎警的老關係，CNSB安情局不但不會買他的帳，只要發覺他想過問，馬上就會加倍提防……我們知道的線索儘量提供給安德烈就錯不了。梁菊，妳把整個事件，就妳所知的都告訴我，我們一起來琢磨琢磨。」

嶠之的熱忱像是點燃了梁菊對這件案子發生以來所有壓抑在心深處的疑慮，一種和嶠之大哥一同規劃辦案的陳年舊感覺一一回到心頭，熱熱的，她望了嶠之一眼，正碰上他熱切的眼光，梁菊一陣恍惚，好像時光倒流回到二十多年前。

喬治鼓勵的口吻：「妳先好好整理一下，從阿隆去中國大陸的事說起，我要錄音，可以嗎？」

梁菊點頭，喝了一口茶，從北京清華大學核工系的專家主動和「世紀新材料系統公司」及葉運隆本人聯絡開始……

梁菊一直講到出事那天，多倫多刑事警局的副局長站在她橡樹城楓葉街的家門口，對她鞠躬致哀：「夫人，我萬分遺憾通知您，艾瑞克・葉博士出了車禍，我們趕到時，他已沒了生命跡象。」

梁菊講出這一段刻骨銘心的痛苦經歷，在娓娓敘述中重新經歷了一遍，說到這裡，她已淚流滿面。這時她才發現手中的酒杯已空，更不知道何時她已從品茶變成了飲酒，甚至忘了是何時她移開茶壺，從櫃中拿出一瓶二十一年的皇家禮炮威士忌。

喬治關上手機的錄音，搖頭嘆息。然後問道：

「梁菊，什麼時候酒量變得這麼好？抱歉我不能陪你喝，我還得開車回家。」

李嶠之離開時，已過午夜。梁菊送他到停車場，看見他努力一步步走到車邊時，想上前抱他一下，但她忍住了。看他相當熟練地自己爬上車，發動，倒車，轉彎，搖下車窗，微笑揮揮手駛向黑夜。

嶠之開上明水路，路上行車雖少了，台北之夜未闌，燈光沿著河道閃亮璀璨，大直橋在黑夜裡依然耀眼。

嶠之還在默默想這充滿懷舊之夜，可惜傷感之情淹沒了為梁菊慶生該有的快樂氛圍，直到兩人共乘電梯下停車場時，梁菊才告訴他一個好消息。

「喬治，我作夢也想不到，麥可的兒子威廉也來到台灣。」

梁菊鄭重地對他說：

「這事誰也不能說，我只告訴你一人。威廉當了軍人，又參加了極機密的任務，他改了名字，現在叫羅賓・韋伯，我們假裝不相識，以免給他的工作帶來不必要的麻煩。」

喬治心中一跳。

「他參加極機密的任務？……加拿大這種國家有什麼極機密任務要派他來台北？」

但他沒有問。只表示為這個消息感到欣慰。

「威廉來到台灣」，聽到這件事沒有在李嶠之心中激起太多的漣漪。因為他只知道威廉是老友麥可・休斯的獨子，並不知道葉運隆夫妻為感謝麥可救援運隆而喪命的恩情，將少年威廉收為義子，提供威廉從小到大的教育經費，更不知道梁菊和威廉之間發展出有如親生母子的關係。

他只覺得梁菊在台灣多一個熟人來往，是件好事。但威廉被派到台北搞什麼機密任務的事，上了他的心。

回到家裡，他重新聽一遍在梁菊家的錄音。

梁菊的聲音在他的臥室裡迴響，偶爾激動，大部分時間是平靜的，但依然能夠聽出她的壓抑。

他不怪梁菊未告訴他好多的事，也不怪她隱瞞運隆的死訊。試想丈夫才意外過世，第一時間去通知「老情人」，梁菊怎會做這種事？

他只是直覺地感到葉運隆的死背後有疑雲，他在想，以自己的殘生如何幫助梁菊解開這個謎。

這時錄音播到關鍵點，梁菊的聲音道：

「……阿隆用一台數位照相機拍下十張類似實驗數據的東西，特別交待我好好保管──那是他對我說的最後一句話，……我曾試著讀懂那十頁實驗紀錄，但就像天書一樣不可讀……」

聽到這裡，他停止了播放錄音。

「對，要從這裡開始啊！梁菊應該找專業人士先解讀那十頁數據到底是什麼？只是……只是我們到哪裡去找一個能信得過又懂核融合的專業朋友？」

「不管如何，我得先把這個想法告訴梁菊。」

行事一向劍及履及的李嶠之立刻發了一條簡訊。

「建議先解天書之祕」

他暗忖：「另一方面，當然要設法弄清楚那場車禍究竟是不是純意外，希望安德烈那邊的『調查』能有進度。」

一星期後，嶠之收到安德烈的電郵，只有短短一行字：

「A MAN'S WEALTH IS HIS OWN RUIN BY CAUSING OTHER'S GREED.」

嶠之盯著這行英文看，初看不知所云，默唸三遍後，他嘴角顯出一絲笑容。

「哈，安德烈在說『匹夫無罪，懷璧其罪』，這句成語正是我教他的，只是這傢伙什麼時候文化水平大躍進，居然給我寫這樣『文』的英文翻譯！」

他還記得當他教安德烈這句成語時，他是直譯的：「A common man is not guilty, but he is guilty for having jade in his possession.」

他瞭然於胸了。

「安德烈調查的結果證實了葉運隆之死乃是因為他在核融合方面有突破性的發明，而葉運隆因某種原因不願將實驗數據交出，因此遭到國安方面的……糟了，梁菊可能有危險了！我要去警告她！」

梁菊從台北回到新竹。她放好輕便行李就大聲對葉爸說：

「爸，你有王銘教授的電話是不？我想約王教授到家裡便飯，我有一些科學的難題想請教他。」

葉國麟放下手中的武俠小說《王道劍》。

「沒有問題，妳有什麼科學難題要請教王銘？」

「爸，和阿隆生前做的研究有點關係，阿隆的遺物中有一些實驗紀錄資料，我想把那些資料整理歸類收藏起來，也是對阿隆的一個紀念物吧。」

葉爸點頭表示贊同，他拿出手機尋找王教授的電話號碼。葉爸不大用Line與人聯繫。

梁菊補充了一句：

「王銘在我橡樹城家吃過飯，我知道他特喜歡我做的回鍋肉，我特地從南門市場買了各種正宗調味料，尤其是四川郫縣的豆瓣醬和豆豉；我知道爸平日飲食以清淡為主，家中這些重口味的調料都沒有。這回我要親自燒一鍋眷村回鍋肉，還有從『謝記』買的滷味，讓你們打一回牙祭。」

葉爸咧口笑了。

「醫生叮囑要我吃得健康，我漸漸發現所謂健康食品就是不好吃的食品，凡好吃的都不健康；但偶爾吃一次是不妨的。」

王教授剛從大陸旅遊回來，帶了一小罎『酒鬼』來，梁菊的眷村回鍋肉和台北謝記的滷味既下酒又下飯，兩大盤被吃得朝天，王教授吃了兩碗飯。

「梁菊妳的回鍋肉功力不減當年，我剛從湖南張家界旅遊回來，在大陸也沒有吃到這麼好的回鍋肉。真是太感謝了。」

「你們旅客每天吃大餐，哪裡會點這種難登大雅之堂的家常菜給你們吃？只是我記得你對這道菜情有獨鍾，特地做了請你吃一頓算得了什麼？」

「就只妳還記得，這份情誼就足感於心。」

「然而沒有白吃的晚餐，王教授，飯後我有許多問題要請教嘿。」

王銘喝乾杯中酒鬼，豪爽地答道：

「知無不言，言無不盡，梁菊妳儘管問，就怕我學疏才淺，一下子就被妳問倒。」

飯後梁菊先拿出一頁紙，上面寫的是從那十頁數據中挑選出的一些殊不可解的關鍵詞。有的可能是專業術語的縮寫，有的似是漢語拼音卻夾雜英文。

由於這段文字甚是凌亂而無先後秩序，除了幾個明顯是專門術語一望而知以外，其他的就把王銘難倒了。

王銘苦思了一會，坦言道：

「梁菊，妳這張紙寫的等於把各種不相干的辭彙打亂放在一起，一點關連性都沒有，這就很難猜出是些什麼東西，我若憑直覺亂猜，不但猜的未必對，反而有誤導作用……」

梁菊聽了覺得有理，便重新將原來同屬一頁的術語或縮寫，按照在原頁中出現的秩序整理好，王銘看了一會恍然大悟。

「啊，這些術語符號應該是屬於一份實驗紀錄，我看……我看有幾個專有名詞，從這些看來，好像是一個核子反應的實驗紀錄……但是所有的數據都沒有，奇怪，梁菊，妳從哪裡得到這些？」

梁菊聽得心中一陣狂跳，她原先隱去所有數字，術語也凌亂以呈，為的是保密，一個她一無所知的『密』，此刻她忽然理解到這種作法完全沒有道理，因為把王教授難倒，反而與原本目的背道而馳！

王銘似乎確能看得懂那十頁「天書」，她想得知其中祕密的心理戰勝了其他顧慮——這些顧慮中也包含了保護王教授的想法——畢竟這份「天書」已讓運隆喪命，懂得其中奧祕愈多的人是不是會愈危險？

於是梁菊親手把從那張ＳＤ卡上抄錄的第一頁拿出來，遞給王銘。

王銘仔細地一行一行看，不時停下來沉思，又要了紙筆，自己在紙上畫了一些線條，一些像是某種流程的簡圖，花了足足半小時他才停下，面上露出一絲笑容。

「我猜想這就是運隆最新發明的實驗紀錄，他實驗的是某種非傳統的核融合反應……」

「非傳統的核融合是什麼?」

「傳統的核融合是指氫的同位素『氘』和『氚』的核融合，這個核反應就是太陽能量的來源，也是氫彈的毀滅性能量的來源；但是除了這種核融合，是否還有其他種類的核反應，也能產生核融合……我們姑且稱之為非傳統的核融合。」

「你是說，阿隆發現了一種新的核融合反應?」

「從這一頁類似總提綱的紀錄項目及程序上來推測，他執行的實驗應就是一種新的核融合反應，不錯，就是某種包含硼原子核的反應，它這上面也提到質子的一些實驗參數，雖然沒有數字，我還是可以推測出他進行的實驗可能是硼原子核和質子間的反應，至於反應會產生什麼，這一頁上沒有提及，應該從後面幾頁中的項目就可知道大概……」

說到這裡，王銘停了下來，他神情十分嚴肅地望向梁菊。

「梁菊，運隆這個實驗如果真能達到能量輸出大於能量輸入，他的發現將是石破天驚的突破，妳手上的資料價值可不得了……」

梁菊聽他這樣說，對運隆的發明、價值，乃至運隆的死，心中的疑問好像都串連起來，答案也就很明顯，她的情緒反而慢慢平靜下來。

她暗忖道：「安德烈的調查結果是『匹夫無罪懷璧其罪』，他是託喬治告訴我，阿隆不是死於意外而是死於他殺，但是他們為什麼要在詢問完後立刻動手殺人?恐怕只有我猜到答案的全貌。」

只有她知道葉運隆不願交出實驗數據真正的原因，是他想在專利權中爭取到他個人更大的發言權，他就可以為台灣建立新核能的能源設施而不受公司的限制。

也只有她知道，就在關鍵時刻，北京清華的核子物理教授孫霜恰巧抵達了多倫多，想要和運隆見面。國安人員一定認為運隆要將新發明資料交給中國大陸而起了殺機，而且立即動手。

「以國安之名殺人，他們真是當機立斷啊！」

王銘看到梁菊面上的神情變化，從恍然到有所悟，然後再到恐懼的抽搐，不禁看得呆了。

「梁菊，妳怎麼了？」

「啊，對不起，我恍神了。王教授……你好厲害，能從那一頁『天書』中看到這許多東西，我覺得十分……十分……合理。」

也許是梁菊方才臉上不自覺流露出的恐懼神色，給了王銘教授某種暗示，他想了一會，對梁菊道：

「梁菊，這份資料共有多少頁？」

「十頁，共十頁。」

「剛才看的是第一頁，我看出了實驗的架構，後面一定是每一步的細節。我不想知道得太多；妳能否將最後一頁給我看一眼——包括數字部分，都讓我看一下？」

梁菊聽了這話立刻就懂了，她暗忖道：

「王銘感受到『懷璧其罪』的心理壓力，但是又擋不住想知道阿隆究竟是否成功的好奇心，我也是哩！」

於是她從講義夾中抽出了那第十頁，她檢查了一下，所有的數字都在上面。

王銘接過那一頁，讀著讀著，雙手開始發抖，面頰漲紅，他看完內容就把那張紙「用力」交還給梁菊，似乎生怕拿著它就有危險上身。

「他……運隆他成功了，他成功了！」

梁菊接過那第十頁，心裡五味雜陳，不知是悲是喜。

她的講義夾中一共藏放了二十頁紙，其中十頁是有數字的原始資料，另外十頁刪去了全部數據。原來她是想讓王銘看得懂實驗程序，卻看不到實驗結果，此刻梁菊望著那些手抄的字和符號，想到自己原先為防王銘一窺全貌而自作聰明的設計，不禁有些哭笑不得。

她站起身來，對王銘道：

「王教授你跟我來……」

她帶王銘走到廚房，打開抽油煙機，點燃瓦斯爐，將那二十張紙一一點燃燒成灰，在洗碗槽裡用水沖乾淨了。

「王銘，我們兩人什麼都沒看見，只知道運隆的新發明成功了。」

葉運隆如果在天有靈，看到梁菊用這種方法銷毀手抄的實驗紀錄，一定會莞爾而笑，因為當天在公司實驗室的準備室中，他銷毀原始紀錄的方式，竟然如出一轍。

時間：凌晨一點半。地點：北緯25°／東經120°

羅賓目不轉睛盯著螢光幕，一個小紅點沿著北緯23°／東經118°到北緯27°／東經122°的一條線直向北移到了此地點。

這一條線就是兩岸之間爭議不休的「海峽中線」。其實，這條中線沒有任何官方的協商，也沒有任何歷史的資料可循，它首先出現於一九五〇年代，美國為避免兩岸直接衝突，向中華民國建議，於中國大陸領海基線與中華民國領海基線間最短距離取出中間點，這樣一條人為劃定的直線便是至今仍然沿用的所謂海峽中線。台方航空、航海器基本遵守原則，不超越這條中線，中方雖不承認有這一條線，但歷年來，實質運作上也大致遵守原則；直到最近這兩年。

加拿大皇家海軍的飛彈防衛艦「安大略號」和美軍第七艦隊的飛彈驅逐艦「貝瑞號」，一前一後航行通過台灣海峽；這兩艘戰艦，前者原停靠在新加坡，航行到菲律賓蘇比克灣，補給後，與原駐停蘇比克的美艦偕伴北上，「安大略號」率先行駛到北緯二十五度、東經一百二十度。

羅賓正在專注地監視這一點，他的耳機一直是安靜的，這時傳來了聲響，他知道，「安大略號」那邊打開了祕密通訊頻道；表示新「T」計畫行動要開始了。

螢幕上代表「安大略號」的紅點慢了下來，然後緩緩向西北方移動。代表美艦「貝瑞號」的藍色亮點跟在後面，仍在原航道上航行，並未跟隨加艦向西北方偏移……

「『安大略號』，你已越過中線了！」羅賓緊張地暗呼。

紅色亮點緩緩向西北移動，藍色亮點愈來愈慢，幾乎停了下來。

這時，在羅賓的螢幕雷達視野之外，從日本橫須賀軍港出發的核子動力航空母艦「雷根號」正以三十節的速度駛向中國東海，已經到達琉球群島東方的海域，電子偵戰機已飛到預定空域，艦上的 F-18 及 F-35C 戰機也準備升空支援新「T」熱點。

羅賓的螢幕看不到這些，而他也不知情的是，四架F-16戰機已從台灣某空軍基地起飛，滿載武器飛向北台灣海峽中線。

螢幕上的紅點繼續西移，羅賓卻看不到任何中共海軍的影子，耳機傳來「安大略號」通信員的呼叫：

「我艦已超越中線五海里，仍然不見中方動作……」

紅色亮點繼續向西北移動，中方仍沒有出動任何阻攔的艦艇或飛機。知道「安大略號」任務的羅賓心跳如鼓。

「怎麼回事？難道對方沒有偵察到『安大略號』航線的異狀？」

「絕無可能！海峽沿岸及上空全是中方的雷達站及衛星！」

「難道對方是誘敵深入，故意不阻攔……」

一連串的想法瘋狂一般閃過羅賓的腦子，他忍不住在鍵盤上敲下一串字母，耳中多了一個聲音，來自尤金・李斯特的辦公室。

「呼叫羅賓……」

「尤金，搞什麼鬼？」

「情形有變，聯合指揮中心有B計畫……羅賓，你專注你的『安大略號』！」

對方關掉通訊。

CHAPTER 08

SD卡

羅賓螢幕上的情資直接來自李斯特的辦公室。

羅賓暗忖：「李斯特的顧問公司和美國軍方一定有密切的合作關係，凡與軍事相關的事，他的消息總比我從渥太華得到的快一步。」

羅賓心知肚明只是沒有明問。

此時李斯特另有頻道直通設在琉球沖繩的「聯合作戰中心」，羅賓只能直通「安大略號」。

螢幕中央出現了四個新的極小的綠色亮點，羅賓吃了一驚。

「從台灣起飛的戰機！他們怎麼會在這時參進來？不好，他們逼近中線了！」

「他們……緊貼中線向北飛，接近『T』點！難道要越過中線？」

「安大略號」仍然沒有遇上任何阻攔，艦上通信員的聲音：

「聯合作戰中心，要繼續前推嗎？」

「聯戰中心，還要繼續前推嗎？」

一連兩次。但羅賓是聽不到聯合作戰中心如何回答的，然而他看到了那個紅色亮點依然緩緩向前移動，顯然聯戰中心的答案是「YES, MOVE AHEAD !」

「安大略號」已越過中線十一海里，第七艦隊的「貝爾號」卻停了下來，四架從台灣起飛的戰鬥機也回到中線東側，這時，螢幕上的紅點終於也停下了。

羅賓的耳機中突然失去了聲音，他試了兩次重啟，仍然一片寂靜，他和「安大略號」的直接連線斷掉了。

他大聲喊著：

「『安大略號』，CTOT呼叫『安大略』……」

「CTOT呼叫『安大略』，OVER……」

沒有回音，通訊完全中斷，螢幕上的紅色亮點停在原地，文風不動。

「發生什麼了？」

他嘗試聯絡李斯特也碰壁，一時之間，羅賓・韋伯陷入極度恐慌中，不知該如何應變，因為他不知道究竟是什麼「變」了！

這種情形持續了兩分多鐘，螢幕上的紅色亮點忽然動了，這回是轉向東北移動，愈來愈快速。

美軍「貝爾號」驅逐船艦的藍色光點也加速向東北移動，很快遠離海峽中線。中線上的四個小光點也折返台灣。

「看來整個計畫搞砸了，這是怎麼一回事？新『T』任務怎麼會變成這樣？」

他想到不久前和李斯特通話時，他曾經說如果情形有變，聯合指揮中心有B計畫。

「難道聯戰中心的B計畫就是撤銷A計畫？太誇張了吧？」他不敢相信，但是看起來就是這樣。

他緊盯著螢幕，一直到所有艦艇、戰機都自雷達監控範圍內消失，一切都平靜下來。

這時李斯特的頻道打開了，羅賓耳機中聽到尤金的聲音。

「羅賓，你還在嗎？聽見我嗎？」

「響亮且清楚！」

「新『T』任務終止了……」

「這我看得出！但是為什麼？發生了什麼事？」

對方一陣沉默，過了片刻，李斯特的聲音顯得有些有氣無力。

「對方既不阻攔也不相峙，我們軍艦越過中線他們就任我們自由穿越，連台灣的戰機飛到中線他們的空軍也不起飛，讓我們的『T』任務像是一拳打在水裡……」

「尤金，人民解放軍真的什麼都沒做？你們應該命令『安大略號』繼續向西北……直到十二浬的外緣，看他們有沒有行動？為何就向東撤退了？」

「他們的確沒有出動艦艇和飛機，但是我們的電偵艦隊和電戰偵察機偵察到至少十六處『東風二十一』及『東風十七』極高速導彈已鎖定我方艦隊，包括在東海海域的『雷根號』航母，這十六處分布從內蒙古到江西，有些發射處還在移動中，但是一聲不響，只是蓄勢待發……」

「啊，這就是一切靜止下來那兩分多鐘的時候。我方難道坐以待斃，沒有任何反制手段？」

「有是有！但這一次軍方參謀作業疏忽了，臨變拿不出有效的應變反制的手段，只有緊急下令附近的LOS-2偵察衛星改變軌道，飛近熱點從上空鎖定十六個飛彈發射井的座標位置。不料同時間裡，解放軍火箭軍的可重複使用空間飛行器，飛到同一空域，這種飛行器載有超高功率的激光武器，對我方衛星造成威脅，於是我們的新『T』任務就只能喊終止了。」

「尤金，我們這一回合大敗了？」

「也不能說全盤大敗，第一，我們沒有任何船艦飛機的損失，第二，解放軍至少暴露了十六處飛彈發射的參數，雖然看起來他們有些發射處是可移動的，不過我方電偵所得資料還是有其價值的……不過設計這個計畫的原始目的就告敗了……」

羅賓心存疑慮，暗忖道：

「最初的目標？恐怕不完全是尤金告訴我的版本，我始終不完全相信美軍已經決定要和解放軍開戰……我看力邀台灣軍機越中線挑釁恐怕才是真正的最核心目的，他們真正期待的是激怒中國後對台灣動武……」但是他沒有問下去，反而主動換了話題。

「尤金，我覺得這次的失策，主要是因為我方的戰術設計是了無新意的老招，而對方用了全新的一套思維對付我們，加上他們投射武器的先進，自然能拋棄傳統戰術，制我方於先機了。」

尤金・李斯特沉思了一下，然後給了羅賓很高的讚賞。

「羅賓你一語道破，用中國話來說就是旁觀者清；這個想法大有見地，我們軍方的作業見樹不見林，更加有些自大而目空一切，吃了這一記悶棍也是好的，我會把你的意見寫入報告中……」

羅賓打斷他：「抱歉，尤金，『安大略號』的頻道通了，我必須先切過去處理那邊……」

尤金的回應，卻是另一個炸彈：「噢，SHIT！加薩走廊的哈瑪斯突襲以色列，以色列……宣戰！」但是羅賓已切換了頻道。

耳中同時傳來「安大略號」的通訊。

「安大略脫離熱區，進入東海，OVER。」

羅賓長噓出一口氣，在另一台電腦上開始記錄這一夜海峽驚魂的細節。

表面上，今夜海峽風平浪靜，只有守夜人知道那隱藏於黑暗的驚濤駭浪。

台北每兩年一次的盛事正在進行。

「唐獎」是台灣民間企業家斥資成立的國際大獎，獎金金額超過諾貝爾獎，其得獎人在專業中的貢獻，也可與諾貝爾獎得主媲美。事實上，近年來有好幾位諾貝爾生醫獎的得主，是先得到唐獎的生技醫藥獎，然後才得到諾貝爾獎，也使得這個新設立的大獎，更加受到國際重視。

唐獎有四項，「永續發展獎」、「漢學獎」、「法治獎」以及「生技醫藥獎」。其中除了第四項與諾貝爾生醫獎的內涵有部分重疊，其餘三項都與諾貝爾獎項完全不同，似乎更能反映現代人類的需求；諾貝爾獎畢竟是一百多年前設立的了這一屆得獎人將在台北舉行的頒獎典禮中現身，每人都會作得獎演講，他們成就的心路歷程及專業的視野，深受媒體及學術界重視。尤其是「永續發展獎」本屆的得主——傑佛瑞・薩克斯教授，更是焦點中的焦點，因為他在國際政治、經濟、社會領域的反主流論述所引起的爭議，使得他的演講更受到全球的關注。

加拿大駐台北貿易辦事處收到了兩張參加盛典的邀請函，處長把一張邀請函轉給了羅賓。

「羅賓，請你去參加典禮，四場得獎演講你不必都聽，選兩場就好——我建議去聽聽大英博物館的潔西卡・羅森談古文明與中國文化；還有，去聽聽傑佛瑞・薩克斯的永續發展，很好奇這個異議分子在當下全球紛亂中會說些什麼。」

「處長為什麼不自己去？」羅賓發現手上的邀請函是給珍・布朗個人的，且他自己對這個獎一無所知。

「我時間上有些衝突，你就算代表我去參加吧。」

「算公事還是私事？」羅賓知道布朗處長對聽演講向來不耐煩，便故意拿翹。

「好，算公事出差，可以了吧，羅賓？」

「可以，可以！」

傑佛瑞・薩克斯來頭非同小可，他以最優成績畢業於哈佛大學，取得經濟學博士學位後在哈佛當了二十多年教授，然後轉到哥倫比亞大學主持永續發展中心。除了學術上的成就，他對國際事務也多所涉入，曾擔任兩位聯合國祕書長的特別顧問，對聯合國推動的「永續發展目標」（SDG）的工作有密切的介入，也曾為拉丁美洲、東歐、前蘇聯的經濟提供顧問及解決方案。

羅賓蒐集了一些有關薩克斯教授的爭議，最近幾年主要有二，其一是發表文章指控美國指使加拿大政府逮捕「華為」公司財務長孟晚舟，並要求引渡到美國受審的事。

其二是薩克斯以他擔任著名醫學期刊《柳葉刀》COVID-19委員會主席的身分，組織專家小組進行跨領域調查，事後發表了調查報告，指稱COVID-19大流行的病毒是來自美國的某一個實驗室。這件事激怒了美國政府及所有的主流媒體，薩克斯的論述文章從此被嚴拒於主流媒體之外。

偏這時又發生了俄烏戰爭，薩克斯對這場被西方主流譴責為侵略的戰爭不以為然，他堅持這場戰爭是美國在背後一手操縱的「代理人」戰爭，利用烏克蘭來消耗、削弱俄羅斯。當然，他的這一番言論增加了西方媒體和部分知識界的嚴重不滿，抨擊他的言論占據了主流媒體的版面，薩克斯只好在網路媒體上用YouTube的專訪加以還擊。

看了這些資料，羅賓瞭解為何布朗處長會稱這個人「異議分子」了，但這一切反而激起他滿懷好奇心去聆聽薩克斯的演講。雖然薩克斯過去的主張，大部分和羅賓所知、所學、所信仰的東西大相逕庭，也因為如此，他更好奇這樣一個「異議分子」憑什麼得到「唐獎」。

果其不然，充滿「反建制主義」的薩克斯在他獲得「永續發展獎」的演講中，花了相當多的時間談論俄烏戰爭，他敘述了蘇聯即將解體前，戈巴契夫以解散華沙集團來換取北約絕不東進的承諾，他舉了許多當時知道內情的人名，他們都不是等閒之輩，曾親口告訴他這一段祕辛。後來北約背信，三番五次東進，波蘭、波海三小國、羅馬尼亞……一一加入北約，最後並讓北約的駐軍搞到喬治亞、然後烏克蘭，普丁忍無可忍終於動手，但正好掉入美方設計好的泥淖不得抽身，而美國及西方國家就盡力提供武器給烏克蘭，讓烏克蘭以代理人身分打一場血肉模糊的慘烈戰爭。

薩克斯是個極有魅力的演講人，他條理分明、邏輯清晰，更加上博學多聞，使他的演講充滿知性的說服力和感性的穿透力，羅賓聽得入迷，有種被震撼的感覺。

「原來明白歷史事件是如此困難的事，薩克斯所說的，真實發生過嗎？」這想法讓他覺得不安。

他猶記在軍校即將畢業的那個星期日下午，風光綺麗的黎塞留河邊，尤金——那時的杜瓦爾教授——對他所說的「基於規則的全球秩序」論述，當時他有的疑惑，此時又回到心中。

「為什麼會這樣？我們接受的教育和訓練，堅信不移的是我們共建了全球秩序，是我們的責任來維持這個秩序，我們幸而生在富有的國家，這就是我們的天職……我們是好人，不服膺這個秩序是壞人……難道這些都是謊言？」

這時薩克斯的演講已經結束，聽眾開始離場，羅賓站起身來，忽然一個熟悉的背影閃過他的眼睛餘光，在第二排或是第三排左側的那個人正要走出演講廳，是尤金！沒錯，是他，尤金・李斯特。

羅賓沒有上前去打招呼，其實他心中也閃過一個念頭，或許該去跟這位老師談談心中的疑惑，但是他立刻丟掉了這個想法。

「是該自己好好思考這些疑惑的時候了，這些疑惑的答案，只藏在自己心中的良知裡。」

尤金・李斯特和羅賓・韋伯分別就新「T」任務的執行寫了檢討報告，各自呈給上司。尤金的報告中特別提到「聯合作戰指揮中心」這邊的戰術思維已經老化，而中國大陸的變化太快太大，解放軍避短用長，用他們最先進的霹靂系列地對艦飛彈群造成突襲的威懾，不戰而退新「T」計畫之軍，這是一個極大的警惕，五角大廈必須重視。在這一段檢討的末端，尤金特別提到這些寶貴意見是加拿大的年輕特情員羅賓・韋伯的貢獻。

羅賓呈報上級的報告除了計畫執行的過程外，特別對加國軍艦充當美軍戰術「棋子」表達了關切，他沒有用「不滿」這個詞，但不滿的情緒是在字裡行間若隱若現。他沒有批評國安單位被牽著鼻子走，但讚揚軍方為加國利益考量的立場。

他們兩人再見面時，不再提新「T」任務，就當什麼也沒發生。就像在兩岸、及西方媒體上，這件事徹頭徹尾沒有隻字報導，那個漫長的夜晚，海峽中線什麼事都沒有發生。

「尤金，那天在傑佛瑞・薩克斯教授『唐獎』頒獎典禮我有看見你，人多就沒打招呼。」

李斯特有點驚訝。

「啊，那天你也在場，很精彩的演講，傑佛瑞的演講總是那麼棒。」

羅賓也有些驚訝。

「你們原來是舊識？」

尤金不答卻笑起來，無厘頭地問道：

「你們CTOT是否收到兩張唐獎的邀請函？一張邀請布朗處長，另一張邀請CTOT辦事處？」

「你怎麼知道？」

「我沒想到珍・布朗要你代表她出席。另一張給單位的邀請函被我要了過來，我參加唐獎典禮的名義是加拿大皇家軍校的教授……」他一面說一面從抽屜中拿出那天與會者佩掛的名牌，上面寫著「皮耶・杜瓦爾教授，聖約翰皇家軍校」。

他微笑著說：「皮耶・杜瓦爾教授不但認識傑佛瑞，還和他通信交換過地緣政治的意見。」

「那你為什麼要用加拿大的身分？AIT應該派人參加啊，得獎人是美國人，不但該去捧場，還該好好招待，趁機多邀些台灣的學者建立關係。」

「你說的一點不錯，之前也都會這樣做，但這回不同，他們不派任何人去，因為得獎人是薩克斯。在美國政府眼中，傑佛瑞・薩克斯就像COVID-20，不能碰的。但我想聽，就變回皮耶・杜瓦爾教授。哈哈。」

「好，現在你變回尤金・李斯特。尤金，你對薩克斯教授演講的內容，同意他的說法嗎？」

「有佐證、有邏輯，很有說服力啊。」

「他說的是真的事實嗎？」

「是真的，但不是真相的全部。我同意他的，是我們都認為是真的部分，其餘的，各有自己的保留。我知道你的疑惑，羅賓，但歷史事件完全還原是極為困難的事，一個好的演講者，他講的是他確信真實的部分，但不可能是全部的真實面，因為還有一些他不能確認，所以他不講。次等的講者，為了表示他知道別人不知的事，往往把自己不能確認的部分當作是真實講出來，既經不起挑戰，久而其論述的分量就輕了。傑佛瑞是屬於前者中的高手。」

尤金沒有直接給明白的答案，他話語的思維又恢復了作教授時那種睿智和包容性。羅賓曾對自己的疑惑進行過比較深刻的自我思考，因此更能欣賞尤金的論述中的魅力。

他暗忖：「一個事實的真相要經過多面向的剖析，難怪在法庭上宣誓時要說：『所陳述皆為真實；是全部的事實，除了事實之外沒有任何其他的東西。』何其嚴謹的邏輯。」

他又想到：

「尤金在認知上竟然能同意薩克斯教授的論點，而他在實務上卻規劃完全與之背道而馳的運作，尤金難道是個兩面人？」

他離開回到家，一路上思考這些矛盾，到家門時，他得到了一個知性的妥協。

「尤金是雙面人，但誰又不是呢？威廉的我和羅賓的我，難道是完全的同一個人？我們都活在矛盾中，也都活在妥協中，只是我自己會覺得很狼狽，尤金，你怎能活得那麼優雅動人？」

他坐在沙發上打開電視，CNN一位駐在特拉維夫的女記者正在訪問以色列的國防部長約阿夫・加蘭特。這是以色列無差別地轟炸加薩走廊的第三週，數萬噸炸藥已經投在一百多平方公里的北加薩地區，炸死人數已超過萬人，其中超過半數為兒童及婦女。國防部長強調以色列人有權保護人民的生命財產，有權將哈瑪斯恐怖分子徹底消滅，並預告地面大軍即將進入戰場。新聞訪問中穿插了一些加薩走廊的醫院、學校、住宅全毀的景象，只見所有的建築物都被夷為平地，慘不忍睹。

羅賓看了滿腔憂憤不得發洩。接著新聞轉向美國國內反戰的報導。一群紐約的猶太人聚集示威，他們高舉「立刻停戰」、「停止轟炸」、「停止屠殺人民」……的布條，有幾個年輕人揮拳怒吼：「殺戮，不要以我為名（NOT IN OUR NAME）！」「NOT IN OUR NAME！」羅賓聞之動容，隨著那幾個猶太青年的怒吼聲，羅賓漸漸感到熱血洶湧。

新聞焦點再轉換到聯合國，著名的伊朗籍資深女記者報導，聯合國大會通過「立即實行人道休戰」的提案，贊成者一百二十票，反對者僅十四票，另有四十五國投棄權票。反對人道停戰的十四國包括美國、以色列及奧地利、匈牙利等二戰時參與殺害猶太人的國家；其餘多是太平洋島國。羅賓很緊張地查到加拿大投的是棄權票，他終於鬆了一口氣，同時注意到五眼聯盟中英國、澳洲也都投了棄權票，紐西蘭則投了贊成票。

「是美國叫不動盟國了，還是以色列報復平民的殺戮過了頭？」

自從親手參與了地緣政治的運作，羅賓的思維有了很複雜的轉變，有些轉變他有自覺，有些他並不自覺。

新聞中又報導了拜登將再次視訪以色列的消息，這消息來自白宮發言人主動放話，羅賓如今的思考就比較多維度了。

「國務卿布林肯已經親自去了以色列，甚至自稱是猶太人的後裔，美國支持以色列的表態難道還不夠清楚？那麼什麼事還要勞拜登再跑一趟？他不需要去再加強對以色列的支持，他是去override布林肯的；作為一個即將面臨連任大選的總統，他必須表面上支持以色列不遺餘力，實際上他是去壓制以色列納坦雅胡總理過度的侵略性，畢竟美國國內的人道、和平團體也是有選票影響力的組織。」

他站在以色列和美國的立場，繼續用同理心思考下去。

「納坦雅胡總理在國內聲望接近崩盤，他要靠打『贏』這戰，將哈瑪斯徹底消滅來挽救他的政治生命，這使得他孤注一擲絕無縮手，拜登為了支持以色列，國際上失去領袖群倫的威望，國內面臨反戰、反以色列風潮對他選情造成的壓力，他必須一面表態無條件支持以色列，一面私下對以色列施壓逼納坦雅胡停止轟炸平民，但哈瑪斯把平民和人質綁在一起負隅頑抗……他的麻煩大了。」

他的思維和最近掌握到的地緣政治操作連上了線。

「為解開這個僵局，或許美國暗助以色列反納坦雅胡的在野勢力，發動一場兵不血刃的政變，納坦雅胡下台，加薩和平談判，美國重回主導地位……然後打鐵趁熱，進一步撮合以色列和沙烏地阿拉伯，便將中國撮合沙烏地與伊朗在中東的影響力抵消，這是一槍數鳥的生意，焉能坐失良機？」

他下了結論：「納坦雅胡如果堅持不甩，這可能就是美國會玩的遊戲，但他若退縮，他的政治生命也告終結；納坦雅胡的麻煩更大了。」

他的推論雖然有邏輯，但真實世界的運作大多時候不一定合乎邏輯。

葉國麟一大早穿了一身舒適的運動服，在大安公園裡走了兩圈，這個公園雖不算大，卻是台北市區晨起運動的好去處。

葉爸在台北的住處就在新生南路的巷子裡，到公園只三百步的距離，他住在台北時，晨起一定會在公園內外走走，然後到公園旁的著名小吃店，吃他幾個生煎包，一碗油豆腐細粉，再安步當車回到住處。

才走到家門，手機鈴響，他掏出一看，是梁菊的電話。

「爸，您今天上午有空嗎？」

「我每天都空，怎麼了？」

「我今天做了三個菜：豌豆炒蝦仁、紅燒划水、麻婆豆腐，都是您最愛吃的，您大概十二點左右到我這兒，另外還有事跟您商量，可好？」

「妳請客，哪有什麼不好的？好，就說定十二點鐘吧。」

葉爸洗了一個淋浴，他動作十分小心，每一步都腳踏實地，能扶手的地方便紮實扶著，不敢有絲毫大意。他知道老人最怕跌跤，上星期一個科學園區的老朋友就因在家洗澡時摔了一跤而引發腦中風，半邊手腳沒有了感覺，嘴歪不能完整說話。老友比葉爸只大一歲而已。

他常自我叮嚀：

「我已經是『鰥寡孤獨』之屬，千萬不要成為『廢疾者』，為親人和社會增添麻煩。」

何況親人也只剩梁菊，她隨時也有可能回加拿大去，不靠自己照顧好自己，能靠誰？

葉爸準時到達，他看梁菊神色有些繃緊，不像平時的輕鬆從容，確是有些心事重重的模樣，葉爸看在眼裡。

梁菊的三道菜都做得道地，尤其那碗新鮮豌豆清炒蝦仁，色香味俱全，不輸給任何台北餐廳的大廚，葉爸多吃了半碗飯。

餐後梁菊沏了茶，葉爸讚道：「梁菊妳愈來愈能幹了。」梁菊笑而不答，待葉爸坐定了，梁菊從手提包中掏出一個小塑膠袋，放在葉爸面前，那塑膠袋只兩寸大小，袋中有一個拇指甲大小的ＳＤ卡。

「爸，這是我從我的數位相機中取出來的記憶卡。阿隆將自己最關鍵的實驗數據手抄在紙上，寫了十頁，拍照存檔後，銷毀掉書面紀錄……所以這張記憶卡所載，是阿隆發明的機密在世上唯一的紀錄。」

「啊，這就是那天妳請王銘到我們新竹家，談到深夜的那回事，對吧？」

「爸，您什麼都知道！那天您喝了些酒早睡了，我還以為您睡熟了呢。」

「我耳背，只隱約聽到一點。今天妳把這個存有機密的記憶卡拿給我看，有什麼打算？」

梁菊面帶一些困擾的神情，她有點囁嚅，聲音自然放鬆下來。

「爸，那晚和王銘教授談過之後……」

「妳聲音大一點，我聽不清楚！」葉爸聲音超宏亮。

「那晚和王銘談過後，我想通了一些事，阿隆這項發明瞞著所有人，只告訴我一定要保住那台數位照相機，我思前想後終於瞭解，他的目的其實要為台灣的能源問題提供一個一勞永逸的解決方案，不但生生不息，而且遠離汙染。爸，我忽然覺得守著這『記憶卡』不是阿隆要我做的，我想我應該把這項了不起的發明拿出來申請專利，然後公之於世，讓有興趣、有能力、有財力的人把它真正做出來，成為下一代的清潔核能……但我不知該怎麼做？」

葉爸聽了，不停點頭卻不回答，他陷入了沉思。

梁菊補充一句：

「阿隆的死因可能不單純，所謂『匹夫無罪，懷璧其罪』，我若一直藏著這張記憶卡，說不定會成為下一個『懷璧者』，想到追查這事的人是國安單位就會不寒而慄……」

其實阿隆被謀殺已經確認，梁菊怕葉爸承受不了，才說得模糊些，她所不知的是葉爸見多識廣，早就懷疑兒子的死因不單純，他聽到梁菊這樣說並不特別激動，只是皺著雙眉沉默了片刻，他的心思已回到現實的問題。

「妳第一步要找王銘和專利律師，只有他們懂得如何從實驗數據變成一份專利的文件。第二步妳要為這個新技術成立一個公司，妳來當董事長，由公司和妳出面申請專利，第三步妳要找人來投資建造世界上第一個小型核融合的原型反應器，如果我們能做到這三步，阿隆的遺願便成功了一半。」

梁菊聽了直點頭，其實她對這三步其中包含的困難並沒有概念，只聽到葉爸從三步「妳」要如何如何，到最後說如果「我們」能做到……那個從「妳」轉變成「我們」的過程讓她無來由的信心大增。

「爸，您會幫我，對吧？」

葉爸被她逗笑了，然後輕嘆了一口氣。

「阿隆最後的遺願，又是那麼了不起，那麼機密性的發明，我不幫妳誰幫妳？」

梁菊也不知道葉爸有什麼能耐幫她，只知道葉國麟有當年從零開始在科學園區創業的經驗，聽到葉爸這話，心中便踏實了許多。

她拿起桌上那個裝了葉運隆實驗紀錄的機密記憶卡，遞給葉國麟，鄭重地道：

「爸，這個記憶卡就交給您，請您先約王銘教授，我這一次將阿隆的數據全盤給他，不再隱瞞任何東西。」

葉爸並不接過那片記憶卡，反而說：

「梁菊，這東西還是先放在妳身邊，待我先回新竹去找王銘談談。如果順利，我明、後天就帶他來這裡，咱們三人仔細規劃一下成立公司的事。我今天下午就回新竹去。」

七十多歲的葉爸，一旦有大事待辦，立刻變得劍及履及，雙眼射出充滿信心的光芒，梁菊深受鼓舞和感動。

「爸，要那麼急嗎？您這樣會太累……」

「梁菊，要真把這事當作創業來幹才有成功的希望，我當年從美國回來，除了身懷知識和技術，其他一無所有也一無所知，赤手空拳創下了公司，憑的就是這股幹勁。不要說什麼『爸爸上了年紀的話』，我們既要幹一場，就把年齡暫時忘了吧。」

梁菊原來確實正要說「爸，您畢竟上了年紀，不要那麼急」，就把口邊的這話嚥了回去。

葉爸似乎被梁菊這個計畫激起了當年創業那種雄心，他一面思考，一面把整理好的想法說給梁菊聽。

「王銘看過了紀錄和數據的全貌後，從技術層面考量，如果他認為足以成為一件專利，就請王銘把它整理成專利的技術文件，我可以找我熟悉的劉律師來幫我們把技術文件轉成法律文件，這樣就可以送件申請專利了。」

「這需要多久？」

「拚一下看看一個月能不能搞定。」

「那麼快？」

「這種東西有真材實料就快。如果『料』不足，拼拼湊湊磨個一年半載弄個案子去申請，還是被退件，這種事我看多了……專利到手後的難題是找人來投資。」

「爸，這種從來沒人做成過的事，如果投入經費很大，誰敢投資？」

「是不容易，但是搞創投的人手上抱了大把錢也在四處尋找值得投資的標的，阿隆搞的這東西，詳細我不懂，但名頭是很吸睛的，『模組式小型核融合反應器』！夠炫吧？我要是有錢我肯定就投！」

梁菊見葉爸愈說愈激昂起來，言語也愈來愈年輕化，聽得不禁笑了起來。

「爸，看您這樣，好像每一步都胸有成竹，我就等不及要當董事長了。」

葉爸也為之莞然，隨後他恢復一本正經地道：

「創投圈子裡，我還是認得幾位老手的，有一個錢董，專門愛投風險大的新事業，聽說他曾連續三年虧了不少，仗著口袋深、董事會信任度高，繼續大膽出手，投中了一家大陸和德國合作的新能源公司，天翻地覆地賺回來……錢董就是我要找投資人的首選。」

「可是，爸，成立公司，建立一個先導實驗室，恐怕起始投資也不少，我……我沒有那麼多錢。」

葉爸微笑道：

「妳的錢還是留著，我這邊有一些，再說，我還可以在老朋友中找幾位創始小股東。這些都是以後的事，我先回去收拾一下就回新竹。」

第二天，葉爸果然帶著王銘教授到梁菊的家。

王銘經過上一次梁菊給他看過的資料，對葉運隆的實驗設計和紀錄已經有了粗略的了解。這一次看到十頁紀錄的全貌，他花了近兩個小時的仔細盤查，也隨手做了一些簡單的演算，終於他拔下了USB，關上電腦。

「我必須說，運隆這個實驗完整而細緻，所有的結果指向輸出能量確實遠大於輸入，旁證數據完整，初步的感覺可以說無懈可擊，我再花些時間消化整理，兩星期內應該可以把技術文件完成。」

他說得那麼肯定，梁菊和葉爸都受到鼓勵。葉爸說：

「既然王教授那麼肯定，我就立即去找劉律師，之前他曾幫我的公司成功申請過兩個重要的專利，我們有愉快的合作經驗，這回一定還找他。」

葉爸和王教授連袂回新竹去，他們回新竹去是有道理的，葉爸要找的朋友多在新竹，王銘整理撰寫運隆發明的技術文件，也需要到清大原子科學院的圖書館找參考資料。

王銘帶走了那張SD卡，梁菊不但不擔心，反而有如獲重釋的感覺。王銘是葉運隆中學的同學，一直是感情最好的老友，梁菊對他是放心的；再說，事情既已走到這一步，這個技術機密不交給王銘交給誰？

梁菊在廚房忙完，倒了半杯酒，坐在躺椅上放鬆自己，她想到自從把這個技術機密的

SD卡藏在自己身邊，總讓自己日夜擔憂，現在索性走上將這個技術公開申請專利然後轉化成產業的一條路，心中竟然反而踏實了。其實她此刻無法瞭解這條路走下去的困難和風險，只是覺得阿隆的遺願交到了他的爸爸和少年時的好友手中，自己終於可以鬆一口氣了。

「這個技術已害了阿隆的一條命，希望從此掙脫對葉家不祥的魔咒，不再讓擁有它的人懷璧其罪。」

她把手上小半杯威士忌一口乾了。

萬沒有料到，那個「懷璧其罪」的魔咒似乎並不因轉出葉家人之手而消失。第二天下午，梁菊接到葉爸的電話。

「王銘出了意外，他在清華大學側門外遭人搶劫……」

「人受傷了嗎？」梁菊先問人的安全，是刑警養成的SOP。

「人沒受傷，只是受了很大的驚駭。他在圖書館工作完畢，從側門走到水源路，想去路旁有名的麵館吃幾個手擀麵皮的餃子，沒想到忽然有一個人騎著摩托車從後面將他的背包搶走，他的電腦和在圖書館中影印的資料都在背包中……」

梁菊這才焦急地問：

「那個……SD卡也被搶了？」

「沒有，背包裡有電腦和另一個USB，但妳的那張記憶卡王銘放在貼身口袋中。我們已經報案，警方正在調閱事發附近所有的監視器，剛才聽王銘說，警方已經掌握了一個可能的嫌犯。」

梁菊緊張的心情漸漸平復，她急著想去看望王銘。

「爸，我這就來新竹，我要多瞭解一些案情……」

「不，妳不要來，我和王銘就上台北，我約好了劉律師談專利文件的事，王銘要和他仔細溝通阿隆這個發明的重點，希望劉律師願意接案，妳是未來的申請人，妳也要在場。」

葉爸自退休後，每天悠閒過日子，也不是沒事做，而是做的每件事都不須要限時完成，因此就沒有了時間的壓力，久而不自覺變得有些懶散，他曾自我警惕：不要懶散，慣了就變成頹廢。

自從梁菊回來，他的生活又開始增加了活力，每天都有可期待的事，哪怕是無關緊要的小事也是好的。這一回梁菊想到要用阿隆遺下的技術機密申請專利，因而求教於葉爸，這一下他完全活過來了。

不止是因為他對申請專利、成立公司、籌募資金這些業務頗有經驗，主要還是在懶慵的日子中突然跑進來一個有目的、值得做、又能實現阿隆遺願的Project，對一個終生在專業領域打拚的工程師而言，Project就像是一劑回春之藥，葉爸劍及履及地忙得極為投入，暫忘了阿隆的死帶給老人的失落和哀傷。

他們三人和劉律師的商談進行過程先苦後甜。

一開始，劉律師以自己年事已高，很難再搞完全陌生領域的專利申請為由，意欲推辭這個案子。經不起葉爸半勉強地堅持要他聽完王銘教授的說明再做決定。

「最多二十分鐘，你就算賣我面子也聽聽王教授的解說，它的內容不會像申請案的名字那麼可怕的。」

申請案的案名暫定為「模組式小型非傳統核融合反應爐」，不懂的人確實覺得怪可怕的，懂的人會覺得十分吸睛。

劉律師勉為其難請王銘開講，王銘利用律師事務所中的電腦螢幕，將他整理撰寫的技術文件草稿，用最簡明而切要的方式介紹給劉律師聽。

劉律師聽完緒言，描述這個發明將如何實現人類對永續、潔淨、廉價、安全的能源需求的夢想，便完全被征服了。梁菊也是第一次聽王教授「講課」，驚訝平時有點口吃的王銘，一開始上課，立刻變得條理清晰而深入淺出，夾帶幾個有趣的例證也引人入勝，她不禁暗讚：

「清華大學的教授可不是蓋的。」

二十分鐘剛到，王銘把原來準備三十分鐘的簡報講完，劉律師臉上的表情說明了一切。

「王教授，我可以要一份您的簡報資料嗎？我處理法律文件時無可避免要引用您的資料。」

梁菊、王銘和葉爸三人相視微笑，王銘忙答道：「當然可以，理當如此。」

葉爸不慌不忙從手提箱中取出三頁打滿文字的合約書。

「劉律師，這是我預先準備好的合約書，內容跟前次我們合作有關智慧天線的那個專利申請案完全一樣，當然，我將您的報酬部分留白，我們可以協商。」

劉律師哈哈笑道：

「葉董，合約條件照舊，我的酬勞部分留白，這樣挺好的，我先幹義務工，專利申請到手了，再照行情計酬，怎樣？」

「這怎麼好意思……」

「葉董，我是被這個計畫的高度和它對人類未來的重要性所打動，衷心希望能儘速申請到專利，趕快開始籌建原型反應爐，才能順利募到資金，這起始經費不少，我的報酬先緩一緩吧。」

「人都說律師是吃人魔王，劉律師你卻是助人不遺餘力。好，我們就君子協定，開始幹活吧。」

他伸手和劉律師緊緊相握。

梁菊看到這一幕，看到老一輩的商場朋友竟然還保留這種一諾千金的古風，覺得有些不可思議，她看到葉爸精神奕奕，像是回到當年創業的幹勁，一步一步把計畫向前推進，阿隆的遺願也似乎一步步走向實現，梁菊的眼睛濕了。

回到葉爸家，王銘才將前天發生的事說出來。

「我接到新竹警局的通知，說他們抓到一個嫌疑犯，要我去警局認人，我到了警局，他們叫一個長髮男子端坐在一張長桌前，要我戴了面罩進去仔細辨認那人是不是搶劫我背包的人，我早就告訴他們那搶背包的人戴了安全帽，又是騎機車從我背後搶走背包，從頭到尾都沒有看見那人面貌，但警方說這是例行的公事，一定要我試試，然後簽了名表示有這麼回事……」

梁菊對這一套瞭然於胸，她微笑道：

「他們要做記錄，這些程序一樣不能少。你說你無法辨識，他們便結束了？」

「不，他們帶我到另一間詢問室中，拿出那長髮嫌犯的正面、側面照片，要我看清楚，仔細回憶搶劫背包當時的情景，能不能想到一些線索有助於釐清案情，那詢問我的警察忽然問我：『知不知道一個叫做黑狗的組織？』我被問得摸不著頭，就告訴他『聽都沒有聽過』，還反問警察是怎樣捉到這個嫌疑犯……」

葉爸也附和：「對呀，他們是怎樣抓到的？」

王銘說：

「據那警察說，他們根據事發地點的監視器錄下的作案人外型和穿戴、機車的特徵細節等判斷，找到這個人，在他家中取得的安全帽、外套、機車型號都符合，雖然監視器顯示機車的車牌作案時已被拆掉，但車身某些吻合的細節，仍然高度指涉這人便是作案者，於是警方命那人穿上那件外套、戴上安全帽，騎在那輛機車上，從背後拍了幾張照片……拿給我看。」

「你覺得像嗎？」

「非常像那天的作案人，但沒有看到臉，總是猜測而已。警方根據那人的個人資料查出他是一個離職的消防員，目前仍在待業，但在他家中發現他參加一個『黑狗』組織的活動照片。」

「黑狗？好奇怪的名稱。知不知道這個組織的性質？」

「警方說是個新組織，細節他們也不是很清楚，還在瞭解中。」

梁菊顯得有些憂心。她沉吟了一會說：

「這個案子發生的時間很敏感，希望它只是一般性的搶劫案。如果，如果是……」

「阿菊，妳懷疑是為了那張ＳＤ卡而來？應該不會吧，對了王銘，警方有沒有找到你的電腦？」

王銘攤了攤雙掌。

「那人根本不承認打劫者是他，警方在他家中也沒搜到我的東西，這案子只得暫時懸住了，後來警方釋放了嫌犯。」

梁菊點頭。

「放了他，繼續盯住他，這是對的做法！」

葉國麟也點頭。他轉頭向梁菊：

「阿菊啊，下星期一中午妳有空嗎？」

梁菊看了看手機上的「行事曆」。

「有空，其實我整天都在家，除了早晨的晨跑。爸，您有什麼事？」

「我約了創投公司的錢董，我們十點半見面談投資的事，妳也參加。」

「爸，投資的事我真的什麼都不懂，你們談……」

「對，我、王銘和錢董先談，十一點半時妳出現加入，我們聊一會就共進午餐。」

葉父外表看起來老實而古板，其實他有非常精明多智的一面，這方面的特質也遺傳給了葉運隆。他這樣安排有一個不可明言的心機：錢董喜歡漂亮女生，雖然未必見色忘利，但他欣賞美人，凡美女和他打交道，常常占些優勢。

葉爸和王銘都離開後，梁菊坐在書房裡沉思。

「王銘的背包被搶的事，著實透著古怪，如果搶劫者的目的是在那張ＳＤ卡，那他是從哪裡得知ＳＤ卡在王銘的身上？難道是王銘在圖書館工作時ＳＤ卡插在電腦上，被什麼人偷看到內容？」

「這不太可能。即是偷瞄到內容，也看不懂那是什麼機密的數據，竟要冒搶劫罪的風險來取得？還是王銘不小心說了些什麼？被有心人聽到……好像也不太說得通，總之，多半還是一件一般性質的搶案，是我想多了……」

梁菊輕嘆一口氣，想到成立公司、申請專利、籌募資金……這一連串的工作，自己原本一竅不通，全賴葉爸來籌劃推動。他的積極和專業，令梁菊想到運隆，也是那麼一個專業、聰明、積極的科技高手；她想，讓葉爸平生最後一次創業來實現運隆一生最重大的發明，上帝這樣的安排讓梁菊又感動又感恩，她默禱讚美主。

然後，她想到嶠之告訴她安德烈・布洛克對運隆車禍的調查結果，她猶豫了。

「要不要告訴威廉這個真相？」

威廉加入了國安單位工作，他似乎十分投入他的任務，他對國家有絕對的愛和忠誠，如果他知道國安單位謀殺了他的乾爸，會有怎樣的反應和後果？要不要告訴他？

梁菊祈禱了一會，作了決定。

「暫時不要告訴他。他被派到台灣究竟執行什麼特別任務，我完全沒有任何想法。現在不要去影響他的心情，也許……也許會有更適當的時機，那時我再告訴他。」

沒想到就這個週末，梁菊就見到了羅賓，見面的地方仍是那個民營射擊練習場。

這回是楊瑞科央求梁菊帶他一道來，他要親眼看一次梁菊神槍手的身手，梁菊搞不過他的死纏，只好答應。

就在梁菊定點打完三十發子彈時，羅賓也出現在現場，他把望遠鏡從臉上放下，大叫一聲：

「三十發全部命中，梁女士好槍法。」

還是那個射擊教練，他也放下望遠鏡。道：

「梁女士，三十發全中，其中二十九發命中靶心，只有一發略偏，不在靶心正中央，哈哈，太厲害了！」

楊瑞科對羅賓說：

「您的國語說得真好。對不起，能不能借您的望遠鏡看看？」

「沒問題。」羅賓把望遠鏡遞給楊瑞科。

「哇，子彈落點重疊，靶心只有一個大彈孔，梁菊，妳太神奇了！」

教練笑道：

「梁女士，妳雖然沒有來幾次，但根據我們的電腦紀錄資料，如以每一百發射擊的數據計算，妳的分數是本射擊場有史以來第一名，但您的紀錄昨天被人打破了……」

教練接著解釋：

「梁女士的紀錄是九百九十八分，表示平均每一百槍裡，妳只有兩發打九分，其他全部命中靶心；昨天終於有人的紀錄達到九百九十九分，打破了您的紀錄……」

羅賓覺得不敢置信，語帶幾分懷疑。

「啊？真有人能打破……打破梁女士的紀錄？是什麼人？」

梁菊看到羅賓的模樣，便笑了起來。

「羅賓，有沒有聽過『山外有山，人外有人』這句話？槍法比我好的大有人在。」

教練搖頭道：

「也不容易，梁女士來之前，本射擊場從來沒有人得過這麼高積分。破您紀錄的是一位姓吳的先生，他等一下會帶兩個學生來練習，你們可以見到他。」

羅賓笑對梁菊道：

「梁女士，我是您的頭號粉絲，就不相信什麼姓吳的能勝過您，今天我要當您的學生，您能不能對我的槍法指點指點？」

梁菊被他逗笑。

「羅賓，沒問題，你來先打一輪給我看，打完了我們討論，希望能對你有點用。」

楊瑞科在一旁觀看羅賓練習射擊，又看到梁菊對羅賓悉心指導，羅賓一副心會神領的樣子，他忽然心生一個想法。

「也許我也來學學射擊，這樣也可以請梁菊指點我。」

羅賓打完了兩輪，趁休息時，在梁菊耳邊輕聲道：

「下個週末晚上我能到您家嗎？」

梁菊怔了一下沒有立刻回答，她看著羅賓換上了新的彈匣，然後輕聲回了一個字。

「好。」

目光從沒離開梁菊的楊瑞科看到這一幕，雖然不知他們在說什麼，他心意已決。

「我今天就報名初級班。」

這時教練帶了三個人走過來，走在前面是四十多歲的中年人，頭有些禿，身材保持得很好，加上穿著十分講究，看上去氣勢不凡。另兩個比較年輕，一個剪平頭，一個蓄了一頭長髮，長髮漂染金色，黑金相雜，看上去有點骯髒的感覺。

教練對梁菊介紹，指著那一身名牌服裝的中年人。

「梁女士，這位就是打破您紀錄的吳先生，吳先生，這位是本射擊場原紀錄保持人梁女士。」

「我是吳渥皋，幸會我們的女神槍手。」他的態度豪爽大方。

梁菊見這個人雙頰略削，目光炯炯有神，但覺他的豪爽中帶有一些江湖氣，她有風度地伸手道：「我來這裡是隨性練練，以免多年累積的一點技術退化掉，沒有想過什麼紀錄的，恭喜吳先生。」

吳渥皋和梁菊握了手，指著身後的兩人道：

「他們跟我練槍法，都還是初學階段。」

這時楊瑞科上前來，一掌拍在吳渥皋的肩膀上。

「黑狗，背後看著像是你，果然是你！」

「哈，楊瑞科，你怎麼會在這裡？」

「我是這位梁女士的粉絲，今天來看她的神槍絕技……好久不見，你這陣子跑到哪裡去了？」

「去了一趟美國，回來後又比較忙，好一段時間沒有和你聚了，最近好嗎……哇，想起來了，我讀了你寫的一篇特別報導……哇塞，等一下……你報導的永久的女英雄原來就是這位梁女士，對不對？」

他又轉向梁菊：

「失敬，梁女士！『女英雄在，她一直都在！』，楊瑞科，你的標題好像是這樣吧？」

梁菊有些不好意思，另一方面對這位打破自己紀錄的吳渥皋感到興趣。

「都是楊瑞科誇大其詞，我哪有那麼厲害，吳先生的槍法一定更厲害，今天我們可以一開眼界……」

她對楊瑞科問道：「如果我沒聽錯，你剛才喚吳先生『黑狗』？」

「啊，我們叫慣了的綽號，他的名字用台語發音和『黑狗』相近，再說，他這人很臭屁，行為也很像『黑狗兄』嘿！」

梁菊不很瞭解台語「黑狗兄」是形容台味時髦或新潮派的男人，她笑了笑沒說話，心中感到十分疑惑。

「黑狗？王銘說警方發現那個揹背包的嫌犯跟什麼『黑狗』的組織有關，這人的綽號黑狗，難道有什麼關連？」

但她立刻否定了這個想法。

「這個吳渥皋先生看上去有些氣勢，怎會和揹背包的混混有關連？我是最近心情緊繃，碰上什麼事都太敏感了。」

她退到一邊，仔細觀看吳渥皋教導兩個年輕人射擊，梁菊發現吳的教法十分專業，似乎有軍事背景，偶爾親自示範打上幾槍，槍槍命中紅心，確是高手。

那個教練本人也是射擊場董事會的董事，頗有些商業頭腦，他湊近梁菊道：

「梁小姐，吳先生的積分雖然超過您一點點，並不代表他的槍法更勝，我在想我們要不要辦一次射擊比賽，凡我們的學員都可參加，其中重頭戲便是你們兩位神槍手PK，我想一定轟動，對推廣射擊運動也會大大加分。」

梁菊可不想湊這種熱鬧，正在想怎麼婉拒，楊瑞科已經接口：

「我覺得這個主意好極了。說實話，我就不相信黑狗的槍法比梁菊更好，教練，你那積分的算法對累積發射次數少的不利。剛開始一兩次練習射擊的分數總會略低一些，因為場地器械生疏嘛，後面就漸入佳境，打得愈多的愈有利，梁菊一共只練習過幾次而已……」

他還待說下去，梁菊已經打斷他。

「好了，好了，楊瑞科你不懂不要胡攪，我來這裡練習射擊只是為了維持幾十年不曾間斷的習慣，倒不是為了比賽或爭神槍手第一名什麼的，再說，真要比賽，得練得勤些，我也沒這時間。」

「子曰：君子無所爭，必也射乎？孔子就說過的……」楊瑞科還不死心。

這時吳先生退下走過來，他對教練說：「我約的朋友不知為什麼現在還沒到，我去一邊打個電話催一催，麻煩你照顧一下那邊兩個菜鳥。」

他儘量遠離射擊現場，撥了電話，才接通就看見兩個人走進來，其中一人持著手機說話，正是他撥話的對象，在槍響聲中他大聲喊：

「Hello Frank, where have you been? We are about to finish this shit if you don't show up……」

走在前面接電話的是個外國人。羅賓老遠看著這兩人走近，不禁大吃一驚。

CHAPTER 09

新能源公司

羅賓發現迎面走近的兩人竟是他見過的，而且是最近才見過，他們是誰？

他略加回憶，答案已出來。

「那天我去找李斯特，一日之內兩次碰見這兩人，一個美國人一個台灣人走在一起，我那時猜這兩人都是軍人；不錯，就是他們！」

「他們怎麼會出現在這裡？是那個姓吳的約他們來的，難道這個姓吳的射擊高手也和軍方有關係？是美國軍方還是台灣軍方？」

羅賓腦中閃過這些問題，他一聲不響只默默退在一邊注意這些人的互動。

射擊場的教練顯然也認識來人，忙上前打招呼，顯得很巴結。

「嗨，Frank，嗨，許上校，從上次兩位來這裡談投資擴建射擊場的事，我們董事會已做了決定，今天兩位一起來，董事長交代了邀請兩位便餐，順便談談董事會的決定。」

那個許上校很客氣，不管認識不認識，先跟大家點頭致意，然後輕聲對教練說：

「好極了，我們上次談的事，最近有點急迫性，時間上可能要加緊一些……只要擴建工程能加把勁，經費部分可以調整……」

他顯然沒有料到羅賓聽中文能力接近母語，說得雖輕聲，羅賓還是全聽進去了。他暗忖道：

「我猜得沒有錯，這兩人都是軍官，台、美軍急著要擴建民營的射擊場，目的是什麼？」

這時，一位矮胖的中年人從二樓樓梯走下來，衝著法蘭克和許上校拱手道：

「歡迎大駕，我和另外三位董事都在樓上隔音的會議室恭候，請二位移駕上樓……」

他說著轉向吳渥皋說道：「吳兄，也請你一道參加會議。」

吳渥皋道：「你們談就好，我就不上去了。」

他一面走向仍在練習射擊的兩個年輕人，觀看他們練習的情況。

楊瑞科跟上去，低聲問：「黑狗，你們在進行一項什麼祕密的大事？」

吳渥皋停下身，瞪了楊瑞科一眼。

「既是祕密大事，我怎麼能跟記者講？」

「嘿，一定和軍事有關係，我猜的對不對？」

「要是和軍事相關，就更不能告訴記者了。」

楊瑞科見吳渥皋滴水不漏，不禁有些急了。

「黑狗，你夠意思一點，給我透漏一個頭，其他的我自己去打探。」

吳渥皋笑了起來。

「楊瑞科，你還是狗改不了吃屎，歪纏爛打的那一套一點長進都沒有。」

聽黑狗這樣說，梁菊暗笑：「這個評語倒也中肯。」

楊瑞科仍不放棄。

「好黑狗，我換一種方式，由我猜測，猜對了你便不出聲，這樣你可以保持什麼都沒說。」

吳渥皋便不理他了。楊瑞科拋出最後一記：

「我猜想是台美軍方要合建訓練場地，訓練民間的武裝力量，對不對？」

吳渥皋頭都不回向前走，楊瑞科又叫道：

「你們在訓練民間武力準備打巷戰？」

吳渥皋仍然不理他，逕自上前去指導兩個初學者射擊要領，那個長頭髮的似乎很有天分，掌握新學的要領進步很大，那平頭的就悟性差些，靶上沒打中幾發。

楊瑞科喃喃自語：「你都不回答，就表示我猜對了？」

梁菊聽了，笑著說：「真能猜呢，阿Q！」

羅賓只聽懂上半句，以為梁菊稱讚，但不懂下半句。

「What is Ah Q？」

梁菊用英文回答：「阿Q就是自我安慰是對的。」

羅賓微笑，用一種很耐人尋味的口吻道：「也許，他真的是對的。」

週末晚上，羅賓・韋伯如約到梁菊的住處。

這是羅賓第一次有一個機會和梁菊單獨說話。當梁菊在開門時輕叫他一聲「威廉」的時候，他眼睛就濕了。

「我非常抱歉，這幾年我都不能陪伴你們，真對不起……」

「我們都瞭解，你是一個軍校學生，怎能經常請假離校，我們都十分以你為榮……你乾爸出事之前還在為你畢業之後何去何從而操心……你，你能出任務到台北來，正好我也帶你乾爸的骨灰回來，我們在台北能相遇，感謝神的安排。」

「我畢業後去受了十個月的國安特訓，這十個月與外界完全斷絕音訊，偏偏乾爸就在這時期內出了意外，我是在接到任務來台北時才能看到您發給我的簡訊，我十分抱歉、痛苦，想到他待我像是親父親……」他有些說不下去。

「你不要再為這件事耿耿於懷，無論你選擇走哪條路，我們都會支持你，你乾爸如今會在天上默默保佑你，我知道他一定會的，保佑你一切……包括你的任務順利完成……」

「這是另一件抱歉的事，我在執行的任務內容不能告訴您，但是請您放心，我的任務絕不會是為邪惡的目的，我對是非善惡分得很清楚，只是因為機密性而不能透漏給任務外的任何人……」

「我相信你的選擇，更信任你對道德、善良的堅持，無論你執行什麼國安任務，我是放心的，因為神與你同行。」

「謝謝您，我前生必是做了許多好事，今世才能遇到您們，可惜……乾爸這樣優秀的科學家竟因車禍逝世，這件事我至今無法……無法get over。」

梁菊的心緊縮成一團，威廉乾爸的真實死因要不要告訴他？她又面臨這個心理壓力。

最後她還是壓抑住衝動，平淡地說：

「最傷心的日子已經過去，我雖仍然萬般的不捨，但是我相信上帝要召你乾爸去必有他的原因，也相信艾瑞克在天上會日夜不休地保佑著他所愛的人，他會希望我們一點一點從哀傷中走出來。」

她畢竟忍住，沒有把葉運隆的死因告訴威廉。

羅賓離開後，梁菊正準備洗個淋浴然後早些休息，電話響了。

她不用看就知道是誰，最近幾乎每天晚上都會打個電話來東聊西扯，梁菊自己也不知道為什麼竟沒有阻止他這麼做，也許是楊瑞科的話題總有些趣味，還是他的一往情深有些打動她的心，梁菊不想去分析，不知不覺每晚和他聊天漸漸有點習慣性了。

今夜這個電話倒是她期待的，她有事要問，於是她忙打開手機。

「Eric，這個時間你還在外面跑？我聽到背景音樂的聲音。」

不知何時，梁菊對楊瑞科的稱呼從連名帶姓變成了他的英文名字。也許「Eric」這個熟悉名字，梁菊叫起來，心靈上有些安慰。

「梁菊，我剛在夜店裡喝完酒，氣氛真嗨呀，可惜妳沒一起來，那才是真實的台北夜生活……」

「我隔著電話都能聞到你身上的酒氣，剛才跟誰喝呀？」

「黑狗啦，剛才就是和那個吳渥皋喝酒。梁菊，記不記得那天我逼問他，那個老美Frank和什麼許上校在搞什麼名堂？我今天又逼問他了，他雖然不肯明說，但我可以肯定我所猜的應該是八九不離十了，哇塞，他們要搞訓練民兵打巷戰啦，哇幹伊娘！」

楊瑞科平時對梁菊說話雖然有些無厘頭，但總算彬彬有禮，這時粗話出口，想來是有六七分醉了。梁菊是警察出身，服勤時和男警混在一起，倒是不怕聽粗話，只是出自楊瑞科之出口，她還是皺了皺眉。

「你倒說說這個黑狗的來歷，我對這個人有點興趣……」

「呀，你是要找他比槍法？太好了，我來安排……」

「楊瑞科你發酒瘋了？我是想知道吳渥臯這個人的底細，你胡扯些什麼！」

「好，我說。吳渥臯是我在金門服役時認識的。那時我是預官排長，他是眷村子弟陸官畢業分發到金門，哈，我們雖然都是排長，他是職業的，我是業餘的，不過我們特別談得來，有一次我們演習……」

「你不要扯遠了，乾脆我問你答，吳渥臯軍官出身，那時就槍法特別好？」

「是不錯，他當排長兼任過射擊教官，不過那時他絕對沒有妳厲害。」

「那後來他怎麼變得那麼厲害？」

「我猜他去美國受訓時偷練武功的。」

「他去過美國受訓？」

「我服役後去做記者，聽說他升到少校後調去國防部，後來派到美國特戰訓練中心去受訓，回來後槍法就變厲害了……我也是那天才第一次看到他的神乎其技……」

「他離開軍隊後的職業是什麼？看得出來混得不錯啊。」

「退役後他從事營建業，那個圈子裡常有些黑道角頭，強包工程、搞圍標、包攬廢棄物處理……等等，但凡碰上吳渥臯，全都立正站好，黑狗自己不是黑道，倒是成了黑道中人人敬畏的老大，真有他媽的一套。」
梁菊眼前浮現黑道角頭在黑狗面前「立正站好」的畫面，忍不住笑出聲來。
「Eric，你『他媽』真好笑。」
「一點也不好笑，這人原來做營建，後來聽說他和在美國認識的朋友做一些特殊貨品的進口，利潤超大的。在圈內變得更是響噹噹的大人物，不過這一段時間我們少聯絡了。那天碰到他真意外，想不到這個黑狗好像又在做射擊訓練場的生意了……他媽的這人也太會鑽營了吧……」
梁菊立刻感覺到一絲不滿的情緒，她的腦子轉得也不慢。
「那天聽到那個教練說射擊場要擴建，又看到台美軍方都有參與，以黑狗的身分和本事，他既可包工程也能參加軍事訓練的營運，豈不是執行這個計畫的最佳人選？」
「哇，梁菊你的洞悉力驚人，我正在追查、整理這件事的來龍去脈，想要寫一篇深入報導，你這看法提醒我專注盯著黑狗，他是這個代誌裡的關鍵人物。」
「Eric，你不要裝佯來討好我，黑狗是你的老朋友，這點事還要我來提醒你？太搞笑。」
「好，就算我討好妳，妳明天晚上有沒有空，我們去今天我和黑狗去的這間lounge bar小喝幾杯，包妳滿意。」
聽起來，楊瑞科的酒意已經全醒，頭腦清楚得很。但梁菊沒有回答，她很敏感的從楊瑞科的談話中感覺到有什麼事情在困擾著他，正因為如此，他便裝得大剌剌的好像什麼心事都沒有，只是有時裝得稍微過了頭。譬如說，裝喝醉、說粗話、刻意討好，這都不太像平時的楊瑞科。梁菊暗忖：

「楊瑞科遇到什麼困擾了，這個學哲學的人在理智上不弄清晰就陷入思考上的困境。讓我想想？他每晚必來電話是從什麼時候開始……對，就是從那天射擊練習場碰到黑狗之後，他，他是想向我傾吐什麼？但每次都只是說些不相干的、有趣好笑的事，然後便意猶未盡地道晚安掛電話。他到底想說什麼？」

「喂，喂，妳還在嗎？」

「我在，我是在想你……」

「想我？我受寵若驚……」

「不，我是在想你這個哲學家的心智被什麼卡住了？」

這一下變成對方陷入沉默，梁菊暗思，自己的直覺是正確的，有什麼東西在困擾著楊瑞科。她且不急著說話，讓楊瑞科好好思考一會兒。

過了足足二十秒鐘，終於傳來他的聲音，這回聽起來更加像是他原本的聲調了。

「梁菊，妳還沒回答我明晚去喝酒的事。」

「好啦，明晚我等你。」

Lounge bar很熱鬧，氛圍也很不錯，梁菊倒是不覺得有什麼特別，她覺得夜店就這樣子，哪裡都差不多。

楊瑞科開門見山。

「梁菊，妳看穿我了，我有一些困擾在心中。」

「Eric，你的煩惱是黑狗引起的，對吧？」

「對，也不對。梁菊，妳看這篇文章……是《洛杉磯論壇報》的專欄，一個美國智庫研究員寫的文章。」

他拿出手機找出一篇文章遞給梁菊，看標題：

「美國暗中把台灣打造成全民皆兵」

梁菊很快地瀏覽了一遍，覺得內容並無多少新訊息，但她領會到，這篇文章觸及楊瑞科神經，甚至讓他怵目驚心的只兩個詞。

「我覺得這篇文章困擾你的只有兩個名詞——『以色列』和『烏克蘭』，對不對，Eric？」

楊瑞科聽了，雙眼亮了一下。但是語調還是帶著些困惑。

「梁菊你真聰明。文中引用台灣官方的說法，台灣已經送大批官兵到美國接受訓練；另一方面，美國也送特戰教官到台灣來訓練巷戰，美國加強援台的重點似乎已從海防空防轉向陸地作戰。台灣真要全民皆兵準備一城市、一鄉鎮、一條街、一棟樓的決戰？這真是美國保衛台灣的底牌嗎？」

梁菊喝了一口波本。

「你是太投入才看不清事實。美國要對付俄羅斯，便假手烏克蘭，要修理中國大陸，就要在台灣海峽塑造另一個烏克蘭；在這之前，先要把台灣變成以色列，全民皆兵。這個議題在台灣媒體上討論得夠多了，相信的人怒責政府不避戰，甘願做美國人的棋子，不相信的人說台灣不是烏克蘭，這個比喻不倫不類。不錯，台灣在美國眼中可能『價值』更高些，但台灣人不是戰鬥民族，年輕人私底下都怕打仗；你太相信我們政府的國安政策，只要緊抱美國就沒事，因為一旦台灣有事，就是美國有事、也是日本有事、甚至澳洲有事，真實的世界是這樣的嗎？」

楊瑞科心中承認自己確實也有一點這樣的疑慮，但口頭仍道：

「我確相信，美日等和我們有相同的民主制度，相同的普世價值觀，美國要維持全球秩序，絕不容許中國在台海改變現狀。如果中國動武，美日會立即投入戰場，以實力遏阻中共的侵略……」

「這篇文章是加強了還是改變了你的信念？太扯了吧？在我看來這篇文章也沒多少新意……」

「不，這篇文章讓我反思。我也知道這篇文章的內容在別的媒體中都談過；前些日子我一直困惑，黑狗和那個擴建訓練場的計畫到底在搞什麼？從生意角度看，有多少民眾會花錢來接受軍事訓練？直到我讀了這篇文章，我才知道黑狗他們不是在搞新花樣的生意，他們是玩真的，到時政府會送民兵進來受訓，美國的便衣軍官會來指導，說不定他們就在執行美國人的規劃……這篇文章的標題，竟是真實的現在進行式！怎麼會這樣？」

「Eric，你說你學哲學學到了『理性』二字，你怨嘆你所在的世界愈來愈不理性，其實你自己就不理性。譬如說，好好一個知識分子變成了某個政黨或某個政治人物的絕對粉絲，這個人能理性嗎？在我看來，你是十足的感性的……」

「哈，妳認為我是十足感性的人？」

「不，但至少在政治意識形態上你的感情凌駕了你的理智，你如不承認這點，那就更證實你的不理性。」

楊瑞科臉上帶著一些尷尬的笑容說：

「妳很武斷欸……」說著，他的臉色就漸趨嚴肅。

「妳說得很有道理，但我還是很難相信黑狗他們搞的，是美國要逼台灣強制性訓練民兵，要打游擊戰……」

「你在電話上不是說你正在追查、整理這件事的來龍去脈，你想要寫一篇深度報導嗎？你不信可以去問黑狗，可以去問射擊場的那個教練——對，這人好像口不緊，喜歡說東說西……」

「不錯，我還要去調查射擊場的董事長，還有那個許上校和美國人Frank的背景，最好能有機會專訪他們……採訪現役軍官許上校不容易，但那個老美Frank也許有機會；總之定要搞個水落石出，真相大白！」

梁菊聽到「水落石出，真相大白」，心中竟是一震，她忽然想到阿隆的死因疑雲重重，憑自己所知道、接觸到的，加上安德烈託嶠之傳來的「匹夫無罪，懷璧其罪」八個字，就憑這些，水落石出了嗎？於是她對楊瑞科說：

「Eric，談到真相，很多時候我們只能看到真相的一部分，我們就以為整個真相就是這般，更何況我們也常會看到別人刻意叫你看到的真實，所以就算水落石出了，真相也不一定大白。你要有心理準備……」

楊瑞科一面點頭，一面面露笑意。

「梁菊，現在倒像是妳才是哲學系畢業的人。」

「我經過事，各種凶險的事，比你多。」

「是呵，我都聽妳的，梁菊姐。」

「梁菊姐」三字入耳，梁菊怔了一下，低頭暗忖：

「那晚他表達愛意後，也許那份對我的感情已經轉化為姊弟之情了，這樣也好。」

於是她抬起頭來，對楊瑞科微微一笑。

晨起，梁菊沿著河邊步道跑步，她的傷勢早已痊癒，她晨跑時也加快了速度，距離也從八公里增加到十公里，恢復了在加拿大時和阿隆一同晨跑的強度。

迎面看到尤金・李斯特慢跑而來，梁菊放慢了速度，心中在想，這是第幾次在晨跑時遇上這個瀟灑高雅的美國人？

「嗨，尤金，真高興又碰見你。」

「哈囉，梁女士，遠處看妳健步如飛跑過來，又快又帥。」

「好一陣子沒看見您，是在大湖那邊晨跑？」

「最近比較忙，根本沒有去跑步，今天心血來潮覺得該活動活動，碰上妳真好。」

兩人從相向跑改為並肩跑，梁菊知道尤金・李斯特的步伐速度，便放慢配合。

「最近忙些什麼呀？您揀能講的說說。」

李斯特其實不是AIT的職員，但是他讓梁菊從一開始便以為他是AIT的一員，這時他順著說：

「我是文職，工作也沒什麼太多機密性，最近因為台灣海峽比較不平靜，辦事處每個部門都在加班，雖然不直接影響到我的例常工作，但大家都忙，還是多了些臨時的工作。」

梁菊聽得出他不願多談，便識相地換一個話題。

「最近我和朋友到中南部山地鄉去走了一遍，我離開台灣多年，台灣的變化十分驚人……」

「你印象最深的是什麼？」

「我們在南投信義鄉聽到布農族孩子的八部合音，真是美妙極了。」

「呵，我知道，我曾經收藏過他們的錄音，其實仔細分析，他們只有四部，歌詞是無意義的母音「o」、「e」、「a」、「i」，據傳說是布農族的獵人在狩獵時，從空木和野蜂的共鳴聲得到靈感而發明的唱法，研究聲樂的朋友告訴我，用聲波雙頻譜來分析只有四部，除非把一些不和諧的雜音算進去，恐怕也聽不到八音……」

「尤金，你真博學，應該去當教授的。」

「不騙妳，我本來就是當教授的……」

梁菊呵了一聲，想問他為什麼不幹教授卻來駐台辦事處做個文職官員，但她忍住沒有問。

李斯特卻問了梁菊一個問題。

「梁菊，我有一個搞國際創投的老朋友告訴我，妳要成立一個公司，正在籌募資金，恭喜妳呀……」

梁菊嚇了一跳。

李斯特怎麼知道這些，他說是他的創投朋友告訴他的，難道是錢董？

她回憶起那天和錢董見面的情形。

那天葉爸、王銘教授及劉律師連袂去和錢董談，他們先談了大約一小時，梁菊按照葉爸的吩咐，十一點半時出現在現場。葉爸出發前還打了電話要梁菊打扮一下。

「妳是公司未來的董事長，要給錢董女強人的形象。」

梁菊回答：「我從來不是女強人，一時哪能演得像？」

但她還是特別挑了一件黑色的長裙，配上白色的短上衣和珍珠項鏈及耳環，這已經是梁菊翻箱倒櫃找到的最稱頭的服飾了。

根據葉爸事後說，她一出現立刻艷驚四座，錢董態度大轉彎。前一個鐘頭的簡報和「推銷」，錢董雖然沒有說ＮＯ，似乎沒有產生期待的效果，錢董仍在考慮中。但梁菊一出現，葉爸介紹她是公司未來的董事長梁菊，也是技術發明人葉運隆博士的遺孀，不久前才從加拿大返國創業，錢董事長的態度很微妙地變得積極而殷勤。他衝著梁菊道：

「梁董，原來妳就是我最近在《洛杉磯論壇報》上讀到的文中主人翁，女英雄要創業，失敬、失敬……」

梁菊平生第一次被人稱呼「梁董」，不禁有些驚慌，聽到錢董後面的話，確信自己的出現是加分的，她不禁暗道：

「楊瑞科那篇專訪，還真替我增加不少知名度，假如這個投案順利完成，他有大功勞。」

午餐上賓主氣氛融洽，吃完飯，錢董就同意投資了。

梁菊一面回想中，腳步不自覺加快了一些，直到她發覺李斯特跟得有點喘，她連忙放慢腳步。

「尤金，你的朋友是大華創投的錢董事長，對不對？」

「對，我在美國時就認識他。他的投資遍及美國矽谷、中國大陸和台灣，人脈極廣，是國際創投界的名人。前天我們在台北美僑協會遇上，一同喝了一些小酒，他十分興奮地說他要投資一個新能源公司，董事長是一個女英雄，女神槍手，然後把妳的故事鉅細靡遺地講給我聽，我很耐心地聽完，這才告訴他，我們是好朋友，他很羨慕地看了我一眼，哈哈，使我覺得很驕傲呢。」

「尤金，錢董投資我們公司不是因為我，是看中我們的新能源科技會成為未來的主流能源，他是個有眼光的投資家……」

「那還用說！不過他對出色女性的眼光在熟人圈中也頗有名氣，妳本人肯定是你們公司的最佳代言人。容我冒昧問一個問題……」

「您請問。」

「葉博士發明的技術在台灣成立新創公司，他原屬的公司有沒有專利上的宣稱？」

梁菊心中又一跳。他怎會問這個問題？她想了五秒鐘才回答。

「我們擁有完全的專利權，否則錢董事長不可能投資我們。」

「我正好有一個訊息，可能你們應該關切，我建議我們找一個地方談一下……」

梁菊好奇心和警戒心同時浮上心頭，她略為沉吟便道：

「好的，我們就去那家統一超商，喝杯飲料談一下。」

他們買了飲料坐定，李斯特低聲說道：

「梁菊，我告訴妳這個訊息的事情，不能讓別人知道，OK？」

「沒問題，我不會對別人說是你告訴我的……」

「我們商業組有一位同事前幾天告訴我，說加拿大的『世紀新系統公司』委託加國駐台北辦事處，查一份該公司前研究員Eric葉博士生前發明的技術文件，因為『世紀新系統公司』中有百分之十五的股權屬於美國『聯合航太系統』旗下的一家公司所有，所以這個案子也送到我們的商業組來共同調查。」

梁菊仔細聽了，心中有好幾個疑問，其中最重要的一個是，我們專利還在申請中，公司也尚未掛牌，你們怎會追到台北來？

繼而一想，也就明白了，「他們是追我，我的行蹤容易追，追到我，就可以從我來追文件。」第二個問題，她問：

「他們怎麼找到你，尤金？」

李斯特微笑。

「是我show off惹的事，把為妳畫的肖像給幾位同事看了，商務組那位同事知道我和妳有交情，便來打聽妳在台灣的……的情形，我順便打聽到這個消息。」

梁菊聽得心驚，有一種遭人天羅地網追逐的感覺，她還沒有想好怎麼回應，李斯特接著說出更驚人的話。

「他們說，因為調查葉博士意外車禍的案子，多倫多的警察在妳的家中找到一個數位照相機，但是裡面的記憶卡不見了，他們懷疑那張記憶卡上有些照片和葉博士的發明資料有關，所以特別關心這張記憶卡的下落。」

梁菊萬萬沒有料到，出來晨跑一趟會聽到這麼多麻煩的訊息，她皺著眉沉思，忽然腦中靈機一動，福至心靈的說：

「尤金，謝謝你告訴我這些訊息，但是我從我們的技術文件上看不出任何和『世紀新系統公司』的關係，不管什麼數位照相機、記憶卡什麼的，這些根本不相干，葉博士的技術資料的智財權由我們完全擁有，現在正在申請專利的程序中，申請成功後內容自會公開，說句不客氣的話，『世紀新系統公司』到現在為止連技術資料的名稱都不知道，更別說內容了，憑什麼來claim權利？」

李斯特很仔細地聽了，伸出大拇指微笑，對梁菊說道：

「說得太好了，如果加拿大辦事處或我們的商務組找你問話，妳就這樣回答他們，我估計他們大概也就這樣回覆『世紀新系統公司』了。」

梁菊望著李斯特，心中有些感動，暗忖：

「這位氣質優雅的紳士，私下來告訴我這些事，讓我有心理及實務上的準備，他對我真好。」

「尤金，謝謝你告訴我這些，我很承情。」

「梁菊，我相信妳的正直。我們是朋友，是不？」

「是，我們是好朋友。」

梁菊在跑回家的路上盤算，要第一時間把這一切告訴葉爸、王銘，尤其劉律師，但她不會說出李斯特的名字。

她心中仍然有一些不安，那個數位相機，她藏在橡樹城家中隱密之處，竟然被警方搜了出來，可見警方是搜遍了她的房屋，只因為相機中沒有記憶卡，才引他們追到台灣來，想著便覺可怕。

「早知道會這樣，我真該把那個空相機丟到安大略湖裡去，就沒這些事了。」

門鈴響，李嶠之走前去開門。

來客驚喜地發現嶠之不用輪椅、不用枴杖，憑著一雙碳纖維的義肢，穩穩地走來應門。

「喬治，你用義肢愈來愈進步，我看你不久就能完全不用輪椅，行動自如了。」

「教官，快進來，我對義肢的適應的確愈來愈好，我現在用義肢走過一百多步。」

一面關門，一面向老長官潘全報告他用義肢的進展。

「報告長官，我想如果我盡全力，走個兩百步應該是可以的，醫生雖然滿意我的進展，但仍然建議我慢慢來，不要勉強，也不能逞強；而且我發現戴上義肢走路，超容易流汗，我目前每次走一百步就停下休息——呵呵，您還帶那麼多好吃的來？不好意思，本來只想用泡麵和冷凍水餃招待你。」

潘全帶了一包「謝記珍寶」的滷味，有滷牛肉、牛筋、豆乾、兩隻燻雞腿，兩隻鴨翅，外加一包青辣椒炒小魚干。

「全是下酒的好菜。潘全指著酒櫃裡一瓶金門陳年高粱。

「上回我就瞧上這瓶酒了，喬治，不醉不歸。」

「長官，您多喝點，醫生叮囑我不可過量。」

兩人在桌上布好了下酒菜，開了酒瓶，好酒好菜吃了起來。

兩個歷盡滄桑的老男人對飲話舊，有點同是天涯淪落人的味道，尤其嶠之，酒入愁腸，化為傷心淚；但他欲哭無淚，只剩下對生命、對曾經愛過的人，做過的、沒做的事的嘆息。三杯下肚後，醫生的話全被放到一邊去了。

潘全反而把他的酒瓶搶過。

「喬治，不要喝這麼猛，我還有話要說給一個清醒的朋友聽，你醉倒了我說給誰聽？」

「你說，你說，我聽著了。」

「最近，我對局勢的憂慮更加深了，我的幾位國安單位的朋友告訴我的事，讓我睡不著覺，也沒有可以商量的人，憋在心裡像吃了一肚子炸藥，除了找你這個老朋友聊聊，我都快愁病了。」

「先別說喪氣話，告訴我你聽到些什麼消息？」

「我們的政府在老美的指令下，確實在準備打仗了，而且是打巷戰、游擊戰……打烏克蘭、迦薩走廊那種仗，炮火直接對人民……」

潘教官放低了聲音。

「我有來自核心的訊息；最可怕的是，這些戰略性的決定都是美國替我們做的，我們的政府照單全收，這就表示，即使要備戰，備戰的方略，也不是依照我們國家本身最大的利益而設計，喬治，我這一生，前一半是當軍人，後一半是搞國安，你說我怎能不憂心如焚？」

喬治閉目點頭，不知是同意潘全的話，還是在享受回味金門陳高的香醇。

「教官呀，下棋的人自願照對方的棋路走，觀棋的能有什麼作為？我對烏克蘭的情形比較瞭解，加上前欠聽了你一番分析，看清楚了美國和俄羅斯在鬥，烏克蘭夾在中間，理論上他有兩盤棋要下，澤倫斯基應該一面跟普丁下，一面跟拜登下，如果他真是高手，可以左右手翻雲覆雨，讓美俄搶著爭取他；兩大之間的小國固然有危機，但也是別人沒有的機會，可以左右逢源。澤倫斯基選擇了抱住一邊與另一邊為敵，去做另一邊最不能忍受的事——烏克蘭加入北約，這個司機不能算什麼高手，等到他的人民死傷、國家毀壞殆盡，美國人極可能抽手不管了，烏克蘭的悲慘命運不會因戰爭結束而結束，我為這場戰爭失去了一雙腿，應該有資格說說吧……」

「台灣的情形就如同你說的一模一樣，該下好兩盤棋的棋手，忽然自己甘願變成其中一個棋盤上的棋子……」

「當然這裡面各有其背後複雜的原因，我們也未必真能搞懂，所以教官呀，我們還是從可能的結果來看比較實在，你懂戰略你說，海峽兩岸的情勢會是什麼結果？」

「我告訴你，會很不樂觀……」

「解釋一下。」

「我能得到的資訊顯示，兩岸之間如果不願坐下來好好談判，終將打一仗才有結果，當然，這一戰雙方是用什麼戰略、戰術，結果會有天壤之別，台灣獨立當然是一種選擇，但是主觀上沒有足夠的力量，客觀上也得不到足夠的外援，我想大家都看到這一點，既然如此，我們只剩下統一和維持現狀兩種選擇，但是有關單位內部做的民調顯示，台灣四十歲以下的年輕人在意識形態上贊成台獨的占絕對多數，甚至被問到目前保持現狀將來談統一，支持度也只是個位數，這種情形和終將發生的真實的未來之間，落差太大，到時候這種落差將造成非常危險的後果，就像星加坡的李光耀曾說過，台灣脫離中國……會使台灣人在統一發生時更加痛苦……」

「他是認定兩岸終將統一……」

「難道你不是這樣認為，喬治？」

喬治沒有說話，潘全也沒有繼續說下去，兩人吃了一些滷味，對乾了一杯。

過了一會，潘全重新敘述他未說完的觀點。

「另一個值得重視的變化是，之前我們以為台灣民眾除了較少數的獨、統的兩端，最大的一塊應該是維持現狀，現在國安內部的民調顯示，中間這一塊主張維持現狀的正在萎縮，板塊移向台獨，對某些政客來說，這些變化可以鞏固他們的選票，但是對台灣整體而言是很危險的訊號，極有可能促使戰爭提前爆發……」

「教官，無意對你的看法不敬，我覺得對岸目前最大的問題是抵抗美國對它發出的最後一擊，那是毫無保留全方面的一擊，其實暫無餘力對台動武，而且天佑台灣，俄羅斯在烏克蘭的戰爭打得出乎大家意外的艱困，這也會讓對岸審慎處理動武的計畫。」

「喬治，你說的也對，但是是表面上的對，大陸要求統一的呼聲已經根深蒂固，不可能改變；不過烏俄戰爭對大陸確實是一個足資反省的機會教育，看到俄羅斯的陷入窘境，我想對大陸的鷹派應該有警惕的作用，想發動戰爭須要三思。」

「之前在烏克蘭，我較少關心台灣的國安問題，總以為維持現狀應該是兩岸的最大公約數，我自回到台灣，便極力認真地關注台灣處境和民心的變化，憑良心說，那些變化對我也是極為震撼的，不過我全盤思考後，發現台灣雖然愈來愈多的年輕人要獨立，但很少有人願意上戰場，而大陸上愈來愈多的民意要求武統台灣，按壓住這股上升逆流的卻是政府。在這種看似奇怪的情形下，台灣的國安策略應該竭盡可能做一些事，讓大陸政府有更強的理由堅持和平，只要能維持和平，兩岸之間在經貿、科技、文化……各方面就能有機會結成一股共享雙贏的穩定力量，成為兩岸風浪之中的壓艙石。」

「但是台灣的政治態勢不會這樣發展，因為兩岸如果真正和平了，未來台灣獨立的機會將大大削減，而美國的印太戰略也將失去插手干預的正當性，所以他們都不會讓兩岸關係和緩下來，喬治，你想得太一廂情願了。」

兩人又沉默了一陣。還是潘全打破沉默：

「所以我們所談的如果要有任何結論，台灣的政治態勢得先改變，否則不管你說的還是我說的有道理，全是白搭，nothing would change。」

兩人的下酒菜吃得差不多了，酒也喝得七八分，潘全打算告辭了。

「雖是空談了一晚上，畢竟胸中悶氣宣洩了一些，看到老友，也看到你裝義肢進步得不錯，今天回去希望能有個好睡。」

喬治忽然想到一件事。

「我在基輔有兩枝長槍，這回我只帶回那枝狙擊槍，在海關被扣下檢查，直到不久前才在台灣辦好登記放行了。不知附近有沒有民營的射擊練習場？我已經好長一段時間沒有練過射擊了。」

「有，我剛好知道這麼一家，就在新北市郊區，聽說設備服務都夠水準，我回去把詳細地址和相關資料傳給你。好啦，我走了，你多保重。」

「你也是，要不要我幫你叫車？」

「不用了，我知道路，出去右拐就能叫得到ＴＡＸＩ。」

李嶠之目送這位老教官；從三十多年前和梁菊在恆春陸戰隊訓練中心受訓時，他就擔任射擊總教官，又在維也納台北辦事處拉拔過自己的老上司，彎著微駝的腰背，踽踽消失在台北的夜色中，胸中忽然升起一種英雄末路的哀傷，不知是為他還是為自己。

潘全介紹的射擊訓練場就是梁菊他們去的同一家，李嶠之事先報名參加「資深會員俱樂部」，他告訴訓練場的櫃檯小姐，他有三十五年的射擊經驗，他坐一輛電動的輪椅到訓練場報到，架勢十足。

一個管理員上前介紹使用場地的規則。

「李先生，您之前坐輪椅上射擊過嗎？」

「我沒有坐在輪椅射擊的經驗，但我有義肢，可以站起來立射，我也想試試坐射行不行，臥射就先免了。」

「行。我們這裡最好租用本公司專為顧客準備的各種槍枝，租金很便宜……」

「好的，沒問題。請你幫我挑一枝。」

「您喜歡哪一型的？」

「啥型都可以，您隨便給我一枝就好。」

管理員有些訝異，但不知為什麼，這個坐在輪椅上的資深會員有一種難以形容的氣勢，讓他有些敬畏。

嶠之接過訓練場的槍，略一察看，試了試扳機和準心，沒有做任何調整就填裝子彈。

他坐在輪椅試了試瞄準的動作，發現輪椅的兩邊扶手很是好用，他可以將右手肘托在扶手上增加穩定度，完全不影響他射擊的其他動作。

「砰」、「砰」、「砰」，三槍命中靶心，其中一發的彈孔打在紅心的邊緣。

這時，那位射擊教練走了過來。

「李先生好槍法！」

嶠之沒有回答，砰砰砰又是三槍，其中兩槍略為偏左，不過依然算是射中把心。

然後他回過頭來跟教練打招呼。

「教練你好，我是李嶠之，我好幾個月沒有摸槍了，你們的槍枝保養校正都夠水準，我才抓起來就上手。」

「謝謝李先生的誇獎。我請教一下，本會有一位資深會員梁女士，她曾對我們形容，她有一個朋友槍法如神，打動靶和打定靶的分數沒差，她所說的是不是就是您？」

李嶠之聽了為之莞然，暗忖：「國內射擊練習場地不像國外那麼普及，看來台北喜歡射擊的全都到這裡來了，原來梁菊已經在這裡替我先做了廣告。」

他哈哈笑了一聲回道：

「梁菊也來了，她說的就是我。」

那位教練很興奮地叫道：

「好極了，快請李先生示範一下打飛靶……呵，您能坐著打……打飛靶嗎？」他忽然想起嶠之坐在輪椅上，恐怕不方便打飛靶，便覺得有些尷尬。

李嶠之沒回答，他將安全帶打開，將輪椅的輪子鎖定，站起身來。

「我正想試試立射，來，就試試飛靶吧。」

李嶠之靠義肢立著，雙腳不丁不八，第一個標靶飛過，嶠之放過了沒開槍，第二、第三他連發兩槍，全都中的，教練拍手叫好：

「李先生你開槍打飛靶的決斷十分罕見，幾乎是見到就打，這兩個飛靶都是才飛到高點就被打爆，真像梁女士說的，是怪……」

梁菊的原話是說「怪胎」，其實是當初受訓時，教官說的。

嶠之放下槍，用槍支地，他額上已經冒汗。

「穿戴義肢用這種姿勢射擊，還真挺累人的。」

他回坐到輪椅上，喘了一口氣。

這一天，嶠之的練槍以一個高潮結束。

「教練，我想試一下我的狙擊槍，能不能特許我用它試打一發子彈，請控制室把一百公尺外的靶紙換成三分之一大小。」

那就等於將靶紙設在三百公尺遠了，教練考慮了一下，實在是他也想見識一下三百公尺的狙擊，就答應了。

結果是，嶠之坐在輪椅上，手肘穩穩托在扶手上，扣下扳機，一槍命中。

歡呼聲中，嶠之忽然瞥見門口走進兩個人，走在左邊的是一個外國人，嶠之臉色微變，連忙轉動輪椅，背對並低頭。

「啊！是馬丁連長！他怎麼會出現在這裡？」

在葉爸超積極的推動下，以葉運隆發明的技術為核心的專利申請案已由劉律師主持，送到經濟部智慧財產局，由於準備資料文件的齊全，很快就進入初步的實體審查程序。

新竹葉國麟的家中，葉爸、梁菊、王銘及劉律師四人圍桌開會協商。

葉爸先起了頭。

「我們申請成立公司的所需資料已經具備，我們以『有限公司』的名目提出申請，資本額暫定三百萬，會計師已經簽證，暫定董事三人，由我、梁菊和王教授擔任，並由梁菊擔任董事長，王教授暫兼總經理，不過萬事俱備，仍欠東風，我們的新公司名稱尚未決定。」他說著笑了起來。

王銘第一個發言：

「我覺得公司的名稱需要響亮鮮明，讓人能望文生義，可以考慮叫『新核融合科技有限公司』，這個『新』字既表示新公司，也可表示核融合新科技，你們覺得如何？」

大家聽了一時沒有人出聲，梁菊不太欣賞這個名字，心怕大家如不表示意見，就讓此名通過了；趕緊提一個對案：

「我想我們公司的名稱有新科技、新能源的意涵固然重要，但不一定要說得那麼直白，那麼具體，未來業務多元化時有掛一漏萬之慮……」

葉爸也有相同心思，忙問道：

「那妳覺得名字叫什麼才好？」

梁菊微笑：

「我雖有這些不成熟的看法，但一時也想不出更好的名稱，不過經爸這一催促，我倒想起一個名稱：『橡樹新能源有限公司』如何？」橡樹這兩個字很含蓄地表達了梁菊對阿隆、對兩人在橡樹城的日子的懷念。

葉爸等人聽了也沒作聲，看來仍未達到大家的期待。

這時坐在一旁不發一言的劉律師忽然開口說話了。

「我也來野人獻曝一下，各位覺得『運隆新能源有限公司』如何？」

王銘聽了忙點頭，葉爸道：

「這個名字不錯，要表達對阿隆發明貢獻的紀念和推崇，與其用『橡樹』，不如乾脆就用『運隆』，用『橡樹』會讓識者誤會，以為我們公司的技術來自『橡樹嶺國家實驗室』，後者固是阿隆的名字，其實『運隆』兩字也是營運昌隆的吉祥意思，作為公司名字就具有雙重意義，我投這個名字一票。」

王銘拍手道：

「有道理！我也投它一票，梁菊妳說呢？」

目前只有三位董事，有兩票贊成就已經通過了，但梁菊是未來公司的董事長，而且用到她逝去丈夫的名字，她的意見還是要問一問的。

梁菊想了一會，似乎陷入天人交戰，葉爸瞭解「運隆」兩字在別人看來是營運昌隆的吉祥語，在梁菊，今後每天面對阿隆的名字，是甜蜜還是苦楚，只有梁菊自知。

過了好一會，梁菊抬起頭來，微笑對劉律師稱謝。

「劉律師，真要謝謝您想出那麼好的名字，我們的新公司就叫『運隆新能源有限公司』！我們紀念逝去的技術創造者，也期望公司未來的營運日益昌隆！」

葉爸很欣慰的想：「阿菊已經脫繭而出了。」

他回憶起多年前兒子接他和老伴到加拿大旅遊，曾在橡樹城和兒子媳婦同住了一個多禮拜，回到台灣後老伴表示了一些遺憾，除了兒媳膝下無子女之外，做媽媽的敏感使她覺出媳婦和兒子相處總有那麼一絲客氣和冷淡，葉爸說她過分敏感，兒子媳婦老夫老妻之間本來就這樣。

後來老伴走了，他獨處時，一些點點滴滴的回憶偶爾來到腦海中，葉爸也漸漸覺得，也許老伴的敏感是對的，他雖十分喜歡這個媳婦，但他逐漸相信兒媳之間缺少了一些什麼，也不是屬於老夫老妻之間的那種平淡的愛，而是有點冷淡。

但是只要兒子覺得好，覺得幸福，阿爸多管什麼？

阿隆死得太突然，沒有任何人有心理準備，梁菊捧著骨灰回到新竹，這段日子葉爸反而發現梁菊對阿隆的思念在日益增深，他知道這裡面肯定有遺憾的成分，卻不知是否還有一些內疚？

葉爸是個開通的人，他喜歡這個媳婦，可不願媳婦為兒子守寡。她仍然美麗，如果有緣分，她大可追求她的幸福，而另一方面她不年輕了，良緣也是可遇不可求，所以當他發覺到楊瑞科追求梁菊時，他心裡並不排斥，暗中甚至還有點鼓勵，而此刻見到梁菊的心境終於開朗了，他感到老懷甚慰。

劉律師也很高興他對公司名字的建議得到大家的認可。

「太好了，這是我對你們公司的第一個貢獻，我有信心我們的專利申請案會很快成功通過。我愈多瞭解這個專利的內容和它能為全人類的未來帶來的正向衝擊，我就決心將這個專利案當作我第一優先的案子處理，我會投入我們全部的資源，以最快的方式領到專利證書。」

葉爸拍了拍劉律師的手臂。

「劉律師，想不到我到這個年紀，能再一次跟你做這個有意義的合作，等專利案通過後，你要是有興趣，隨時歡迎你加入成為『運隆新能源公司』的原始股東。」

劉律師哈哈大笑，顯得很是高興。

「那我有了額外的誘因，更要加把勁，早日把這個專利案搞定。」

王銘受到感染，也顯得意氣煥發，他以一種宣布好消息的口吻說：

「我找到幾位老朋友，他們全是清大核工系的傑出系友，其中有一位有台電核能部門工作二十多年的經驗，還有一位前年從美國奇異公司核電部退休，他曾任資深副技術長。也是運氣好，時間正湊巧，他們兩人都答應先以顧問身分加盟我們的新公司，有這兩位學長的加入，我對建立原型prototype的事便放心多了。」

這裡面真正懂得成立公司實務的只有葉國麟，他起勁鼓掌的熱情，完全像個年輕人。

「王教授，不是你運氣好，台灣搞核能發電的不管是在廠方現場、環境部門、企劃部門、採購部門，甚至在政府的監管部門和研究部門，全部是你們前後期的同學！誰叫咱們幾十年來就清華大學這麼唯一的一所核工系及核工研究所？」

大家都笑了起來。葉國麟沒有說出的是，由於政府執意反核，汙名化核能，清大核工系所已經改名，否則收不到學生。台灣已經沒有核工系所了。

這時梁菊的手機「叮」「叮」連響，她點開來看，是有人寄來兩個影片。

梁菊看那兩個影片，嘴角漸漸現出微笑，愈看笑意愈濃，葉爸暗忖：

「怕是那個楊瑞科……」

梁菊看完影片，正要收好手機，王銘多事，嚷嚷道：

「梁菊，又有什麼好消息？」

梁菊想了一下沒有回答，王銘偏不識相，追問道：

「什麼事妳那麼開心，說給大家聽聽也讓我們開心一下……」

梁菊重新點出那兩個影片，揚起手機對著王銘揮了一下。

「我上回在練習場射擊時，朋友拍下的影片。那天碰到一個姓吳的好手，據練習場的教練說他的成績超過了我，我朋友就把那姓吳的射擊情況也錄了下來，然後給了很好笑的比較……王教授你要是好奇的話，我給你看。」

說著就把手機遞給王銘。王銘先看梁菊一輪射擊，特寫拍下靶心命中的彈孔，第二支影片是一個有點禿頭的中年人在指導一個年輕人，年輕人不得要領，禿頭中年人就親自示範，只見他一連幾槍，全部命中紅心，鏡頭也特寫了靶心的畫面。

梁菊笑著說：「我的朋友評論，說我的射姿輕鬆愉快，那姓吳的高手射姿如臨大敵，如果我和他比試，還沒開槍我就贏了……這位朋友是好事之徒，一直慫恿我們來一場ＰＫ，無聊得很。」

王銘並不歸還手機，反而從頭又看一遍，梁菊便笑道：

「我打算回他：沒開槍我就贏了，開完槍我就輸了……」

王銘好像沒聽見梁菊在說什麼，他再一次細看影片，看到接近結束處停格，然後將手機遞還給梁菊：

「你看那禿頭的傢伙在示範射擊，射中靶心時斜後方有一個人在拍手叫好……有沒有看到？那個留長頭髮的年輕人？」

「對，看到了，有什麼不對嗎？」

「這個留長頭髮的年輕人好像就是搶我背包的嫌犯！」

此言一出，大家都驚嚇了一跳，尤其是梁菊。

「你能確認嗎？會不會因為『長頭髮』這特徵太惹眼，容易誤導你……」

「不，我仔細看了，有八、九成把握，就是同一個人！」

一時之間梁菊心中波濤洶湧，幾條看似無關的線索開始連結……

「不妙！如果是同一個人，麻煩就大了！那個禿頭的中年人名字叫吳渥皋，有個綽號叫『黑狗』，王教授你說警方查到那個搶你背包的長頭髮嫌犯，和什麼『黑狗營』的活動有關，這……」

CHAPTER 10

黑狗營

梁菊想到這裡，腦中閃過一個可怕的念頭。

「假如這個長髮的傢伙打劫王銘教授，而標的物是那張記憶卡，他是怎麼知道我把記憶卡給了王銘？這件事……我把記憶卡從祕藏的地方拿出，交給王銘，到王銘遇搶，從頭到尾不過兩天的時間，對方，不管是誰，是怎麼可能知道的？」

「那個長髮年輕人不可能知道這，除非他從台北跟蹤我然後跟蹤王銘一直到新竹來下手，但他為什麼要跟蹤我們？這個人看起來只像個混混，他和黑狗在一起，難道是聽命於黑狗來打劫？但黑狗又怎麼可能知道我和王銘之間的祕密？」

梁菊感到一股恐懼之心油然而起，這一連串的事使她不得不覺得自己好像被一張神祕的黑網籠罩著，自己的一舉一動都逃不過這張黑網的監視。

葉爸見梁菊陷入沉思，臉色不對，便問道：

「梁菊，妳怎麼了？是擔心那個動手搶劫的長髮人和黑狗的關係？」

梁菊把心中所思說給三人聽了，大家也都陷入沉思。的確是個詭異的謎，但是摸不著解開之門。王銘是學科學的，他想了一會，第一個反應了：

「從或然率來看，這個長髮年輕人專為了那張記憶卡而對我出手搶劫是不太可能的，我還是相信他的搶劫是為了背包中的電腦——我那個背包原來是『華碩電腦』贈送給VIP顧客的包包，上面有漂亮的LOGO……至於他和黑狗在一起的事也不稀奇，警方上回就告訴我查到這個長髮嫌犯曾參加『黑狗營』的事……對了，我倒覺得我們應該先弄清楚，那位『黑狗』先生和『黑狗營』到底是什麼關係？」

梁菊點頭。

「這事我去問楊瑞科，他做記者的多半知道一些社會祕辛。」

劉律師就講得比較深入了。

「不論是不是有人想要搶得這張記憶卡，我們該做的事就是儘快把它的專利搞定。葉太太，容我從法律的觀點來看這件事……」

「您叫我梁菊就好。」

「好，梁菊，我專利申請書上的發明人決定用妳和王銘兩人的名義，葉運隆已經過世，他的名字不出現，他在加拿大工作的那家公司就無從claim什麼權利，這事好就好在所有的技術資料全部在這十頁手寫紀錄裡，葉運隆工作的公司裡並無任何紀錄，我們不但要儘快拿到台灣的專利，還一定要到中國大陸去申請……」

梁菊一聽「中國大陸」又是一驚，她記得阿隆曾告訴她，加拿大國安單位對他和北京清華大學教授的來往十分注意；她直覺地不想這事跟中國大陸發生關係。

「為什麼一定要去大陸申請？」

葉爸解釋：「台灣不是國際『專利合作條約』的締約國。在台灣申請的專利不是國際申請，對某些國家是不具保護作用的。」

「專利就專利，還有什麼『專利合作條約』？」

劉律師補充道：

「『專利合作條約』的英文名稱是Patent Cooperation Treaty，簡稱ＰＣＴ，依照專利合作條約提出的專利申請被稱為國際申請或ＰＣＴ申請。通過的專利才有國際保護作用。到目前為止該條約締約國已達一百五十七個……但台灣不是ＰＣＴ、也不是巴黎公約Paris Convention for the Protection of Industrial Property的締約國，不過這也不是大問題，我有一個學生在香港專門替台灣的公司申請ＰＣＴ，我已經和他聯絡過了，他一口答應……」

這一番話，對梁菊解除心中的不安雖無助益，但她也覺得成立公司的大事顯然很有效率地在推進中。她也只得暫時放下心中的謎團，專心想眼前的事。她終於明白劉律師一開始便打算用自己和王銘當作本案的發明人，這才建議用「運隆」的名字命名公司，永遠紀念葉運隆這個原始發明人，這份細心和體貼令梁菊大為感動。她對劉律師連連點頭。

「劉律師，不知道要怎麼感謝您……」

「哈，我只是做我律師該做的事」

「不，您做了太多……別的律師不會做的事。」

「哈哈，別忘了妳葉爸答應我，專利申請成功後，我可以選擇成為原始股東呢，我不賣力誰賣力？」

「WESCC，李斯特。」

「西方企業戰略顧問公司」的加密電話響起，尤金．李斯特拿起電話，立刻知道對方是他顧問公司的金主，也是他與華府國安高層的聯繫點。

對方的聲音低沉而穩重：

「尤金，你做得好。我和上面都讀了你的戰略報告，為此上面還專門開了一個會，你能想得到的重要人物都到場了。」

「謝謝您，Sir。我深感榮幸。請問會議結論有什麼指示？」

「你即將收到加密文件，不過我可以先透露一點給你，你的建議已送到相關單位，如果白宮那邊不 say no，三個月後，我們的大戰略可能將會不一樣了。」

李斯特的熱血上湧，臉色瞬間有如猛喝了三杯威士忌，平時優雅善辭的他竟激動得一時不知該說什麼。

「尤金，你還在嗎？」

「Yes, Sir. 我還在。只一時之間無語了。」

「聽到會議中上面的決議時，我也被震驚到！我立刻想到從事地緣政治及戰略企劃數十年的你，一定樂於知道你的構想即將有機會成為改變世界的戰略藍圖，所以我在文件到達之前先電話告知。」

「Sir. 我很感謝，非常感謝。還有其他指示？」

「接到公文後，你可以開始構思一部分的行動計畫……」

「Sir. 這一部分從來不是我及我們顧問公司的工作……」

「我知道，一個這邊的委外民間機構，還有加州那邊的智庫公司，他們都會派高手立刻動手做行動計畫，不過這個戰略構想是你提出的，怎麼執行，你一定也有些想法，我想就請你也構思一下，也提一個概要的行動計畫，核心的戰略思想肯定要比別人做的更貼近你的原意，ＯＫ，就算是提供我參考吧，你能者多勞嘛。」

「呵……好，我試試看，謝謝。」

李斯特放下電話，仍然有些不敢相信剛才電話中聽到的訊息，更不相信自己竟會答應搞什麼行動計畫。他拿了半杯威士忌在手，坐在小桌前開始沉澱自己的情緒及思路，他一手端拿著酒杯不斷輕輕搖晃，卻是一口也沒喝。

他暗忖：「所謂的『委外民間機構』和『加州那邊的智庫』，我當然知道是哪兩家，甚至他們的高手是哪些人我都能猜個七八分，既然他們會著手規劃，我不妨先等他一等；倒是無論怎麼規劃都少不了軍事的部分，應該先仔細想一想……」

最後他撥出一個電話。

「哈囉，羅賓，這是尤金。你可否下班後到我家來喝點小酒？我有個有趣的事要告訴你……ＯＫ，就七點鐘。我住處附近有一家義大利餐廳，他們的 pasta di nonna 和 pizza 很棒，我會先預訂熱送，另外我有一瓶超級托斯卡尼，還有上好 cheese，我們可以好好聊一聊……ＯＫ，就這樣。謝謝，待會兒見。」

用完熱騰騰的義大利麵食，尤金和羅賓一面品著 Tuscan 酒，一面享用巴羅洛 cheese，今晚雖是便餐，卻是全套義大利風。

「羅賓，我寫了一個當前地緣政治及戰略的分析報告給我公司的老闆，他利用特別管道交給了華府的國安高層，我的分析很坦率地告訴華盛頓的大老們，我們當前的大戰略犯了致命的錯誤，必須立即更正……」

「致命的錯誤？你誇大其詞了吧。華盛頓的大老正對他們的戰略節節得分而得意非凡，你說他們犯了致命錯誤，豈不自討沒趣？」

「沒趣？哈，這正是有趣的地方。羅賓，你先說說，為什麼你覺得華府大老對他們當前的戰略沾沾自喜？」

「從二〇一四年以來，北約在烏克蘭的布局終於讓俄羅斯上鈎，在烏克蘭發動戰爭，你們不出一兵一卒，只不斷提供軍火，把俄羅斯搞得灰頭土臉，也把原本各懷異意的歐洲盟國一一綁上戰車，他們一道出錢出力，增加軍費向美國買軍火提供烏克蘭，美國軍火商大賺，華府又占上戰略的制高點，這樣的場面，大老們能不沾沾自喜？」

「那麼以色列和巴勒斯坦的戰爭呢？」

「這場戰爭我有些地方搞不清楚，尤金，你是老手，也許知道更多的內幕。先說我第一個感到奇怪的是，哈瑪斯怎可能騙過美國CIA和以色列的MOSSAD這兩個世界頂尖的情報組織，成功發動偷襲？以色列的高層是否故意假裝不知，目的是事後發動戰爭一舉滅了哈瑪斯？」

「據我所知，絕無可能。」

「那就表示MOSSAD已經沒有當年滴水不漏的嚴密了。」

「以色列如此，美國也在走下坡」

「第二件事，以色列進攻加薩走廊，屠殺人數已超過三萬，其中婦女兒童過半，尤其轟炸醫院學校，犯了國際眾怒，聯合國及海牙國際法庭都提出各類的譴責，美國竟然對他束手無策，豈不奇怪？」

「羅賓，你提出的兩點正好說明一件事，以巴戰爭已讓美國陷入外交運作及國際領袖形象的不利局面，而俄烏戰爭的無限期延長也對美國的整體利益由正轉負，只要看那些你所謂綁在戰車上的盟國吧，政府表面上還是說支持烏克蘭打下去，但民意上已出現愈來愈多的不滿，而美國國內對繼續援烏也已出現不堪負荷的反對聲浪，這樣的情況下，又怎樣去號令歐盟繼續無條件支持下去？羅賓，這是一場代理人戰爭，雖然不至於會打成像越戰那樣大傷元氣，但美國的外交運作及國際領袖形象已開始受到損傷，我的分析便是建立在這樣的局勢變化上……」

「教授，談到這些您的睿智便展現出來，我認同您說的，所謂計畫趕不上變化，世界局勢變化既快且大，三年前的絕佳戰略，三年後就開始要化正為負了。」

「所以我要告訴我們的大老們，不要再死抱住眼前的大戰略沾沾自喜，要重新睜開眼睛、啟開大腦，盤點一下，我們的首要敵人在哪裡？對我們威脅最大的敵人，它不是俄羅斯，也不在中東，當然是在亞太的中國……」

「尤金，你雖說得沒錯，但是美國和歐盟並沒有忽視這一點，這幾年從來也沒有對中國放鬆過一寸，貿易戰、科技戰、金融戰、認知戰……沒看到少了哪一樣呀？」

「我說的是比例原則，你說的那些的確相當程度打傷了中國的經濟發展，但對美國、歐盟的負面影響也正在浮現，這種打法過去對日本、蘇聯有效，今天對伊朗也有效，但對中國就難說了，照目前這樣打下去，甚至誰先倒下都很難料。中國確是我們真正的、終極的敵人，如果這個前提沒有變，為什麼我們把最大的力道放在烏克蘭、加薩走廊，而不集中力量放在中國？不放在台灣海峽？」

李斯特見羅賓聽得很認真，便繼續說：

「我們要打就打在敵人的軟肋上。全球今天的地緣政治十分有趣，大國各有軟肋，俄羅斯的軟肋是烏克蘭，美國的軟肋是以色列，中國的軟肋是台灣。羅賓，現在你明白了，在烏克蘭搞事是俄羅斯難受，在以色列搞事是美國難受，既然我們的首要敵人是中國，我們該在哪裡搞事，還不明白嗎？」

李斯特停了一下，以為羅賓會有問題，但羅賓只皺著眉，沒有問。

「但是我們力量有限，所以我建議立刻調整大戰略，力量資源重新放置：烏克蘭、以色列的戰鬥必須停止，我們全力對付中國，瞄準它的軟肋來下手！」

羅賓其實聽了一半已料知李斯特要說什麼，他是在暗中分析可行性，還有，他在疑惑李斯特把自己找出來講這些是為了什麼？

等到李斯特說完，羅賓決定仍然暫時保持緘默。

李斯特看了羅賓一眼，感受到羅賓這幾個月變成熟老練的速度驚人，他一方面慶幸自己沒有看錯人，另一方面在心深處開始不敢把羅賓當作事事聽從的學生了。

「羅賓，你在想什麼？」

「我想知道，您的報告既已轉送到華盛頓，華盛頓的大老們的反應是如何？」

李斯特一隻眼眨了一眨，微笑道：

「壓倒性。」

「那麼我們就等著烏、以兩國的領袖下台吧。」

李斯特笑著點了點頭，那表情就是「孺子可教也」。

「不錯，世局要改變了。羅賓，你進入狀況了。」

「尤金，我還有一個問題，不問不快……」

「什麼問題，你儘管問。」

「為什麼今天約我來告訴我這些？這該是您最大的戰略機密吧？」

李斯特沉吟了一下，然後換上一張極為誠懇、極為感性的臉和眼神。

「第一，你是我的得意門生；第二，我需要你的幫助，羅賓。」

羅賓感受到李斯特的誠意，但是他感覺不出自己能幫這個足智多謀的老師什麼忙。所以他並不問也不答腔，只雙眼注視著李斯特，等李斯特自己說出來。

「羅賓，我的大戰略只說了前一半論述，後一半是，縱使我們能集中所有的力量來對付中國，如何對付？」

「尤金，您剛才已經說了，要打『台灣牌』，這是中國的軟肋。」

「不錯，但戰術上要怎麼打？」

「我以為這已超越您的工作範疇，您曾經說過WESCC是不管行動計畫的……」

「我知道，可是我公司的後台老闆指定要我也作一個行動計畫草案供他個人參考，羅賓，你知道，這是很少有的情況，也是很少……有的機遇，羅賓你知道的。」

羅賓點頭，心中著實有些吃驚，原來李斯特不只是一個戰略家，他也有指揮行動的野心，羅賓對李斯特——無論是聖約翰軍校的皮耶・杜瓦爾教授，或是今天之前的尤金・李斯特顧問，有了全新的認識。

「我如何幫助您，尤金？」

「我心中有一個大致的想法、大致的方向，但談到行動計畫，我欠缺真正的軍事訓練——儘管我曾在軍校教授你們學科，你知道的，這就是我需要你進來的原因，我們兩人共同來搞出一個行動方案，保管讓我的頂頭上司嚇一跳。」

羅賓聽了又是一驚，暗忖：

「他的計畫中有軍事行動？難道他真要把台灣變成第二個烏克蘭？」

他沒有問，因為還不到時候，他目前要考慮的是要不要答應和尤金・李斯特一同搞對付中國的「行動計畫」，這是一個瘋狂的邀請。

但是羅賓只考慮了三秒鐘。

「教授，能為您效勞，是我所願。」

羅賓心中充滿了好奇：「尤金・李斯特究竟想幹什麼？他說他找我是因為我具備正規的軍事訓練，但是就憑自己剛從軍校畢業兩年能搞出什麼大戰術？他真正的想法是什麼？我若想知道，就必須先答應參與他的計畫。」

台北市溫州街有一家布拉格咖啡館，地點幽靜，咖啡香郁，附帶供應的小點心也還可口，最重要的是氣氛優雅，真有點布拉格舊城區小巷中的咖啡座的味道。

梁菊從李斯特處得知這間咖啡館，和葉爸來過一次，感覺很好。今天下午她主動約了楊瑞科來喝咖啡。

梁菊自從上次中部之遊歸來後，她對楊瑞科的心態已有了調整，她把瑞科當作弟弟；男女關係一旦轉為姐弟，一切想法、互動都變得自在了。

他們幾乎同時到達。選了角落一張方桌，緊挨著牆腳的揚聲器，德伏札克大提琴協奏曲輕柔地飄出，飄落在散布鮮花的館中，咖啡未至，芬芳滿耳鼻。

「Eric，謝謝你幫我調查黑狗的事，希望沒有給你惹麻煩。」

「梁菊，妳不用謝我，我本來就在調查黑狗吳渥皋的事，只不過我查到的資料就妳知道就好，傳出去……有些敏感。」

「除了我和我們公司幾個人，我不會讓外人知道。你說得好像是什麼恐怖組織的機密，不要嚇唬我。」

「黑狗營果然存在，有點像是一個祕密組織，外面很少人知道，就算聽過也不知道究竟是什麼組織，我的消息來源說它確實和政府有關係……」

「什麼關係？」

「說不確切，大概類似政府的外圍組織，替政府培訓民間的武力，裡面成員有幾百人，主幹是退休的軍警、消防人員，當然退休的情治人員恐怕也少不了，另外就是一些黑道的小混混和沒事幹的年輕人……」

「保家衛國有軍隊，維持治安有警察，幹嘛要搞什麼民間武力？」

「我猜想是來自『全民皆兵』這一類的戰略思維……我要說的最重要的一點，我的朋友黑狗的確是黑狗營的頭頭。」

梁菊腦筋轉得快，立刻聯想到位。

「這麼說，和美國人也有關連？」

「妳真聰明，『全民皆兵』原來就是美國人的構想……」

「不錯，還記得有一個美國政客說過台灣每個人都該發給一枝AK-47。」

「黑狗好像有很大的計畫，手上也有很多經費，妳去練習射擊的那家練習場已經展開第二期工程，相當於一個很專業的單兵作戰訓練基地，所需經費全部由有關方面撥給黑狗運用。這個黑狗兄可抖起來了。」

「『黑狗營』這些成員平日做些什麼事？難不成整天軍事訓練？」

「他們平日各有任務。有的負責招募新人，有的負責訓練新手，還有少數經挑選出來的成員送到美國去受訓。前次我們在射擊場看見的兩個年輕人是黑狗親自挑選的，已經送到美國維吉尼亞州黑水公司去受訓，聽黑狗說其中一人回來後將擔任他貼身的保鑣。」

「包括那個長頭髮的混混？」

「不錯，黑狗說這兩人忠心機伶，值得培養成為親信。」

「你蒐集了這些資料，是否足夠寫你的專題報導？」

「資料是不少，但哪些能寫，哪些不該寫，加上措詞的選擇也費考量，除了敏感性高之外，還要顧及黑狗吳渥皋和我的交情，不能太傷害到他，畢竟在蒐集資料的過程中，他以老朋友的身分提供我許多路子，最近又幫我約到那個叫Frank的美國人，明天我們就要進行專訪；有些資料和採訪機會憑我個人是不易得到的。」

「對，Eric你是個對朋友有義氣的人，寧可寫得平實些也不能把黑狗寫得太負面，再說，你報導的這個故事本身夠聳動了，不需要加重口味。」

「妳心好，說我對朋友重義氣？那要看哪種朋友，對我義氣的我回報，出賣朋友的只要給我察覺，就算不是出賣我，我幹他一輩子。」

梁菊帶著微笑望著他，喝了一口咖啡。

「Eric，到了我這年紀，我漸漸懂得嫉惡不必如仇，嫉惡如惡就夠好了。」

瑞科在細細品嚐布拉格咖啡中肉桂的異香，同時也在咀嚼梁菊這句話的深意。

壁角下飄出德伏札克大提琴第三樂章的主題，波西米亞舞曲中融入了美國黑人的靈歌旋律，馬友友的大提琴接管了單簧管和法國號，緩緩地送出清朗優雅的調子，極其抒情地籠罩了方桌相對的兩個人。

楊瑞科的心弦被這情調挑起，面對著梁菊，本已平復的情愫再次鼓動，他心中愛慕之情更勝往昔，一種想要再次表白的衝動油然而起。

大提琴的節奏漸漸趨快而充滿蓬勃的氣息，似乎在鼓勵著楊瑞科，不要錯過這美好浪漫的時刻向你所愛的人示愛。但是當他對上梁菊那清澈透明、一塵不染的眸子，他把所有想說的話都嚥下去了。

這時，布拉格管弦樂團的單簧管、法國號吹出尾奏，大提琴莊嚴地提升起來，指揮貝格拉維克發動他手下所有的樂器合力推向高潮的結束。

梁菊聽到那個長頭髮的年輕人竟然是黑狗吳渥皋的親信時，心中雖然感到震撼，但她表面上維持了鎮定。回到家中和葉爸、王銘、劉律師見面談到這事時，忍不住心中的不安讓她顯得激動。

「王銘，雖然我一再說服自己，相信你說的，那只是一場一般的搶劫案，是那個長髮傢伙臨時起意搶你的電腦包，但現在我不再相信了，這傢伙不是什麼小混混，他是黑狗的親信，這事和黑狗有關！但想不通的是黑狗為什麼要對阿隆發明的技術資料有興趣？我託楊瑞科打探黑狗及黑狗營的底細，他們涉入的事和抗中保台有關，雖然蠻可怕，但是和我們進行的事實在扯不上關係。」

王銘皺起眉頭，又搖了搖頭。

「聽阿菊這樣說來，連我也信心動搖。黑狗他們正忙著搞訓練民兵的事，怎麼樣也不會來搶奪一份核能技術資料，這還不是最奇怪，最奇怪的是他怎麼知道資料在我手上？」

劉律師接下話題。

「這裡面缺少一個關鍵的連結點，除非我們能找出這個連結點是什麼，我仍寧願相信打劫王教授是一般的搶劫案。」

梁菊聽了，心中又是一跳。她暗忖：

「不錯！我們缺少了一個關鍵的連結點！那個連結點是什麼？是一件事物？還是一個人？」

葉爸一直很仔細地聽著他們的談話，這時候說：

「申請專利案我和劉律師已決定走快速申請管道，多花點申請費是小事，希望半年之後就能見真章，那時管他黑狗不黑狗，我們都不怕了。」

梁菊點頭，心事卻放不下來。

幾經楊瑞科的死纏爛打，黑狗吳渥皋終於幫瑞科約到了美國朋友Frank。

瑞科在他的工作室對Frank進行了單獨採訪。

「Frank先生，我是Eric Yang，《LA Tribune》的記者。我正在寫一篇有關美國以民間方式協助台灣訓練民兵的專題報導，我知道您是這計畫的關鍵人物，十分感激您同意接受採訪。」

「好啊Eric，我的全名是Frank Martin，退役美軍少校，你有什麼問題就發問吧。」法蘭克．馬丁顯得乾脆而直接，沒有一句客套話。

「能不能先請您介紹一下您代表的公司，它的背景、專業以及服務的對象……對不起，我可以錄音嗎？」

法蘭克抬眼看了瑞科一眼，嘴角掛著一絲冷笑，瑞科感到有一種不屑的意味。

「從我坐下來時你就已經開始錄音，我有抱怨什麼嗎？」

瑞科有一點尷尬，只能陪著笑了笑。

「是我疏忽了，我該先問一句的，謝謝您不見怪。」瑞科察覺到法蘭克的乾脆直爽似乎只是表面的，其真實面可能很不簡單。

「我從部隊退役後，兩年前加入這家私人的軍事、安全顧問公司『黑海學院』，公司的顧問業務包括軍事專業，保安人員訓練、行動專案……等，我們服務的對象包括本國及外國政府、企業、國際維和組織……等，其中業務最忙碌的要算人員訓練的單位，也就是我所領導的部門……」

楊瑞科有些疑惑，便打斷問道：

「請教您兩年前退役時隸屬什麼部隊……退下來就直接加入黑海學院？」

「哈，你是懷疑我的年齡不符是吧？告訴你，我七年前就從美國海軍陸戰隊退役，退下後，我和幾位同退的戰友留在中東做了幾年生意，直到兩年前我才回到美國加入『黑海學院』。你以為我兩年前才幹到少校，軍旅生涯未免混得太差，其實我退役是七年前的事了。」

瑞科其實主要在確認他所查到的資料，這時感覺到這人好像很在意在軍中的紀錄，就不再問下去，點頭道：

「對不起，是我多心，請繼續說……」

「ＯＫ，Eric，你很專業啊，採訪時不放過任何細微的地方。我加入『學院』後便專注於教育培訓工作，不再參與專案的行動了；you know, enough is enough！」

瑞科深深點頭，表示同意。

「我瞭解的。當年伊拉克的『庫德斯坦愛國聯盟』綁架了中情局的臥底幹員札布拉，是您單槍匹馬在他們押送途中，幹掉八個『庫德斯坦愛國聯盟』的特勤，救出札布拉，說到行動方面，您曾是位傳奇人物……」

瑞科一面展現他為採訪做的功課，一方面提一提法蘭克當年的英勇事蹟，想讓他放鬆警戒心，更能暢其所言。

「真有你的Eric，做足了功課啊！我不知道你從哪裡查到了『黑海學院』重要幹部的人事資料，但我可以告訴你，那份資料是作宣傳用的，好些地方不盡確實，需要修正。」

「啊，願聞其詳……」

「那是二〇一七年敘利亞內戰，支持巴夏爾．阿塞德總統和反對他的陣容都是跨國的組職，可說複雜無比，光是敘利亞、土耳其及兩伊邊境上的庫德族人就分為兩派，支持阿塞德政府的是『庫德斯坦愛國聯盟』，老牌的革命組織『庫德斯坦民主黨』則站在反抗的一邊；你是知道的，我們美國的主張是要推翻阿塞德政權並幹掉這個獨裁者，所以老早就從國安人員中選了一位庫德人的幹員，埋伏在親阿塞德的『庫德斯坦愛國聯盟』的中央，傳遞重要消息……」

「這位潛伏者就是札布拉？」

「不錯，他的全名是穆汗默德．札布拉，父親是敘利亞庫德人，母親伊朗人，他中學畢業就加入『庫德斯坦民主黨』，我們的國安單位吸收他加入組職，受訓後潛入『庫德斯坦愛國聯盟』，他工作努力升到中央組職部長的助理位置，曾經成功傳回極有價值的情報；那一回他冒險偷到一份極機密的文件，文件中規劃敘利亞的親美庫德軍隊在獲得美國大量武器後，轉交某盟國組織，出兵反將伊拉克北部的庫德組織殲滅。這樣一來，一方面排除異己的族人，一方面可以嫁禍於美國，不幸就在他得手時已被對方發現並遭到逮捕。上級派我任務，二十四小時營救札布拉……Eric，你的資訊誇大了事實，我不是單槍匹馬幹的，我們出動兩人，而且對方也不是八人，只有六人。」

「二對六，也是夠厲害！」

「不能說我多厲害，我雖是兩人的領隊，我的伙伴是陸戰隊的狙擊高手，對方六人中四個死在他槍下，我只殺了一個，還有一個逃走了。」

楊瑞科插問道：「是這樣哦，請問當時的行動中有沒有平民，包括婦女、兒童的死傷？」

法蘭克的臉色微變，他雙眼瞪著瑞科道：

「你根據什麼問到這些？我不知你的資訊從哪裡來，但肯定是錯誤的，當天的戰報和敘利亞通訊網上都能查到，救援任務乾淨利落，我們幹倒的全是武裝人員！」

「我只是問問而已，媒體上常有戰場上濫殺平民的報導，敏感和多疑是我們的職業病，哈，我們換一個題目，法蘭克，您這次到台灣來的任務能不能……我知道有些部分屬於機密，您能否透露一些能說的部分？」

法蘭克鬆了一口氣，他顯然不想在前面那個問題上多談，便欣然接道：

「好吧，我們來談台灣。不用我多講，Eric你是知道台灣海峽的情況有多嚴峻，我們公司接下一份協助台灣增強武力的合約，公司方面極為重視這個任務，派了包括我在內的一組高手到台灣來，其中有些和軍方配合代訓台灣的部隊，至於建立民間武力的部分就由我來負責。」

「請教這份合約是來自美方還是台方？經費有多少？」

「哈哈，經費數字不能透露，而且我也不確知，總之十分豐厚吧。據我所知，提出要求的是美方，出面簽約的也是美方，但經費全部由台方買單。」

瑞科聽了倒抽一口涼氣，但他面上不露任何情緒，只半開玩笑地道：

「這麼說我這個台灣納稅人更有資格請您多透露一二，Frank，告訴我美方出面簽合約的是什麼單位？」

「哈哈哈，Eric，合約的內容是你們政府出錢向我們公司買的，政府是你們人民投票選出來的，你一個納稅人誰鳥你？不過你放心，既然答應接受你的專訪，能說的部分我都會告訴你，絕不隱瞞。」

法蘭克心中暗忖：「這個《LA Tribune》的記者的確厲害，而且做足了準備功課，不過我喜歡這種記者，咱們就來玩玩。」

楊瑞科也發現這個法蘭克雖是軍人出身，卻是機警而狡滑，表面的大剌剌直言直語，看來多半只是一種傲慢的表現，其實這人精得很，不該說的一個字也不透露。

「好吧，我能請教一下您的任務和吳渥皋先生的關係嗎？」瑞科開始旁敲側擊。

「你問到要點了，吳渥皋是我的小組在台灣執行任務的對口，我們的任務在台灣推動時需要場地、後勤、學員徵召、公關處理，甚至生活上一些細節的支援……總而言之，我們需要一個能與台方政府說得上話、能迅速回應我們要求的對口者，吳渥皋就是這個人。合約要求我們長駐台灣直到合約結束，在此之前，台方接受協助的單位都要允許我方人員進入其內部，就近督導、商議、檢討進度……」

楊瑞科有點聽不下去了，他插道：

「抱歉，容我打斷一下，這樣的合約和做法是否違反美國對中國的承諾？而且，會不會被中方解釋為外國勢力進駐島內，反而使台灣陷入戰爭危機？」

法蘭克冷笑一聲反問道：

「Eric，有沒有聽過一個組織叫ＭＡＡＧ？」

「ＭＡＡＧ？應該是什麼組織的縮寫，我一時想不起來……」

「它是Military Assistance Advisory Group的縮寫，想起嗎？」

「啊，『美軍顧問團』，這個我聽說過，那是很久之前……在我出生前的事了，『美軍顧問團』進駐台灣多年……」

「對，MAAG長駐台灣，從上世紀一九五一到一九七九，整整二十八年，最多時有兩千多人，在台灣協助防務、訓練三軍、提供武器，使中共不敢越海峽中線半步……直到美中建交為止；當年要不是有我們的保護，台灣就憑蔣介石那點國共內戰的敗兵，豈能擋得住席捲大陸的解放軍？」

法蘭克說著說著就流露出一些優越感、甚至有點狂妄的態度。

楊瑞科聽得有些反感，但他仍然忍著，點頭道：

「說得也是，我曾聽老一輩說過台灣風雨飄搖、靠老美保護的時代。」

法蘭克再補一句：

「所以你不要大驚小怪，我們今天這點小兒科的作法哪能跟當年相比……」

楊瑞科忍不住回了一句：

「可是那時中共的國力和今天也不能相比吧！以今天美國在太平洋的軍力能保護住台灣嗎？」

「你問得有理，所以台灣要靠自己。何況美台之間已無正式外交關係，當年的協防條約也作廢了，老實說台灣已沒路可走，只能找我們這種民間的專業公司來救援，我說得這樣直白，你就懂了吧，Eric？」

他說得直白，楊瑞科聽得不爽，但為了順利完成採訪，便忍氣吞聲地答道：

「瞭解，其實這道理我也明白的，只是我寫專文報導這個題目，定得採訪各相關人士，用他們的話來佐證，不然豈不變成作者一個人的自說自話？總之，我十分感謝您坦誠的回答，您的見解對我的報導有重要的貢獻，馬丁先生。」

法蘭克蹺著二郎腿，一抖一抖地回答：

「樂意之至。Eric，你是個了不起的記者，好像也當過軍人？」

「是，也不是。我是大學畢業後的ＲＯＴＣ預備軍官，在金門當了十個月的排長，就那時候認識吳渥皋的。他剛從陸軍官校畢業，那時也是排長，不過他是職業軍人，我算是服兵役的吧。最後一個問題，我的報導中能用您的真實姓名麼？」

「除役少校法蘭克．馬丁，行不改名坐不改姓，I am who I am！你儘管用我的名字。還有，容我作個小建議供你參考，這篇文章的標題可以考慮：『再次拯救福爾摩沙——這次靠民間（Rescue Formosa One More Time—through Private Military Company）。』哈哈！」

楊瑞科心頭火起，但他壓抑住情緒，起立致謝：「謝謝建議，採訪到此為止。再次感謝您寶貴的時間，為表達謝意，《LA Tribune》有一份小禮物贈送給您。」

法蘭克接過兩瓶金門陳年高粱酒，他識貨地讚道：

「哇，好傢伙！五十八度的『精神』（spirit），謝了。」

送走了法蘭克．馬丁，楊瑞科心情十分複雜，法蘭克來台協助台灣建立民間武力，但他這個人……

他一臉嚴肅地對著桌上打開的電腦，上面顯示兩張並列著的名單。都是他透過《LA Tribune》洛杉磯報社的資訊中心所查出的資料。

一張是二〇一九年美國陸戰隊「非榮譽退伍」的軍官名單，附註欄中一行小字：涉嫌射殺非武裝平民。另一張是二〇二二年烏克蘭國際兵團「非榮譽退伍」軍官名單，附註為涉嫌盜賣軍火。

兩張名單上都有法蘭克．馬丁的名字，巧的是兩次退伍時他的軍階都是少校。

台北美商俱樂部，同一間用活動隔音牆隔出的包廂，同一張角落的桌子。

李斯特和羅賓成了這張餐桌的常客。

「Hello, Mr. Lester and Mr. Weber. 今天想點什麼開胃酒？我親自為你們調酒。」

侍者已經認識他們，他拿著兩本酒單遞給兩人。

李斯特不看酒單，直接點了龍舌蘭，羅賓看了看酒單，要了一杯琴湯尼。

李斯特舉杯，看了看腕錶。

「十五分鐘前，以色列有新總理了，他的當選講話中第一條，就是加薩走廊撤兵，願與聯合國授權的七國共商『兩國方案』。」

「敬你，教授。烏克蘭戰場俄軍擴大勝利，烏克蘭能得到的外援逐漸減少，屋漏偏逢連夜雨，上星期美國國會通過調查小組的報告，將對烏克蘭政府在各國軍援及經濟上的貪汙兼弊案採取司法行動，看來俄烏戰爭和談是下一個戲碼了。恭喜貴國的情報單位發威了，也恭喜教授的建議實現了。」

李斯特顯得有一點躊躇自得，一口將半杯龍舌蘭乾了，揮拳輕呼一聲：

「Now, China！」

羅賓也將半杯琴湯尼喝了，對李斯特道：

「聯合國授權的七國要和以色列談巴勒斯坦建國的倡議，沒有包括加拿大，是一個錯誤。即使拋開我是加拿大人的立場，純就專業而論，對斡旋以巴的爭紛而言，加拿大比法國更加客觀而有公信力……」

「據說我們的提案中有加拿大，但被中國阻擋了。不知是否屬實？」

「我們接獲的訊息，確有這樣的傳言：中國阻止加拿大還是為了華為的孟晚舟事件？未免有失大國風度。」

「我這邊的分析，中國阻止加拿大另有原因……當然，習近平看不起杜魯道，在國際外交圈裡也不是什麼祕密……」

「那是什麼原因？」

「聯合國授權的七國是：美、英、法、中、俄、埃及和巴西。美英法同一陣營，中俄埃是一邊的，剩下一席如是貴國，就成了四比三，中國當然反對，便支持相對中立的巴西。」

「美國就這樣退讓了？」

「祕書長比較親中，說句老實話，聯合國裡現在不再是敝國說了算。」

「聯合國成了以中國為首的亞非開發中國家的場子，所以你的大戰略就是關閉其他戰場，以圍剿中國為第一要務，恭喜你就要邁出成功第一步。」

「我可沒有那麼樂觀，我怕的是，時間和形勢可能都已不在我們這邊。」

「怎麼會？」

「中國領導人說中國崛起目的只為中國人過好日子，並無稱霸的企圖。當十四億人過好日子時，那個市場有多大？當一帶一路讓窮國人民過好日子時，亞非市場有多大？這話被西方領袖及主流媒體嗤之以鼻，但西方的企業家們卻聽入耳內，愈來愈多的國家為市場而棄立場，美國要圍剿它，勝負難料哩。不說別的，你的國家就有不同看法……」

羅賓點頭，他知道李斯特指的是最近美國智庫建議的美、英、加、澳、日、韓、菲七國在南海及台海的聯合軍事行動，受到加拿大的反對。他沒說話，倒不是無所解釋，而是他私下知道，是自己寫回去的報告起了一定的作用。

李斯特看了羅賓一眼，有些奇怪他何以無言，羅賓心裡有數，繼續保持緘默。

於是李斯特自顧自地說下去。

「我猜此時華盛頓正在向渥太華施壓，美加這點歧異不難解。從冷戰以來，在軍事行動上，渥太華從未背離過華盛頓的要求。」

羅賓不想多談，但終於開口了。

「尤金，我要離開台北幾天，去渥太華一趟。」

李斯特吃了一驚，只一秒鐘他已明白。

「上面要你回去，參加聽證會是不？何時動身？」

羅賓點了點頭道：

「你猜對了，我明天一早就走。」他又補了一句：

「預計停留三天，前後共五天。」

李斯特舉杯：「Bon Voyage，羅賓。」

他心中閃過一絲略帶不爽的陰影。

梁菊一個人吃完簡單的晚餐，端了半杯威士忌，悠閒地在看電視新聞，手機鈴響了。是羅賓。梁菊心中一緊，說好的沒有緊急的大事，兩人不用手機通訊，這時候什麼事那麼緊急？

「梁女士，我立刻來妳家，我有重要的事，見面再談。」

「好的，你路不熟，小心一點。」

只兩句話就掛了，梁菊一陣心跳，出了什麼大事？

羅賓顯得喝了不少酒，臉上紅噗噗的。他坐定後就對梁菊開門見山。他記得，儘量不用「乾媽」的稱呼。

「我要回加拿大一趟，明天就動身……」

「什麼事那麼急？出了什麼……」

羅賓打斷她，一字一字很清楚地接下去：

「您聽我說，我不能多留，說完我就要走了。渥太華的上級召我回去參加聽證會，主要是加拿大和美國對台灣海峽的行動有不同的意見，上面要我作第一手的分析聽證。這些話本來不該說的，但我現在只有您一個親人，我想還是讓您知道好放心，我會沒事的，一切會順利。」

梁菊忽然想到威廉小時候，有一次教他中國人的孝道，教了「父母在不遠遊，遊必有方。」想到這裡，梁菊眼睛就濕了。

她看著威廉，這一陣子整個人的氣質改變了不少，看上去有一種成熟而自信的男子氣概。梁菊心中不自覺地對他起了依賴感。

「你什麼時候回來?」

「預定在加拿大停留三天就回來。」

「如果有空，到多倫多我們家去看看，是否一切安好……如昔，我拿鑰匙給你。」想到警方曾在她家中翻箱倒匣，她不禁一陣揪心。

「沒有問題，我回程原定就是從多倫多直飛台北，正好到老家去看看……」他正說著，梁菊已經走到臥室去拿鑰匙。

她回到客廳時，羅賓發現她臉上的神色變得有些嚴肅，正要相問，梁菊已開口:

「剛才差點忘了告訴你，你安德烈叔叔從法國里昂休假，此刻正在渥太華，這是他的聯絡電話。」梁菊遞給威廉一張小箋。

羅賓聞言，臉上笑容綻放。

「太好了，安德烈叔叔是我父親的好朋友，我上次見過他以後就不知多久沒見到了，這回真巧，居然在渥太華可以見到，他長年在歐洲……您和他常聯絡?」

「不，是我們共同的朋友跟他常聯絡。他升任國際刑警的執行委員，權力更大、資源更多了。」

「您沒有其他事我要回去了。」

梁菊送他到門外，羅賓忽然回過頭來，輕聲道:

「見到安德烈叔叔，我要拜託他調查乾爸的車禍!」

「調查?那是……一場意外……」

「意外？您太單純了。再見，我走了。」

看著羅賓結實修長的背影，梁菊喃喃自語：

「他要聯絡安德烈，車禍之謎只有安德烈知道內幕。」

想到他說自己「太單純」，不禁莞然。

「這孩子愈來愈機智而穩重，能扛起重任了。」

羅賓拉著行李，在渥太華卡爾頓大學側門前叫了一輛出租車。

「麥克唐納國際機場。」司機講法語：「Qui, Monsieur.」

他坐在車上，心中的情緒激動澎湃。

昨天他在國安局的五樓參加了聽證，他對台海的情況做了三十分鐘的報告，接受來自國防、外交、國安等單位代表的詢問。他雖資淺位低，但卻是加國唯一長駐台北的國安幹部，各單位對台海問題的立場不見得一致，但都希望聽聽來自現場的第一手資訊。

羅賓從台海問題的歷史切入，以軍事、區域安全及當前危機三個主軸陳述他的看法，然後從地緣政治的角度談到符合加拿大利益的政策主張，建議不可一味盲從他國的戰略指導。

「站在民主國家的團隊裡，我們應該認同並肯定台灣存在的價值以及實行民主政治的成果，但是不能忽略台海兩岸文化歷史的淵源以及因內戰而分治的事實；加拿大如何看待台海的危機，參與台海鬥爭的程度，都必須以加拿大國家的最大利益為優先考量。」

也許因為他看上去太年輕，國防的代表對羅賓報告的反應頗有嗤之以鼻的蔑視。

「韋伯先生，無意不尊敬，你說的太過抽象空洞。我們要知道的是真實的危機評估，你們動嘴動筆，我們要考慮的是動飛機、軍艦……」

外交部的代表不表同意，他認為羅賓的報告十分有價值。

「我認為這份聽證報告專業而有深度，符合加拿大的外交利益及一貫路線，韋伯先生以如此年輕的年資，短時間內能對全球最敏感、最複雜的地緣政治及危機提出深度的看法，我感到十分欽佩，我們建議把韋伯先生的建言納入今天的會議結論。」

國安單位的代表居然是個認識的人，羅賓受訓基地的主任庫柏將軍，他今天未著軍裝，一襲剪裁合身的淺灰色西服看上去十分瀟灑，他聽完羅賓的報告，比了一個大姆指表示嘉許。

聽證會的主持人是總理辦公室的戰略顧問，一位身材微胖的女士。她對羅賓報告的內容也說了些好話，說高層會列為重要參考，但最後的結論卻要羅賓回台北待命，在此之前充分配合，一切唯美方馬首是瞻。羅賓聽了哭笑不得，暗罵：「你們高層已經妥協了，還要我回來聽證做一場秀！浪費我的時間。」

庫柏主任上前來和羅賓握手，輕聲道：

「幹得好啊羅賓。記住，有些事，將在外君命有所不受。」

「長官，謝謝您。」

羅賓感到一種「自己人」的溫暖，暗道：「厲害了，《孫子兵法》的名句，在西方的軍事和商場都朗朗上口了。」

庫柏將軍是國安特訓基地的主任，竟然參與今天的會議，羅賓猜想他一定調升了。或許因為老長官沒穿軍服，羅賓面對他下意識地變輕鬆了。

「主任，恭喜高升，您現在是……什麼職位？」

「哈，CNSB新增了一個副主管，羅賓，你進步驚人啊！」

散會後，他被請到國安委員會參加圓桌論壇，一直搞到深夜他才抽出空來和安德烈通話聯絡。安德烈約他次日一大早在卡爾頓大學的運動場見面。

羅賓的計程車上了去國際機場的快速道路，他閉目回想和安德烈見面的一幕。

「好傢伙！威廉・休斯，你真長大了，比你爸爸還強壯，上回見到你時，你還是初中學生。」

安德烈穿得一身休閒，雖然頭髮有些白了，但臉色紅潤，顯然健康狀態甚好。

「安德烈叔叔，你還是我上次看見你的老樣子，沒有變多少。」

事實上，安德烈這些年來勤於鍛鍊，甩掉不少脂肪，身材比之前好很多，只不過威廉對他最胖時的模樣沒有記憶。

「我知道你要趕飛機，我們約在這裡談話絕對安全，離機場也近——梁菊好嗎？」

「她回到台灣了，我因任務在身，也不能常見面，她看起來一切都好。安德烈叔叔，我想要調查Eric葉博士死於車禍的事，你能幫我嗎？」

「葉博士的事我已調查過，我找同事透過各種管道調查過了。」

「啊，你已經調查了！結果是如何？」威廉急切地問。

安德烈嘆了一口氣道：

「他不是死於意外，那場車禍是人為的。」

「你是說……謀殺的？是誰要殺他？你……確定嗎？」

一口氣大聲問了三個問題，才察覺自己的失態：

「啊，對不起，安德烈叔叔，我太激動了。」

安德烈也覺得威廉有點反應過度，他並不知道葉運隆夫妻領養威廉為義子的事，上次李嶠之託他調查，他只想到是為了梁菊，此時看到威廉的激動，不禁有一些吃驚。

「安德烈叔叔，艾瑞克葉博士是我的義父，他待我就如同親生父親，原諒我的激動，是誰殺了他？」

「威廉，你可能沒有聽過，有一句中國成語，『匹夫無罪懷璧其罪』……」

他一定猜不到，這句成語威廉不但聽過，而且用毛筆寫過。

安德烈把他暗中調查的經過說了一遍，結論是情報單位的人員認為葉博士私藏了最新發明的高科技，判斷他要將機密交給中國，因而設計了車禍除掉葉博士。而事後有關單位他們也認為可能是誤判……

「他們是誰？」

威廉的聲音已經恢復冷靜，他問這話時，已聽不到絲毫的激動，冷靜得就像個不相干的旁觀者。

這變化使安德烈暗暗吃驚，這年輕人和他父親麥可‧休斯比起來真有天壤之別。這個念頭讓安德烈對要不要把人名告訴威廉起了猶豫之心。那些人不是普通的殺手，他們背後龐大的勢力絕非個人能與之為敵。

威廉平時待人處事都很溫和，甚至讓人感到和藹可親，但是一旦敏銳起來，立時變得冷靜機智，他已經察覺到安德烈心中所思。

「安德烈叔叔你可放心，我只是要知道真相，為什麼要謀殺葉博士，誰殺了他；我不可能去找這些人追究，或者報仇什麼的，我明天就回台灣，我只想要真相。」

安德烈考慮了一下，終於回答：

「兩個人，一個加拿大情報員，一個美國情報員，前者執行行動，後者發號施令。但是你最好不要知道他們是誰，威廉，他們的後面是國家機器！」

安德烈終究沒有把名字告訴威廉。

威廉點頭，冷靜地道：「我懂，我的後面也是國家機器。」

抬眼看到安德烈瞪著自己的眼神中充滿了不安，他便換了輕鬆的口吻：

「我不會去惹任何麻煩，你放心，我訂好了機票明天就從多倫多直飛台北……對了，葉博士的死因，梁菊知道嗎？」

安德烈想了想道：

「不確定，因為拜託我去調查的是喬治李，他是梁菊和我共同的好朋友，我不知道你是否見過他……很厲害的狙擊手……」

「是不是在基輔開中國餐館的那一位？」

「對，就是他！你見過？」

「小時候見過一次，聽爸爸提到過，那時你們一夥朋友一道去援救被綁架的葉博士……對吧？」

「威廉你真好記性。我的調查結果就用『匹夫無罪懷璧其罪』這句話告知了喬治，我想他一定會轉告梁菊的。」

威廉聽了，默然無語，他心中充滿了感動，暗忖：

「原來乾媽已經知道了，她瞞著不對我說，是因為我身屬國安單位，而乾爸死於國安單位之手，她是怕影響我的工作；離開台北她家時，在我告訴她我要調查車禍案之前，她就把安德烈叔叔的聯絡給了我，是要讓安德烈告訴我真相，以防我莽撞自己去調查……她是何等的聰明，保護我無微不至啊！」

安德烈見威廉陷入沉思，便也默默地和他踽踽而行，再一次走到操場盡頭時，他感嘆地說：

「匆匆二十年過去了，那時候，喬治李、梁菊、你爸爸麥可和我，我們聯手從庫德族的恐怖分子手中救下葉博士，這回葉博士又一次因為擁有新發明而遭難，可惜這回沒人能救他了。」

「看起來，我們的國安單位比恐怖分子厲害。」

安德烈聽了為之默然。他伸出手。

「時候不早了，你應該去機場，我這邊再過三天休假期滿就回里昂，威廉，祝你一帆風順，問候梁菊，如果有機會見到喬治李也替我問候，他們是我一生的好朋友。」

羅賓緊握安德烈的手。

「也祝您一路順風，安德烈叔叔。」

威廉終於回到他從小長大的多倫多，他從機場搭乘接駁車到市中心，然後搭巴士到橡樹城。

葉家的房子在城東郊外，面對一個不大但漂亮的水潭，常有水鳥在其中遊憩捕食，屋後是一整山坡的楓林，深秋時成為一個景點。

威廉對這一帶太熟悉了，年輕時幾乎每週定時來這裡，梁菊教他中文，語言天賦加上興趣和努力，威廉的中文無論聽、說、讀、寫都有兩下子，尤其是聽和說，功力接近母語。

他踏著輕快的步子，在熟悉的楓林小徑中走向葉家。

天氣很好，藍天白雲，氣溫宜人，威廉一面走著一面懷舊，覺得這裡的一草一木好像都沒有改變，真是十多年如一日。

走到三棵特別高大的楓樹前，他發現幼時和乾爸一同踏雪割取楓糖所遺下的痕跡，他不禁輕輕撫摸老楓的舊疤，一時間彷彿回到山坡上積雪盈尺的那個冬天。

四周一片寧靜，只偶爾傳來幾聲鳥鳴，威廉一面走一面沉醉在舊日時光中，忽然，他停下了腳步，下意識地閃身在樹幹後。

山坡下葉家的前院是一片空闊的草坪，此時雜草叢生及膝，威廉忽然看見一個人影，他連忙蹲下，從樹幹後仔細察看。

只見那人向車庫外四面張望了一下，從車庫的側門處走入廚房。

他是誰？到葉家來幹什麼？

車庫停放的是一輛黑色的英國製休旅車 Land Rover，旁邊停著梁菊的紅色電動車 Tesler Model Y。

「這人開車來私闖民宅，還把車大剌剌地停放在人家的車庫裡，究竟是什麼來頭？」

那人大約五十歲左右，穿了一身獵裝，看上去身材維持得不錯。過了一會，人走了出來，羅賓瞧得仔細，那人手中拿著一個紙袋和一幀帶框的照片。

羅賓暗想：「這人潛入民宅，什麼貴重的東西不拿，卻拿走一幀照片。不知為什麼？還有，那個小紙袋裡又是什麼東西？可能是什麼文件！難道他們仍然以為乾媽會把機密資料留在此地而自己卻跑到台灣去了……」

心念一轉，忽然想到，「這人肯定不是一般的竊賊，他來拿走照片或文件，是不是和謀殺我乾爸的事情有關聯？」

一念既起，他再也忍耐不住，便從山坡上奔了下來，一面叫道：

「喂，你是誰？怎麼私闖民宅？」

那人似乎吃了一驚，但並不慌張，停下身來反喝道：

「這是我朋友的家，我來替他拿東西，你是什麼人？這裡沒你的事，趕快離開！」

羅賓加快速度衝下山坡，同時大叫：

「你手上東西留下來！我是葉博士的朋友，你不准拿走葉博士的東西！」

那人見羅賓衝向他，便把手上的相片架及紙袋丟入休旅車的前座，同時待要上車，羅賓已衝到車庫，隻身阻止那人上車。

「滾開，你多管閒事！」那人反身迎向羅賓。

羅賓指向前座，大聲喝道：

「你拿走什麼東西，給我看！」說著便搶過去要看個究竟，那人阻止無效，就揮拳擊向羅賓左頰。

羅賓低頭閃過，他已經瞥見那幀照片是他小時候和梁菊合拍的。為什麼要來拿走這幀照片？他決心要把這人留下好好問清楚。

於是他一聲不響，對準那人胸腹部位出了一記重拳。那人動作十分敏捷，一個半退步便讓羅賓的重拳落空，羅賓用力太猛，拳頭落空略失平衡而上身前傾，那人左右開弓兩拳揮出，羅賓躲過一記，沒能躲過另一記左鉤拳。

羅賓被打得結實，嘴角已烏青腫起，頭腦也一陣暈眩，他暗暗對自己說：「不行，這傢伙不是業餘的，我要好好重整旗鼓……」

他連退後兩步，深呼吸，然後展開在軍校及國安訓練中心學到的搏擊術，與那人拚鬥。搏鬥中，羅賓捱著左側挨上一拳，同時間一拳正中對方門面，那人的鼻樑被打斷，頓時鮮血長流。

羅賓牢記搏擊教官說的話，搏鬥中如果能讓對方先流血，就會在心理上壓過對方。他正竊喜自己一擊得手，卻不料對手忽然不知從哪裡掏出一把彈簧刀，對準羅賓右胸刺來，羅賓突然被凶器襲擊，一個疏失就被劃了一刀，雖然不深，卻是劇痛。

羅賓知道再不使殺手，可能就沒有機會了，他使出在訓練基地學到的絕殺一招。只見他左右晃動，突然一腳飛起踢中對方持刀的手腕，彈簧刀飛出落地，羅賓用全身之力猛撞對手，對方身軀被撞側斜，羅賓伸臂從右後方鎖上對方頸項。

那人其實也有格鬥訓練的經驗，他看出羅賓的企圖而想躲避，但是動作沒有羅賓快速，仍被鎖住。

羅賓一招得手，立刻施出全身之力鎖壓對方頸喉，那人從喉嚨中發出一聲可怕的嘶喝，四肢猛力抓踢，想要擺脫，但羅賓年輕力壯，在特訓基地每日勤練這些學來的搏殺動作，這回真的用上，豈能讓對方脫手？

那人掙脫了幾分鐘，始終無法擺脫羅賓的鎖喉，逐漸地他雙眼突出，口吐血沫，四肢猛抽幾下，便軟綿綿地倒下了。

羅賓頭一回與人性命相搏，用力過猛，也累得四肢發軟發抖，喘了好一會才恢復過來，他探了探那人的鼻息，已經沒了呼吸。

「我殺人了！」羅賓忽然感到又驚又怕。

「我殺人了！」這四個字一次一次地出現在他腦海，他心跳得厲害，只好不斷地做深呼吸，努力使自己平靜下來。

其實羅賓從加入國安特訓中心的時候，他便知道既然走上這一條路，恐怕終究將會遇上格鬥、廝殺的場面，但是對於「親手殺人」這件事，只有事到臨頭時才會真正瞭解；無論事先有多少行動訓練、心理建設，永遠不足。

他方才雖然伸手探了那人的鼻息，卻不敢正視他的臉孔。過了片刻，羅賓漸漸平息了胸中的波濤洶湧，他暗忖：「我殺了這人，總該看一看他的長相吧……」

於是他低頭看了一眼，只見死者雙目突出，眼球像死魚一般，鼻孔及嘴角鮮血長流，臉上肌肉極其誇張地扭曲；只一眼便覺極其恐怖，不敢再看。

羅賓想到幾分鐘前還是活生生一個體面的中年人，現在卻已經縮成一團死在自己手下。他不禁又懊惱又悔恨地自責：「他雖然潛入葉家拿走了東西，但我什麼都沒有弄清楚就動手殺死他，真是太魯莽了！」

天空蔚藍，白雲朵朵，四周了無人聲，只有楓林中的鳥叫聲偶爾此起彼落。羅賓的理智漸漸從驚恐的情緒中恢復，他開始思考：

「我和此人不期而遇，是他潛入葉家竊取東西，也是他動刀攻擊我，我如不自衛，此刻躺在地上的也許就是我的屍體吧……」

「我殺了他，可是我別無選擇……」

「現在，我怎麼辦？」

此刻羅賓已經完全冷靜下來，他暗忖道：

「不管這人是誰，也不管他為什麼要來這裡竊取東西，我現在該想的是如何善後！」

第一件事是探頭仔細掃描四方，只見一片平和寂靜，沒有人聲。其次，他把那個相片架及紙袋拿出來仔細查看，沒錯，照片是他十四歲生日和乾媽梁菊的合照，紙袋中包著幾封聖誕卡，都是他寄給葉運隆和梁菊的。

他坐在地上，隨手打開一張，是二〇一五年聖誕節他寄出的，上面用中文寫著：

「親愛的乾爸媽：這學期我選的七門課全部得了A⁺，獲得全班同學票選為『全能超人』，我很開心。感謝乾爸媽。你們給我的愛支持我努力向上。聖誕快樂。」

羅賓凝視那時自己寫的工整的中文字，眼睛不禁濕了。

他反覆思考，得到一個暫時的結論。

「這人侵入葉家，什麼都不拿卻挑了這兩件東西，似乎目的在尋找我和乾媽關係的證據……這就表示他們懷疑乾媽手上有乾爸發明的資料，從查乾媽——一直查到我。」

想到這裡，他急切地想知道是何方人士要來查自己和梁菊的關係？於是他起身去查看那被他鎖喉致死的屍體，死者的面孔很恐怖，羅賓儘量不去看他，便蹲在他背後，伸手在他身上摸出一個手機、一個皮夾和一串鑰匙。

皮夾中有名片！

名片上印著「ＣＮＳＢ特勤」，名字是「大衛・莫里森」。

他站起來，開始思考如何善後。

第一，擦乾淨所有可能留下的指紋。所幸打鬥時用的是拳腳，不致在死者身上留下指紋，皮夾擦拭乾淨歸還死者，只留下一張名片。

第二，他記得梁菊家車庫有裝一個監視器，他在車庫角落找到一個梯子，爬上去將監視器中的儲存硬碟取下。

第三，檢查車上的行車紀錄。他把那輛Land Rover上的電子設備查了個遍，沒有任何紀錄。

最後他進入屋內。車庫通廚房的側門的鎖已被人破壞，羅賓進入屋內，仔細巡視一遍，發現一切物品傢具都安放妥善，沒有被翻箱倒匣的景象，他暗忖：

「東西安放原地，那個莫里森只花幾分鐘就找到那幀照片和我寄給乾爸媽的聖誕卡，證明他們早就進來搜查過，而且全屋內錄了影，才能進屋直奔他要的東西，可是天網恢恢，你們料不到我會這時出現在這裡……」

他熟門熟戶地在浴室外找到掛在牆壁上的急救箱，迅速把胸部的刀傷消毒、包紮妥當。最後還有一件事需要處理：那輛停在車庫的休旅車。

「我是把它開走，還是留在這裡？」

他想了想，決心將車留在車庫，拉上車庫門，將那串鑰匙丟到水潭中，自己卻進入屋內，從後門出去，直上山坡。來時他一路步行，林中並未發現監視器，從原路走到遠處山坡下的公車站，他就可以轉搭地下鐵去機場了。

三天後CNSB的人員才在梁菊家的車庫發現莫里森的屍體和那輛黑色的Land Rover，CNSB封鎖了新聞，私下處理了屍體。

羅賓・韋伯早已回到台北，向辦事處銷假上班。

回台第三天晨起，羅賓在河邊慢跑，「巧遇」梁菊，他們還是到附近的小店共進早餐，他告訴梁菊橡樹城的房子內外皆安好，請她放心。

梁菊關心的是另一件事：

「羅賓，你見到安德烈叔叔？」

「是的，他什麼都告訴我了。」

「你身為國安人員，我們的國安人員卻謀殺了你乾爸，你一定難以承受……我，我之前瞞著你，就是怕影響……」

羅賓打斷，冷靜地道：

「我感激您瞞著不告訴我，也感謝安德烈叔叔為乾爸的事調查他們的內部，我聽了安德烈叔叔的話，我可以接受國安人員是做他們必須做的事，我也是！」

梁菊聽了最後三個字「我也是」，又擔心起來。

「羅賓，你不要衝動，要幹什麼事記得要先和我商量。」

羅賓點頭，他終究沒有把殺了莫里森的事說出來。

梁菊看著羅賓臉上堅毅的表情中帶著幾分憂心，感嘆地吁了一口氣。

「怎麼了您？」

「局勢愈來愈亂，你如聽國際新聞，台灣這邊已是戰雲密布，我好擔心萬一亂起來怎麼辦？」

「亂起來，您是說對岸打過來？」

「還有台灣內部。這些年來台灣由於政客的大力操作，社會分裂得很厲害，貧富、省籍、年齡層、政治意識型態，各層面都有不同程度的對立情況，我怕星星之火足可燎原，你知道，葉爸本來希望我留下來陪他，但最近他忽然改變了，屢次勸我沒事還是早些回加拿大去……我知道他是怕亂起來就走不了啦，但如果真有事，我豈能棄他老人家於不顧？」

羅賓很認真地聽了，皺了皺眉頭。他安慰梁菊：

「嚴重到這地步了嗎？我不覺得欸，中國正在全力和美國作多方面的鬥爭，其實美國本身的內憂外患也極為嚴重，我覺得台海在可見的未來應該是安全的……」

話雖這麼說，腦海中卻閃過李斯特說的「新戰略」，不禁停頓下來。

正想到李斯特，不料梁菊就提到李斯特。

「我昨天晨跑碰到尤金・李斯特。你猜他跟我說了什麼？」

羅賓想了想，搖頭。

「我猜不出。」

「他對我說，如果在台灣的事辦完了，還是早點回加拿大去吧。我問他為什麼？他說怕這裡會不安全，但我再多問，他就轉換話題說別的了，你說怪不怪？」

羅賓沒有立刻答話，自顧自想到李斯特正在「煮」的新大戰略和行動計畫。

「不怪。尤金・李斯特好像特別關心妳。」

梁菊聽出他弦外之音，連忙道：

「他是個浪漫的紳士，替我畫了一張肖像後，我們並未交往——只除了偶爾在晨跑時碰上聊聊天。」

「我覺得他在追妳欸。」羅賓半開玩笑地說。

梁菊搖了搖頭。

「我們是好朋友。」她想了想，繼續說：「可是他勸我離開台灣的事，令我不安。」

羅賓側頭想了一想，似乎在考慮如何措辭。片刻後他壓低了聲音：

「乾媽，如果台灣真的有事了，我一定會先告訴您的。」

梁菊想到羅賓也從事國安方面的工作，提在半空中的心忽然感到落實了一些，她拍了拍羅賓的手背。

他們喝完咖啡，羅賓待要起身，梁菊忽然道：

「羅賓，我需要一枝槍。」

「什麼？妳要一枝槍？」

「對，還有子彈。」

羅賓坐回原座，梁菊低聲道：

「如果真發生戰爭，個人的力量是渺小的，但是如果我有一枝槍在手，心裡會踏實許多——台灣禁止買賣槍械，你是外交人員，有沒辦法幫我買一枝？」

羅賓搖頭。

「我沒有門路，如要透過外交途徑，那牽涉的手續夠麻煩的，不過我有一枝狙擊槍Scout Rifle，我不常用。」

梁菊聽了眼睛一亮，漸漸地，雙眼卻濕了。

「怎麼了？您……」

「沒事，我……忽然想起另一個借槍給我的人。」

羅賓一頭霧水，梁菊卻陷入了回憶。

那是十年前的舊事……

前往烏克蘭援救葉運隆的警官即將出發，梁菊要求參加，警方電話通知她明早五點鐘來接她去機場。

一切說定了，對方叮囑一事。

「還有一件事，妳不准帶武器。」

「您是說我不能帶我的長傢伙……」

「別說長的，短的也不准！」

梁菊極為失望，呆了一會沒有出聲，但立刻她就微笑了，因為電話那邊傳來刻意壓低的聲音：

「但是我可以帶一把長槍，雖然我不慣用長槍……」

此刻，情景竟然那麼的相似，唯一不同的是，十年前電話的另一端是麥克・休斯警官，羅賓的父親。

CHAPTER 11

「TUP」計畫

羅賓沒有立即叫車，獨自在台北街道上走了兩條街。他一面散步，一面對當前的局勢默默思考。

「事情好像愈來愈緊張了，李斯特的百寶箱裡到底藏什麼花樣？剛才我是不是也該勸乾媽提前回加拿大去？」

他感覺得出梁菊並不想回去，橡樹城的家是她傷心地。阿隆從那裡被「叫」出去便一去無回，她在台灣陪伴葉爸、籌備創新能源公司……過得充實而自在；但是這一切將化為灰燼——如果戰爭真的降臨這個美麗之島。

橡樹城的葉家，對威廉來說，那是個充滿甜蜜回憶的地方，成長的歲月中，他每週一次在那裡隨梁菊學中文，吃梁菊做的中國菜，天晚了梁菊開車送他回家……直到最近的一次造訪那棟楓林中的房子，他在那裡殺死一個人！

身為加拿大國安單位的派遣人員，平生第一次殺人竟然是殺了加國國安的特勤，何等的諷刺。他不要想這事，但這事仍然隱隱壓在他的心頭，那情景只要一冒出來便令他感到尷尬和不堪。

這些日子發生的事，遭遇的境況，使羅賓對「國家安全」這個詞產生了懷疑。他的愛國心曾使他願意無條件地捍衛它，但最新的感觸卻是，「難道為了這四個字可以無限上綱，為所欲為？」

他曾經崇拜的教授尤金・李斯特似乎便是這樣的思維，他一切以美國的國安利益為至高無上的考慮，為達目的不擇手段，這使得羅賓開始感到不安，甚至有一些反感，最新發展，似乎一步步走向在台海危機中製造第二個烏克蘭的規劃。羅賓開始懷疑，這次是不是玩真的？華盛頓鷹派的高層是否已接納了這種瘋狂的想法？

於是羅賓對李斯特的想法又多了些距離。

「中國不比俄羅斯，台灣人民不像烏克蘭人，尤金只看到他想看到的，然後就設計他的大戰略，這其中有相當大的危險。他要拉我一道規劃一個執行面的行動計畫，可是我從軍校畢業才兩年，有多大的本事能設計如此大規模的軍演？這裡面的問題和變數會很多，我希望足智多謀的尤金・李斯特三思而後行。」

這一段時間，羅賓和李斯特相處較多，他對李斯特有了更深的了解，也讓他看到李斯特人格上複雜的一面，在他聰明、文雅、浪漫的後面，有一個神祕的空「井」，井裡藏的不知是什麼，只是每當李斯特開啟那個空井時，就會讓人感受到莫名的不安，有時甚至是恐懼。

但羅賓沒有退縮，反而更認真地和李斯特合作，他想要對這位提攜他進入國安事業的導師做更全面的了解，更實際的是，他要知道李斯特的「行動計畫」究竟會對這個危機一觸即發的地區產生多大的衝擊。

羅賓就「行動計畫」中的軍事布局和李斯特商討多次後算是定案了。他們設計在巴士海峽和石垣島西北海域同時舉行軍演，前者包括美、英、澳、加及台灣，後者包括美、英、日、加及台灣，其中的配合協調非常複雜，須事先妥善規劃的細節多如牛毛，羅賓用了「洪荒」之力勉力完成一個概要，他實不知是否能達專業水準，不過兩場軍演的設計都做到以「防衛台灣」為主體。

羅賓所不知道的是，這個軍演計畫的規模雖大，卻只是「行動計畫」的一部分，而且不是主要的部分。

「西方企業戰略顧問公司」，WESCC，位於台北市天母的辦事處深夜仍然燈火通明，兩名美國的非政府國安重量級人物祕密來到台北，他們要和尤金・李斯特商議一個絕頂機密的計畫，其中的細部討論不能透過任何通訊的方式，必須在絕對安全的戰情室中面對面地談。

尤金陪兩位來賓吃完簡單的工作餐，他親自備了咖啡，鎖上厚重的隔音門，啟動全套反竊聽系統，一切動作都不假手助理或祕書。事實上他已經要求公司的人員下午五時就全部下班離開，公司淨空了。

尤金將一杯咖啡遞給年紀較大的貴賓。

「史蒂夫，你是實力派，你先發言吧。」

史蒂夫・溫特斯留了一把花白的鬍子，一雙湛藍的眸子不因年齡而減少銳利的光芒。他是著名的私人軍事、安全顧問公司——「黑海公司」的副董事長，在華府的國安及國防界無人不曉，在國際上也是赫赫有名。

「尤金，今天阿爾和我帶來的，是我們兩單位率同三位華府的東亞及中國戰略專家們共擬的方案——當然，你老兄提的構想也包含在內，我們要面對面和你這位在地的高手商量定案，給華盛頓和五角大廈那邊一個比較具體的方案，他們就可據以進入準備階段了；當然，先決條件是，如果最高長官決定要幹。」

阿爾・祖克曼博士是個舉止斯文的年輕人，看上去不到四十歲，臉上架著一副黑色細邊眼鏡，典型的新英格蘭學院派教授的派頭，這回他其實是從洛杉磯飛到台北和史蒂夫・溫特斯會合。

祖克曼博士固然是華府國安基金會的重量級中國專家，他同時也是加州那所全球聞名的智庫公司的首席東亞戰略研究員。阿爾・祖克曼說話時未開口先給人一個笑容，看上去十分和藹可親，但是一開口說話，立時犀利而尖銳。他微笑接道：

「沒有不尊敬的意思，李斯特先生，您所提的把台灣拉進來一道軍演的構想是很難有任何效果的……事實上這幾年來我們在台海及南海、印太地區動作頻頻，但所有的作為都可以分為兩類：一是發表共同宣示，二是軍演。老實說，這兩件事都毫無效用，事實也證明如此，但為什麼我們不斷地做同樣的蠢事？原因是華盛頓的決策者在烏克蘭戰爭中食髓知味，便定下基本的戰略思維：第一，打代理人戰爭；第二，把盟國綁上戰車打群架……」

尤金心領神會，哈哈笑了一聲接口道：

「完全同意你說的。但我要先說明一下我最近提出的聯合軍演，這次與過去的軍演不同，過去的軍演都是為了要武力威懾、挑釁中國，而這次軍演則是在對方被激怒動武時，就近協助台灣擋住第一波攻擊，以免台海防線太快崩潰，就失去用長期戰把台灣造成第二個烏克蘭的機會了；所以雖說都是軍演，意義卻大不相同。ＯＫ，再回到祖克曼博士的論點，我剛說了基本上是贊同的，發表共同聲明最是惠而不費，我們自然可以一呼百諾，至於聯合軍演更是各盟國求之不可得的練兵機會！試想各國養了那麼多軍隊、買了那麼多武器，平日巴不得有機會實彈操演一番，現在有敝國出頭組織聯合軍演，可以和強大的第七艦隊並肩玩一玩，何樂不為？」

「李斯特先生見得透澈，說來可憐，就只這兩件事華盛頓能喊得動盟國共襄盛舉，所以明知沒有用，仍然樂此不疲……」

史蒂夫．溫特斯點頭道：

「阿爾上個月在外交期刊發表的文章也談到這一點；通常只要是阿爾的文章，白宮安全顧問的電腦中馬上就有電子檔，桌上立刻就有祕書送上紙本，可是我聽說這篇文章徹底惹火了咱們的安全顧問，當場ＦＸＸＫ阿爾和阿爾的媽，氣得他流鼻涕。原因很簡單，什麼印太共同宣言、Ｎ國聯盟、Ｎ方對話、拉歐盟和東北亞盟國到南海、東海聯合軍演、秀肌肉……這一大串行動全是咱們白宮顧問的最愛，阿爾你在文章裡說什麼？你說這種事做一次是『沒有屁用』，繼續做就是『腦殘』了，試問他該不該火大？」

尤金和史蒂夫是多年的老友，和年輕的阿爾就比較生分一點，但聽了這話，忍不住大笑道：

「以我對咱們白宮大顧問的了解，誰批評了他的政策，他便會立刻要求批評的人提出『Counterplan』，你若提不出『反計畫』，他手下那批文字打手就立刻會寫十篇文章把你鬥臭鬥垮；這回他除了當場問候阿爾和阿爾的母親大人，倒是沒看到阿爾被鬥臭，想必你提出了讓他服氣的對策……」

幾句話既幽默又實際，結尾一句帶點恭維，立刻把原本有點生分的阿爾拉近了一大步，史蒂夫不禁暗讚，正是尤金的魅力和說話的藝術。

阿爾・祖克曼給了尤金一個陽光的笑臉，然後說：

「我早料到白宮安全顧問吃了我的大菜後的反應，就趁機給了他一個『提醒』當作小費。我提醒他，想要徹底解決中國對美國安全所造成的危機，每個人都知道要打『台灣牌』，但是『台灣牌』要打在要害上，否則狡猾的中國人不可能會因為我們搞一些不痛不癢的動作而落入陷阱。普丁面臨我們的『烏克蘭』計畫，一個沉不住氣便陷入泥淖，卻給了中國一個最佳的機會教育，讓他們看清楚，不管什麼理由，誰先開第一槍，國際社會的輿論便咬住不放，甚至鼓動全球都來制裁，中國人有幾千年的鬥爭經驗，只是挑釁對他們是沒有用的……上回華盛頓拉著渥太華那個蠢材搞的『越過中線』的把戲，結果成了一場鬧劇，尤金，你可是目擊的當事人，嘿。」

尤金釋出言語上的善意，阿爾顯然並不領情，他言辭依然鋒利，而有針對性。

史蒂夫熟知阿爾的性子，只要有他在的會議場合，開場白必然是十到十五分鐘的「唇槍舌戰」，然後才會進入正題。

「好了阿爾，你的開場白夠多了。進入正題吧……」

阿爾欣然衝著史蒂夫一笑。

「好極。不過我還是要先從剛才提到的送給白宮大顧問的『小費』說起，我跟他說，第一，要對付中國這樣強大又狡詐的敵人，你趕快停止烏克蘭和加薩走廊的軍事活動，集中力量鬥中國，或有一線勝利的機會，以美國現今的國力，絕對經不起兩面、三面作戰；第二，要打『台灣牌』要先了解海峽兩岸真正的紅線在哪裡，否則像現在搞的這些花樣只是在搔中國的癢，他們絕不會先動武，只會做些反應動作，陪我們玩給十四億中國人民看；沒有真正戰火，沒有屍橫遍野，台灣怎麼可能成為第二個烏克蘭？」

尤金十分同意他的說法，點頭道：

「你是提醒白宮，應該回到解放軍攻台三要件！」

「完全正確！所謂海峽兩岸最後的底線，儘管歷來有不同的解釋，但在國際大多數中國事務專家的認知之中，三種具體的情況發生時，解放軍必將動武攻台……」

史蒂夫摸了摸花白的鬍鬚，一副老神在在地點頭道：

「攻台三要件，『台灣獨立』、『外國軍隊介入台灣』、『台灣內部嚴重動亂』……這第三個條件嘛，顯然預留下中共在台灣自導自演發生動亂的可能性，就像普丁占領克里米亞……」

尤金飛快地在腦海中設想了一遍，然後問道：

「既然第三個條件是台灣內部的事，我們就暫時排除這一條，剩下兩個可能性就是你們擬定計畫的依據，對不？」

「不錯，所以這個草擬的『台灣烏克蘭計畫』是一個兩部曲，分上下兩篇……」

阿爾・祖克曼博士把他的筆記型電腦打開，輸入一長串的密碼後，面板上出現了「TAIWAN UKRAINE PLAN」幾個大字。

史蒂夫道：「全文件共二四〇頁，今晚我們一段一段討論、修訂，然後還要完成一個十頁左右的『主管摘要』，這部分就要仰仗尤金老兄的快筆，你老兄的筆不只快，最厲害是精準！」

尤金欣然同意，一面道聲「Yes Sir！」，一面微笑著打開自己的桌上電腦。

阿爾接著道：「計畫的『上篇』是用切香腸的方式，一步一步在台灣部署軍力，從一兩艘軍艦停靠偏遠的離島開始，試探一下水溫，同時我們在台島內建立軍火庫、雷達站、布雷、建立Link16數據鏈、訓練台軍、民兵……然後尤金的聯合軍演就出台了，在我們強大軍力布置的威懾下，海、空軍正式停靠金門、馬祖、澎湖等外島，再來是高雄港和清泉崗機場……直到建立一個『準軍事基地』，看看解放軍如何反應？恐怕那時候就要動武了吧……」

「如果，我是說如果，中國忍得住不動手呢？我們在第一島鏈上少說也有十幾個正式的軍事基地，再多一個裝模作樣的『準』軍事基地，也沒有什麼特別大的價值吧……」

「所以我們還有『下篇』！」

尤金・李斯特拍拍手。

「好！願聞其詳。」

雖然炎夏已過，海面上的氣溫仍然高達近三十度，位於南中國海西側航道之東，一個面積僅有〇．五一平方公里的橢圓形小島陷入狂風暴雨中，島上二百多名中華民國海巡署的部隊整戈待旦。

島上指揮官原是海軍陸戰隊的中校營長。他率領的約二百名弟兄也都是接受陸戰訓練的海巡部隊。太平島距它地籍所屬的高雄市旗津區約八百五十浬，距離西邊的越南金蘭港三百三十浬，距東邊菲律賓巴拉望二百浬。從第二次世界大戰結束後，此島就由中華民國部隊駐守，近年來南海資源受到關注，越南和菲律賓相繼對太平島提出主權要求，其戰略及經濟的重要性可以想見。

中國大陸反而沒有發聲，因為北京認為台灣是中國的一省，由台灣駐軍島上，「理所當然」。

指揮官在雷達站親自督導，今夜不太平。

天黑前暴風雨漸漸減弱，兩艘從越南金蘭灣出發的美國軍艦，直駛向太平島，到距離太平島西南二十四海里時，駐軍發出警告訊號，然而這兩艘美國軍艦拒不回應，仍然悶聲不響朝太平島前進。

指揮官向台灣左營指揮中心報告，得到的回應是「友軍經過我二十四海里毗連區，應自由通過」。

可是這兩艘軍艦的行駛路線似乎是直奔十二海里領海線。

於是指揮官下令，美艦到達十二海里線時再次請示。

「報告，美軍艦兩艘已達十二海里，我方防衛措施已準備完成，如美艦進入領海，請示我方行動！」三十分鐘後指揮官請示左營上級。
上級的回應：「友軍自由航行，不需阻止。」
「報告，美艦進入領海。請示行動！」
上級的回答依然平淡如水：「友艦自由航行，不可開火，請直接與友軍艦通話。」
「報告，我方呼叫對方一概不理！美艦應係從金蘭灣出發，是否曾向司令部申請進入領海？」
指揮官面對這種狀況，不容命令模糊不清。
「美艦或需靠岸補給，嚴密戒備就好。」
「美艦在金蘭灣應已整補完全才出發，不可能來太平島整補……」
指揮官暗罵：「來太平島整補？他媽的，你咧練肖話，我們自己這一期的補給都還沒有到位……」
這時雷達官大呼：
「不對，又來了兩艘軍艦全速進入二十四海里，好像……好像是陸方海軍。」
雷達官透過民用無線電頻道，用國語大聲呼叫：
「這裡是中華民國太平島海巡部隊，你們已進入二十四海里毗連區，請立即離開。」
兩艘陸艦並不理會，悶聲對準太平島方向加速駛來。
當進入十二海里領海線時，雷達官再次喊話：
「這裡是中華民國太平島海巡部隊，你們已進入十二海里領海線，請立即離開！」
這回對方回答了。

「這裡是中國人民解放軍海軍，我們來協助你們驅離美艦，保衛我國領海主權。」

雷達站裡官兵聽了哭笑不得，指揮官只好再向上級請示。

「報告，兩艘陸艦追隨美艦之後，即將直駛進入領海。請示行動！」

這次左營的指揮中心沒有回應，顯然也在請示上級中。

三分鐘過去。

五分鐘過去，仍無指令下達……

兩艘陸艦也已航行到十二浬領海線。

指揮官等不到上級指示，心急如焚，忽然之間，他的眼光落在桌上的一個小石碑上，那是民國七十九年內政部立在島上國碑的模型，上面「南疆鎖鑰」四個字映入他的眼簾，他耳中響起「守土有責」四個字，於是他下達了命令：

「雄二、雄三，開火控！」

同時他親自對來艦喊話：

「這裡是中華民國太平島守軍指揮官，你們已進入我領海，立即離開，否則後果責任自負！」

接著又用英語喊話，發音雖不夠標準，意思清楚明白。

美艦減緩了速度，終於停在領海線內一浬處。

美國艦長發話：

「這裡是美國海軍『威爾森號』驅逐艦艦長喊話，我艦依國際海洋自由航行規定，航行於南海公海域，不受任何干擾阻攔，請停止攻擊性動作。」

雙方喊話兩輪，各說各話，美艦停滯原地，陸艦逐漸接近，前面一艘速度奇快，雷達官憑經驗估計其速度恐怕接近三十節，小小海域有四艘戰艦在活動，以這種速度狂飆確實瘋狂。

輪到陸艦用英語喊話了。

「這裡是中國海軍『平江號』艦長喊話，美國軍艦你們已進入中國領海，請立即離開，否則責任自負！」

那艘陸艦以全速從美艦「威爾森」船頭切過，「威爾森號」緊急停俥，汽笛長鳴，總算沒有發生碰撞。

美艦對陸方痛斥其「危險又不專業」的舉動，陸方未回應，他們的第二艘較小隻的軍艦已開始加速，難道還要第二次衝場？

美艦汽笛再鳴，兩艘同時轉向回頭，加速遠離太平島的領海而去。

兩艘陸艦也轉向北駛，太平島上雷達室裡的揚聲器，從民用頻道中收到來自陸艦的喊話：

「船都走了，火控可以撤了吧！」

眾軍官聽了一齊看向指揮官，看他如何反應。

指揮官苦笑一聲沒說話，短短時間內，他兩次感到哭笑不得。

「警戒解除！」

眾官兵一陣歡呼，指揮官苦著一張黑臉對身旁的副手道：

「副指揮官，準備寫報告吧。記得要提一句『將在外，君命有所不受』，還有要提到

『守土有責』四個字，然後咱們等挨批判吧！」

次日，羅賓讀完這份南海太平洋瀕臨擦槍走火事件的加密報告，輕吐一口氣，心想當今世界舞台上每天上演各種劍拔弩張的冷戰劇，偶爾發生這種荒謬劇總比擦槍走火的劇碼要好些吧。

美國海軍軍艦駛入太平島領海，乃是要停靠不久前竣工的新建碼頭，當然事先通報過台灣當局，但台方高層不敢明言核准美方申請，因為中共揚言武力攻台的三條件中就有一條：外國武力進駐台灣。太平島雖距高雄一千六百公里，但終究是屬於中華民國的領土。美艦明明是要停靠「友邦」的港口，卻被中國海軍以美艦侵入「中國領海」為由，執行瘋狂的驅離動作。

只有事件的主角，太平島的指揮官，只有他「守土有責」，絕不荒謬。

這份報告轉自李斯特，是由美軍情報組蒐集各方的情資寫成的，執筆者用詞遣字頗有幽默感，好幾處讓羅賓看了忍不住偷笑。但當他想深一些，便感受到這個事件背後嚴肅面的涵意。

他暗忖道：「美軍此舉明顯是另一種形式的挑戰，這種方式比過去幾年來宣示自由航行權的作法躍進了一大步，已經接近擦槍走火的邊緣。此舉顯然是經過國安及國防單位仔細評估的，卻不料被台灣的高層指揮系統故意不作為，一切由守島指揮官自作應變，加上中方戰艦插進來衝場，一系列驚悚演出後就稀里呼嚕地把危機化解掉了！我猜華盛頓方面一定哭笑不得；但我不得不耽憂，有一必有二，這樣搞下去，切香腸就要切到手指頭了……」

看看時間已過六點，他和李斯特有約。李斯特約了澳洲、加拿大、日本的駐台北辦事處負責安全的主管，加上羅賓五人晚餐，地點是在天母的「西方企業戰略顧問公司」，WESCC。

羅賓準時到達，其他幾人早到了。英、澳的代表他之前見過，只有日本辦事處新上任的安全主管是頭一回見面。大家寒暄了好一會才坐定，李斯特開場白：

「各位都知道，近日俄烏之戰已開始談判，中東也在聯合國斡旋之下暫時停戰，全球最緊張之地點又轉回到台灣海峽和中國南海，這兩個地域最近軍事『近衝突』頻頻，CNN和BBC不約而同，都用『戰雲密布』來形容台海的局勢，相信各位最近都特別忙碌，我約大家來便餐順便交換一些意見。承蒙大家接受邀約，我首先要表示感謝。」

大夥兒齊道：「謝謝您邀請，尤金……」

李斯特繼續道：

「在這地緣上，我們有三個同盟組織，美英澳紐加情報互享的『五眼聯盟』，美英澳軍事外交聯盟的『AUKUS』，還有美澳日印之間安全事務的『四邊安全對話』，今天聚會我沒有邀請紐、印，相信大家都瞭解，我們要討論的事，與這兩國比較沒有直接的關係，我們要談的，就是台海的問題。」

澳洲的代表是一個短小肥胖的中年人，戴著深度近視眼鏡，穿著吊帶的寬褲，看上去倒像是個老式當鋪的前櫃朝奉。

「尤金，台海問題你有新的內部消息？」

「大的戰略『五眼聯盟』高層之間自有默契，如有任何行動，必然事先溝通妥當才會採取動作，我們的責任便是將在地的各方反應及狀況及時回報高層，作為高層行動考量、調整的參考……」

「尤金，你這一番話是老生常談了，過去我們不都是如此嗎？這一回的戰略又有什麼不同之處？」

英國辦事處的代表有一頭又卷又亮的金髮，相貌堪稱英俊，但鼻子稍嫌過尖，看上去就給人一種陰鷙的不快感。他出口便帶些不耐，一口標準的牛津腔英語，更顯得有些自命不凡，高人一等。

尤金・李斯特見多識廣，在大學教書時，同事中不乏與此人氣質相類似的英國人，往往是妙語如珠、口若懸河，真才實學卻只一般。此時，他抬眼望了英國代表一眼，繼續道：

「我雖不是高層戰略制定者，但以我的經驗來猜測，這一回上面制定的大戰略，絕對不會止於搞個聯盟、發表個共同宣示，或是糾結各國的艦隊搞個什麼聯合軍演，這兩件事我們這幾年重複做了多少次？有用嗎？大家心裡有數。這一回呀，其中的一個大盲點，我猜一定會補上……」

他說到這裡，目光投向日本代表，因為他一直在點頭。

「渡邊先生，請教您，您覺得我們過去所作所為，其中的盲點是什麼？」

渡邊先生一直點頭其實是一種習慣，他雖一面在點頭，其實心中所想並不贊成李斯特的論調，見李斯特點名問他，他先連連點頭數次，然後正襟危坐地回道：

「李斯特先生，你說得有道理，請繼續說下去……」

答非所問，能言善道的李斯特教授碰到鐵板，場面僵了五秒鐘，他見渡邊先生微笑挺坐在那裡對自己點頭，一副言盡於此的模樣，李斯特只好自找台階下。

「好，我繼續說，這個盲點在於整個大戰略的舞台上，所有的配角忙得不亦樂乎，可真正的主角始終缺席，他坐在觀眾席上看戲呢。」

這個日本代表很奇特，問他時答非所問，聽別人論述，反應倒快，他第一個回應：

「李斯特先生，你是說台灣？」

「對，各位試想，如果我們的戰略中不把台灣拉上火線，中國應付我們太簡單，我們的艦隊來示威，他們的軍艦就出動，跟蹤、阻攔、甚至衝撞，我們的軍機飛過海峽，解放軍的飛機升空做同樣的動作。到目前為止，每一次的結果都是我方脫離現場的糾纏，各自返航，這樣的戰略和戰術是不是該改一改了？」

澳洲代表用手指頂了一下老是向下滑的眼鏡架，接上話問道：

「尤金，你是說這一回的新戰術肯定要把台灣拉上一道軍演？」

李斯特微笑道：

「我們的層次不能定戰略，但能把在地第一手的狀況及時反應上層，供他們修正戰略戰術的參考，不瞞各位說，我本人已將這些意見反映給華盛頓，據我所知，已為高層接受，所以下一回各位接到的指令多半與往昔有所不同了。」

英國代表從頭到尾冷眼看李斯特侃侃而談，這時發問：

「尤金，你的意思是華盛頓要在這裡也打一場代理人戰爭？」

這一句話來得直白，李斯特怔了一怔才回過神來答道：

「我們把台灣拉進來的後果如何，還要看到時五角大廈如何操作，如果中國的領導人像普丁一樣上了鉤，那時跨台灣海峽發生一場代理人戰爭也不無可能！我們今天便是要就一連串可能發生的連鎖反應交換一下意見，到時候我們在地的辦事處該怎樣反應，以及該有的準備工作。」

日本代表渡邊聽著一直點頭，這時忽然搶先發言：

「我看一些可能發生的問題，我們各自都有SOP，只有一件事，我們可能還沒有交換過意見，就是撤僑——如果真如李斯特先生所預料，到那時再規劃就來不及了。」

英國代表立刻響應：「如果形勢惡劣必須撤僑，英、加、澳都在數千哩之外，我希望日本方便能就近多出些力，比如說，我們可以先撤至日本為中繼站，整個撤僑工作就容易得多。」英國人算盤打得又快又精。

日本代表看似有點古板，遇事卻勇於承擔。英國人一開口就先提要求，日本代表則一口答應。

「這個我可以代表日本政府盡力，到時如有需要，我們願盡一份力，我今天回去便報請上級同意。」頗有獨當一面的氣概。

澳洲代表發言：

「交通工具最好也先協調好，我們先顧好咱五國的僑民，如有餘力，臨時再協助其他國家。這件事恐怕要有一個小組做好細節的規劃，我們和航空公司也要事先有約定，不要臨時調不到飛機……」

李斯特一面點頭，一面對羅賓問道：

「羅賓，都沒聽到你的意見？」

羅賓微笑答道：

「我聽著各位的高見，覺得都很好，我也沒有什麼要補充的。倒是交通工具的協調規劃工作就由我來辦理吧，不過我要提醒一句，撤僑的規劃雖是咱們安全單位的事，到執行時，非得各國辦事處全力出動，我們的規劃一定先要得到各辦事處的處長或主任的同意及核准。」

李斯特連連點頭，待羅賓說完，他帶著一些調侃地說：

「我們加拿大來的年輕人不發言則已，一發言就是結論了。各位，我看我們可以移步餐廳，一面用餐一面繼續交換意見……」

羅賓不回應，只對著李斯特眨了眨左眼。

藍天白雲綠地，梁菊陪李嶠之散步，嶠之在義肢協助下走了三百步，意猶未盡。梁菊每晚都為嶠之祈禱，見到嶠之的狀況愈來愈進步，心中充滿感恩。

「喬治，今天這樣很夠了，我們不要貪多反而欲速則不達。」

嶠之停下身來，小心翼翼在梁菊協助下坐在斜坡的草叢上。

「我自覺愈來愈用得上力，台灣製造的義肢實在不錯，我在烏克蘭時曾試過好幾套，都是愈穿戴愈疼痛。」

「雖然如此，我們還是慢慢來，今天你在兩個鐘頭內，練習三百步走了兩次，證明你的體力和駕馭義肢的能力都已有很大的進步。古人說，三年之疾七年之艾，傷病來時疾如風火，去時如抽絲剝繭。」她挨著嶠之坐下。

李嶠之深吸一口氣，嗅到青草的味道，覺得很是舒暢。

「喬治，你覺得台灣的時局會怎樣？」

「很緊張啊，潘全教官告訴我，國安高層每天都在開會，大陸最近表面上很沉寂，情資顯示他們內部軍方人事調動和部隊換防都比平日頻繁，有一種外馳內張的氛圍。」

「我很擔心，你知道，阿隆遺給我的核融合技術資料正在申請台灣及大陸的專利，我們的『運隆新能源公司』也已經成立，雖然已有投資人簽下投資意願書，但包括研發原型產品的起始資金需求還是不少，我和葉爸的積蓄都投了進去，如果局勢真的有大變化，我們要及早準備應變……」

嶠之搖了搖頭。

「老實說，我原來是想勸妳回加拿大去的，不料妳在台灣大張旗鼓的搞起成立公司的大事，不過……不論局勢緊張傳了那麼久，我仍認為大陸不會動武，只要中美之間鬥而不破，台海基本是和平的，也不要過分擔憂，像咱們的潘全教官，整日憂心忡忡，惶惶不可終日……」

「你說原想勸我回加拿大，無獨有偶，我一位在台灣新認識的好朋友，也勸我回加拿大去比較安全，這人任職於美國在台協會，也許他知道的內幕會多些……」

「妳和他如何成為好朋友？」

「這位美國人名叫尤金・李斯特，我陪運隆的爸去『美國在台協會』辦理運隆在美國一棟房地產的過戶而認識，這人是個特別優雅博學的紳士，美國人中不多見，我們都有晨跑的習慣，經常碰上就會聊聊，談得很是投機；對了，他興趣廣泛，是個業餘畫家，還為我畫了一張肖像，我掛在牆上……」

「他是什麼時候勸妳回加拿大？」

「就是最近一次晨跑時碰上談起的。」

嶠之沉吟。

「你們一定交情很好他才會這樣說，想來也必有所本。否則隨便說這種話作外交官就不夠格了。」

「你說得不錯，所以我想多知道一些內幕，但再問他就顧左右而言他了。」

「威廉他怎麼說？」

「我和威廉甚少見面，他因任務在身，我們覺得我們的關係應該儘量低調，最近他為公事回加拿大一趟，前後一共五天就回來，在多倫多時替我去看了看我的房子，他說一切如舊叫我放心。」

「我是說威廉也是在國安部門工作，對台海的情勢必然知道更多內情，別忘了，加拿大是『五眼聯盟』的成員，他有沒有跟妳提起什麼……」

「他從來不提他的工作——我猜是避免我耽憂，但他在返加拿大之前曾對我說，如果真有危機，他會告訴我的。」

「梁菊，這件事關係重大，不只個人安危，你們投資的公司的前途也壓在裡面，我覺得妳可以主動問問威廉，以你們的關係，我相信他能理解，而且會告訴妳一定程度的資訊。」

梁菊感覺到台海局勢的嚴峻，聽了嶠之的一番話，也覺得不妨試一試；她了解威廉的為人，等閒他不會主動說，但如果真有什麼大事，梁菊問他，他也不會隱瞞。至於能透露到什麼程度，威廉自有斟酌。

於是她點了點頭。

「好的，我去問威廉。」

嶠之看到梁菊憂心的模樣，便伸臂抱了抱梁菊的肩膀。

「梁菊別怕，有我在，不管什麼麻煩事，咱們兩人聯手總能挺過去，對不？」

梁菊點頭，嶠之雖沒了雙腿，卻能給梁菊最大的安全感，她感覺到肩上傳過來堅實的可倚靠感，一股溫暖從她心田裡漸漸升上來。

「天色漸暗了，我們回去吧。」

梁菊想要輕拉一把，嶠之雙手一撐便站了起來，梁菊連忙扶住，輕聲埋怨：

「別逞強，讓我拉你起來呀！」

嶠之勉力起身，右髖骨扭了一下，走起來有點不適，梁菊想要說他兩句，但忍住了。她太了解嶠之，在她面前永遠是大哥的形象，雖然現在他需要扶助，好強心——尤其在梁菊面前，就是壓抑不住。

「沒事，我送你回去。」

嶠之駕駛他那輛有特別輔助設備的車，技術倒是愈來愈熟練，他很流利地把梁菊送到家前。

揮別嶠之，梁菊正要進門，轉角暗處走出一個人，低聲用英文叫她：

「One moment, Ms. 梁！」

梁菊嚇了一跳，只見那人穿了一件連帽的夾克，戴著口罩，背上揹了一個背包，朝梁菊走過來。

梁菊看清來人的眉目，她四顧近處沒有其他行人，便連忙開門。

「啊，是你，快進來。」

進了屋裡，那人掀開頭帽和口罩，露出一頭金髮。

「威……羅賓，你怎麼來了，出了什麼大事？」

羅賓壓低了聲音道：

「我來只是要跟您說一聲，您還是早些回加拿大去吧。」

羅賓正要關機下班，桌上電腦閃起紅燈，有極機密的信件進來了。

他坐回座位，打開極密檔，竟然是奧斯丁．庫柏將軍的密函。

庫柏將軍從國安特訓基地主任調升安全情報局副局長，前次在渥太華台海危機聽證會中遇到羅賓後，他們就有私人聯絡管道，但是用雙重加密的方式來信還是第一次。

羅賓連忙打開信箱，只有一行字及一個附檔。

「附件ＴＢＣ極機密，請於四十八小時內確認真偽。調查時勿驚動美方朋友。」

他知道「ＴＢＣ」是「待確認」的縮寫。依加拿大國安情報密件呈報的等級，這是最初級的，通常是情報員從第一線得到的資料，須要確認後才能層層上報。以庫柏ＣＮＳＢ

副局長的層次，怎會手上持有ＴＢＣ級的情報？羅賓感到極不尋常，等到打開附件一看，他臉色大變，忍不住輕呼出聲：

「我的上帝！這是什麼呀？！」

檔案名為「ＴＵＰ」，註為「TAIWAN UKRAINE PLAN」，右下角一行字：原文件共二四〇頁，此為「長官摘要」共十二頁。

羅賓匆匆讀完檔案，面色漲得通紅，整個人癱坐在椅子上發呆。他思前思後，仔細推敲，暗忖：

「這情報似乎是庫柏將軍的親信幹員從華府得到，直接交到將軍手上，顯然尚未呈報最高當局，所以庫柏註明為ＴＢＣ，用私函直接命我就近查證，但這事太過嚴重，我單槍匹馬一個人，要從何查起？」

雖然憂心忡忡，但忍不住也感到幾分興奮，暗道：

「庫柏將軍果然出手不凡，他能派親信在華府蒐集到美方的情資，這種作法和我國某些官員的唯美是從，完全不同！」

他一面以老長官為榮，一面尋思：「這事最直接的辦法便是向李斯特打聽，可是庫柏將軍明令不可驚動美方，我要從何處下手？」

「也許我可以從台灣這邊開始，對，我應該先從台灣的媒體資料查起。」羅賓能閱讀中文，於是他立即在電腦上開始搜尋台灣的新聞、評論、在YouTube上看各種政論節目……他拿出紙筆準備記錄任何可能相關的線索。

但是三個小時過去卻了無收穫，桌上一張紙仍然空白沒記一個字，他感到有些挫折，忽然就覺得肌腸轆轆，這才想起尚未吃晚餐，於是他疲憊地把電腦關機，仔細檢查桌上沒有留下任何資料後，廢然離開辦公室。

羅賓一夜沒睡好，想到庫柏將軍要他四十八小時確認密件的真偽，自己努力了一晚上卻是一籌莫展，愈想愈無睡意，直到天快亮時才昏昏入睡。

醒來時已經日上三竿，他睜開眼睛，第一個出現腦中的畫面就是那個附檔的第一頁。檔名「TUP」，檔名「TUP」，檔名「TUP」……

忽然他在腦海中的畫面裡看到一個被忽略的東西，好像是在這一頁的右上角，那是什麼？

他立刻跳起來，匆匆洗漱，吃完簡單的早餐，看時間已經八點半，他抓起一件外套就衝向捷運站。趕到辦公室，他先仔細檢查四周，一切與昨晚離開時無異，然後他輸入雙重密碼將電腦打開，再次解碼叫出那份檔案。

第一頁的右上角……

果然有一個很小的圖片，不特別留心根本不會注意到，即使看到也會認為是個什麼LOGO。此時他把圖片放到最大，終於驚呼：「啊！原來是它！」

只見小圖片原來是一幅黑白照片，一架U-2偵察機正要衝場降落，羅賓覺得似曾相識。

羅賓在心中飛快地推想，他暗道：「如果這張照片和尤金．李斯特辦公室牆壁上掛的那幅照片是同一張，是不是表示這十二頁『長官摘要』竟是出自尤金．李斯特之手？」

「我要儘快搞清楚！對，我去拜訪尤金，探問我們企劃的海峽南北軍演的後續發展如何，『順便』仔細看看他辦公室牆上的那幅照片！」

於是他再次對ＴＵＰ檔案首頁上的圖片細察，詳記下幾個畫面上的特點以便比對。好不容易挨到十點鐘，估計尤金該到辦公室了，羅賓匆匆叫車趕往內湖。

中午前，羅賓回到自己的辦公室，他心中充滿了複雜的情緒。他在李斯特辦公司裡俟機仔細比對了兩張照片畫面上的一些特徵，證實它們確是同一張——就是尤金父親在上世紀五〇年代「西方企業公司」時，在桃園機場拍下的那張照片！

他再次細讀那十二頁「長官摘要」，不僅用字精準，行文也甚是典雅優美，以一篇摘要來說，極為罕見。

羅賓嘆了一口氣。

「這樣優雅的文章如是出自尤金之手就不奇怪了，那張U-2照片是尤金先父親手拍攝的，尤金認為有家傳歷史意義……想來我們這位浪漫的才子完成了這十二頁佳作，忍不住留下他的『簽章』。」

昨日庫柏將軍派給羅賓一個「不可能的任務」，想不到今天竟是如此這般完成了。羅賓用雙重加密回信，也只簡單一行字。

「ＴＢＣ檔案已經確認屬實。」

送出了密件，羅賓輕聲對自己說：「該去找乾媽了。」

聽到羅賓說要她早些回加拿大去，梁菊心中一沉，她知道如果不是事態極為嚴重，羅賓不會這樣緊急地趕來說這一句話。

「事情很緊急嗎？」
羅賓點了點頭，臉色有點蒼白，看得出他的情緒極度緊張，梁菊倒了一杯水給他。
「你慢慢說，究竟發生了什麼事……」
羅賓心想既來之則安之，他喝完一杯水，把這兩天發生的事一一道來。
昨天一早，羅賓走進加拿大駐台北辦事處的大門就碰到蘇珊黃，她站在電梯門旁等候羅賓。
「早安，蘇珊。」
「羅賓，你跟我來，有事跟你說。」
蘇珊把羅賓拉到閱覽室裡，關上門，劈頭就說：
「羅賓，你惹麻煩了。」
「什麼事這樣鬼鬼祟祟？」
蘇珊指了指樓上低聲道：
「處長今天比任何人都早到，因為她約好了一大早要接一個渥太華來的加密電話，珍妮佛告訴我，處長接完電話情緒十分低落，甚至有一點怒氣，可能是被高層訓斥了一頓，她還說事情好像與你有關，因為處長交代，你一到就立刻去她辦公室報到。珍妮佛要我在電梯口堵你，先通風報信讓你有心理準備。」
珍妮佛是布朗處長的祕書，也是她的心腹。辦事處上上下下的女同事，除了處長外，人人都喜歡羅賓，蘇珊則被大家認為是幸運女孩，能和羅賓走得近。

羅賓聽了，雖不能確知究竟是什麼大事，心中其實也有些譜，暗忖道：「是不是那個莫里森之死東窗事發了？」

他向蘇珊道了謝，立即上樓直奔處長的辦公室。

珍・布朗坐在辦公桌前發呆，瘦長的臉上帶著一絲怒容，珍妮佛坐在一旁。見到羅賓走進來，伸手指了指桌邊的椅子要他坐下。

「羅賓，我是代表加拿大的司法調查單位問你話，我有正式的委託書。你的回答，我們要記錄，珍妮佛，我們現在就開始。妳記下時間。好，羅賓，兩件事你今天必須坦白說明白。」布朗處長開門見山。

羅賓坐下，一本正經地回答：

「報告處長，請問哪兩件事？」

「第一，你是否和一個名叫梁菊的女人過從甚密？」

羅賓心中一震，怎麼會牽涉到梁菊，他立刻暗忖：「我可要十分小心地應對，用字用語都須謹慎。」

「不錯，我認識梁菊女士，我們一直保持聯繫。」

「梁菊女士和你是什麼關係？」

「處長，你是在問我的個人隱私嗎？」

「我接到國內的情資，你上軍校之前受教育的錢都是梁女士支付的，你作為國安人員，為何要隱瞞你和梁女士的密切關係？」

羅賓飛快地暗忖：「他們一定是從我上的學校查出乾媽為我付繳學費的紀錄，也罷，這也沒什麼好隱瞞的。」

「不錯，梁女士是我義母，我上軍校、去國安訓練基地的時候，從來都沒有人問過我，我當然不會自動把一個義母的關係到處講。」

「義母？為什麼在法律證件和教會紀錄方面，他們都查不到你們領養的紀錄？」

「報告處長，梁菊是中國人，中國人認義母義子就是一句話，不需要教堂也不需要證人，就憑一句話就是一生奉之不渝的關係，我們加拿大人是不懂的。」

布朗處長被羅賓不軟不硬地嗆了一句，有點懷疑地看了羅賓一眼。

「是嗎？我告訴你羅賓・韋伯，因為你隱瞞與梁女士的關係，害得我們外交和國安體系被美方譏為馬虎、怠惰……不談這個，我問你……」

羅賓卻打斷她：「對不起，我請問，這一切跟梁女士有什麼關係？」

「梁女士在台灣成立了一個公司，被『世紀新系統公司』控告侵占了他們的技術機密，這項技術是梁女士已故的丈夫葉博士所發明，但知識財產權屬於這家公司所有，該公司是加拿大和美國合資成立的，這就引起我國和美國都要追查這個案子。」

羅賓對梁菊開公司一事的細節並不十分清楚，他估計這是商業糾紛，也不是什麼凶險的事，便放下心中的一塊石頭。

「我和梁女士的關係交代清楚了，至於什麼智慧財產權的糾紛我並不清楚；處長您還有什麼要問的？」

布朗處長抬眼瞪了他一下，然後繼續問道：

「第二件事，你上次回加拿大去參加國安聽證會，除了去渥太華，你還去了多倫多對不對？」

羅賓暗忖：「來了，果然是這樁事。」

「不錯，事實上我是從多倫多搭機直飛台北的。」

「梁女士的老家在多倫多市郊橡樹城，你有沒有去她的家？」

「沒有。」他一秒鐘也不遲疑、一個字也不多說。

「你在多倫多都做了些什麼事？」

「沒做什麼事，一共只幾個鐘頭，就等著去機場。」

「梁女士的住處發生了一件命案，你有聽說嗎？」

「命案？沒有聽過。」

「你在多倫多幾個鐘頭，去了哪些地方？」

「讓我想想，我在多倫多大學的校園裡逛了一個多小時，到中國城買了一個外帶飯盒，還有……還有，記不起去了什麼特別地方，然後就搭車去機場了。」他很小心地說了幾個地方，幾個地方都不會留下任何可查的紀錄。

羅賓一旦上了心，回答得簡單而滴水不漏，而布朗處長也不是專業的偵訊人員，她直來直往問了幾個問題就停下了。這時羅賓見處長似乎沒什麼可以問了，便反問道：

「處長，您剛才說梁女士的住宅出了凶案，是怎麼回事？我沒聽梁女士提起，當地媒體沒有報導嗎？」他心中暗忖，乾媽家出了凶殺案，我如果不問一下反而顯得不合情理。

布朗處長思考了一下，回道：

「有一個男子在梁女士的車庫中被人勒頸而死。」

「勒死？這事很奇怪，梁女士和葉博士生前在橡樹城有很多公司同事和朋友，為什麼都沒有人告訴她這件事……這事恐怕有什麼不可告人的祕密……」

羅賓顯出要追根究底的架式，他問話中提到「公司同事」，似乎有點暗示凶案是否和「世紀新系統公司」有什麼關聯？

珍・布朗立刻打斷他問下去。

「查凶案是警方的事，不關今天我們的談話內容，好的，我問完了。羅賓，你要為今天作證所言每句話負責，珍妮佛，請將紀錄拿給羅賓過目，如果無誤，羅賓和我都要簽名存證。」

羅賓核稿後簽了名就離開處長的辦公室。

他無從知道的是，就在他離開後，布朗處長辦公室側面衣帽間的門從內打開，走出一個身材修長的男人。

「李斯特先生，你交代的該問的都問了，原來梁菊女士是羅賓的stepmother。」

「布朗處長謝謝妳。我很訝異羅賓進軍校和接受國安訓練時，貴國的國安系統居然沒有查出羅賓有這樣一個社會關係，實在不可思議。如果在美國，羅賓家中三代的社會關係都要查清楚建檔，唉……」

珍・布朗有些尷尬，但她必須為自己國家打圓場：

「也不能這樣說，尤金，剛才羅賓不是說中國人的義母、義子關係，不需要宗教儀式，也不需要法律證人，當事人一句話便成，他們的關係除非自己說出來，從文件、紀錄、教會是無從追查的；李斯特先生，據我所知，羅賓進入國安訓練基地，好像還是您引薦的哩。」

「我只是推薦，身家調查，當然是貴國安全單位的事啊。」他不願再糾纏，匆匆告辭，心中暗道：

「珍・布朗這個女人也不是省油的燈。」

羅賓說完這一段，梁菊聽得又緊張又入神，待羅賓停下，梁菊忍不住問道：

「你明明去過橡樹城我家，為什麼要對官方隱瞞？那凶案是怎麼回事？」

羅賓從背包中拿出兩樣東西，一個相片架框著羅賓和梁菊的合照，還有幾張他寄給乾爸媽的聖誕卡。

「有一個國安人員從您家裡拿走這兩樣東西，正好被我撞見，我試圖阻止，那傢伙對我動刀子，結果我失手勒死了他。」

他說得極簡要，梁菊卻聽得極心驚，但她一看那兩樣東西就明白了。

「他們是在收集我們兩人關係的證物。」

羅賓點頭，梁菊想了一想又問道：

「你怎麼確知那人是國安人員？」

羅賓從上衣口袋中掏出一張名片，上面印著「CNSB特勤 大衛・莫里森」。

梁菊的臉漲紅，眼睛睜大，如果不是她用手遮按住嘴，就大聲叫出來了。

「莫里森？莫里森！那天把你乾爸從家裡叫出帶走的就是他，我手上也有一張他的名片！嶠之告訴我，動手製造車禍殺死你乾爸的凶手就是他！天網恢恢……」她太激動，開始喘氣說不下去了；羅賓也感到極大的震撼。

「啊！我第一次殺人，就替乾爸報了仇；多麼不可思議！」

「你確定殺人現場沒有留下什麼……」梁菊開始擔心。

「我十分專業而仔細地處理過了。他們若是有抓到什麼蛛絲馬跡，今天就不會那樣詢問我了。」

「你方才說，要我儘快回加拿大去，跟這件事有關嗎？」

「不，那是昨天發生的事。我要告訴您另一件更可怕的事……」

羅賓說這句話時，聲音有些顫抖起來，顯示他陷入極度的緊張。

「我收到一封密函，附了一個極機密的文件，要我確認是否為真實，我今天已經證實確有這份文件。那是一份代號為『ＴＵＰ』計畫的『主管摘要』，全名應該叫做『TAIWAN UKRAINE PLAN』，計畫分上、下兩篇……」

「『台灣烏克蘭計畫』，要把台灣變成烏克蘭的計畫？這封密函從哪裡來的？」梁菊震驚地打斷。

羅賓考慮片刻，覺得沒有必要告訴密件的來源，便含糊地回道：「來自上級……」然後便拉回主題：

「根據摘要，『ＴＵＰ』的上篇是規劃美軍一步一步擴大介入台灣，從偏遠小島開始，逐漸派遣軍艦、軍機停靠金門、馬祖、澎湖等主要外島，再進而停靠島內重要的海、空港——如高雄港、清泉崗機場等等，為配合這件事，同時要在巴士海峽及石垣島附近舉行聯合軍演；南邊的軍演由美、英、加、澳及台灣參加，北邊的軍演包括美、英、加、日本及台灣；美國將出動『雷根號』、『卡爾文森號』及『華盛頓號』三個航空母艦戰鬥群，在台海南北威懾中國大陸；這個動作有兩個重點，一是三艘美軍航母同時出現在同一區域，通常是開戰前的警訊，二是，兩個聯合軍演台灣都要參加……這還只是『TUP』的『上篇』……」

梁菊睜大了雙眼，心中覺得難以置信。

「這……只是『上篇』，那麼『下篇』他們要幹什麼？」

羅賓一面搖頭一面嘆道：

「下篇更加瘋狂，內容看似很簡單，卻是一個極難協調、操作的計畫。長話短說，他們計畫在某一個行動日D-day，由美國帶頭，英國、加拿大、澳洲及日本跟進，五國政府宣布承認『台灣國』！」

梁菊聽到這裡，驚得張開嘴一時說不出話來。

「這怎麼可能？台灣……我們政府會同意他們這麼幹？」

羅賓低聲道：「『TUP』似乎做了十分詳盡的調查及分析，認為台灣政府、甚至多數人民，在意識形態上應該是歡迎的，但現實政治中恐怕不敢接受。我不清楚這個計畫是否能得到台灣方面的同意，猜想沒有那麼容易；台灣最高當局一定以自身的最大利益、最小傷害為原則做全局考量，國安會、外交部、國防部等相關單位的意見都要考慮……我的判斷是，『TUP』的上篇或許有機會試一試，下篇……困難度極高！不過……」

他說到這裡思考了一會，梁菊靜待他說下去。

「……不過也很難說，壓制中國是美國兩黨唯一的共識，不管總統是誰，也不管國內各種混亂、矛盾、對立有多嚴重，只要到了選舉時候，似乎最熱門、最有賣點的政見就是比賽誰最會罵中國、誰能提出對中國最凶狠的打壓政策，這樣的氛圍下，什麼事都可能發生。最近一件事讓我覺得特別擔憂……」

「他們已經開始行動了？」

「前天一艘美國軍艦進入南海屬於台灣的太平島的十二海里，緊接著兩艘中國軍艦也跟進來，形勢一度緊張，守軍打開岸對艦飛彈火控後，來艦才先後離去。此事雖不能證明『TUP』已經啟動，但是作為『TUP』上篇試水溫的動作，這種可能性也不能排除……所以，乾媽您還是儘快回加拿大去吧。」

梁菊並沒回答，因為此刻她心中想的不只是自己一個人的安危，她想的是葉爸、嶠之、這裡所有的好朋友、台灣的人民……他們大家的安危。

梁菊愈想愈覺得可怕，她坐下來沉思，喃喃自語：

「這事太恐怖，不管『上篇』還是『下篇』，我們絕不能讓它發生！但我們能做什麼？怎麼做……」

她試想了幾條計策，沒有一條管用，於是她絕望地感嘆，大廈將傾獨木難扶，面對國際鬥爭掀起的巨大風浪，個人的力量太渺小了！

然後，她就習慣性地想到一個人。

「我要立刻和喬治商量……還有……」

忽然一個人的面孔閃過她的眼前，一個想法閃過她的腦海！

她一把抓住羅賓的肩膀。

「還有Eric楊，對，如果Eric能把這個陰謀在國際媒體上踢爆，就能讓它見光死！」

她掏出手機，撥了楊瑞科的電話。

「Eric，是我……」

「這麼晚了，妳在哪？還沒休息？」

「在家呀，你現在能不能來一趟，有重要的事和你商量。」

「不能明天談？……」

「不知道明天會不會就太遲了。」

「好，我立刻過來。」

她又撥了電話給喬治。沒有人接。

她送了一則簡訊。

「喬治，你能否到我家來一趟，有重要事相商。」

她倒了半杯噶瑪蘭，坐在沙發上，一口將半杯威士忌乾了，又為自己加了半杯，她仔細把心中的計畫想了一遍，每個細節都重新推敲了一遍。

這時手機鈴響了，看來電號碼，是喬治。

「梁菊，什麼大事這時候找我談？妳是不是喝多了？」

「不，我比任何時候都清醒明白，我剛喝了一點，是我今天整天喝的第一口。喬治你現在哪裡？」

「我在來妳家的路上。好，沒醉就好，我們見面再說。」

二十分鐘，楊瑞科敲門。

楊瑞科進門看到羅賓，不禁為之一怔，但做記者的人記面孔能力強，立刻招呼：

「你是羅賓．韋伯是不？我們在射擊練習場見過面。」

「正是。我是Eric楊，您記性真好。」

「Eric，快進來，先喝點什麼？我約了喬治李，他幾分鐘就到，我要告訴你們一件恐怖的事，徵求你們意見，看我們能做些什麼。」

楊瑞科聽得一頭霧水，他曾對十年前救援葉運隆的故事做過詳細的調查和研究，當然知道喬治李，看到梁菊臉漲得通紅，不知是緊張還是喝酒太猛。儘管如此，她的神色是鎮定的，雙目的目光展現一種強大的自信。

「好，等喬治李來了妳再說。我先喝一杯水。」

「Eric，你那篇有關美國軍官和黑狗在台訓練民兵的報導寫完了嗎？」

「大致已完稿，正在做最後的文字修飾。」

「你最好先不要寄出去，等聽完我等會兒要講的事，再定稿吧。」

瑞科好奇之心大起，但沉得住氣，接過水喝了一大口，坐下等待。

門鈴響了，是李嶠之。

他仍坐在輪椅上，一進門便站起身來，先將輪椅放在門邊角落，然後十分穩健的走到一張硬座硬背的椅子，坐下。

「我是楊瑞科，久仰大名，今天見到你很是榮幸。」

「我是李嶠之，我看過你在《洛杉磯論壇報》上發表的專文，寫得很不錯，欽佩欽佩，也感謝你把十年前我們的往事重新報導給年輕人讀。」

「啊，威……羅賓你也在這……」

羅賓見到喬治原該很興奮，但想到馬上要談的事情時，實在高興不起來。只伸出手來打招呼：「Hi Uncle George，我在渥太華和安德烈叔叔見到面，他要我代他問候你。」

梁菊遞了一杯酒給喬治，喬治搖了搖頭。

「你是知道的，有任務之前我不沾酒，我有預感今夜要出任務了。」

梁菊嘆了一口氣道：「喬治，你的預感通常都很準，但先聽聽我要告訴你們兩位的大事。」

「好，我們洗耳恭聽。」

「幾個小時之前，羅賓突然來我這裡，告訴我一件極其機密而可怕的國際陰謀……」

「什麼陰謀？」兩人幾乎同時問。

「羅賓的上級給了他一份極機密的文件，是一份行動計畫的『主管摘要』，計畫代號是『TUP』，是『台灣烏克蘭計畫』的縮寫。分上、下篇兩部分……」

梁菊說完，李嶠之和楊瑞科驚得面面相覷，瑞科立刻大聲叫道：

「不可能！我們政府不可能允許他們這麼幹？」他覺得完全難以置信。

「羅賓猜他們正在等我方的同意，總統府做任何決定都要考慮對國安、外交、國防、民意、輿論……各方面的衝擊，這不是一個簡單容易的決定……」

楊瑞科接著很堅決地說：「只要我們政府不贊成，這個計畫就不得執行，我相信政府絕不會同意的……」

他說得十分堅定，但喬治覺得他有點一廂情願。

「難說！在我看來，這個計畫的目的是針對中國大陸，台灣只是棋子。試想我們政府有哪些選擇？政府當然可以說『Ｎｏ，你們不能這麼幹』，但這須要政府有Guts！咱們政府也可能接受『ＴＵＰ』的上篇，不同意『下篇』，算是一種妥協！可是就算我方不同意『下篇』，他們還是可以霸王硬上弓；試想如果五國同時聲明承認『台灣國』，那時我們政府是接招還是不接？接下的話，大陸肯定啟動武力攻台——這正是這個ＴＵＰ計畫希望得到的結果；如果不接招，這個政府就垮台了。」

羅賓這時插口：「以我對美方作業的瞭解，他們搞戰略的單位拿了上級的令箭，就會搞各式各樣的情境設定，有些設想極為瘋狂，各種不可思議的想法都有，反正分析這些構想的又是另一批人，當然，最後拍板的人還是決策者。有些這一類的計畫未必有機會執行，只存放在白宮或國務院幕僚的祕密檔案中，萬一時機到了有需要時，立刻就可以端上台面。至於這個『ＴＵＰ』計畫，我雖覺得執行不易，但整個計畫是一個兩部曲，一套組合拳，而且力道逐漸加強……」

聽到「組合拳」三個字，瑞科打斷插口：「等一下羅賓，怎麼個組合拳？」

「譬如說，『上篇』的切香腸行動一步步升高衝突，海峽兩邊摩擦加劇，中方漸占上風，台方情況漸漸陷入危境，加上西方主流媒體助攻，營造一個執行『下篇』的正當性……」

三人點頭不語，羅賓繼續道：

「看起來『ＴＵＰ』似乎已經超過了設計和分析階段，據我所知，美國軍方最近在南海太平島海域的行動，有可能是在對『上篇』的規劃作試水溫的動作……所以，整體而言，情況已經十分嚴峻！」

「你說得有理，此時我們雖不確知這個計畫最後會付諸執行還是暫存密檔，如果不幸，萬一真走到『下篇』那一步，我猜我們政府會被迫宣布獨立，然後一場戰爭無可避免，除非……」

梁菊說到這裡停頓了一下，因為她要在腦海中把她的想法再仔細思考一遍。

沉思了一會兒，她回過神來。

「我剛說了……說到哪裡了？」

「妳說到一場戰爭無可避免，除非……」瑞科提醒道。

「對，除非我們把這份『TUP』的摘要提前曝光，公諸之於世，讓它胎死腹中……」

瑞科聽了大感振奮，立刻叫道：「好主意！」

梁菊雙目注視他，單刀直入。

「這就要靠你了，Eric，你把它公布在《洛杉磯論壇報》，讓全世界都看到，不管『上篇』還『下篇』，也不論我們政府怎麼考慮，只要釜底抽薪踢爆它，讓這個惡毒的計畫執行不了，我們的政府也就脫鈎了。」

楊瑞科聽了臉色漲紅，他雖點頭，但沒有立刻答應，反而陷入了沉思。

梁菊轉頭望向坐在椅子上的喬治，發現他半仰著頭也在深思，客廳頓時陷入寂靜，而楊瑞科此時陷入了天人交戰。

一邊是他個人將會面對的風險，可能包括事業、甚至生命危險；另一邊則是大局的安危。楊瑞科反覆想了兩遍，學哲學出身的他腦海中忽然閃過孔老夫子的一句話：「再思可矣。」

於是，楊瑞科不再猶豫。下了決心，他低聲道：「好的，這個計畫太可惡了，讓我來揭發它。」

楊瑞科說得斬釘截鐵，有一種義無反顧的氣概。喬治伸出大拇指讚道：

「Eric，好漢一條！」

瑞科深吸一口氣，壓低聲音道：

「但這是天大的事，我得手上握有那份文件。不然只憑我一枝筆寫的，大概別人會把我當成瘋子，報社的編輯也不會答應刊登……」

羅賓聽了不禁皺眉。

「這個檔案被寄信者做了手腳，無法下載。」

喬治皺眉：「這事麻煩，不好辦……」

梁菊忽然打斷，她心中已有盤算。

「羅賓，你知道你乾爸是怎麼將他的實驗數據及設備資料運出他公司的實驗室的？」

羅賓搖頭：「不知道。」他不解梁菊在這時怎麼突然問起這個。

梁菊解釋道：「他用前網路時代的老辦法，用一台數位照相機將實驗紀錄一頁一頁地拍下來，然後我把照相機的記憶卡取出，交給你乾爸的好朋友王教授，他據以寫成技術文件去申請專利……」

「啊，您是要我把這十二頁檔案用照相方式拍攝下來？」

梁菊補充道：「你可以存在一個ＵＳＢ中，就把它帶出來了。」

羅賓聽了，一顆心立刻吊到半空中，他開始沉吟，暗忖：

「庫柏將軍用私人密函寄給我這個密檔，我將機密口傳他人是對庫柏個人洩密，但如果把這個檔案帶出辦公室並公之於世，要是庫柏將軍舉發我，搞不好就是叛國罪了。」

現在換成羅賓陷入天人交戰，一時拿不定主意。

梁菊猜到他在想什麼，她也不進一步勸說，暗忖：

「這事太過沉重，怎麼做只有他自己能決定。」

沉靜了一會，羅賓終於下了決心，他右手握緊拳頭空揮一下。

「好的，我就照您的方法來處理！」

梁菊鬆了一口氣，她拍了拍羅賓寬實的肩膀。

楊瑞科道：「這事就算有照片拷貝恐怕還不行，不是我不信任，這事我必須得親眼看到原始文件，再加上照片拷貝存真，我才能說服報社刊登；想想當年的 Ellsberg 揭發五角大廈的越戰機密文件，其過程是何等驚險困難，Daniel Ellsberg 被政府控訴求刑一百一十五年……」

羅賓熟知這件有名的經典案例，他知道瑞科的要求絕不過分，不等楊瑞科說完就答應道：

「ＯＫ，Eric，你跟我去我辦公室，讓你親眼見到，親自讀一遍那十二頁文件！我們沒有時間多談，趕快採取行動吧，現下就去我辦公室！」

「好，我有車，我們走。」

「不行，我的辦事處四面裝了多支監視器，你的車號不能曝光，我們還是乘計程車吧！」

羅賓和楊瑞科緊緊握一下手，一同走出梁菊的家。

CHAPTER 12

巷戰

楊瑞科和羅賓離開後，喬治忽然站起身來，用義肢慢慢地走了一圈，然後道：

「有一件事令我不安。剛才妳說，妳把運隆發明資料的SD卡交給一位清華大學退休的王教授，之前聽妳說過王教授回到新竹第二天就有人搶劫他的背包，搶劫的人是黑狗營的成員……」

「對，搶劫者為什麼會來得這麼快，當時這事也令我不安，但想不出答案，就放在一邊沒再去想了……」

他接著道：「原先還不排除是巧合，現在我們已知搶劫者是黑狗的人，而黑狗又和美國某些單位有關係，我們不能不重新考量此事。除非……我先問妳，這事的起頭是不是發生在這公寓裡？」

梁菊仔細回想了一會兒，點頭道：

「不錯，就在這裡我把載有運隆實驗資料的記憶卡交給王銘教授。喬治，你是不是……」

喬治忽然壓低了聲音，一面以手指放在唇上示意悄聲。

「是的，這件事源頭既然發生妳的家中，我懷疑妳的家被竊聽了。」他靠近梁菊耳語。

梁菊感到困惑，她想不出什麼人要竊聽她的家。也悄聲道：

「你的判斷也許是對的，不過喬治，我想不出什麼人要竊聽我……」

喬治再次站起身來，沿著牆壁仔細尋找竊聽器，梁菊也加入，兩人默默地把這棟公寓搜查遍了，仍然沒有發現任何竊聽裝置。

喬治或站立或彎腰折騰了許久，感到有些累，便坐回椅子。

他以手示意，要梁菊湊近，耳語道：

「從現在起，我們得假設妳家裡已被竊聽，我們儘可能用肢體語言或耳語方式溝通。」

「喬治，我們所有能想得到的地方都查過了，難道我們的判斷錯了？」梁菊耳語。

「梁菊妳仔細想一想，除了葉爸和我們幾個熟人，有沒有其他人進入過這裡？」梁菊搖頭。

忽然之間，她想到一個人。

「喬治，美國辦事處的尤金・李斯特曾來過一次，就是幫我畫肖像的那位，他是為送畫而來到這裡……」

喬治猛然站起，卻因雙腿無力支撐而跌坐下去，梁菊連忙扶他站起來。悄聲埋怨道：

「喬治！你每一個動作都要慢慢來，你不要逞強，叫我來扶你有那麼難嗎？」

喬治好像沒有聽到梁菊的話，趨前指著那幅肖像，對梁菊耳語：

「那幅肖像，那幅肖像後面還沒有檢查，快，梁菊拜託妳把那幅畫取下來，動作儘量輕些。」

梁菊會意，她拿張椅子，站上椅子十分小心地將她的肖像畫輕輕取下，喬治仔細檢查，終於在畫框後固定掛鉤的地方發現異狀。

畫框背後有兩個掛鉤，掛鉤釘在畫框處是一塊黑色的鐵片，用四個極小的螺絲鎖住，仔細看就發現左邊的黑色鐵片其實是一個小小的竊聽器。

喬治耳語：「在這裡了。那個什麼李斯特送了一幅帶竊聽功能的肖像畫給妳，他媽的還真浪漫啊。」

梁菊一臉不可置信的表情。過了片刻，她搖頭苦笑，悄聲道：

「我一直以為李斯特是個好朋友，萬萬想不到他竟是一個間諜……」

說到這裡，梁菊想到一件事，臉色大變。她小聲道：

「不好了，剛才瑞科他們在這裡時，我們的談話恐怕全都被竊聽了，羅賓和瑞科危險了。」

喬治當機立斷，比手勢要梁菊輕輕放下肖像，他湊近梁菊耳語：

「快，他們兩人需要支援，我車上有長槍，妳有武器嗎？」

「我有，羅賓借給我他的狙擊槍！」她一面悄聲回答一面將衣櫃打開，抓起狙擊槍和兩匣子彈。

這時「叮」的一聲，梁菊收到楊瑞科的簡訊：「已離辦事處，被盯稍，我們直奔『四南村』，需支援。」

「他們被跟蹤了！咱們快去『四四南村』支援，我認得路。對方那麼快就派人跟蹤，更證明我們之前的談話全被竊聽了。」

為了求快，喬治坐上輪椅，由梁菊推著快步奔向停車場。

羅賓叫了計程車，和楊瑞科直奔加拿大駐台辦事處。辦事處的門禁安全由一家保全公司負責。

羅賓經常晚上加班，輪值保全看到他並不覺訝異，但對他如此晚了，還帶一位陌生男客來辦公室，感到奇怪。

「哈囉！羅賓，又來加班了？這位……」

「我的朋友，剛從加拿大來的。辛苦你了，老鄭。」

經過密碼和生物辨識，羅賓帶瑞科進入他的辦公室。

羅賓打開電腦，解開重重「封鎖」，終於將一個密檔打開。

「Eric，這個密檔無法下載，只能在我這台電腦上閱讀，您仔細看，不要出聲。」羅賓輕聲叮囑。

檔案名為「TUP」，註為「TAIWAN UKRAINE PLAN」，右下角有一行字「原文件共二四〇頁，此為『長官摘要』，共十二頁。」。

楊瑞科讀了一頁，心中就涼了，他抬頭望向羅賓，他的眼神在問：

「這是真的？」

羅賓用力點頭，瑞科繼續讀下去，全檔十二頁，全文讀完他已氣得發昏，他深吐一口氣，悻悻然說道：

「TAIWAN UKRAINE PLAN！他媽的太可惡了！也太恐怖了！」

羅賓無語，辦公室中安靜得落針可聞。

瑞科打破沉默：「羅賓，我還是不信這事會真的發生，如你所說的，就算有這個計畫，決策層次也不見得會執行，對吧？」

羅賓感覺出瑞科心中極端的失望和無奈。

「我有懷疑過『ＴＵＰ』『上篇』的第一步似乎已在太平島試了試水溫，但我確知這個計畫仍未走出華府，盟國領袖尚不知情，從時序上看，『下篇』不可能已經啟動，D-day的時間點仍在未知之數，現在要看台灣政府的決定，到目前為止台灣政府顯然還沒有同意……」

說到這裡羅賓忽然想到，太平島事件發生時，台方上級以拖應變，讓守軍自求多福的招數，反而化解了危機；便接著道：

「台灣政府恐怕會用『拖』的辦法對付美國，但就不知能拖多久……」

楊瑞科心中一方面存著台灣政府會堅決反對這個「ＴＵＰ」計畫的期望，一方面想到喬治「美國可以霸王硬上」的說法，此時又聽羅賓這樣說，一時之間心亂如麻。

羅賓不敢再耽誤時間，悄聲道：「你親眼看了也親自讀了，現在我們把它拍下。」

他第一步便是把手機裡行動服務的網路關閉，然後將十二頁文件一一用手機拍照，接著關上電腦，把十二張照片存進一個隨身碟。

隨後他關燈、鎖門，一如平常地走出辦事處的大門，楊瑞科跟在後面。

「羅賓，加班完了？回家啦。」保全招呼。

「老鄭，辛苦你了，晚安。」

他們兩人在人行道上踽踽而行，羅賓心中還在回想，方才在辦公室將文件存入隨身碟而不上傳雲端的操作，從頭再想了一遍，確定沒有留下任何可當作證據的蛛絲馬跡。

他吁了一口氣，心情略為放鬆，加快了腳步。

楊瑞科走在前面，羅賓跟在後面亦步亦趨，他所受的訓練使他隨時保持高度警覺，行走時目光很自然地不斷四方掃描，忽然，他發現了異狀，低聲道：「Eric，我感覺有兩個人在跟蹤我們，我們再走快些試一試！」

「這裡人來人往，你不要過於多疑……」

他們加快腳步時後面那兩人也加快步伐，羅賓幾乎確定被跟蹤了。

「前面有一棵大樹，我們躲一下……」

瑞科藉著那棵大樟樹遮掩，向後方望去，只見兩個黑衣人跟在後面，面目看不清，但依稀看見其中一人長髮隨風飄動。他心中一震。

「呀！難道是他們？」

「不管是誰我們快逃！揀人多的地方走……」

羅賓猜想兩個跟蹤者肯定攜有武器，但在人來人往的地方，料想他們不敢開槍，於是他帶著瑞科儘量找人多的街道快步前行。他們一面加快腳步，一面苦思脫身之計，東拐西轉看到前方有個亮著「BREEZE」霓虹燈的賣場，不加多想便快步走了進去。

兩人找到一個四面都是餐館及速食飲料攤位的角落，他們一面假裝瀏覽商品，一面留意賣場的東、西兩個入口。

也不知過了幾分鐘，正門入口處進來兩個穿黑衣黑褲的漢子，其中一人蓄了長髮，依稀可見幾縷漂染成金色。羅賓知道自己一頭金髮目標顯著，連忙蹲下。雖然沒有看清跟蹤者的面貌，但是從兩人一進門就東張西望的神情，判斷這兩個黑衣人便是跟蹤者。

楊瑞科悄聲道：「是黑狗吳渥皋和他的跟班！我們等這兩人搜索到右邊的時候，就從西邊的門溜出去。」

這時他藏身在一家賣星式肉骨茶及燉豬肚的店家牆角，他蹲下身子在手機上運指如飛，給梁菊發出一則簡訊，告知即將前去的地方，請求支援。

所幸敵明我暗，羅賓和瑞科躲藏得很好，黑狗和他的跟班在賣場裡轉了大半圈，始終沒有發現他們要追的人。這時已近打烊時間，有些店家已經開始清場，羅賓和瑞科藏身處離西邊的大門較近，他們一步一遮掩地從西大門溜了出去。

「我們該躲到什麼地方才安全?」走出賣場羅賓輕聲問瑞科。

瑞科心有成竹，回道：「我們去『四四南村』，那裡好躲藏。過了這條街，我們就用跑的，你跟著我。」熟悉這一帶街道及建築物的記者楊瑞科，這時做了正確的決定。

「四四南村」是國民政府遷台建造的第一批眷村，因為在『四四兵工廠』之南而得名。兵工廠因都市發展早已拆除，現只留存幾排眷舍形成窄巷，巷寬不到三公尺，中有一個生活廣場，其屋舍建材簡陋，有些加蓋了二樓，高低也不統一，顯得十分雜亂，但雜亂中十分有利於匿藏，楊瑞科選擇此地躲避追兵確實高明。

帶著「TUP」隨身碟的楊瑞科和羅賓，躲到「四四南村」的一棟加建兩層樓的眷村建築物裡，終於鬆了一口氣。羅賓悄聲道：

「Eric，剛才我們跑進賣場，仗著人多而嘈雜，也許已經把跟蹤的兩人甩脫了？你覺得呢？」

「難說！我氣喘手抖，你快發簡訊給梁菊，告訴我們的所在……」

瑞科靠牆坐在一個小板凳上勉強回答，他氣喘連連，累到不行，剛才被黑衣人跟蹤的緊張情況，現在回想起來還是不寒而慄，他當記者多年從未親身經歷過這種恐懼。

現在他們躲在「四四南村」北棟東一間房裡，羅賓掏出手機給梁菊發簡訊。

李嶠之開車，梁菊坐在駕駛旁的座位帶路。她憑記憶默想「四四南村」裡建築物的座落形式，忍不住嘆道：

「楊瑞科對台北東區一定很熟，在這附近，找不到比『四四南村』更好的藏匿之處。」

不久之前，眷村長大的梁菊曾去參觀過這個由眷村改成的文創村，台北市能在市區最繁華處一街之隔的地方，保留這一片老舊的村落，她留下深刻的印象。

「叮」，是羅賓發來的簡訊，居然是中文，梁菊唸道：

「我們在北棟東邊第一間房。」

梁菊回訊：「跟蹤者被甩掉了嗎？」

「可能，我檢查四面沒人……」

「小心躲藏，我們馬上就到。」

瑞科喘了好一會才恢復過來。羅賓軍人的底子到底不同，平時快跑一萬步面不紅氣不喘，瑞科稱羨：「羅賓，年輕人真行，我快喘不過氣了。」

羅賓道：「喬治和梁菊即將趕到，梁菊定會帶武器，有他倆在我們就安全了。」

他們靜靜地等待，時間每一分鐘都覺得好長。也不知道過了多久，楊瑞科靜下來細想：「我們這麼豁出去，我固然冒了極大的風險，可比起羅賓來實在算不了什麼，他是冒著犯洩密重罪的危險，甚至叛國……」

想到這裡，他忍不住輕聲道：

「羅賓，為了台海和平，你做了勇敢、偉大的決定，海峽兩岸的人民都要感謝你，我得了這個寶貴的隨身碟，熬個通霄也要把新聞稿寫好，天亮時《LA Tribune》就會收到這一顆新聞炸彈……」

門外傳來一個冷酷的聲音：

「你們什麼新聞都沒有了；楊瑞科你不許動，我的子彈可沒長眼睛！」

楊瑞科驚得心臟幾乎停止，他一移步，立刻聽到喝聲：

「不許動，沒聽見嗎？」

楊瑞科已看清楚，來人正是黑狗吳渥皋及那個染金色長髮的年輕人，兩人手中都持長槍，對準楊瑞科。

黑狗對屋內角落處喝道：

「那個加拿大來的小子，給我滾出來！」

羅賓緩步從屋角走出來，站在黑狗對面，兩人大眼瞪小眼，黑狗冷笑道：

「你們很會跑啊，畢竟還是逃不出我的手心！看你們這兩人，一個吃裡扒外盜取你政府最高級別的祕密文件，已犯了洩密、叛國兩項大罪，要是在我國，早就就地槍斃了。」

羅賓默然不語。

黑狗對那長髮的年輕人下達命令：「阿金，你去搜這兩人，全身都要搜。」

他自己便端著長槍站在一旁，槍口一會兒對準楊瑞科的腦袋，一會兒轉向羅賓的腦袋。

長髮阿金在對羅賓搜身，黑狗繼續開罵。

「一個叛國賊，另一個專門用英文寫些假新聞取悅外國人，你們知不知道，你們偷出的機密計畫會讓台灣在國際上揚眉吐氣，可偏就有你們這種敗類要搞破壞，我看不起你們！」

瑞科愈聽愈怒，多年來他寫的專文都在為台灣政府爭取更多的國際友人，現在卻被這個認識多年的老友翻臉不認人，反咬說他寫假新聞，忍不住要發言駁斥。不過忽然一個念頭閃過：「從黑狗剛才的話裡分析，他似乎並不知道文件的內容。」

「黑狗，我也要問你，你知不知道這個文件的內容是什麼？它是一個瘋狂計畫，如果真正施行起來，台灣將要成為一片焦土，那時黑狗你還揚什麼眉、吐什麼氣？」

羅賓已被搜身完畢，沒有找到任何可疑的東西，除了手機。

黑狗指著楊瑞科。

「阿金，仔細搜這個記者。」

楊瑞科明知要糟，但他手無寸鐵，在黑狗的槍口下，只有讓他搜身。

「這是啥？」

蓄長髮的阿金興奮地將一個白色的小盒遞給黑狗，黑狗打開盒蓋，嘿嘿冷笑起來。

「一個隨身碟！機密全存在裡面了，對不起，我要帶走了，還有，你們兩人的手機也給我交出來！」

楊瑞科交出手機，他拚著想作最後的嘗試，誠懇地對黑狗喊話：

「你奪得這個隨身碟，回去交給誰我不知道，但你若打開看到內容，你便不會阻止我們要做的事了。黑狗，你我相識多年，我絕不唬爛你，這個隨身碟存了一個國際大陰謀，它要引發兩岸開戰，到時候台灣血流成河，變成第二個烏克蘭，我必須將它公之於世，黑狗，你是台灣人，你是中華民國陸軍官校畢業的軍官，忍心看到台灣屍橫遍野，只剩下斷垣殘壁嗎？」

黑狗似被這話鎮住，他默然無語，但一分鐘後就開始覺得惱羞成怒，他冷冷地回了一句：

「別跟我說這些，我早就是美國人了。楊瑞科，我念在昔日和你的交情，本想只帶走這個隨身碟，饒你一命，但你那枝筆太可怕，我留不了你！」

說完便對長髮阿金喝道：

「阿金，你殺了這兩個人，我們快閃。」他畢竟不太想親手處決楊瑞科。

羅賓手上沒有武器，只能眼看著黑狗和阿金行凶，但他所受的訓練是不會坐以待斃的，他正要拚死一搏，忽然槍聲劃破靜夜，一顆子彈打破窗戶，從站在窗邊的黑狗臉邊飛過。他和長髮阿金馬上低下身躲在門後，楊瑞科故意大叫：「警察來了！」

阿金一緊張，探出半個頭想探望一下……

「砰」一聲，一顆子彈打中長髮阿金的臉頰，他慘叫了一聲倒下。

李嶠之和梁菊飛車趕到「四四南村」，兩人下車。

嶠之坐輪椅，梁菊推著跑，快速到了北棟。窄巷對面是一排排的老眷村建築，她很快地找到東邊第一間房，有兩層樓，樓梯建在外面，顯然是後加建的。

梁菊將輪椅推到樓梯旁比較隱蔽的角落，輕聲對喬治道：

「我先去找到羅賓和瑞科，你就先在這裡待一會，如有行動，我再呼喚你。」

梁菊飛快奔向東邊第一間房，人還未到就聽到楊瑞科的喝聲。

「……黑狗，你我相識多年，我絕不唬爛你……」

梁菊一驚。

「黑狗？那另一個人應該是那個長髮的傢伙……」

梁菊心裡有數，暗忖：「肯定是李斯特透過肖像畫框上的竊聽器得知我們的計畫，就派人來搶奪。」

派來的人竟是黑狗，倒是出她意料。這樣看來，訓練民兵的黑狗營根本就是美國人在背後指揮。

接著她又聽到黑狗吳渥皋的喝叫聲。

「……阿金，你殺了這兩人，我們快閃……」

梁菊一急，舉槍對準東邊第一間的門窗開了一槍。

接著，依稀看見有半個人頭閃出來探望，在羅賓借給她的狙擊槍的望遠鏡中，她瞧得真切，就那麼一閃之間，她一槍命中那半張臉。

黑狗心中一緊，暗忖：

「一般警察絕無這種槍法，梁菊到了！」

他爬行向前，對著倒在地上抖動的阿金問道：

「阿金，你還行嗎？」

阿金緩緩爬起來，臉上血流如注，原來那顆子彈並未致命，只是擦過臉頰，劃下相當深的一道口子。

黑狗朝子彈飛來的方向，開了兩槍，把倒地的阿金一把拖回房中，阿金痛得慘叫一聲。

「警察來了，我們怎麼辦？」

「不是警察，是梁菊到了！」

接著他補一句：「警察到了會喊話，不會悶聲開槍！」

「砰」又是一顆子彈飛來，黑狗迅速趴下，他暗忖：

「梁菊到底躲在哪裡？她好像瞧得見我們，這不行……」

阿金忽然大叫：「你們要幹什麼？我殺了你……」

原來羅賓突然奮起衝向牆角一扇被釘死的木門，那木板門應聲而破，羅賓拉著楊瑞科破門而出。

阿金朝他們開了一槍，沒有擊中，衝到門破處一看，卻不見兩人蹤影……

羅賓剛才被阿金搜身時便在心中盤算，他進入「四四南村」時曾暗中留意整個聚落的格局；一共幾排房屋，排與排之間巷弄僅兩三公尺寬度，有的房間還有後門，看上去那些木製的門板多半十分老舊，必要時破門闖入，前後穿堂越戶十分方便。

他們所處的這間房是一排建築的邊間，後面無門，但卻有一扇被木板釘死的側門，他第一感覺便是這扇側門可能是唯一的逃生之門。

阿金在對楊瑞科搜身時，羅賓已經想好，如果能一舉撞破側門，他要立刻衝進後面一排的邊間，然後從後門再穿過一條窄巷，潛入第三排的第三或第四間房中躲藏起來。黑狗若要追殺，就得逐戶搜查……

如果真能這般，或有一線生機。

阿金發現兩個俘虜破門而出便失去蹤影，不禁大感不解，正要跨過窄巷看個究竟，才一站起身，「砰」的一顆子彈從頭頂飛過，嚇得他趕快趴下。

黑狗受過巷戰訓練，他知道對手占據了有利的位置，當下最重要的是要設法擺脫被動的局面。

羅賓和瑞科從側面撞破木門而逃出，也給黑狗開了一條出路，他對長髮阿金低聲下令：

「我對付梁菊，你去搜捕那兩人！」

他從側面的破門閃身而出，躲在巷尾牆角，從方才的彈道估計敵人所在的房間，對準開了一槍，目的是引對手還擊，但是對方竟然沒有還擊，他又開了一槍，對手仍不還擊。

黑狗暗罵：

「他媽的好狡猾，絕不肯曝露有利的地位。」

他心中更確定來者必是梁菊，一般警察多半沒有這種水準。

於是黑狗退到兩排房屋之間的狹巷口，果然看見另一端的巷口似有一個人影一閃而過，直奔向第三排。黑暗中他瞧不清楚人影面目，他正想快速通過窄巷，右邊一間房中突然衝出一人，黑狗待要開槍，發現是阿金，他即時按住，阿金低聲道：

「那兩人不見蹤影，多半躲在第三排的房間裡……」

「阿金，先不管那兩人，他們沒有武器，我們解決了梁菊再殺他們不遲……我們先到巷口再分開行動，你左我右找掩護位置。」

梁菊聽到槍聲發自喬治隱藏之處，心中大急，她連忙奔過去，見到喬治無恙，放下心中一塊石頭。但她發現喬治自己移動了位置，而且並未坐在輪椅上。

「梁菊，剛才我發現兩個黑衣人匆匆往巷口那邊奔過去，我來不及阻擋他們，便開了一槍嚇他們，那兩人果然一左右躲進前面那巷子尋找掩護位置。」

「喬治，你說的兩人是黑狗和他的長頭髮徒弟，我聽到幾句他們的對話，恐怕已經逼迫楊瑞科和羅賓繳出了隨身碟。我們今夜不能放過這兩人，只要讓他們逃走我們就功虧一簣了。我們追！」

喬治坐進輪椅，梁菊拿著槍推輪椅向那條巷子衝去。

喬治的輪椅是高級貨，四個輪子的設計堅固而巧妙，梁菊居然能推著它走S形，像是標準的單兵作戰動作。

躲在巷口的是長髮阿金，他在黑狗親自調教下搶法大有進步，他方才被梁菊一槍打得滿臉是血，憋了一肚子氣，這時眼見梁菊和嶠之即將跑到另一排建築，於是瞄準梁菊扣下板機。

「砰！」子彈擊中正在快速轉動的輪椅輪子，撞擊力使喬治從座椅跌下地，臉上全是塵土。

長髮阿金見自己一槍就把對手打得「狗吃屎」摔在地上，不禁得意起來，伸出頭來想看個仔細……

梁菊見機會難得，她顧不得去扶喬治站起，舉槍跪射，「砰」的一聲，那長髮阿金應聲而倒。

就在這一瞬間，槍聲又起。

「砰」的一聲，這回梁菊中彈倒地。

黑狗開槍又快又準，趁梁菊槍擊阿金的一剎那，瞄準梁菊開槍，梁菊右肩中彈。

喬治知道躲在巷內的黑狗下一槍便要梁菊斃命，於是他趴在地上向巷口一連開了八槍，目的不在命中敵人，而是以火力壓制對方，爭取一點時間。

只見他掙扎著站起身來。

「梁菊，我們全力逃到前面掩蔽物……妳頂得住嗎？」

梁菊右肩血流如注，勉強點頭，掙扎著只說出一個字：「行！」

她使出全身之力，想要站起來。

這時一直躲在左面第三間房內的羅賓衝了出來，他赤手空拳衝到梁菊面前，一把將她抱起，飛快地跑向掩蔽物，躲進了磚砌的女兒牆後。

嶠之手中是一枝半自動的狙擊槍，火力十分強大，他一看見羅賓空手衝出便連續開槍掩護，一面壓制對手，一面一步一步地倒退到掩蔽物後面。他裝了義肢居然還能倒著走，毅力實在驚人。羅賓已拔出軍用匕首，將襯衫割開撕成長布條，用最簡單有效的方法替梁菊止血。

梁菊流了不少血，有氣無力，勉強道：

「喬治，你設法掩護楊瑞科和羅賓先走，羅賓，這枝槍還給你，你去和 Eric 會合，先護送他到安全地方，然後再回我這裡……喬治會掩護你。」梁菊雖然失去戰鬥力，但她比較能夠掌握戰場的全面情況，便權當現場的指揮；她瞭解，楊瑞科躲藏在哪間房只有羅賓知道。

喬治立刻明白梁菊的用意，讓楊瑞科和羅賓兩人脫離「戰場」，自己便無後顧之憂，可以專心對付黑狗，只有幹倒黑狗才能奪回那個ＵＳＢ！於是他依言開槍掩護，羅賓擁槍飛奔回去和楊瑞科會合。

槍聲忽停，喬治已經手「腳」並用，神不知鬼不覺地爬到二樓。他爬上樓用的力八成是靠雙臂，上了二樓，他趴臥在地上氣喘片刻，然後爬前從女兒牆護欄間的空隙監視巷口和下面的廣場。

黑狗伏行到巷口，他檢查了一下阿金的狀況，阿金已無呼吸，他被梁菊一槍擊中頭部斃命了。

激烈槍戰後，「四四南村」突然暫時休戰，顯得格外安靜。從北面數下來第三排的中間房屋前門緩緩被推開，羅賓悄悄閃出，緊跟著的是楊瑞科，兩人貼著一排牆角飛快地向廣場東面移動，他們沿著東邊的樹叢，想要逃向毗鄰的國民小學。

「砰」、「砰」槍響重啟，黑狗已經察覺到兩人要閃，他接到的指令是，奪下這兩人身上的機密文件，不留活口。於是他從巷口衝出。

黑狗吳渥皋是個仔細人，他衝出之前已盤算過。

「我那一槍已使梁菊失去戰力，另外那個坐輪椅的行動不便，不足為患，我全速衝過廣場不需五秒鐘……」

所以他決心一賭！

黑狗槍法果然彈不虛發。他從巷口衝出時開槍射向羅賓和楊瑞科，其中一槍擊中羅賓的小腿，羅賓沒有倒下，仍然堅強地一拐一拐向樹叢跑去，他倚靠在一棵大樹幹上，反身對廣場連開三槍，目的是阻敵追來，楊瑞科趕快轉身相扶，兩人很快隱入樹叢。

黑狗全速衝刺，果然不到五秒就穿過廣場……

梁菊雖經羅賓臨時包紮，止住急速的血流，但已無力執槍戰鬥，所以方才她將狙擊槍交還給羅賓，要他先護著瑞科脫離戰場。此時她無助地躺在牆角，槍聲再起，也不知道戰況如何了，心急如焚，但只能徒呼奈何。

她努力告訴自己：「我要挺住，挺住，縱然不能執槍，也不能成為喬治的累贅……」

喬治從二樓陽台上看到黑狗全速從廣場上奔過，他吸了半口氣，瞄準移動目標，就如他打飛靶一樣，一抓住感覺扳機已扣下……

「砰」，黑狗從全速奔跑中猝然跌倒，離廣場邊緣僅一步之遙，他後腦被一槍打碎，叫都沒有叫一聲就倒地斃命。

「梁菊，妳還好嗎？」喬治連滾帶爬，從樓梯落下來。

「還行，你拉我一把！」

喬治努力站起來，站穩伸出手，下盤的一雙義肢很爭氣，他一把將梁菊拉起，兩人互相扶持著相視對方，昔日並肩作戰的感覺重回胸中，因緊張而扭曲的臉上終於露出了笑容。

羅賓和楊瑞科聽到廣場傳來的槍聲，他們剛上了一個小坡，回頭看見黑狗倒斃在地。楊瑞科的聲音十分的堅定：「羅賓，你歇一腳，我去把隨身碟和手機拿回來！」

羅賓倚著一棵大榕樹，舉槍四面警戒，目送楊瑞科奔向廣場，在黑狗身上拿到隨身碟和手機。

楊瑞科全力飛快地跑回來，把羅賓的手機交到羅賓手上。他一面將USB藏放在外套裡面的小口袋中，一面氣吁吁地對羅賓說：

「羅賓，快發訊給梁菊，告訴她ＵＳＢ已取回，請他們將車開到前面莊敬路口接我們上車。」

這時遠方傳來警車的蜂鳴器聲響。

Eric Yang的專文在《洛杉磯論壇報》上刊登出來了。像是拋出一顆核彈，國際、國內的媒體全都炸了。

主編在全文後有一則小註，說明文中所敘述的故事百分之百有所本，記者提供了原始文件完整的拷貝。

報社老闆立刻接到來自白宮公關主任的電話，強烈請求文件拷貝不得公開，也不得流出；好話說完後再加上帶有威脅口吻的話：如果公開傳出文件，嚴重的國安後果，報社和記者要負全部責任。

兩個小時後，白宮發言人召開臨時記者會，強烈否認這條新聞，並指責發表這篇文章的記者及《洛杉磯論壇報》撰寫和傳播假新聞，政府正透過有效管道處理中。

白宮新聞上了網，兩個小時之內，加拿大、澳洲的總理辦公室以及英國、日本的首相辦公室都召開了臨時記者會，斬釘截鐵地指責刊載假新聞的媒體，並各自宣稱其政府「一個中國」的政策沒有改變，台海現狀應予維持。

台北的總統府發言人也在下午四點鐘舉行記者會，發言人表示，美、英、加、澳和日本五國皆是支持台灣的友邦，但是從來沒有發表過他們要承認台灣主權的消息，因為我們已經是一個獨立的主權國家，它的名字叫中華民國。至於外媒刊登的事件，已由各相關國家正式否認澄清，謠言止於智者云云。

羅賓、李嶠之和楊瑞科擠在梁菊家不大的客廳裡，盯著電視看總統府的記者會。發言人說完了，一個女記者提問道：

「這篇專文雖然刊登於外媒，但撰寫文章的記者是Eric楊，據我們所瞭解，他是台灣人，現在仍在台灣。如果這是一篇假新聞，我們的ＮＣＣ要不要處分這位楊記者？」

楊瑞科心中一緊，暗忖：「來了，先聽政府怎麼說，我再決定如何應對。」

總統府發言人不慌不忙地回答：「我們對所謂『假新聞』的認定要看新聞內容是否有所本。如果沒有根據，就是假新聞；如果有根據，我們也要保障他的言論自由。」

梁菊道：「這個發言人說得漂亮，卻全是廢話，不過的確是個話術高手，他明知Eric的專文所報導的是有根據的，這回答在別人聽起來政府會對Eric調查，在我們聽來，他是在說『安啦，只要你不要再爆料。』」

梁菊和羅賓在昨晚的戰鬥中掛了彩，羅賓受過救傷的訓練，他已經替他自己和梁菊重新包紮妥當，暫時沒有必要去醫院。

楊瑞科吐了一口氣，接道：「不錯，這些心中有鬼的人表面上都會講得很嚴厲，其實色厲內荏，如果逼得太緊，都怕我們狗急跳牆！」

羅賓問道：「那麼白宮發言人說的『透過有效管道處理』也只是唬唬人，他們不會對Eric動手，對把？」

喬治道：「不錯。所以那個隨身碟——我們殺了兩個人才搶回來的隨身碟，就是Eric的護身符了，可要好好保管。」

螢幕上記者會另一位記者追問：

「我們政府是不是要對Eric楊的文章是否有根據，進行調查？」

「是的，我可以負責任地說，調查已經開始了。」

發言人確是老手，說謊面不紅心不跳。四個人聽了都莞爾一笑。

喬治忽然用英語大聲問道：「那個李斯特還在嗎？」

他知道肖像框上的竊聽器並未拔掉，他故意用一副興師問罪的口氣對著相框喝問。

梁菊聽了暗笑。

羅賓道：「上午我打電話給他，沒人接，試打他顧問公司，響了十幾聲後，一個錄音說『對不起，您撥的號碼是空號』。我連試三次都是這樣，我猜他已離開台灣了。」

電視螢光幕上總統府的記者會已經結束，新聞轉到報導昨晚「四四南村」發生槍戰的新聞。連續數十響槍聲驚嚇了附近居民，有居民撥打一一〇報案專線，警車大舉到達「四四南村」時，槍戰已經結束，現場發現兩具屍體，在村中各處及屍體附近找到四十多枚彈殼，可見槍戰之激烈。

螢光幕上播出「四四南村」的現場後，新聞主播接著報告：

「經過初步調查，警方已掌握兩名死者的身分，兩人都與神祕的『黑狗營』有關聯，其中一人且為『黑狗營』的老大，警方初步判斷可能是『黑狗營』鬧內鬨，有人不服老大出來挑戰，導致發生激烈槍戰。警方宣稱不只以『黑狗營』為唯一的偵查對象，將擴大範圍，其他可能關聯的黑幫都將納入偵查……本台最新消息，『四四南村』發生如此重大槍戰案，信義分局局長已引咎辭職，唯上級尚未批准，責成警方全力破案，徹底消除黑幫。」

老刑警李嶠之聽到這裡已經懂了，他冷笑道：

「這就表示警方要藉查『四四南村』的槍戰案為名，對黑幫進行掃蕩。台北市治安一向尚稱良好，這回繁華的東區發生幾十槍的凶案，任何市民都不能接受，所謂民氣可用，警方辦得轟轟烈烈，那些和黑幫有關係的民意代表便不敢跳出來關說。」

這時楊瑞科的手機響了，瑞科「喂」了一聲便用改用英語，同時他走到廚房去講電話。

羅賓聯想得快，立刻說：「恐怕是《洛杉磯論壇報》打來的電話。」

梁菊點了點頭。她深深望著羅賓。

「從今天起，羅賓・韋伯這個假姓假名可以丟掉了，你還是恢復威廉・休斯，對吧？」

羅賓鄭重的點頭：「我把羅賓丟還給CNSB，我還是乾媽的威廉。」

梁菊聽著覺得好溫馨，但是她還是問了一個殘酷的現實問題：

「威廉，你回不了加拿大了，你有什麼打算？」

威廉對這個問題思考過不知多少次，這時梁菊相問，他未加多少考慮就回道：

「我在決心將那十二頁文件拍攝下來時，已經知道從此我不可能回加拿大了。我要留在台灣，做一個台灣人。在台灣，我可以教英文、教法語，我能養活自己……」

說到這裡他停下想了一下，然後接著說：「不過，現在好像出現了轉機，剛才我收到這個……」

他說著把手機遞給梁菊看，一面解釋：「我的『TUP』摘要密件不是來自渥太華官方公文，而是庫柏將軍的幹員從華府獲得的情報，他以私函命我查真偽，我想這份文件現在應該仍在他手中沒有呈報。剛才我收到將軍的私函……」他看了梁菊一眼。

梁菊看了威廉手機上的信函，一臉驚訝的表情。

「庫柏將軍的密函只三個字，『幹得好』。」

就這三個字，意思很清楚了，庫柏將軍不會追究，這件大事的始末就止於庫柏將軍之手。

喬治聽到「幹得好」這三字，心情大好，打趣道：

「哈，威廉不算是叛國，他只洩露了將軍給他的私函內容，而將軍不予追究。不過威廉你如果留在台灣，你這個老外還可以教別的老外說國語。」

威廉被逗笑。

梁菊還是有點擔心，她問嶠之：「他們會不會派殺手追殺……」

一絲笑意從喬治雙眼閃過：「我子彈上膛等著呢。」

這時，楊瑞科接完電話從廚房走回客廳，面帶微笑。

「是報社老闆打來的電話……」

梁菊問道：「看你笑著走回來，有什麼好消息？」

「老闆誇我三個字『幹得好』，報社暫時配合白宮，低調面對『假新聞』的指責，將來再擇適當時機公布真文件，他告訴我不要怕被調查，他們只是說說而已。如要調查，我手上的文件就能把這事搞成『新五角大廈文件』案。他要我暫時躲在台灣不要出國。最後告訴我，我要加薪了。」

「妙啊，也是『幹得好』三個字，恭喜，等事情稍微冷下來，照規矩你要請客。」

「那還有什麼問題？我請你們吃大餐，菜單都想好了。」

「真的？你說說看！」

「前菜：日式鮪魚沙拉、加拿大龍蝦；主菜：濕式熟成美國頂級肋眼牛排；澳洲的紅酒，英式甜點，如何？」

梁菊道：「Eric你行啊，請我們一頓把五國全吃下去了。」

大家拍手，笑聲四起。
喬治等大家靜下來。
「我們憑四人之力阻擋了一個要把台灣烏克蘭化的國際陰謀，只幹這一件事，我們就沒有白活了。不過咱們雖然全身而退了，還是付出了代價……」
他轉向梁菊。
「梁菊和威廉都掛彩了，就我記憶中，我們的女神槍手半生縱橫江湖，從來沒掛過彩吧？」
梁菊回道：「喬治，咱們幹刑警出身的，挨一顆子彈算得了什麼？」
喬治伸手比了一個大拇指，然後說：「除了你們挨槍，我也犧牲慘重呀。」
「你又犧牲了什麼？」
「我心愛的輪椅被那個長髮阿金打壞了。」
梁菊想了想，回應道：「也許我們可以用那十二頁文件要脅政府賠給你一台更高級的輪椅！」
（全文完）

作家作品集 108

台灣「烏克蘭計畫」

作　者—上官鼎
主　編—謝翠鈺
責任編輯—廖宜家
企　劃—鄭家謙
美術編輯—李宜芝
封面設計—兒日設計

董 事 長—趙政岷
出 版 者—時報文化出版企業股份有限公司
一〇八〇一九台北市和平西路三段二四〇號七樓
發行專線—（〇二）二三〇六六八四二
讀者服務專線—〇八〇〇二三一七〇五
（〇二）二三〇四七一〇三
讀者服務傳真—（〇二）二三〇四六八五八
郵撥—一九三四四七二四時報文化出版公司
信箱—一〇八九九　台北華江橋郵局第九九信箱

時報悅讀網—http://www.readingtimes.com.tw
法律顧問—理律法律事務所　陳長文律師、李念祖律師
印　刷—勁達印刷有限公司
初版一刷—二〇二四年五月十日
初版二刷—二〇二四年七月九日
定　價—新台幣五八〇元
（缺頁或破損的書，請寄回更換）

時報文化出版公司成立於一九七五年，
並於一九九九年股票上櫃公開發行，於二〇〇八年脫離中時集團非屬旺中，
以「尊重智慧與創意的文化事業」爲信念。

台灣「烏克蘭計畫」/ 上官鼎作 . -- 初版 . -- 臺北市 : 時報文化出版企業股份有限公司 , 2024.05
面 ;　公分 . -- (作家作品集 ; 108)
ISBN 978-626-396-136-4(平裝)

863.57　　113004662

ISBN 978-626-396-136-4
Printed in Taiwan